DU MÊME AUTEUR

Aux Éditions Gallimard

CHRONIQUE DES SEPT MISÈRES
Prix Kléber Haedens.
Prix de l'île Maurice.
Roman. Éd. Gallimard. 1986.
En Folio : 1988.

SOLIBO MAGNIFIQUE
Roman. Éd. Gallimard. 1988.
En Folio : 1991.

ÉLOGE DE LA CRÉOLITÉ
avec J. Bernabé et R. Confiant.
Essai.
Éd. Gallimard. 1989.

Chez d'autres éditeurs

MANMAN DLO CONTRE LA FÉE CARABOSSE
Théâtre-conté.
Éd. Caribéennes. 1981.

AU TEMPS DE L'ANTAN
Contes créoles.
Grand prix de la littérature de jeunesse.
Éd. Hatier. 1988.

MARTINIQUE
Essai.
Éd. Hoa-Qui. 1989.

ANTAN D'ENFANCE
Grand prix Carbet de la Caraïbe.
Éd. Hatier. 1990.

LETTRES CRÉOLES
(En collaboration avec Raphaël Confiant.)
Tracées antillaises et continentales de la littérature
Martinique – Guadeloupe – Guyane – Haïti. 1635-1975.
Éd. Hatier. 1991.

TEXACO

PATRICK CHAMOISEAU

TEXACO

roman

LE GRAND LIVRE DU MOIS

Pour Édouard Glissant
Pour Véra Kundera
... ô estimés...
P. C.

Que rappellera ici le scribe qui ne rappelle à travers elle le sévère destin de toutes ces femmes condamnées aux maternités perpétuelles, expertes à déchiffrer les prophéties du vent, des crépuscules ou du halo brumeux qui parfois semble émaner de la lune, pour prévoir le temps de chaque jour et les travaux à entreprendre ; ces femmes qui, luttant à l'égal des hommes pour leur subsistance, firent ce qu'on appelle une patrie et que les calendriers réduisent à quelques dates bruyantes, à certaines vanités dont souvent les rues portent le nom ?

HECTOR BIANCIOTTI.

La ville était le sanctuaire de la parole, du geste, du combat.

*

Gibier... tu n'es qu'un nèg-bouk : c'est de là qu'il faut parler !...

ÉDOUARD GLISSANT.

REPÈRES CHRONOLOGIQUES DE NOS ÉLANS POUR CONQUÉRIR LA VILLE

Afin d'échapper à la nuit esclavagiste et coloniale, les nègres esclaves et les mulâtres de la Martinique vont, de génération en génération, abandonner les habitations, les champs et les mornes, pour s'élancer à la conquête des villes (qu'ils appellent en créole : « l'En-ville »). Ces multiples élans se concluront par la création guerrière du quartier Texaco et le règne menaçant d'une ville démesurée.

TEMPS DE CARBET ET D'AJOUPAS

En ce temps-là, Caraïbes, Arawaks, colons français et premiers esclaves africains vivent sous des Carbets et de petits abris de branchages appelés ajoupas. Caraïbes et Arawaks seront décimés à mesure qu'apparaîtront les habitations sucrières esclavagistes et que naîtront les villes.

– 3000 à 1492	Galibis, Arawaks, Caraïbes occupent les îles antillaises.
1502	Christophe Colomb arrive en Martinique.
1635	La France prend définitivement possession de la Martinique; elle y érige un Fort autour duquel se bâtira la ville de Saint-Pierre.
1667	Construction du Fort-Royal qui entraînera l'apparition d'une seconde ville : Fort-de-France. *C'est autour de celle-ci qu'apparaîtront nos grands quartiers populaires. Le site du futur quartier Texaco n'est encore qu'un lieu de broussailles et de mangrove.*
1680	Importation massive d'esclaves africains noirs.

TEMPS DE PAILLE

En ce temps-là, les cases martiniquaises sont couvertes avec la paille des cannes à sucre tandis que les habitations esclavagistes se déstructurent et que s'amorce le règne des grandes usines centrales.

18...	*Temps probable de la naissance d'Esternome Laborieux, le papa de celle qui fondera le quartier Texaco; il est esclave sur une habitation des environs de la ville de Saint-Pierre.*
18...	*Temps probable de la naissance d'Idoménée Carmélite Lapidaille, la manman de celle qui fondera le quartier Texaco; elle est esclave sur une habitation des environs de la ville de Fort-de-France.*
1848	*27 avril :* Décret d'abolition de l'esclavage dans les colonies françaises. *22 mai :* Révolte des esclaves dans la ville de Saint-Pierre, forçant le Gouverneur de la Martinique à décréter l'abolition avant l'arrivée de la décision officielle.
1853	Les anciens esclaves refusent de travailler dans les champs et vont s'installer sur les hauteurs. On veut les remplacer : arrivée des premiers travailleurs indiens (Koulis) à la Martinique. Ils seront suivis d'Africains et de Chinois, et, plus tard (1875), de commerçants syro-libanais (Syriens).
1902	*8 mai :* Éruption de la Montagne Pelée qui détruit la ville de Saint-Pierre. Plus de 30 000 morts. *Exode massif vers Fort-de-France où apparaissent les premiers quartiers populaires.*

TEMPS DE BOIS-CAISSE

En ce temps-là, les cases s'élèvent avec des débris de caisses tandis que sur l'effondrement du système des habitations s'érige le règne précaire des grandes usines à sucre.

19...	*Temps probable de la naissance à Fort-de-France de Marie-Sophie Laborieux; c'est elle qui fondera le quartier Texaco.*
1914	*3 août :* L'Allemagne déclare la guerre à la France. Les conscrits antillais sont expédiés sur le front : la Somme, Verdun, Dardanelles...
1928	*Année probable de la mort d'Idoménée Carmélite Lapidaille, la manman.*
1930	*Année probable de la mort d'Esternome Laborieux, le papa.*

1938	*Installation de la compagnie pétrolière sur le site du futur quartier Texaco.*
1939	*3 septembre :* La France déclare la guerre à l'Allemagne. *19 septembre :* Arrivée en Martinique de l'Amiral Georges Robert, haut-commissaire de la République aux Antilles ; il appliquera en Martinique les mesures répressives du gouvernement de Vichy. Aimé Césaire publie *Le Cahier d'un Retour au pays natal,* grand cri poétique de la Négritude.
1940	*16 juin :* La France capitule. *18 juin :* Le Général de Gaulle lance un appel à la résistance, que les Martiniquais entendent. La Martinique, sous blocus, est affamée.

TEMPS DE FIBROCIMENT

En ce temps-là, la plaque de fibrociment enveloppe les cases tandis que l'économie sucrière s'effondre.

1945	Aimé Césaire est élu à la mairie de Fort-de-France.
1946	*19 mars :* Loi érigeant la Martinique en département français.
1950	*Première installation de Marie-Sophie Laborieux sur le site du futur quartier Texaco, et première expulsion policière.*
1959	*20-23 décembre :* Émeutes à Fort-de-France. *Nouvelles vagues d'exode rural vers Fort-de-France. Le site de Texaco est envahi.*

TEMPS BÉTON

En ce temps-là, les cases se transforment en villas dans une gloire de béton tandis qu'avec l'anéantissement de la production économique, s'ouvre le règne de la ville.

1964	Voyage de De Gaulle en Martinique.
1980-83	*Le quartier Texaco est relié à Fort-de-France par une route nommée Pénétrante Ouest. Arrivée messianique de l'urbaniste au Quartier Texaco. Début de la réhabilitation.*
1985	*Rencontre de Marie-Sophie Laborieux et du Marqueur de Paroles, celui qui fait des livres.*
1989	*Mort de Marie-Sophie Laborieux, devenue « l'informatrice ».*

ANNONCIATION

(où l'urbaniste qui vient
pour raser l'insalubre quartier Texaco
tombe dans un cirque créole
et affronte la parole
d'une femme-matador)

ÉPÎTRE DE TI-CIRIQUE AU MARQUEUR DE PAROLES HONTEUX : « A écrire, l'on m'eût vu le crayon noble, pointant moult élégantes, de dignes messieurs, l'olympe du sentiment ; l'on m'eût vu *Universel*, élevé à l'oxygène des horizons, exaltant d'un français plus français que celui des Français, les profondeurs du pourquoi de l'homme, de la mort, de l'amour et de Dieu ; mais nullement comme tu le fais, encossé dans les nègreries de ta Créolité ou dans le fibrociment décrépi des murs de Texaco. Oiseau de Cham, excuse-moi, mais tu manques d'Humanisme — et surtout de grandeur. »
RÉPONSE DU LAMENTABLE : Cher maître, littérature au lieu vivant est un à-prendre vivant...

Dès son entrée dans Texaco, le Christ reçut une pierre dont l'agressivité ne fut pas surprenante. A cette époque, il faut le dire, nous étions tous nerveux : une route nommée Pénétrante Ouest avait relié notre Quartier au centre de l'En-ville. C'est pourquoi les gens-bien, du fond de leur voiture, avaient jour après jour découvert l'entassement de nos cases qu'ils disaient insalubres — et ce spectacle leur sembla contraire à l'ordre public.

Mais, s'ils nous regardaient, nous-mêmes les regardions. C'était un combat d'yeux entre nous et l'En-ville dans une guerre bien ancienne. Et dans cette guerre, une trêve s'était rompue car la construction de cette route ne pouvait, à nos yeux, qu'annoncer une ultime descente policière pour nous faire déguerpir ; et nous attendions cet assaut chaque minute de chaque jour, dans une ambiance nerveuse où le Christ apparut.

Iréné, le pêcheur de requin, l'aperçut le premier. Puis Sonore, la câpresse aux cheveux blancs d'autre chose que de l'âge, le vit venir. Mais tout le monde n'eut vent de son apparition qu'avec Marie-Clémence dont la langue il est vrai est un journal télévisé. A le voir, il semblait un de ces agents de la mairie moderne, qui détruisaient les quartiers populaires pour les civiliser en clapiers d'achélèmes, ou même de ces huissiers des vieux temps-la-misère qui nous sommaient de disparaître. C'est sans doute pourquoi il reçut le coup de pierre et perdit sur le long de sa joue un petit sang coulant. *Qui donc avait lancé la pierre ?* Les réponses à cette question furent tellement prolifiques que la vérité vraie nous échappa toujours. Pourtant, le dimanche soir des années bissextiles, il nous arrive de soupçonner le plus terrible des habitants de Texaco : un surnommé Julot-la-Gale, qui n'éprouve aucune peur sinon celle du retour sur terre de sa manman défunte. Mais, sitôt la mise en terre de cette marâtre sans baptême qui lui avait grillé l'enfance, Julot avait pris la précaution de ferrer son cercueil sous sept nœuds invincibles de la corde d'un pendu. Fort de cette précaution, il se moqua de la mort, prit Dieu pour un compère de rhum, ne se soucia jamais de sourire au destin. Quand le hasard nous l'envoya, à Texaco, il nous protégea des autres méchants de l'En-ville et devint un Major dont la bienveillance ne couvrait que les nègres à l'en-bas de ses graines — je veux dire : ses vassaux. A chaque descente de la police, on le vit tout-devant sous la pluie des boutous. Ceci pour dire qu'à la roche, l'acide ou le rasoir, il fut toujours, au gré de ses initiatives, préposé à l'accueil des indésirables d'une manière sauvage.

Mais ne perdons pas le fil, et reprenons l'affaire maille par maille, avec si possible une maille avant l'autre. Donc d'abord Iréné...

L'ARRIVÉE DU CHRIST SELON IRÉNÉ. En ce jour-là, le pêcheur de requin, Iréné, mon homme oui, s'était levé dans les noirceurs comme le lui imposait la récolte de ses monstres. Gagner tôt la mer, là où un polystyrène signalait ses appâts, lui évitait de ne ramener que le seul cartilage des requins hameçonnés. Café avalé, il se déraidit dans le vent propre de l'avant-jour, puis examina ses rêves par lesquels se révélait la nature de ses prises. Il m'annonçait sa pêche du pas de la porte et me la confirmait à son retour. Ce jour-là, ses rêves ne furent pas prophétiques. Il n'y rencontra que les bienheureuses couillonnades qu'abandonne dans nos esprits la qualité du rhum Neisson. Depuis trois quarts de temps, la mer n'accrochait aucune chance aux appâts. Iréné partit donc sans ballant, réfléchissant déjà pour trouver après pêche de quoi salir sa truelle de maçon d'occasion. Il ramena de son appentis des rames, un bac d'essence et un moteur, cala le tout dans une brouette et remonta la Pénétrante vers son gommier de plastique subventionné par nos experts en développement du conseil régional.

Cependant son chemin, il aperçut le Christ. Ce dernier allait comme ça, nez au vent, ahuri, scrutant nos cases à l'assaut des falaises incertaines. Ses sourcils prenaient la courbe des incompréhensions. Une vague répugnance imprégnait sa démarche. La raideur de ses os disait son embarras. Iréné comprit flap : cet étrange visiteur venait questionner l'utilité de notre insalubre existence. Alors, Iréné le regarda comme s'il s'était agi de quelque chien-fer galeux vestimenté en homme. Le Christ ne le vit pas, ou feignit de, et continua la Pénétrante vers l'intérieur de Texaco.

Iréné rejoignit son gommier où l'attendait son équipage : un jeune braille à locks, aux yeux bandés de lunettes noires, perdu dans la phosphorescence jaune d'un ciré de marine : c'était Joseph Granfer. Ils s'en furent à leur affaire de requin sans même qu'Iréné ne lui signale sa déplorable rencontre.

Aucun calculer ne leur fut ce jour-là nécessaire pour retrouver leur ligne. Joseph équilibrant le gommier à la rame, Iréné saisit le fil-crin avec l'irrésistible puissance de vingt-cinq ans des mêmes mouvements. Mon homme n'est pas grand comme ces basketteurs de Harlem mais il n'est pas non plus sandopi comme ces nègres nés sous une lune descendante. Il est épais comme ça, les bras gonflés par la charge des requins, le cou fort, les pattes fines, la peau couleur pistache des chabins pas nerveux. Donc il tira tira avec des gestes réguliers qui lovaient le fil-crin derrière lui. Sans s'être consultés, ils s'apprêtaient à ramener des hameçons devenus imbéciles dans des appâts intacts, mais quand la ligne se mit à résister, ils furent certains d'une prise. Iréné demeurant pourtant sombre, Joseph crut qu'il remontait là un de ces requins noirs aux pupilles sataniques qu'aucun chrétien ne désirait manger. Quand la ligne tirait, Iréné la stoppait. Quand elle mollissait, il la ramenait rapide. Il ajustait sa force aux résistances perçues pour ne pas fendre la gueule au venant de l'abîme.

Soudain, la ligne devint molle-molle. Alors qu'il macayait, un souvenir vieux de douze ans l'informa du danger. Vif, il entortilla sa ligne à l'une des planches de l'embarcation et enjoignit Joseph de se tenir. Une formidable secousse électrisa le monde. Le crin siffla comme un cristal. Le gommier se mit à dériver plus vite qu'une eau sur la plume d'un canard. Joseph ébahi l'alentissait avec les rames. Cela dura quelques secondes puis s'arrêta comme alizé qui tombe.

Iréné se remit à ramener la chose, sans faiblesse, par centimètres précautionneux. Durant quatre heures, il ne céda rien des cent vingt mètres de fil. Il s'immobilisait parfois, et la ligne prête à rompre sciait ses paumes de fer. Il murmurait alors à l'invisible ennemi, C'est moi, oui, Iréné Stanislas, enfant d'Epiphanie de Morne l'Etoile, et de Jackot mulâtre bel-beau-mâle à jabot... La ligne mollissait alors. Iréné la ramenait avec la plus alerte des prudences. Il ponctuait chaque brin gagné d'un *oui* soufflé dans l'effort et dans l'exaltation. Bientôt, la ligne devenant blanche annonça les hameçons. Joseph abandonna ses rames pour harponner un requin clair, puis un deuxième déjà noyé au ventre ouvert, puis un troisième battant la gueule qu'il fallut étourdir, puis un quatrième. Il faillit tomber froid quand le bleu se dissipa soudain sur l'apparition encore profonde d'une masse démesurée. La gueule de travers, crucifiée sur le dernier hameçon, une chose le regardait avec toute la méchanceté du monde dans des yeux tout petits.

S'il avait pu, Joseph aurait crié mais les pupilles du monstre malgré la hauteur d'eau lui avaient sucé l'âme. Par-dessus le bord gauche du gommier, il effectuait à grande vitesse un signe de croix catholique au départ, emmêlé à la fin et de toute manière froid. Iréné derrière ramenait encore la ligne quand il perçut l'incompréhensible frénésie de la main droite de son équipage. Alors, mon pêcheur de requin, sans même se pencher pour confirmer sa sensation, avec un geste invisible tellement il fut rapide, et très calme oui, trancha la ligne.

La mer se creusa sur une puissance qui s'en allait puis, explosant en cercles concentriques, elle repoussa le gommier sur l'énième longueur d'un des points cardinaux. Joseph, libéré du charme, se plaça les lunettes de tontonmacoute sur le nez et se mit à mouliner à toutes rames en direction de la terre (vent devant).

Iréné s'était assis à l'arrière comme un pape, chaque bord du gommier lui servant d'accoudoir, le visage empreint d'une béatitude guerrière d'autant plus facile à imaginer qu'il la traîna devant nous durant une charge de temps. Quand

Joseph, rassuré par la proximité des falaises de Case-Pilote, posa les rames pour l'interroger sur l'inquiétante rencontre, Iréné lui répondit avec emphase : Mon fi, dans les temps qui viennent tu vas voir un sacré-bel combat, il y a dans la rade un méchant requin venu pour nous manger... Et le disant, il en tremblait comme moi je tremble de cette anticipation d'une lutte qu'il me fallait livrer.

Ils vendirent les quatre requins en un petit tac d'heure : Iréné les trimbalait sur sa brouette, l'air absent d'être déjà dans la bataille future qui l'opposerait comme moi à une sorte de requin. Joseph hélait les revendeuses, débitait les tranches, les pesait, encaissait. A case, cela nous rapporta le bonheur de payer quatre dettes et d'acheter un demi-sac de ciment pour enduire notre façade. Pour toutes ces raisons, Iréné mon pêcheur de requin fut le premier à soupçonner que l'homme rencontré ce matin-là pénétrant à Texaco ne relevait pas de la graine des malheurs comme nous le crûmes d'emblée ni n'annonçait une mauvaise saison. Rien qu'une bataille. Ma grande bataille.

Mais, sans lever de chaleur, voyons comment le vit Sonore.

L'ARRIVÉE DU CHRIST SELON SONORE. Annette Bonamitan, née Sonore, était la fille de Julia Etoilus. Son père, un nègre laïque détenteur d'un brevet incompréhensible et d'un poste d'instituteur dans la commune du Marigot, détruisit sa carrière dans une tranchée française de la guerre quatorze où pièce d'entre nous ne l'avait envoyé. J'aurais pu raconter en cinémascope cette histoire d'amour entre le laïque instructionné et la dame Etoilus qui de l'alphabet ignorait même les blancs entre les vingt-six lettres, mais le détour serait risqué.

Quoi qu'il en soit, leur passion féconde offrit l'existence à notre Annette qui, un samedi durant lequel il eût été plus sain d'avaler un crapaud, épousa un inutile crié Jojo Bonamitan. Là encore, le détour eût été édifiant (un chien de casino, qui dissipait sa vie au brasier des double-six, qui se mariait tous les neuf mois dans diverses communes et sous des noms divers, à tel point qu'on ne sait plus s'il s'appelait vraiment Jojo Bonamitan, et qui devait plomber ses dés ou trafiquer ses cartes vu qu'il gagnait sans cesse un argent vite flambé, et qui avide d'excitation s'en alla jouer baccara avec un sale zombi dans une église fréquentée par la foudre, et qui tricha comme à son habitude sans même penser que son adversaire était le vice de trente-deux vices, si bien qu'il savourait l'illusion d'une victoire quand son chiffre vainqueur se transforma en quatre à l'heure de le montrer, et ainsi de suite jusqu'à ce que Bonamitan misât son unique slip, sa chevalière croitée, le sang de sa jambe gauche, puis le souvenir de son baptême dont la perte le transforma en une chair pourrissante balancée à la mer par mégarde de voirie comme étant celle d'un rat...) mais je n'ai pas cela à dire.

En tout cas, il n'y eut jamais d'avis d'obsèques (sauf peut-être chez les bécunes avaleuses de cette crasse). Annette Bonamitan ne sachant pas très bien si elle était une veuve, ni même de qui elle le serait, sonorisa dans sa poitrine les haut-parleurs de treize chagrins. On l'entendit ainsi jusqu'à ce que sa mémoire trouvât récolte d'un brin d'oubli. Tout-suite, les nègres la surnommèrent Sonore. Ce petit nom eut l'avantage de la restituer au patronyme paternel du nègre laïque tout en versant aux annales des paroles, la particularité acoustique de son temps de détresse. Ô seigneur, ces choses-là vont me tuer...

Mais abordons le drame : l'inutile joueur de graines-dés (aidé à son insu par d'abusifs consolateurs) lui avait laissé sept enfants dont l'insolence s'attestait par le blanchiment jour après jour des cheveux de leur mère. Sonore tentait toujours de savourer l'existence avant l'éveil de ses bestioles. Le soleil expédiait le premier de ses rayons à sa fenêtre ouverte. Cela emplissait la câpresse d'un optimisme hypnotique où elle puisait des forces pour les heures de journée. Outre la calamité des enfants sans boussole, Sonore éprouvait celle de ne pas travailler depuis un temps dont les services de l'ANPE avaient perdu la trace dans des calendriers. Ces derniers avaient été transmis aux services tutélaires de Paris pour une étude spéciale dont les résultats se faisaient attendre depuis déjà trois ans, dix mois, deux semaines, quatorze jours, plus des heures dont le décompte angoissant pour Sonore serait ici bien fastidieux. Luttant à sa manière, elle avait quitté son loyer des Terres-Sainville quand il fut probable que Bonamitan n'y participerait plus Comme nous, elle s'en était venue barrer un bout de terre et lever une case à l'ombre des réservoirs de la compagnie pétrolière Texaco. Le jour, elle gagnait l'En-ville vers des djobs de ménage dans des hôtels compatissants. Elle réapparaissait en fin d'après-midi pour charbonner des pistaches ou sauter des corn-flakes proposés en soirée aux regardeurs de cinéma.

Ti-Cirique (un Haïtien lettré qui épluchait des livres, récemment installé dans une case du quartier) lui avait rédigé deux mille sept cents demandes d'emploi adressées au maire de Fort-de-France. Sachant le maire poète et goûteux de belles-lettres, Ti-Cirique avait déployé une stratégie qui, pour s'être révélée vaine, n'en avait pas moins été d'une extrême finesse. La vie de Sonore ne lui paraissant pas très noble, notre scribe lui avait sédimenté autour de chaque demande un récit de vie misérable copié dans un roman de Victor Hugo. Les enfants de Sonore, pas vraiment présentables à son sens ni leur nombre civilisé, il les y avait transformés en trois anges sans père empoisonnés quotidiennement par le lait d'une mamelle en chômage. Et pour finir, il avait émaillé ces misères délicates de citations choisies : Car Roland est pieux et Olivier est sage *(auteur inconnu)*, Le chagrin monte en croupe et galope vers lui

(Boileau), La douleur qui se tait n'en est que plus funeste *(Racine)*, Mon cœur lassé tout de même de l'espérance, n'ira plus de ses vœux importuner le sort *(Lamartine)*, La voix du temps est triste au cœur abandonné *(De Vigny)*, Oh n'insultez jamais une femme qui tombe *(Victor Hugo)*, Ô douleur, Ô douleur, le temps mange ma vie (*Baudelaire)*... Nous avions fini par les connaître car Sonore, plus émerveillée que convaincue, ânonnait souvent sur le pas de sa porte les épisodes photocopiés de cette nouvelle vie.

La mairie n'avait répondu que des regrets. L'assistante sociale ne lui avait confié que des manœuvres pour un cumul d'allocations. Quant à la guichetière de l'ANPE, elle lui donnait nouvelle des calendriers puis, sans un prétexte, allait se réfugier dans d'arrière-cabinets. Sonore tenait tête de son mieux, cédant aux douleurs juste l'âge de ses regards, le noir de ses cheveux et des larmes invisibles révélées au monde par d'inhabituels silences de ses enfants terribles. (Misère vue n'est pas la mort...)

Or, quelque temps plus tôt, Ti-Cirique avait eu une idée. Il était apparu à la fenêtre de Sonore comme chevauchant la clairété du soleil, son front chauve électrique, ses lunettes de trop de lectures en travers sur son nez. L'Haïtien avait rédigé une de ses lettres habituelles brodée cette fois des citations suivantes : Oui, quel est le plus profond, le plus impénétrable des deux : l'océan ou le cœur humain ? — Bonté, ton nom est homme. — Que ne puis-je regarder à travers ces pages séraphiques le visage de celui qui me lit... Chacune accompagnée d'un petit chiffre qui renvoyait trois pages plus loin, bout de la lettre, au nom de l'auteur : *Isidore Ducasse comte de Lautréamont* — une sorte d'illuminé [1] à

1. Ti-Cirique appelle « illumination » un décuplement chaotique de voyances. Face à Lautréamont, Rimbaud, selon lui, pèserait léger comme une marmaille d'école.

propos duquel le maire avait écrit dans des temps de jeunesse.

La lettre était partie comme une dernière chance. La veille de l'arrivée du Christ et plus rapidement qu'à l'ordinaire, Sonore avait reçu réponse de la mairie dans une lettre qui lui fut impossible à ouvrir. Elle l'avait posée sur la table, un coin glissé sous un pot de fleurs. Elle était sortie. Elle était revenue. Elle l'avait manipulée pour déchiffrer des doigts l'indéchiffrable et l'avait reposée un peu lourde et plus dense. Le rectangle blanc estampillé *Ville de Fort-de-France* aspira les tourbillons de la case. D'entendre leur manman héler quand ils s'en approchaient, incita les enfants à tournoyer autour. Leurs canailleries cessaient à dix centimètres de la nappe, puis reprenaient au loin. Les plus petits s'immobilisaient en larmes pour conjurer la chose. D'autres inspiraient à fond et s'élançaient comme en abîme dans le seul but de la toucher. Sonore, elle-même, veillait venait virait, époussetait un bout de table, revenait pour l'énième verre d'eau fraîche au bouquet d'hibiscus.

La nuit de Sonore fut un cauchemar de lettres à becs jaunes qui fondirent vers ses yeux exposés par l'horreur. Elle y vit comme facteur une diablesse à sabots et quelques autres atrocités. Elle prit-courir du lit pour espérer auprès de sa fenêtre l'apparition du soleil. Il vint — ce fut magique : la câpresse blanchie, revigorée, se dressa prête à renverser le monde. Elle se signa en apercevant Iréné mon pêcheur de requin voleter sur le pont derrière son matériel : pour les gens de Texaco, il n'était pas chrétien qu'un pêcheur s'intéressât aux squales. Puis, comme ça, sans sonneries du destin, elle aperçut le Christ. Une silhouette d'os examinant la ravine en somnole sous le pont, nos cases échassières dans la mangrove visqueuse, les ultimes camions de l'ancienne compagnie puis les falaises grimpées par nos maisons à pattes.

Sonore y perçut une avant-garde d'expulsion policière et se sentit lever-fâchée. Elle pivotait déjà sur treize malédictions quand ses yeux tombèrent sur la lettre. Dans le même allant, elle l'attrapa, l'ouvrit, la déplia, et s'apprêtait à sonoriser sur le pas de sa porte quand elle lut d'un coup-blip, *Madame en réponse à votre lettre du douze juillet 1980, nous avons le plaisir de vous informer qu'un emploi pourra vous être accordé dans la permanence qu'ouvrira le service d'urbanisme de la mairie au lieu-dit : Texaco. Nous vous saurions gré de bien vouloir vous présenter au service du personnel dans les meilleurs délais, en vue de la constitution de votre dossier d'embauche. Veuillez agréer...* Sonore demeura bouche ouverte sur les malédictions devenues silencieuses. Son poing levé rageur retomba en liane molle. Dans le brouillard de son plaisir, elle vit le Christ bondir sous le coup de la pierre. Elle en fut accablée car elle avait compris au moment de la lettre, qu'il n'inaugurait pour nous aucune des plaies d'Egypte.

Mais pas de vitesse sur les pavés glissants : voici ce qu'en raconte cette chère Marie-Clémence.

L'ARRIVÉE DU CHRIST SELON MARIE-CLÉMENCE. En fait, Marie-Clémence avait décelé le Christ avant tout le monde. Et s'il fallait l'en croire, avant même qu'il n'arrive elle savait qu'il viendrait. Non que Marie-Clémence soit devineuse, mais à force de guetter les affaires des gens elle avait fini par savoir tout relier dans sa vicieuse mémoire. Elle était capable de regarder le monde avec grand étonnement et de voir ce que personne ne voyait plus. Elle savait déchiffrer les plus sombres pupilles et raccorder le tressaillement d'une lèvre à la souffrance d'un cœur. Elle savait répertorier dedans son voisinage, les débattements dans l'existence afin d'en informer le monde tout entier. Nous apprîmes avec elle, par exemple, qu'un départ matinal avec petite valise et paupières trop baissées annonçait le naufrage d'une amour catholique en chambre d'avortements de la maternité. En finale, avec elle, dans notre Quartier de Texaco, une vie sans regards comme celle du centre-ville était vœu difficile. On savait tout de tout. Les misères épaulaient les misères. La commisération intervenait pour accorer les désespoirs et nul ne vivait l'angoisse de l'extrême solitude.

Ti-Cirique avait déclaré un jour qu au vu du Larousse illustré, nous étions — en français — une communauté. Eh bien, dans cette communauté, le chocolat de communion c'était Marie-Clémence. Si sa langue s'avérait redoutable (elle fonctionnait sans jours fériés) sa manière d'être, de dire bonjour et de vous questionner était d'une douceur exquise. Sans méchanceté aucune, avec le naturel de son esprit, elle exposait l'intimité des existences aux sentinelles de la curiosité. Personne ne désirant être plus exposé que quiconque, chacun alimentait Marie-Clémence avec ce qu'il ne fallait pas savoir sur les autres. Les équilibres ainsi respectés, elle nous devenait une soudure bienfaisante et dispensait juste l'aigreur nécessaire pour passionner la vie.

Cette mulâtresse, au temps de l'antan, fut sans doute d'une beauté infernale. A l'heure du Christ, elle semblait un ange sans plumes dégringolé du ciel. Elle arborait des cheveux couleur-paille noués en une natte qui lui battait le dos. La vieillesse refusant de rider sa peau extra-fine, couleur de paille humide, lui avait conféré texture d'éternité. Ses doigts s'allongeaient translucides dans plusieurs bagues en or. Au soleil, ses yeux prenaient une teinte de canne créole en sécheresse vitrifiée. Et ses lèvres, ah, roses, pulpeuses malgré les plis du temps, miroitaient d'une troublante arrière-jeunesse, miroirs vrais d'originelles félicités. Ces lèvres (s'il fallait en croire Carolina Danta, dévote ravet d'église qui vivait avec nous) achevèrent sa légende d'exilée du ciel des suites d'un péché commis avec la bouche.

Cette rumeur, bien entendu, restait supposition : Marie-Clémence, intarissable sur tout le monde, était muette sur elle-même, comme si sa vie n'avait commencé qu'à l'ombre des fûts de Texaco. Quand elle échoua parmi nous pour bâtir le quartier, elle portait déjà une vieillesse angélique et sa curieuse légende, mais elle était un peu silencieuse et absente. Il fallut que notre quartier naissant défiât le béké des pétroles, défiât l'En-ville et défiât la police pour qu'elle se remît à s'étonner des existences comme aux époques de sa jeunesse.

Donc, sortie bien de bonne heure pour vider son baquet, elle aperçut notre Christ alors même qu'Iréné mon pêcheur amorçait son réveil. A ce point de la vérité commence sa fantaisie : voyant la silhouette osseuse, elle affirme s'être trouvée dans la situation du prophète Jean-Baptiste qui, dans l'eau du Jourdain, vit surgir le fils de la Bonne Nouvelle. A mon avis, c'est une de ces figues que les Français crient blague. En vérité, le Christ de Texaco n'était pas encore Christ. Il y venait au nom de la mairie, et pour *rénover Texaco.* Dans le langage de sa science cela voulait dire : *le raser.* De plus, Marie-Clémence devait être mieux occupée à propreter son baquet qu'à prendre vision de cette prétendue silhouette survolée d'une colombe (colombe — c'est encore pis — inconnue au pays). Et il est peu probable qu'il y eut, élisant le bonhomme, l'éclair symptomatique d'une émotion du monde. La laissant raconter en respect de son âge, nous louons tout de même l'exaltation de sa mélancolique cervelle par l'arrivée de celui qui — de m'avoir entendue et sans alléluia — deviendrait notre Sauveur.

LA RENCONTRE DU CHRIST AVEC LE VIEUX-NÈGRE DE LA DOUM. En fait, Marie-Clémence avait eu la sensation qu'un événement considérable se produirait dans notre survie. Recherchant ses prémices, elle se concentra sur le passage d'Iréné derrière sa brouette, puis sur les volets de la case de Sonore espérant le soleil. Sa formidable intuition se fixa bientôt sur la silhouette de l'insolite promeneur. Elle crut alors utile de diffuser l'alerte. Or, Marie-Clémence, c'est à savoir, était capable de prodiges. Elle pouvait relier seize cases en un seul tac de temps. Elle pouvait féconder de messages les trente-trois vents coulis qui traversent les cloisons. Elle pouvait déclencher de silencieux tocsins dans les rêves profonds, accrocher des murmures aux persiennes, sonner de la langue dans les trous de serrure, transformer la quiétude des chambres en abeilles zinzolantes. Elle remonta la ravine ainsi, de porte en porte jusqu'à la cascade qui creusait la falaise, puis sonna son alarme dans Texaco du haut. Elle disait : La chaux ! La chaux ! prompte manière d'annoncer une brûlure de la vie.

Cette alerte provoqua, comme on dit dans les mornes, la plus belle des bordelles. Si trente-deux cauchemars furent heureusement brisés, douze rêves avortèrent sous l'aiguille de l'angoisse. Des enfants perdirent des larmes plus âgées que leur propre existence. Les hommes se transformèrent en raideur silencieuse. Des femmes hurlèrent, d'autres plus canailles devinrent des torches de l'injurier créole. Notre impulsion fut de sortir des cases, puis de rentrer, enfin d'appliquer les mesures d'expérience apprises des précédentes razzias policières : envelopper le fragile, serrer la monnaie au fondoc ces grandes poches, emmailloter les papiers dans des draps, répartir la marmaille dans les différentes cases en sorte que les polices hésitent à briser le toit d'un innocent... Mais soudain, il nous fut clair que la police n'était pas là. Il n'y avait pas dans l'air l'émoi catastrophique des halètements bottés, des menaces et des ordres. Seul le silence d'une aube insignifiante, et, quelque part sur le pont, le couinement (un instant éternel) du Christ sous le choc de la pierre.

On se porta en masse vers son corps foudroyé. Soucieuse d'achever la répartition des enfants dans les cases, j'étais demeurée dans le havre des hauteurs, mais la scène m'a si souvent été racontée que je doute parfois de mon absence aux premières lignes. Tout Texaco se retrouva autour du corps et de la pierre. On fut inquiet. Croyant le bougre assassiné, le quartier assassin s'envisageait rayé du monde sous une prochaine représaille policière. Les hommes[1] demeuraient indécis dans un songe immobile. Les femmes[2], par contre, proposèrent d'échauder le supposé cadavre, de le fourrer dedans un sac, de tasser le sac au fond d'une bombe sans nom et de noyer le tout derrière une septième vague aux abords du Mexique. Les marmailles présentes complétèrent cette idée des cruautés funestes qui leur sont naturelles. On en était là quand le Christ soupira. Carolina Danta provoqua la panique quand elle crut bon s'enfuir en hurlant : *Roye chers ! son âme est revenue...* (Mi fè...)

L'âme ne revint pas si tant. Le corps gémissant demeurait étourdi. La compagnie s'était égaillée dans la broussaille des cases. Seules Marie-Clémence et Sonore hantaient encore l'extrémité du pont. Le lapidé leur paraissait un tac plus effrayant. Sonore fut la première à supposer que le maudit lanceur de pierre fût notre Julot-la-Gale et suggéra d'empor-

1. (Pêcheurs attardés, djobeurs de chantiers, dockers du port, muscles de service dans hangars et magasins, rêveurs sans origine dont l'identité n'était que l'étiquette de leur rhum préféré, Caribéens en exil, mulâtres tombés, voyageurs qui menaient à Texaco une de leurs sept vies avec une concubine et un chapelet d'enfants, plus deux-trois particuliers à propos desquels j'aurai le temps d'avancer le détail...)

2. (Maquerelles à z'anneaux, négresses de luttes sans fin rougeâtres comme les terres du Vert-Pré, créatures ne vivant que pour être enceintes et exposer des bouquets d'enfants à chaque creux de leurs coudes, jeunes filles ridées au regard sombre, matadors à grands cils dont les formes abondantes maltraitaient les coutures d'une toile rétrécie, plus une théorie de personnes à papillotes, souriantes et soucieuses, au sujet desquelles je trouverai bien manière d'offrir la précision...)

ter le blessé au vieux-nègre guérisseur qui résidait dans le Quartier. Comme c'était le seul moyen d'échapper au danger d'avertir la police, tout le monde fut d'accord.

On se demandait déjà comment soulever l'agonisant quand o-o ! surgit l'innocence en personne, le citoyen Julot-la-Gale. Sa case se trouvait dans Texaco-du-bas, derrière celle de Sonore. Son insistance à lever un sourcil ingénu convainquit Marie-Clémence de sa culpabilité. Dès l'apparition du Christ dans son champ de vision, Julot avait dû lancer la pierre que nous aurions lancée si nous avions été aussi méchants que lui. Et, au maintenant des représailles probables, il affectait la mine candide que nous aurions tous eue. Avec une application feinte, Marie-Clémence et Sonore lui racontèrent ce qu'il savait mieux qu'elles. Lui, un doigt grave posé sur la moustache[1], feignit de s'informer. Pour finir, il eut l'idée qui n'était pas la sienne, d'emporter le blessé vers le nègre guérisseur qui habitait tout au fond du Quartier, dans un endroit couvert par une végétation impénétrable, pleine d'ombres et d'odeurs magiciennes que nous appelons : la Doum.

La Doum était un monde hors du monde, de sève et de vie morte, où voletaient des oiseaux muets autour de fleurs ouvertes sur l'ombre. Nous y percevions des soupirs de diablesses que des enfants somnambules surprenaient à rêver dans un creux d'acacias. Elles leur lançaient des papillons de nuit aveuglés de soleil. A cause de cela, personne ne s'y aventurait. Nous demeurions au loin, sur ces

1. (Il était grand comme ça, pas plus épais qu'un soupir de ficelle, le visage squelettique et les yeux en glaçons — sa peau prenait les teintes changeantes de mille cicatrices dont certaines provenait de lui-même, d'autres de sa mère, et le reste de quelques audacieux forcément décédés — et pour finir, sa voix, pointue comme un souffle de jeune fille dans un pipeau cassé, était son seul vestige d'une enfance momifiée dans un corps qui devenait mauvais, ah, Julot, très cher, quel abîme étais-tu ?)

roches de rivière où se lavait le linge. Aujourd'hui, la rivière n'a plus le même allant, elle est boueuse et ne sert plus à rien, et les diablesses semblent avoir disparu.

Notre futur Christ fut donc transporté comme une touffe d'herbes-lapin au dos de notre Major. Julot devant, les femmes derrière, ils traversèrent un espace grillagé où flottait un vieux senti-pétrole qui vous imprégnait l'âme. La compagnie pétrolière Texaco qui occupait autrefois cet espace, et qui avait donné son nom à cet endroit, avait quitté les lieux depuis nani-nannan. Elle avait pris ses fûts, charrié ses réservoirs, tronçonnés ses tuyaux téteurs des gros navires, puis s'en était allée. Ses camions-citernes y stationnaient parfois pour préserver d'un pied sa chère propriété. Autour de cet espace abandonné, se bousculaient nos cases, notre Texaco à nous, compagnie de survie.

Julot s'approcha de la Doum et appela le vieux-nègre à distance raisonnable, *Papa Totone ho !...* Le guérisseur surgit là-même avec cet air d'imbécillité douce dont personne n'était dupe. Il avait la rondeur d'une papaye bienheureuse. Sa taille était moyenne et ses gestes impeccables. Pour qui savait voir, Papa Totone se déplaçait avec une économie parfaite. Il portait son bakoua noirâtre, un tricot ajouré, son short américain et une paire de ces sandales que les syriens avaient soldées après un vieux cyclone. Le guérisseur ne s'enquit nullement de la demande de soins. Semblant vivre une péripétie déjà prévue, il effleura d'une main négligente le front blessé du Christ (du coup, celui-ci s'éveilla) avant de murmurer : *Mène-le pour notre Marie-Sophie...*
Ce qu'ils firent sans attendre.

C'est pourquoi le Christ me fut amené à moi, Marie-Sophie Laborieux, ancêtre fondatrice de ce Quartier, vieille femme d'un âge que je préfère taire, non par souci de coquetterie (à mon âge !) mais par respect d'une précision que ma mémoire ne respecte plus.

LA RENCONTRE DU CHRIST AVEC MOI-MÊME. Je vis arriver cet équipage alors que j'avais achevé la répartition des marmailles dans les cases de Texaco-du-haut. Ce n'était rien, mais cela m'avait provoqué une faiblesse du corps. Condition triste que celle d'une plante fanée sous la manœuvre du temps, ce n'est pas l'eau qui lui manque, ce n'est pas le soleil, ce n'est pas non plus l'envie de vivre, mais l'éloignement irréversible de chaque fibre de son être des fibres vivantes du monde. Etre faible devenait pour moi un état. Je commençais à comprendre les tourments de mon cher Esternome de papa, surpris d'un crépuscule intime. A l'époque où nous en parlions, je ne comprenais pas, et c'était bien ainsi : l'esprit trop tôt fasciné du mystère approchant de la mort n'est pas un esprit clair. Mon intérêt pour le monde se résumait à Texaco, mon œuvre, notre quartier, notre champ de bataille et de résistance Nous y poursuivions une lutte pour l'En-ville commencée depuis bien plus d'un siècle. Et cette lutte amorçait un ultime affrontement où devait se jouer notre existence ou notre échec définitif.

En découvrant le Christ (le grand âge augmentant la portée du regard), j'eus le sentiment qu'il était l'un des cavaliers de notre apocalypse, l'ange destructeur de la mairie moderniste. Cette dernière depuis quelques années déjà, menait une guerre ouverte contre l'insalubrité de certains quartiers populaires. L'un d'entre eux, situé au-dessus du Morne Pichevin, s'était vu raser à coups de bulldozers, et sa population s'était vue disperser en clapiers d'achèlèmes. C'était maintenant au tour de notre quartier de Texaco. Malgré notre ancestrale pratique de la survie, j'avais le sentiment que — d'en réchapper — nous n'avions aucune chance.

C'est pourquoi je vis entrer l'ange destructeur en tremblant. Julot le fit asseoir à ma table. Je lui offris un rhum vieux. Ne sachant trop quoi faire, je demandai aux autres de nous laisser seuls. Inoubliable moment. Le Fléau et moi demeurions silencieux, lui naviguant dans une brume doucie par mon rhum, moi désemparée comme une murène dans le piège d'une mâchoire. Mais, femme-matador, j'avais trop vécu pour demeurer ainsi.

Le Fléau était grand, maigre mais pas sec, le regard sombre plein d'une mélancolique douleur, la peau noire et très fine. Il n'avait rien d'un vagabond à bretelles ou du bouledogue sans maître. Sa manière de se tenir sur ma chaise signalait le garçon bien élevé. Et puis, surtout, je ne sentais pas chez lui cette raideur intérieure qu'instaurent les certitudes. C'était un bougre de questionnement. Il y avait là une chance.

Forte du privilège de mon âge, je le questionnai sur son papa et sa manman. Lui me répondit comme l'on répond aux grandes personnes. Le questionnant encore, j'appris que cet ange du malheur dont je ferai notre Christ préparait une thèse d'urbanisme à l'institut de géographie de Paris IV, sous la direction du professeur Paul Claval, que pour l'instant il travaillait au service créé par la mairie moderniste afin de rationaliser son espace, penser son extension et conquérir les poches d'insalubrité qui le coiffaient d'une couronne d'épines. J'appris aussi, qu'arrivé en cours d'opération, il avait vécu sur le tard les premières destructions de quartier justifiées au nom de l'insalubrité, et ne savait quoi en penser. Quand il fallut construire la Pénétrante Ouest pour s'occuper de Texaco au bulldozer et à la masse, il avait demandé sans trop savoir pourquoi, à diriger les opérations d'approche, d'évaluations et de mises au point. L'ouverture d'une permanence parmi nous afin de coordonner les expulsions et les relogements avait été décidée (je ne savais pas encore qu'elle y créerait le temps de son existence un emploi dévolu à Sonore). L'ange destructeur était venu ce matin-là se familiariser avec les lieux de ses futurs exploits.

— A quoi ça sert de visiter ce que l'on va raser ?

Il n'avait pas trouvé quoi dire et s'était appliqué à terminer son verre. Alors, j'inspirai profond : j'avais soudain compris que c'était moi, autour de cette table et d'un pauvre rhum vieux, avec pour seule arme la persuasion de ma parole, qui devrais mener seule — à mon âge — la décisive bataille pour la survie de Texaco.

— Petit bonhomme, permets que je t'en baille l'histoire...
C'est sans doute ainsi, Oiseau de Cham, que je commençai à lui raconter l'histoire de notre Quartier et de notre conquête de l'En-ville, à parler en notre nom à tous, plaidant notre cause, contant ma vie...
Et si c'est pas comme ça, ça n'a pas d'importance...

LE SERMON
DE MARIE-SOPHIE LABORIEUX
(pas sur la montagne
mais devant un rhum vieux)

TABLE PREMIÈRE

AUTOUR DE SAINT-PIERRE

(où l'esclave Esternome
lancé à la conquête de l'En-ville
n'en ramène que l'horreur d'une amour grillée)

TEMPS DE PAILLE

1823 (?) - 1902

A beau dire à beau faire, la vie ne se mesure jamais à l'aune de ses douleurs. Ainsi, moi-même Marie-Sophie Laborieux, malgré l'eau de mes larmes, j'ai toujours vu le monde dessous la bonne lumière. Mais combien de malheureux ont tué autour de moi l'existence de leur corps ?

Des koulis se pendaient aux branches des acacias dans les habitations qu'ils incendiaient. Des nègres jeunes se laissaient mourir d'une vieillesse du cœur. Des chinois fuyaient le pays avec des gestes de naufragés. Bondié ! combien ont donc quitté le monde au travers d'un grand trou de folie ?

Moi, je n'ai jamais eu de ces mauvaises pensées. Tant de hardes à blanchir aux rivières des misères ne m'ont guère laissé de temps pour une mélancolie. En plus, dans les rares instants que la vie m'accorda pour moi-même, j'appris à galoper du cœur sur de grands sentiments, à vivre la vie comme on dit, à la laisser aller. Et sur les rires ou les sourires, la peau de ma bouche n'a jamais s'il te plaît connu la moindre fatigue.

Mais ce qui m'a sauvée, c'est de savoir très tôt que l'En-ville était là. L'En-ville, avec ses chances toutes neuves, marchandes des destinées sans cannes à sucre et sans békés. L'En-ville où les orteils n'ont pas couleur de boue.

L'En-ville qui nous fascina tous.

Pour en être, j'ai préféré agir. Et comme disent certains jeunes en politique d'ici : plutôt que de pleurer j'ai préféré lutter. Pleurer c'était assez, lutter c'était en nous.

La sève du feuillage ne s'élucide qu'au secret des racines. Pour comprendre Texaco et l'élan de nos pères vers l'En-ville, il nous faudra remonter loin dans la lignée de ma propre famille car mon intelligence de la mémoire collective n'est que ma propre mémoire. Et cette dernière n'est aujourd'hui fidèle, qu'exercée sur l'histoire seule de mes vieilles chairs.

Quand je suis née mon papa et ma manman s'en revenaient des chaînes. Un temps que nul ne les a entendus regretter. Ils en parlaient oui, mais pas à moi ni à personne. Ils se le chuchotaient kussu kussu, et je les surprenais quelquefois à en rire, mais au bout du compte cela ravageait leur silence d'une peau frissonnante. J'aurais donc pu ignorer cette époque. Pour éviter mes questions, manman feignait de batailler avec les nattes de mes cheveux et ramenait le peigne ainsi qu'un laboureur au travail d'une rocaille, et qui, tu comprends, n'a pas le temps de paroler. Papa, lui, fuyait mes curiosités en devenant plus fluide qu'un vent froid de septembre. Il s'emballait soudain sur l'urgence d'une igname à extraire des dégras qu'il tenait tout-partout. Moi, patiente jusqu'au vice, d'un souvenir par-ci, d'un quart de mot par-là, de l'épanchement d'une tendresse où leur langue se piégeait, j'appris cette trajectoire qui les avait menés à la conquête des villes. Ce qui bien entendu n'était pas tout savoir.

D'abord, prenons le bout de ma mémoire, à travers l'arrivée de mon papa sur terre.

GRAND-PAPA DU CACHOT. Le papa de mon papa était empoisonneur. Ce n'était pas un métier mais un combat contre l'esclavage sur les habitations. Je ne vais pas te refaire l'Histoire, mais le vieux nègre de la Doum révèle, dessous l'Histoire, des histoires dont aucun livre ne parle, et qui pour nous comprendre sont les plus essentielles. Donc, parmi ceux qui rouclaient pour planter au béké ses cannes ou son café, régnaient des hommes de force. Ceux-là savaient des choses que l'on ne doit pas savoir. Et ils faisaient vraiment ce que l'on ne peut pas faire. Ils avaient mémoire des merveilles oubliées : Pays d'Avant, le Grand Pays, la parole du grand pays, les dieux du grand pays... sans les différencier cela les soumettait à d'autres exigences. Ils charriaient à l'épaule une souffrance commune. Ils guérissaient les pians mais pas les douces langueurs qui renvoyaient le mort vers le pays d'avant. Comme ça, ils contrariaient l'injuste prospérité de ces habitations dans cette chaux de douleurs. Les hommes de force disaient *Pas d'enfants d'esclavage,* et les femmes n'offraient que des matrices crépusculaires aux soleils de la vie. Ils disaient *Pas de récoltes,* et les rates se mettaient à ronger les racines, les vents à dévaster, la sécheresse à flamber dans les cannes, la pluie à embourber jusqu'à hauteur des mornes. Ils disaient *Plus de forces-l'esclavage,* et les bœufs perdaient leur foie en une pourriture verte, les mulets tout au même et les chevaux pareils. Le bétail décimé bloquait l'aléliron des moulins et privait de bagasse la flamme des sept chaudières dans chaque sucrerie.

> Dans le Sud, Marie-Sophie, les pierres à chaux me donnent mortier. En bord de mer, je grille à la manière des Caraïbes, coquillages et polypiers qui donnent manman-ciment.
>
> Cahier n° 4 de Marie-Sophie Laborieux. Page 9. 1965. Bibliothèque Schœlcher.

A la mort de la moindre bête, le Béké surgissait, plus blanc que le lin de ses linges. Il ordonnait d'autopsier l'animal. On le voyait anxieux tandis que le fer tranchait dans la rondeur ventrale. On le voyait épouvanté quand le foie apparaissait pourri par l'Invincible. Il gueulait alors : *Poison !...* Géreur, commandeurs, économes, vétérinaires ouvrant la ronde, hélaient aussi : *Poison ! ... Poison !...* Puis venait la harangue : Il y a parmi vous de mauvais nègres malgré le bien que je vous fais. La menace : Le coupable va sucer le piment d'un enfer !... Enfin, manière de représailles sur plus de trois semaines, il supprimait le cocomerlo, réduisait la morue, bouclait les hommes dans l'écurie pour les priver des femmes embagassées dans les cases à bagasse.

Plus tard, pour terrifier les empoisonneurs, les békés inventèrent le cachot. J'en vois encore de-ci de-là dans les paysages qui gardent mémoire, et chaque fois je frissonne. Leurs pierres ont conservé grises des tristesses sans fond. Les présumés coupables n'en sortaient plus jamais, sauf peut-être avec le fer aux pieds, le fer au cou, le fer à l'âme pour fournir un travail au-delà des fatigues. Permets-moi de ne pas te décrire le cachot car tu comprends, Marie-Sophie, disait mon papa, il ne faut pas illustrer ces choses-là, afin de laisser à ceux qui les ont construites la charge totale de leur existence.

Cette horreur n'a bien entendu servi à rien. Que peut-on contre la force des hommes de force ? Les bêtes continuaient à mourir, les enfants à ne pas naître, les habitations à trembloter. Comme bien d'autres, le papa de mon papa mourut dans un de ces cachots. C'était un homme-guinée à ce qu'il paraît, tout sombre, tout muet, avec de grands yeux tristes et des poils aux oreilles. Il faisait tout très bien, sa coupe lors des récoltes, son sarclage quand il fallait nettoyer. Il tenait son jardin avec des gestes lents. Seule inquiétude : il ne riait à aucune heure mais souriait aux oiseaux observés à loisir. Et si on lui mandait une parole (car on le sentait un brin spécial), il se levait du pas de sa case en murmurant une messe basse, inaudible toujours. Certains y percevaient des formules de puissance auxquelles se soumettaient on ne sait quels loas. Cela se crut d'autant mieux que le bougre parvint un jour à se guérir d'une frappe de la bête-longue. C'était une heure de champs. On vit pourtant l'éclair de la bête à hauteur de son cou. On vit pourtant l'enflure de sa veine dessous sa peau grillée. On le crut pourtant terrassé quand il roula dans l'herbe, roula par-ci, roula par-là, arrachant telle feuille, grafignant telle écorce, mâchant telle racine, beuglant dans une langue inconnue une sorte de chant trouble. Ramené à sa case sur le dos d'un mulet, il y passa quatre jours, ou peut-être plus, dédaignant le remède d'une matrone-guérisseuse vréyée par le Béké. On ne comptait pourtant plus sur lui : quand la bête frappe c'est annonce-l'enterrement. Mais lui, excusez, réapparut pourtant au clair d'un jour de pause, pour seulement visiter une sorte de pied-caïmite dont le feuillage vibrait des folies de vingt merles. Son cou conserva des écailles et un brin de raideur, mais dès lors sa santé fut parfaite. Il ne devait la perdre (ou la laisser tomber) que dans l'éternité ténébreuse du cachot.

Le Béké avait su l'étonnante guérison. Il le visita en personne, pénétrant dans sa case, lui tapant sur l'épaule. L'esclavagiste voulait savoir si le miraculé pourrait des douze poisons préserver son bétail, ou même d'un tel fléau révéler l'origine. Le papa de mon papa lui souffla d'un air grave la seule chose qu'il savait extraire de ses silences : son inaudible messe basse. Il lui désignait en parlant, des merles et d'autres merles, des merles et d'autres merles, et ses mouvements déliés semblèrent être *des gestes*, de ces signes manuels qui transportent les pouvoirs. Le Béké crut entendre un chant de sorcellerie. Il le fit empoigner et jeter au cachot. Cette chose venait d'être construite mais elle avait déjà, en cruauté placide, détruit deux nègres-congo soupçonnés de poison. Le papa de mon papa y resta silencieux, n'avoua rien, ne dit rien à propos du poison, même quand le Béké fit venir de la ville un nègre-bourreau [1] des plus féroces qui déploya rageur les ressources de ses pinces, qui lui braisa le sang, lui effeuilla les chairs, lui fit sauter les ongles et des os très sensibles, puis s'en alla vaincu par cette épave plus muette que le cachot lui-même.

Le papa de mon papa retrouva la parole en plein silence d'une nuit. Du cachot s'échappèrent des soupirs que les arbres les plus vieux accrochaient à leurs branches. Puis, de manière audible, explosa du trou sombre son inquiétante messe basse. Chacun prêta l'oreille et connut la pitié, car l'impossible messe basse n'était qu'une longue question. Jusqu'au bout de sa vie l'homme fut comme ça surpris que les oiseaux existent et qu'ils puissent s'envoler.

GRAND-MANMAN BLANCHISSEUSE. Mon papa sut que l'homme du cachot était son père le jour où l'on extirpa du trou malodorant une dépouille infectée de champignons blanchâtres. Le Béké la fit installer sur un lot de campêches qu'il enflamma lui-même. Par-dessus, un abbé provenant de l'En-ville psalmodia treize tables d'un latin solennel. Nous avions tous été rassemblés autour de ce bûcher, raconte mon papa. Agenouillés, mains jointes à l'évangile, nous gardions le front bas. A mes côtés, ma chère manman pleurait. Son cœur gros étranglait les vents dans sa poitrine. Moi, ne comprenant rien, j'allongeais sur sa peine des yeux inquiets de crabe. Alors, elle m'abaissa la tête et me dit : *Prédié ba papa'w ich mwen,* Prie pour ton papa, mon fils... Mon papa s'exécuta avec belle émotion et même, m'avouait-t-il sans

1. (Requis par la justice pour des œuvres pas très hautes, il vivait dans un trou de la prison militaire en compagnie de condamnées à mort, avec lesquelles jusqu'au supplice final, on lui autorisait d'épouvantables amours.)

orgueil, les vraies larmes de sa vie. Ensemble, ils regagnèrent leur case — elle, terbolisée, et lui la regardant comme s'il la découvrait.

C'était une négresse rouge. Elle avait échappé aux horreurs de la canne en travaillant à la Grand-case. Draps, nappes, caleçons, toiles de Hollande lui revenaient en vue des blanchisseries à la rivière. Le reste des jours, elle devait coudre les casaques pour esclaves, désherber le jardin avec un impotent, aider au poulailler et assumer l'et-caetera d'une charge de tracas. Cette existence était tout de même bien préférable à celle des champs. Elle en était sortie à cause d'une mauvaise chute. Le vétérinaire (un peu novice) étant demeuré coi devant sa hanche défaite, la manman de mon papa était restée bancale. Un pas lui exigeait de mouliner le buste à ainsi dire une yole affrontant quelque vague. De crainte que cette déveine ne soit transmise à ses récoltes, le Béké l'enleva des champs et la fit domestique, puis la nomma laveuse quand la vieille de ce poste se perdit en rivière. Sur le tard, la Dame de la Grand-case (une ancienne catin de la Salpétrière qui marchait sans ses pieds mais avec tout son corps), prise d'intérêt pour elle, lui confia l'entretien de sa lingerie secrète. Des robes de cotonnades, des gaules de merveilleuses, des mantilles de dentelles qui semblaient une vapeur. La Dame avait des rires d'enfant. Une candeur du regard l'enlevait à cette sale plantation. Elle flottait dans une innocence irréelle contractée lors de son voyage en direction des îles, à l'instant pile du naufrage de sa goélette, et malgré qu'il y eut plus de peur que de mal. Depuis, elle s'en allait comme s'en vont les nuages et emplissait le monde de parfums et de fleurs. A la mère de mon père, elle offrit des aiguilles, une paire de ciseaux, une chose à mesurer la toile. Nourrissant l'ambition d'en faire une couturière, elle l'encourageait avec des escalins, un bout de foulard, et même une vieille capeline que grand-manman porta durant l'extravagance de leurs fêtes religieuses.

Elle connut l'homme qui mourrait au cachot en plein jour de lessive. Il avait surgi d'une touffe d'allamandas, le regard fixé comme à son habitude sur un vol de merles en jeu dans l'alizé. Il lui envoya une parole, paraît-il, puis revint le jour suivant, puis un autre, puis tout-longue, insoucieux même des surveillances du commandeur. *Kouman ou pa an travay,* Tu ne travailles pas ?... s'étonnait grand-manman. *Man ka bat an djoumbak la,* Je n'ai pas quitté mon travail, rétorquait-il en ouvrant les paupières à l'entour de ses yeux. Et de fait (grand-manman se renseignait) nul ne le vit jamais délaisser son piquage ou saboter sa coupe. Le commandeur qui décomptait la file des esclaves au travail, ne surprenait jamais une absence de son dos. Le bougre pourtant, s'attardait avec elle dans ce fond de ravine où se lavait le linge. Et qu'il le puisse était bien bel mystère.

Le bonhomme n'était pas si sombre que ça, ni silencieux, ni même d'un naturel absent. Ses lèvres ne pesaient pièce parole : elles battaient sur la joie comme l'aile du colibri. Il bavardait simple à propos de l'eau, des pêches à l'habitant, des pensées du lapia au creux des grands bassins. Il lui apprit à remplacer le savon du Béké par des lianes moussantes afin de trafiquer du savon préservé. Il lui montra comment parfumer les chemises avec l'essence d'une graine lovée sous des feuilles pâles, ou blanchir les toiles mortes d'une sève opaline. Il lui dévoila surtout son plaisir de mémoire pour une terre impossible qu'il murmurait Afrique. S'il lui communiqua son dégoût de la mer, il lui enseigna son émerveille sacrée pour le moindre frisson couru dans la nature. De là, elle prit manie d'évoquer pour le monde une beauté offerte à qui savait zieuter. Cette philosophie lui amena un malheur car elle n'eut qu'une vieillesse couchale, allongée dans les herbes, le regard offert à des nids de fourmis qu'elle trouvait toujours beaux. Les bestioles lui mordirent les paupières jusqu'à les rendre tombantes sur l'envie d'un sommeil. Elle dut les maintenir du doigt afin de pouvoir vaquer à ses affaires du jour. Quand ses mains occupées les lui abandonnaient à leur chute sans merci, elle titubait dans la Grand-case comme une somnambule. Mais cette tristesse fut pour après, car dans le temps de l'homme qui mourrait au cachot, elle connut une espèce du bonheur : ce goût de vivre au rire dont je fus l'héritière.

> Au bord des rivières, le sable de volcan est déjà du bon sable. Mais sable du bord de mer est alourdi de sel et travaillé de fer. Alors, je le laissais à l'embellie des pluies jusqu'à la bonne couleur. En certaines heures, je mélangeais à la chaux et au sable, la cendre de bagasse et la mélasse collante. Sacré métier, ma fi...
>
> Cahier n° 4 de Marie-Sophie Laborieux.
> Page 18. 1965. Bibliothèque Schœlcher.

Elle se mit à l'attendre et, sans y prendre garde, à éprouver de lui un besoin tutélaire. Un jour (je le suppose car nul n'a milané) il lui fit naître du doigt quinze frissons sur la nuque, puis une charge de douceries au mitan plein du ventre (mieux que celles d'un cul de pipe sucé en fin de soleil à l'écoute des crikettes). Bientôt, elle dut s'élargir des hanches, prendre lumière au visage et se sentir du lait. L'annonce de cette maternité fut un malheur pour l'homme qui mourrait au cachot. Il en devint dur comme le bois des campêches. Il en devint rêche comme une falaise marine. Aigri comme une chique sur du sel, il l'injuria presque avant de lui crier *Pas d'enfants d'esclavage !...* Ceci pour dire en passant qu'aucun homme quand c'est un homme n'est jamais vraiment bon.

Il voulut lui faire avaler un vieux thé. Il voulut un autre jour lui tapoter le ventre. Un autre jour encore, dans un geste de pouvoir et un chant très ancien, il surgit de ses allamandas. Elle sentit, paraît-il, son ventre pris d'hivernage aller en s'abîmant dans une pluie intime. Elle cria ce qui s'appelle crier, se mit en crise sur lui, son ventre protégé dans le creux de ses mains. Il en resta estébécoué, transi par tant de rage et par si tant d'amour. Quand il disparut (le regard je suppose ombré de miséricorde), elle sentit son ventre oublier l'hivernage pour la saison plus douce d'un soleil dans une eau.

Le Béké dansa de contentement autour de son ventre. Il lui fit donner du lait de vache bretonne, de la tortue salée, une viande rouge d'Irlande et des tranches de fromage. Il lui interdit rivière et cases à nègres où les engrossées ne trouvaient pas leur terme. Sous la galerie, il lui posa une paillasse qu'elle quittait afin d'aider aux affaires du jardin et pour coudre à l'étage. Elle passait de longs moments sur l'établi de couturière installé par la Dame en face d'une fenêtre. De là, elle surplombait les champs, la savane à bétail, les arbustes du café, le bois-debout des prochaines menuiseries, le moulin, les bâtiments des sucres, la rhumerie, le magasin, les cases à nègres et la paillote qui servait d'hôpital. Le vent lui transportait des odeurs de bagasse. L'horizon, du bleu des mornes, lui prolongeait les verts.

Quand une envie l'attirait au rebord, elle apercevait l'homme qui mourrait au cachot. Il la fixait de trop loin pour humainement la voir, mais il fixait quand même, à dire qu'il disposait d'un regard espécial. De sa silhouette n'émanait qu'une muette surprise sans doute sentimentale. Elle s'en défiait pourtant et craignait à distance l'expédition d'un mal qui naufragerait son ventre. Une nuit, elle quitta sa paillasse, porteuse d'un grand couteau, et rampa vers la case du bonhomme avec l'idée de l'égorger. J'imagine les couleurs de sa peine l'habillant des écailles du serpent assassin. Elle trouva dans le lieu désert une odeur de racines qui la précipita dans de petits vertiges. C'est pourquoi elle ne prit garde au papillon de nuit voletant auprès de son nombril. Son retour à la Grand-case fut celui d'un fantôme. A peine eut-elle souci de percevoir à ses côtés, tantôt l'homme qui mourrait au cachot, tantôt le papillon, ou même d'entendre à son oreille le petit souffle d'une gorge qui murmura tout le temps, Ah c'est tuer que je ne veux pas le tuer, c'est tuer que je ne veux pas...

De cette étrange descente, elle ramena une conviction diffuse : l'homme qui mourrait au cachot tolérait son bébé. Alors, tout alla bien : elle mena une grossesse de fougère sous la pluie. Brisant dix années de résistance obscure, mon père fut le premier négrillon à naître sur cette habitation. Il émergea sur la véranda de la Grand-case en plein vent mouillé froid. Il mit vingt-six heures pour sortir à la suite de ses eaux qui l'avaient égaré. Pointé à l'air du monde, il dit avoir eu tressaillement pour virer mais la matrone parvint à lui saisir le cou (heureux-bonheur car en ces temps malades, mille négresses étaient mortes d'un négrillon rentré refusant de sortir au prétexte facile que les temps du dehors n'étaient pas le bon temps).

> Des Caraïbes, j'ai retenu la technique du couvert en profitant des matériaux du paysage. Roseaux. Lataniers. Palmistes. Ils nous ont appris les tuiles végétales et les lianes mibi qui amarrent les gaulettes. Métier c'est belle mémoire.
>
> Cahier n° 4 de Marie-Sophie Laborieux. Page 15. 1965. Bibliothèque Schœlcher.

CONQUÊTE DE LA GRAND-CASE. Mon papa vécut en négrillon de la Grand-case. Il fut d'abord un suceur de mamelle. Puis un emmêleur de fils dans un désastre d'aiguilles. Quand ses muscles purent soulever une dizaine de fourmis, la Dame lui donna son travail. Il fut chasseur de mouches, manieur d'éventail au moment des chaleurs, nettoyeur des persiennes et fermeur de volets. Il fut écraseur de ravets, piégeur de rats et veilleur des serpents qui visitaient les dépendances. Il fut porteur des paniers à linge de sa mère, éplucheur de cuisine, désherbeur de jardin, plumeur des trente volailles à l'aube des jours de fêtes, savonneur de vaisselle, arroseur de plantes vertes, secoueur de draps et batteur de matelas. Il fut graisseur de serrures sous la sénile autorité d'un vieux nègre machoquet. Il fut aussi expert en certains métiers dont personne ne lui sut jamais gré : espionneur des fornications domestiques, briseur des siestes de l'infirme jardinier, scrutateur des seins translucides de la Dame quand il lui remplissait sa cuvette matinale, raconteur d'idioties dont bien sûr pièce histoire ne garde mémoire en traces. Plus âgé, il fut coursier entre le rez-de-chaussée et la vie de l'étage, entre le jardin et la cuisine, entre les champs et la Grand-case, puis en direction d'habitations voisines. Mais de tout ce fatras, seul le métier de découvreur des majestés de la maison lui suscita quelque intérêt.

C'était une longue bâtisse de bois immortel, environnée d'épineux pieds-citrons, de glycérias et d'orchidées. Dans son carrelage d'argile se lovaient des fraîcheurs et plongeaient sans fournaise les rayons du soleil. Piégés par les persiennes, les cloisons ajourées, les vents la traversaient en un aléliron. Une galerie couverte, longée de jarres à pluies, lui filtrait les effluves du sucre et des fleurs du jardin. En plein jour, une pénombre emplissait l'intérieur, accusant la rougerie-acajou des meubles aux formes massives. Il se vit fasciné par un buffet à marbre qui semblait une personne, par des lits aux colonnes ondulantes dessous des moustiquaires. Une magie diffuse naissait, lui sembla-t-il, de l'amarre des poteaux et des planches. Il se demandait quelle qualité de force avait pu élever cela, associer ces essences, domestiquer ces vents, ces ombres moelleuses et ces lumières. Cette admiration atteignit un sommet dans l'oublié grenier où une géométrie de poutrelles nouait l'ensemble de la Grand-case. Cette vue de la charpente détermina sans doute les tracées de sa vie, de son destin et finalement du mien. Mais rien de l'avenir n'allant à découvert, il n'en sut la musique qu'une fois violon dans sac.

La Grand-case s'élevait au centre des dépendances, des bâtiments et des paillotes. A partir d'elle, rayonnaient les champs, les jardins, les emblavures de café escaladant la pente des arbres au bois précieux. Elle dominait le tout, semblait tout aspirer. Le harassement des bœufs, le désarroi des nègres, les belletés de la canne, le chuintement des moulins, cette boue, ces odeurs, ce pourri de bagasse existaient afin de nourrir ses beaux-airs de puissance. Les nègres l'apercevant des partout du travail, en gardaient l'œil furtif que nous aurions plus tard sur la face des En-villes ou de leur cathédrale. Le géreur et les chefs ennoblissaient leurs pas à l'approche de ses marches, leur gorge canaille se trouvait une douce huile, et dessous la galerie ils ôtaient leur chapeau. La personne du Béké n'obtenait point semblable respect. Dans les champs, découpée sur la lointaine façade, sa silhouette à cheval semblait frêle ou débile — mais de près, sur le pas de sa demeure, elle était invincible.

Mon papa constatait tout cela sans trop rien y comprendre. Il devint arrogant envers les nègres-en-cannes comme se devait de l'être le moindre domestique. D'être renvoyé aux champs, hors de l'humanité, devint pour lui une crainte permanente, le raide des châtiments. Avec une tristesse incrédule, il m'avouait avoir été un vrai nègre de Grand-case. Son ambition plafonna aux disputes en cuisine pour les restes de la table, au port fier d'une écharpe défraîchie du Béké. Il intriguait afin de recevoir le cadeau d'un bout de toile polonaise, ou de se faire aimer d'une teigne accouchée par la Dame. Il se battit dans le but d'annoncer un visiteur, un courrier venu de France. Il sut gémir au passage d'un huissier ou exprimer les joies de la maison lors des arrêts bruyants de la maréchaussée. Qu'il y eût là manière de survivre par la ruse ainsi que l'enseignait Compère lapin des contes, ne fut jusqu'à sa mort jamais très clair dans son esprit. Pour lui, sans rémission et quelle qu'en fut la conjoncture, conquérir ainsi la Grand-case revenait à mourir. Mais il ne le sut qu'une fois en dehors — aux heures encore lointaines d'un calcul sur sa vie.

Le destin lors d'un virage lui changea l'existence. Un retard advint dans les voiliers du bourg, causant une pénurie des boucauts de morue, de bœuf salé et de pois secs constituant l'ordinaire du manger. Le Béké n'avait jamais songé à gratter dans son sol quelque carreau potager. Il vit alors son garde-manger tomber au maigre. Les esclaves eux, familiers des ventres flasques, ramenèrent de jardins invisibles de quoi tenir sur le poids de leur corps. De plus, ils surent empoigner les zabitans à la rivière, enivrer les lapias avec un jus d'écorce, piéger la chair d'un gibier migrateur. Sans être une bombance de première communion, cela leur évitait la famine du Béké et de ses domestiques au-dessus des hectares de cannes et de café.

Chose rare, le Béké au ventre mol décrocha sa pétoire du temps des Anglais. Flanqué de mon papa, il donna — descendre vers l'aubaine des bois, lieu de chasse à l'ortolan ou sarcelle de passage, et tomba pile sur un nègre marron de mauvaise qualité, couvert de pians, la jambe dévastée par les dogues, le dos en croûte des œuvres d'une rigoise et l'esprit naufragé dans la haine. Jailli d'un épineux, le dément agriffa le Béké à la gorge. Comme je te parle, il lui enfonça une baïonnette malsaine et le pilonna en fureur centenaire comme une viande de lambi que l'on veut griller tendre. Mon papa (il ne sut pas pourquoi mais j'ai le sentiment que ce fut sans regret) saisit la pétoire et fit Bo !... Le nègre marron le regarda avec la plus douloureuse des surprises. Puis il s'effondra tellement mort que l'on aurait pu y soupçonner une impatience à quitter cette vie.

N'osant enfourcher le cheval, mon papa ramena le Béké sur son dos jusqu'à l'habitation. Le géreur rappliqua, un pistolet au poing, et fit sonner une cloche d'alerte. Le travail des champs cessa flap. Les chiens hurlèrent des pleines lunes. Il y eut l'afflux des gens de passage et des colons de l'environ. On crut papa coupable ; on l'encordait déjà quand le Béké sortant de l'étourdi le disculpa.

> Dans le temps, d'avant lois sur les bois, j'abattais simaroubas et charge de lauriers-chypre que je débitais au rapon balancé, une scie passe-partout. Ces pieds-bois là se laissent découper en lamelles, à la hachette et couteau-droit. Aujourd'hui, pour sculpter les essentes, les jeunes menuisiers font venir de Cayenne l'arbre Oualaba dont nul ne sait le sentiment Mes essentes à moi, Marie-Sophie, décourageaient les vents, passé plus de quinze ans.
>
> Cahier n° 5 de Marie-Sophie Laborieux.
> Page 22. 1965. Bibliothèque Schœlcher.

Béké blessé endura plusieurs jours de fièvre dans les hauteurs de la Grand-case. Il fut visité tout du long par une qualité de médecin qui fumait de la pipe et crachotait sans cesse sur les chevaux de sa carriole. La vie de l'habitation se régla sur son rythme. Ses présences suspendaient le travail et ne laissaient fumer que les chaudières de la sucrote. Ses départs libéraient l'anxiété sitôt que la Dame avait flotté dans la galerie et disparu dans une des ombres. Elle l'accueillait sur la véranda et le menait aux chambres. Il pansait son malade, lui aspirait les pus, le gavait de poudres blanches dissoutes dans des verres d'eau. Puis, revenant s'asseoir avec la Dame sur les berceuses de véranda, en présence de mon papa qui servait les alcools, il pérorait sur la médecine esclavagiste.

Il avait inventé le punch anti-scorbut, une atrocité de vin blanc, de racines de raifort, de barbane et feuilles de cochléaire cueillies avant soleil. Pour lui, la lèpre n'était pas un pian dégénéré à la suite de dartres rouges, mais un ennui à traiter par des frictions de mercurielles. A la Dame étonnée, il arguait qu'une pendaison n'était pas un remède à la démence furieuse, ni la gale une maladie vénérienne, et qu'en accouplant les mélancoliques mangeuses de terre on pouvait les sauver. Il abordait l'éléphantiasis avec du vitriol mais demeurait sensible à l'idée de Bertin d'ajouter du gommeux à l'alkali de la thériaque. Pour le mal d'estomac qui rendait olivâtre et inapte à l'effort, il détaillait à loisir une fermentation de clous rouillés, de gros sel ammoniac, de bois-anisette, d'herbes à collet, de gingembre, de sept citrons dans un miel commun. Il soignait le tétanos par des potions de vinaigre et des suées obtenues auprès d'un feu très vif. Et pour la syphilis sa grande ennemie (pourvoyeuse en fait de son aisance royale), il expérimentait des saignées du col couplées aux badigeons redoutables du mercure. Ses résultats lui laissaient à penser que la poudre d'Ailhaud, le chirurgien Axois, était, souffrez-en l'expression, une fichue couillonnade. Et si la Dame se plaignait d'une langueur, il lui signalait à son départ l'effet cordial de la cannelle que lui avait enseigné un vieux nègre imbécile.

> Ils disaient avec leurs mots : *l'esclavage*. Pour nous c'était entendre : *l'estravaille*. Quand ils le surent et dirent à leur tour *Lestravaille* pour nous parler en proximité, nous avions déjà raccourci l'affaire sur l'idée de travail... hi hi hi, la parole sillonnait, Sophie, la parole sillonnait comme une arme...
>
> Cahier n° 2 de Marie-Sophie Laborieux. Page 9. 1965. Bibliothèque Schœlcher.

Béké guéri convoqua son géreur et prit nouvelle de son habitation. Ils décidèrent de la mise en dégras sur la jachère du morne, d'un potager béni ; puis le Béké fit mander mon papa. Perdu au milieu de son lit à colonnes, il le zieuta longtemps. J'ai bien souvent tenté d'imaginer ce bougre. Papa qui disait ne pas connaître son nom ni son histoire, refusa de me le décrire, sans doute par crainte qu'il ne se mette à hanter sa vieillesse. Mais j'aime à penser qu'il avait la lèvre mince et l'œil trouble de ces fauves qui ne rêvent plus le monde. Et je suis sûre d'avoir raison car aujourd'hui, dans leur import-export, les jeunes békés ont la même lèvre et le même œil, et s'émeuvent plus d'un chiffre que du plus beau poème. Au bout de son silence, le Béké dit à mon papa qu'il allait *l'affranchir*, mot qui sur l'instant ne lui signifia rien. De toute l'explication que le Béké lui en donna, il ne retint d'éternité que ce haillon de phrase ... *tu seras libre de faire ou de ne pas faire ce que tu veux et d'aller où bon te semble comme il te semble....* Et sur sa liste de meubles, de bétail et de nègres, le Béké fit inscrire à hauteur de son nom : *Libre de savane.*

Liberté de savane était la plus facile des manières de libérer un nègre. On le déclarait libre sans acte notarié, sans taxe aucune, sans obligée d'une pension d'aliment. Il lui fit remettre quelques jours plus tard une feuille que mon papa conserva toute sa vie et qu'un jour je pus lire, brouillée par la pitié. Le Béké y avait fait écrire : *Je donne et lègue au nommé Esternome qui m'a sauvé la vie, liberté de savane et le boire et le manger tant que je serai vivant. Je prie ma femme, mes fils, mon géreur, et le lecteur de quelque qualité qu'il soit, de ne point l'inquiéter ni exiger de service de sa part.* Et pour signer il avait de sa main apposé une la-croix.

> Sophie, ma Marie, mon absinthe du dimanche, sais-tu qu'à l'accueil des nouveaux nègres, le Béké jouait des macaqueries de poudre, de du-feu, d'étincelles, avec des gestes bizarres et des prières étranges ? Ainsi, dans la geôle d'une malepeur, nous croyions tous qu'il détenait la Force.
>
> Cahier n° 3 de Marie-Sophie Laborieux.
> Page 16. 1965. Bibliothèque Schoelcher.

Mon Esternome[1] de papa mit du temps à comprendre qu'il n'avait plus de chaînes. Qu'il pouvait travailler ou passer la journée ventre en l'air au soleil. Qu'il pouvait se dresser à l'appel des rations, danser calenda aux baptêmes, conserver sa case ou bien prendre son envol. A chaque découverte d'une liberté nouvelle, il supputait un piège posé par le Béké, puis en mesure-en mesure l'investissait à fond. Sa vieille manman en tirait une fierté. Elle était devenue ménagère-couturière. N'ayant plus obligation de linge sale en rivière, elle s'occupait de propreter les nombreuses pièces du haut. L'après-midi, emmêlée dans ses fils, elle cousait les casaques des champs. Les nègres ouvriers lui offraient des bijoux en écailles. Ils voulaient qu'elle s'occupe des élégances particulières de leur pète-bombe dominical. Certains consacraient leur vie à penser des costumes pour des convois qu'ils déployaient dans l'En-ville à la faveur des fêtes. Ils lui ramenaient en grand secret du bourg des coupons de madras, des carrés de velours, des miettes de dentelles, des chutes de toiles aux couleurs ivres avec lesquels leur déchéance élaborait une vêture d'orgueil. La manman de mon Esternome les leur réalisait en mêlant son propre goût à quelques modèles des vêtements de la Dame. Dessous la couturière habile, la femme était tombée rêveuse.

On la surprenait l'aiguille en l'air, attentive aux accords d'une profonde mandoline. Les maquerelles y voyaient bagage du sentiment sans pourtant lui connaître le moindre rendez-vous. On l'imagina donc amoureuse d'une chimère, d'un oiseau inconstant ou d'un vent mâle troubleur. Esternome mon papa l'apercevait de loin, de plus près le dimanche quand ils grillaient ensemble du gibier de ses chasses au bord de la rivière. Car s'il avait dû évacuer la Grand-case, il était demeuré dedans l'habitation, menant une vie selon son cœur, chassant, pêchant, drivant au long

1. Lui-même ne fut certain de s'appeler comme ça qu'à l'heure où le Béké le désigna ainsi. Qu'est-ce que le nom, Marie-Sophie, qu'est-ce que le nom ?

des routes des traces et des sentiers. Durant ses premiers jours de savane, il avait tenté d'apercevoir des nègres marrons, ces initiés aux libertés. Ce fut en vain. Les marrons vivaient sans ombres. Ils semblaient avoir déserté ce monde-là. Alors mon Esternome allait, virait, exhibait son papier aux questions de la milice ou au moindre Qui va là ? d'un béké soupçonneux. Il n'osait ni partir ni vraiment demeurer. Bagage bizarre, l'habitation était pour lui devenue une sorte de havre.

LE MENTÔ ET LE CHARPENTIER. Bien entendu le mauvais temps s'y poursuivait : nègres en dèches, fouettes, travaux sans fin dans la boue des récoltes. L'empoisonnement des bêtes contrariait encore le roulis des moulins. Le Béké devenait de plus en plus méchant. Son cachot fonctionna en toute atrocité. Un jour, il y jeta le nègre à messe basse qui sans aide avait su se guérir du serpent. Tout le temps de cet encachotement, l'habitation s'éveilla grise des duvets d'un oiseau battant une aile hagarde dans l'air mol de son ciel. Mais personne n'y prit garde. Les duvets posés partout, enchantaient le paysage d'une couleur de pleine lune. Ils durent aussi tapisser les poumons (car tout le monde éternuait) et emplumer les rêves (car l'on cauchemarda de personnes à becs jaunes volantes dans des cyclones). Mon papa Esternome entendit lui aussi l'ultime messe basse de l'homme pris au fond du cachot. Quand il sut la dépouille incendiée, celle de son propre père, il décida[1] de fuir cette bitation de merde, d'abandonner ces champs, de ne plus voir ces cannes, et d'obtenir la liberté de sa vieille manman — (Manman-doudou ho, mon inconnue intime, oh grand-mère dont je n'ai que le rire ! ta vieillesse fut un abîme sous des paupières brisées...)...

1. Décider... je dis décider car papa disait décider, mais je le crois plutôt pris d'une sorte d'horreur le rendant déraciné et disponible pour le moindre vent passant. C'est ça que je crois.

Pour mon Esternome, son sauveur, le Béké accepterait la liberté de la vieille couturière en échange d'une monnaie. Mais trouver cet argent supposait un départ, et partir n'était pas aussi simple que déposer sa chaise à l'abord d'un manger. Les békés avaient réduit cette terre au cirque d'une épouvante dont ils serraient les lois. De ce fait, l'idée de partir sifflait pour mon Esternome un vieux conte de misères. Alors plutôt que l'agir il choisit le calcul — et calculait encore (caractéristique même de mon papa que celle de calculer, calculer, calculer avant d'élever un ongle ou frissonner d'un muscle) quand un frôlement zinzola derrière lui. Il se trouvait au fond de l'habitation, en un côté où la terre s'enroulait sur elle-même avant de s'élancer en morne sous un nœud de raziés. Et là, ainsi, comme ça, tout bonnement, il vit du coco de ses z'yeux ce que tout averti aurait bien aimé voir : un Mentô.

Excuse la précision, mais afin de comprendre, il faut savoir qu'avec les hommes de force (l'Histoire les appelle quimboiseurs, séanciers ou sorciers), surgissait parfois *la* Force, et c'était s'il te plaît, Le Mentô.

Comment ne pas croire qu'il avait vu en cette occasion un nègre flamboyant, épais comme un arbre fromager, nanti d'une barbe brumeuse, et, pourquoi pas, de quelque mulet à z'ailes ? S'il prit plaisir à me laisser ces illusions, mon Esternome me rappela tout de même que juger du mancenillier à l'aspect de ses fruits, c'était mourir empoisonné, et que par ailleurs donc s'il vous plaît, procéder de même pour la figure boueuse de l'igname bocodji, c'était ignorer l'heureux de ce manger. Ces paroles enfilées sur ton d'école laïque m'offraient, selon lui, matière à haute calculation sur les philosophies de l'habit et du moine. Mais moi qui déjà laissais la vie aller, je gardai l'imagerie d'un Mentô de merveille jusqu'à l'offrande tardive de la bonne vérité.

Son Mentô était un vieux nègre de terre, ni très fort ni très grand, affublé d'une tête ronde ahurie dessus un cou fripé de tortue-molocoye. Débarqué parmi les tout premiers, il avait usé son jeune âge à défricher l'habitation. Le géreur utilisait sa vieillesse à la garde des bœufs, la guidance des mulets, à la veille des savanes, à vingt-douze occupations peu exigeantes de muscles. Le Béké n'avait jamais de tracas avec lui, lui n'avait jamais affaire au Béké, ni au géreur, ni à pièce commandeur, ni même à personne : il était coulant discret comme vent coulis tranquille. Un Mentô, dit la parole, n'a jamais souffert du fouette ou du cachot ; à l'heure des fers et de la barre on les oubliait net ; les envies méchantes de qui que ce soit ne s'exerçaient jamais contre eux. Et c'était là (s'il fallait savoir les trouver) l'insigne même des Mentô. Ils vivent parmi les hommes sans bruit et sans odeur, en façons d'invisibles. Jourd'hui-encore, peu de nègres soupçonnent leur existence. Or bondieu seul sait en quel état tombé sans eux nous fûmes toujours.

Ce que mon Esternome entendait par Mentô, j'eus mauvais cœur à l'admettre. Il m'est toujours difficile d'imaginer *la* Force esclave sur une bitation ; *la* Force veillant des pattes de bœuf dans des herbes à bêtes-longues, *la* Force charroyant la bagasse ou semant de la cendre, *la* Force s'éveillant sous une cloche, se couchant à l'heure dite, recevant messe-dimanche-matin et quartier libre l'après-midi afin de rouler tambouka, danser comme serpents, se gaver d'une morue dans un piment d'huile rance. A ces babillages, mon Esternome arguait qu'un Mentô n'était jamais esclave. On pouvait, Marie-Sophie, porter des chaînes aux pattes et nourrir dans sa tête un beau zibié volant. Plus d'un nègre prétendu libre charriait sous ses cheveux les chaînes abrutissantes des misérables kongos. S'il y avait des marrons dans les mornes, il y avait aussi des nègres en marronnage au mitan même des bitations, si bien que je vis le Mentô à une heure durant laquelle il devait se trouver à la garde d'on ne sait quoi, alors qu'il n'y était pas tout en y étant vu que personne ne voyait son absence. Car il n'était pas absent, tu comprends... disait papa. Echappé au mitan du malheur, murmurait-il encore (avec un ton étrange incitant à douter qu'il y croyait à fond), le Mentô préservait nos restes d'humanité. Il était le charbon d'un combat sans héros dont le chaud ne peut se calculer jourd'hui, qu'au toucher des sévices conçus par les békés en vue de le défolmanter. Autre chose, ajoutait mon papa : quand un béké détenait un Mentô parmi ses nègres, qu'il le veuille ou pas, avec sel ou sans sel, à l'huile ou au vinaigre, qu'il ait messe ou pas de messe, qu'il soit gentil ou tout méchant, que sa terre soit bonne ou bréhaigne, qu'il soit bien né ou pâtisse d'un ancrage en déveine, au bout du tôt ou quelque part dans le tard, tu m'entends Sophie-Marie, ce béké tombait ruiné.

> En quelque heure, troublé comme une marmaille sous ses trois fois trente ans, mon Esternome me demandait : Marie-Sophie, excuse donc s'il te plaît, mais... *c'est quoi la liberté ?* Cependant mes réponses, il écoutait avide, semblait content-content, puis son regard soudain se noyait de pitié. Et c'est moi alors qui perdant mes beaux airs, retrouvais une insignifiance d'âge. Un jour, sans doute en saison de sa mort, il me souffla : Sophie, fleur de bambou, mon bâton de vieillesse, pluie donnée sur la langue de mes soifs, Ô Marie mon doux sirop madou, *il ne faut pas répondre à toutes les questions...*
>
> Cahier n° 6 de Marie-Sophie Laborieux.
> Page 30. 1965. Bibliothèque Schœlcher.

Esternome vit surgir cette sorte d'humanité alors qu'il calculait sur son vœu de départ. Le bougre, souriant comme un ababa sous un avocat mûr, lui demanda : *Ou sé ich misié Pol ?*, Es-tu l'enfant de monsieur Pol (Pol, l'homme mort au cachot après avoir sans doute empoisonné sept bœufs, neuf mulets, trois chevaux, tari des matrices fécondes et accablé les plants-cannes du Béké, de cent rats, douze vermines, d'une pluie pourrissante et cinq vents sans pardon). Bien entendu, papa n'avait pièce envie d'en parler avec un être aussi insignifiant. Il retirait ses pieds quand le bougre lui saisit le poignet avec la force d'un moulin neuf. Mon Esternome en eut le bras presque écrabouillé. Une chaleur louvoya dans son corps.

Depuis cela, mon Esternome se montra crédule des diableries. Les vents, la lumière, les brins d'ombres du monde lui apparurent sanctuaires de puissances invisibles. La réalité lui fut un aveuglage trop simple qu'il fallait aborder au soupçon et au doute. Quant à la vérité, il ne lui laissa plus qu'un pluriel circonspect. Le regard du vieux-nègre s'était empreint d'une autorité immémoriale capable, je te jure, de fasciner n'importe quel malfini ou de faire dérouler une bête-longue lovée. Et il répétait : *faire dérouler une bête-longue lovée* — signe pour lui évident de ce qu'il appelait la Force. Alors lui qui n'avait rien d'un serpent se rassit flap, respectueux, attentif, face au vieux-nègre redevenu léger.

Ce dernier lui parla dans un créole différent de celui du Béké, non dans les mots mais dans les sons et la vitesse. Le Béké disait la langue, le Mentô la maniait. Mon Esternome prétendit n'avoir plus songe des teneurs de ce dire. L'imprécision de sa mémoire en conserva tout de même que l'homme du cachot, son propre papa, obéissait à ce bougre-là, qu'il en tenait une partie de sa force. Cette parole en tout cas, c'était pour le moins sûr, insuffla dans son cœur le cœur même de partir. Elle érigea aussi le Mentô à la source de notre difficultueuse conquête du pays. Prendre (lui aurait signifié le Mentô avec des mots sans accroche pour la mémoire consciente — mais je soupçonne qu'ici mon Esternome a un peu reconstruit ses souvenirs pour les besoins en contrebandes de ses histoires) prendre de toute urgence ce que les békés n'avaient pas encore pris : les mornes, le sec du sud, les brumeuses hauteurs, les fonds et les ravines, puis investir ces lieux qu'ils avaient créés mais dont nul n'évaluait l'aptitude à dénouer leur Histoire en nos mille cent histoires. *Et c'était quoi ces côtés-là ?* je demandai à mon papa. Lui, sénateur en goguette, me lorgna de travers afin d'évaluer mes mérites pour la révélation, puis dans un français très appliqué me murmura deux fois, une pour l'oreille, l'autre droit au cœur : *L'En-ville fout' : Saint-Pierre et Fort-Royal...*

Bien entendu, malgré décision prise, et fidèle à lui-même, mon Esternome ne partit pas au grand-chemin tout-suite. Il fallait une partante, une sorte de décollage, comme un ballant impulsé à son corps, et qui destin étant, lui fut donné par une décharge du ciel : cyclone. Une affaire d'eau et de vent dont on sait la manière mais qu'il nous faut ici, porteuse de plus de vent et d'eau qu'à l'ordinaire. C'était le mois de fouilles pour la plantée des cannes, et cependant les fouilles l'on sarclait l'herbe folle. La pluie fine-fine se mit à s'obstiner, hypnotisant le travail, forçant les hommes à guetter ses humeurs, à traquer le temps perdu dans des veilles prolongées. Puis, elle se prit les mauvaises façons d'une cascade pérenne jusqu'à se compliquer d'un orchestre de vents, trompettes en patience pleine des neuf tonnerres du sort. C'est ainsi que la ruine du Béké commença pour trouver sa finale aux jours d'Abolition.

Les champs devinrent des marigots. Les essentes, les tuiles, la paille des bâtiments et des cases s'en allèrent couvrir la maison des nuages. Et c'est une véritable patate-manman, si l'expression peut s'excuser, que l'on découvrit dans la clarté sous-marine des avants-jours (seule demeura intacte la case du Mentô, mais nul n'en eut conscience excepté mon Esternome qui depuis l'entrevue considérait le bougre). Le Béké, son économe, son géreur, ses commandeurs et ses nègres préférés arpentaient le désastre, les sourcils en dérive dans la consternation. Il ne leur fallut pas deux siècles afin de décider quoi faire. Flap-flap, chaque nègre se retrouva dessous une tâche, et sans distinguer s'il était des champs ou de la Grand-case, ouvrier des chaudières ou préposé aux bêtes, s'il avait des graines ou des tétés, s'il disposait d'une sagesse aux dents ou s'il suçait encore. Le Béké oublia même que mon papa était un libre et le mit à la sueur aux cunettes du vésou, là où pleure le moulin. Ce fut une chance, car d'être au travail lui fit rencontrer l'homme qui l'allait charroyer au vent des grands-chemins, au bourg puis à sa première ville.

> J'ai vu ces sociétés secrètes de nèg-kongo, Ibos, Bambara, qui se déplaçaient pendant les fêtes publiques en des convois de discipline et de beaux linges. Sabres en bois. Chapeaux à pointes. Ils avaient roi, reine, vice-roi, drapeaux et cérémonies — et assuré pas peut-être un grand savoir magique.
>
> Cahier n° 4 de Marie-Sophie Laborieux. Page 20. 1965. Bibliothèque Schœlcher.

L'homme du destin était un blanc maître-charpentier. On le nommait Théodorus et quelque chose derrière, mais les nègres le criaient Koco-doux tant il aimait sur les habitations profiter des tendresses de quelque négritte chôchaude. Il payait ce service et s'y proclamait plus malin qu'aux ascèses des charpentes. Koco-doux débarqua le surlendemain du cyclone en compagnie de deux nègres libres qui servaient d'apprentis. Mains à la tête, découvrant le désastre des toitures du moulin, des sucrotes et Grand-case[1], il estima trouver un au-delà de catastrophe qui trématait ses forces *oooh quel malheur et-caetera...* — ces préliminaires visaient à limiter d'avance la discussion de ses tarifs. L'affaire conclue, il se mit au travail avec ses aides mais

1. Les nègres eux, en pleine et toute la nuit, à défaut de l'efficace chevelure-paille des cannes, avaient couvert leur case d'une herbe de raziés.

aussi avec mon Esternome. Le destin étant le destin, ce dernier lui avait été affecté.

Le travail dura un lot de semaines : couper les bois debout, en extraire des planches, des poutrelles, des solives, acheminer le bois séché mis en réserve pour si-en-cas, escalader les bâtiments et remettre leur charpente à l'aplomb. Mon Esternome, toujours malin quand il le faut, effila son regard, se récura l'oreille, et s'initia aux agencements des chantignolles, à l'ossature des édifices, à la calebasse de leur toiture. Il se préoccupa du secret des résistances aux tremblements de terre et aux démences du vent — quand tout cela demeurait dans la norme car au-delà, tu me suis, se dédouanait Théodorus, ça ne relève plus du charpentier mais de la chance et des prières.

Le bougre semble-t-il connaissait son métier. Durant ses navigations dans le monde neuf comme on disait, il avait été charpentier de marine, puis engagé dans une île hollandaise à la suite d'un naufrage, et-puis boucanier, et-puis milicien on ne sait où, et-puis propriétaire ruiné d'une bitation-goyave dans un trou de Guadeloupe, et-puis matelot sur un je-ne-sais-quoi flottant dans le golfe du Mexique. Un jour, on le vit débarquer dans l'En-ville de Saint-Pierre (encore advenu d'un naufrage et blessé à l'épaule, porteur d'une tignasse rousse lui avalant la tête, les yeux jaunes de la fièvre cannibale de ceux qui dans le but de survivre ont dû s'en prendre aux chairs d'un compagnon cadavre) où il reprit son métier de charpente. Les maîtres-ouvriers étant rares au pays, il y trouva une pile de contrats. Bientôt, il put reconsacrer du temps à ses agapes charnelles, et, même, les jours d'abstinence imposés par ses forces, à des pensers philosophiques sur l'idée coloniale.

Avec ce bougre-là, mon Esternome découvrit ce qui deviendrait son métier : art de nouer les poutrelles sans y mettre un seul clou, art d'équilibre des masses et de balance des poids, art du calcul des justes inclinaisons, art des essentes et des tuiles fixées par des chalazes de cuivre. Théodorus Koco-doux ajoutait son savoir de Normand aux enseignements offerts par les cases africaines et carbets caraïbes. A mesure-en mesure, sa science des constructions devint particulière, accordée aux manières du vent et de la terre en ce pays de nouveautés. Le soir, il se retirait dans une des cases à commandeur, avec du pain de froment, une vinasse bordelaise et des saucissons secs qui provenaient d'Alsace. A la tête de sa paillasse, il logeait une bière d'écorce que les Caraïbes criaient Mabi et dont les vertus l'aidaient à chevaucher vaillant quelque négresse fascinée. On l'entendait ahaner toute la nuit, avec des pauses durant lesquelles il glougloutait à ses galoons, gueulait des airs de son pays, pleurait comme un enfant les rigueurs de l'exil, puis braillait selon les heures *Mort à l'esclavage !* ou *Viva l'esclavage !*, — ou encore : *En bricolant des mulâtres je condamne l'esclavage... !* Nul ne sait d'où il puisait la force de se réveiller avant le pipiri, d'escalader ses échelles et ses poutres, de garder l'équilibre en maniant tête en bas sa longue scie égoïne. Ces acrobaties remirent en axe les toits défoncés et les bâtis branlants. Quand il reprit la route, mon Esternome souhaita le suivre. Le bougre accepta sans façons vu qu'il ne payait ses aides qu'au principe du symbole car le vrai salaire c'est cette science que je vous offre, tudieu sacrés sauvages... !

La descente vers l'En-ville. Ainsi, mon papa prit la route dans la poussière de Théodorus Koco-doux. Il avait annoncé la chose à la vieille couturière durant un manger de dimanche au bord de la rivière. Il lui avait promis de revenir là-même avec l'argent de sa liberté. La vieille aux paupières molles lui avait répondu d'aller au gré de son cœur, sans s'inquiéter de rien car en terre de liberté, la plante, pour elle fanée depuis longtemps, n'aurait même plus de fibres. Enfin, avec presque une eau blanche dans la voix, elle lui ordonna, *Ich mwen souplé pa pouézoné pon moune,* Surtout mon fils, n'empoisonne personne... Mon Esternome qui de toute manière ne ressentait nul goût pour ces qualités de joies le lui promit avec grand cinéma.

> « Les descendants des sang-mêlé qui justifieraient au moins de cent ans et un jour de liberté, dont le bisaïeul, fils légitime de père et mère noirs ou gens de couleur nés libres ou affranchis, aura épousé en légitime mariage au moins une mulâtresse libre, l'aïeul une mistive, épousée libre et le père une quarteronne, seront à cause de l'excellence du sang réputés blancs eux-mêmes. »
>
> *Lecture fabuleuse que faisait Théodorus dans des temps de vinasse, debout sur une table de bistrot, afin de souligner l'incroyable de l'époque.*
>
> Cahier n° 5 de Marie-Sophie Laborieux. Page 31. 1965. Bibliothèque Schœlcher.

Durant les semaines qui suivirent, la petite troupe marcha marcha marcha, répara quatre indigoteries, marcha marcha, mis d'aplomb deux caféières, marcha marcha, et un etcaetera de cases à marchandises, à bestioles ou à nègres. Théodorus devant, ses deux aides derrière, mon papa au milieu, ils affrontaient les mornes boueux, les ravines glissantes, escaladaient les éboulis de terre rouge et la bouleverse des arbres tombés. Mon Esternome qui n'avait jamais dépassé les zones de son habitation, découvrit le pays : une terre jamais plate, dressée en verdure vierge, enchantée d'oiseaux-chants et des siffles de bêtes-longues. Ces dernières angoissaient les silences et repoussaient la vie. Excepté dans les habitations orgueilleuses, solitaires, alimentées de leur propre nombril, le pays était désert. Aux bords de la mer, dans des havres, des culs-de-sac, des tréfonds d'anse, en jonction des rivières et des quatre chemins, les gouverneurs et les curés avaient planté les bourgs par lesquels transitaient vers les commerces d'Europe, sucre, café, tabac ou caco-gros-caco. Là, sous la croix des paroisses, vivaient de petits armateurs, des négociants obscurs, des militaires et des personnes de l'administration. Le premier bourg que vit mon Esternome avait souffert du cyclone et déployait autour de ses blessures la sueur de quelques nègres. C'était une géométrie de maisons basses à persiennes et balcons, affublée d'un quai pour voyageurs dans une rade mélancolique où s'élochaient des yaks alourdis par le sucre. Les deux-trois rues étaient peuplées d'esclaves nécessités par le port ou par quelque atelier. On y rencontrait des mulâtres affairés sanglés de costumes sombres, des blancs en exil soucieux de leurs registres et qui disaient les chiffres avec un drôle d'accent. Entre les bourgs et les habitations, l'église avait semé quelques chapelles. Elles étaient devenues le centre des cases de chabins et nègres libres qui cultivaient la pellicule d'une pente ou l'aridité d'une rocaille terreuse. Mon papa regardait tout cela avec la foi de l'innocence. Koco-doux et les autres cheminaient, paupières laissées indifférentes.

Les aides de Théodorus étaient des affranchis. Ils avaient été libérés devant notaire pour des motifs un peu troubles sur lesquels ils n'étaient pas diserts. Du genre, dénonciation d'un complot d'esclaves qui creusaient un canal infernal dans les mornes du Carbet. L'un s'appelait Zara, et l'autre Jean-Raphaël. Ils suaient à leur propre compte dans des affaires de maçonnerie, charpenterie, serrurerie. Ce savoir leur provenait de maîtres-ouvriers blancs auxquels de hasard en hasard, ils avaient servis d'aides. Après cyclones ou tremblements de terre, Théodorus les embauchait pour, comme il disait lui-même, « *la grande tournée chez les sauvages esclavagistes* ». Zara et Jean-Raphaël avaient parfois tenté des virées autonomes, leurs outils charriés à poil de bourricot, mais les planteurs entendaient n'avoir affaire qu'aux maîtres-ouvriers blancs. Mon Esternome travaillait et marchait sans fatigue, à dire un papillon voletant vers une lumière. L'idée de descendre à l'En-ville l'emportait tout bonnement. Il quitta cette hypnose lorsque des nègres marrons les brusquèrent sans sonner. Après les intempéries, ces derniers sévissaient aux abords des routes, guettant l'aubaine des cabrouets de vivres destinés aux békés. Ils étaient amateurs de tout bagage suceptible d'aider leur liberté farouche. Zara fit la gueule-forte derrière une scie égoïne manœuvrée comme un sabre. Le chef marron, d'un coup-d'-coutelas, lui fit voir du destin la charpenterie funèbre. Théodorus, zébré sur la poitrine, se tint froid, décoloré comme une patate de trois semaines. Mon papa, lui, se serra derrière Jean-Raphaël qui balançait aux nègres marrons une queue de paroles destinées à lui sauver la vie : que chez lui à Saint-Pierre, il avait hébergé trente-douze et sept marrons, qu'il n'était pas marron lui-même à cause d'une affaire de santé, qu'il habitait à tel endroit, après tel côté, à telle hauteur, lieu d'accueil où descendre si courir leur venait... — cette parolaille en neuf vitesses apaisa les voleurs. Ils étaient six, maigres comme des fils de tamarin sucé, aigris dessous les chiques, la bouche habitée de trois langues africaines unies par du créole. Flap, flap, flap ils emportèrent les vivres, les outils dont ils avaient besoin, les pistolets de Théodorus, ses galoons de vinasse et de bière caraïbe. Mon Esternome les vit prendre-disparaître comme s'ils n'avaient pas vraiment existé. Il devait les revoir un temps-longtemps plus loin, à Saint-Pierre, joyeux parmi les flammes du jour d'abolition.

La crème d'Osélia. Ils transportèrent le cadavre de Zara en travers d'une bourrique. Percevant sur son poil, mêlée à son fardeau, une posée de la mort, l'animal défaillait. Théodorus avait perdu l'envie de chanter ou même de longviller[1] vers les cases de nègres libres. Nombreuses aux

1. Il guettait, en fait, un sourire de négresse disponible au-dessus de tétés en sac-sel.

abords de l'En-ville, elles pointaient leur paille à travers les raziés. A leur entrée dans Saint-Pierre, la nuit s'était posée puis avait avancé. Esternome mon papa ouvrait les cocos de ses yeux comme s'il avait débarqué dans un autre pays. D'abord : l'ombre aveugle de maisons basses de plus en plus fréquentes, de plus en plus hautes, puis un pont dessus un sillonnage d'eau fraîche, puis tout soudain l'étincelle de la mer malgré le ciel obscur, vite tranchée par l'élevée d'une façade plus haute qu'une Grand-case. Les bourriques avançaient sur des sols empierrés, avec des déhanchements de négresse à talons. Théodorus en tête, la compagnie remonta une rue large qui serpentait entre des murs de pierres, éclairée de loin en loin, jusqu'à la perdition, par des loupiotes publiques. Virant de bord, elle emprunta des voies étrécies, effondrées vers la mer, aux parois desquelles il fallait s'accrocher. *Ah, les rues-pissa, les rues-pissa,* roucoulait Théodorus tout soudain en éveil. Et mon Esternome comprit là-même pourquoi : de l'aléliron s'élevaient des rires de femmes en chaleur, des plaisirs de clarinettes et des émois cuivre, des hélées, des agonies de bouteilles, une bacchanale gîtée sous des persiennes mal closes. Des ombres à chapeaux (ou sans chapeaux) montaient-viraient-descendre avec l'air de battre un bon côté de la vie. Après des marches glissantes à moitié défoncées, la compagnie tomba sur une grand-place devant la rade touffue d'un razié sombre de mâts. Théodorus poussa des hélades d'égorgé : *Brigadier ! Brigadier ! les marrons, les marrons....* Il y eut un mouvement, une lumière, des grincements de porte dans le creux d'une façade. C'était une gendarmerie. Dans une pièce encombrée de registres, sous la lueur d'une lampouille malodorante, ils passèrent le restant de la nuit à relater l'agression dont ils furent victimes et à décrire les nègres marrons. Mon Esternome dut s'identifier et expliquer pourquoi sa scribouille d'affranchi ne portait pas une griffe de notaire, une cire de gouverneur ou d'administration car vous comprenez, sieur Théodorus, ces idiots de planteurs pour un oui-pour un non, nous balancent tous ces libres dans les pattes ! Et c'est quoi un Libre, sieur Théodorus, fulminait le gendarme dans une manière de prononcer la langue de France que mon Esternome n'aurait pas crue possible, c'est un hurluberlu, rôdeur, voleur, menteur, danseur, intelligent seulement aux graines du dé ou aux embrouilles des dames de joies, et qui, c'est pire, baillent refuge à des marrons de ville... Théodorus qui s'en foutait asquiesça d'un ton mol : Brigadier, c'est entendu, les planteurs sont des sauvages...

Dans cette sacrée ville de Saint-Pierre, la première menuiserie de mon Esternome fut celle, un peu simple il faut dire, du cercueil de Zara. Les gendarmes feignirent un départ en patrouille, les abandonnant sur la grand-place, le cadavre sur les bras. Du tout-partout, surgissaient des esclaves d'ateliers, des ilotes de maisons, en route déhanchée vers les corvées de l'eau. La moindre fontaine publique devenait un là gai de combat, de récipients nerveux, d'éclaboussures, de toilettes, de contentements canailles répercutés sans fin par des mèches négrillonnes. Théodorus disparut dans la brume à la recherche, disait-il, d'un quelconque rebouteux. Jean-Raphaël prit mon Esternome en charge, le temps de longer la baie, de repasser le pont en direction d'un bout de l'En-ville effiloché en paille de cases. Là, des négrillons jaunes, des négresses à paniers, des nègres au regard bas s'affairaient sous des nasses de bambous, filets, cordes, bouées, madjoumbés. Ils semblaient vénérer ce matériel utile pour survivre de la pêche ou des terres verticales du contrefort des mornes.

Défunt Zara restait dans ce Quartier. Dans sa case, il trouvèrent une négresse endormie, bien fâchée d'avoir à éclore de ses rêves. Elle accueillit le cadavre de son homme avec la bouche ouverte comme une pleine lune d'effroi. Puis, sans autre cirque, elle devint un vocéro de cœur haché qui consuma les âmes. Mon Esternome pleura. Jean-Raphaël pleura. Enfants, femmes et grands-bougres pleurèrent tout à l'entour. La négresse elle, catastrophiquement calme, mignonnait la figure de son homme (du moins ce que le coutelas avait laissé comme miettes) et gémissait sa mélodie. Cela dura deux siècles de temps. Une cafre antique qui en avait vu d'autres (à en croire la vitesse de ses rides) prit les choses entre ses griffes, releva la malheureuse, nettoya la dépouille, ajusta ses morceaux sous des lanières de toile, déguisa le tout d'un linge de dimanche, puis dit à Jean-Raphaël : *I té za mété bwa'y opadèhiè kay la...* Cela signifiait qu'en nègre pas fol, craintif d'une mise en terre dans un sac de guano, Zara avait prévu les planches de son cercueil.

Esternome mon papa et Jean-Raphaël se mirent à l'ouvrage sur le pas même de la case. La curiosité d'une traîne de négrillons les environnait. Mesurer le cadavre. Scier à bonne longueur les planches de bois blanc. Les assembler, clouer, ajuster le couvercle. Fixer par-dessus une croix d'acajou. Si le Seigneur était un brave nègre, répétait Jean-Raphaël en travaillant, il aurait permis aux menuisiers de faire leur propre cercueil...

La mémoire a ses jardins : elle ne lève pas comme l'herbe couresse. De l'enterrement de Zara, de la venue de l'abbé, de savoir s'il y eut une veillée ou non, ou même dans quel trou du Mouillage on le mit, sont des questions auxquelles mon Esternome ne répondit jamais. Son unique souvenir de ce temps fut à la fois plus doux, plus amer, plus saisissant aussi : la case de Zara devint la sienne et la femme de Zara du même coup.

Il y dormit d'abord dans un coin, sur une paille d'hébergé de passage. Sensible à son dévouement, la femme n'avait pas voulu l'abandonner aux drives. Elle lui avait proposé, le temps qu'il trouve refuge, d'abriter son sommeil. Mon Esternome la voyait arriver le matin. Dans le casino d'un mulâtre souffleur de clarinette, elle consacrait les nuits à couler du tafia, à servir des lozis, à dorloter une clientèle. Cela lui ramenait de quoi s'acheter grain après grain un collier-choux massif et des aunes de madras dans lesquelles une aiguille du quartier lui taillait de belles gaules ou des têtes calendées. Elle s'appelait Osélia (plus tard, il sut que ses clients mulâtres, officiers ou marins, la criaient Osélia-bombe-sirop ou Osélia-piment, c'était selon, et pour des aptitudes pas très évangéliques). C'était une câpresse-gros-cheveux. Une gloire d'impureté coquine lui bouillonnait aux yeux. Elle avait laissé sept joliesses en arrière pour s'épanouir dans une beauté. Sa bouche pouvait forcer n'importe quel homme à passer sous une table. Ce que fit bien entendu mon papa Esternome. Il lui dit un jour (alors qu'elle lui offrait encore l'amicale bienveillance pour hébergé passant) : Danme Osélia, s'il te plaît, la vie est ce qu'elle est, il faut savoir la prendre. Moi, je sais travailler et je suis pas feignant. Avec les outils de ton défunt Zara, je pourrais battre l'En-ville et ramener le manger. Pourquoi ne pas siroter la vie ensemble-ensemble, ho dites donc ? Ce à quoi Osélia répondit sans prendre remède contre sa douleur, comme pour l'instruire d'un coup aux raideurs de l'époque : Si tu veux, mon nègre... mais le temps que je trouve mon mulâtre ou mon blanc.

Zara avait bien fait les choses. Sa charpente était assez solide pour soutenir un toit de tuiles. Il l'avait liée avec des lianes-serpent. Ses poteaux étaient issus d'un gros bois-agouti. Ses poutres, d'une éternité végétale que l'on crie acoma. Son couvert provenait des feuilles de palmiers, de roseau et de cannes, et ses cloisons, une tresse savante de bois-côtelettes et de ti-baume taillé. Dans un coin, sur quelques planches à pattes, un sac d'herbe parfumée lui servait de matelas. Bancs, canaris, bouteilles, outils complétaient cet ensemble. Sans être grand, c'était bon pour abriter des pluies et couvrir le sommeil, car le jour, en ce temps, se vivait au-dehors. Les cases autour étaient du même modèle, parfois de simples répliques quand Zara y avait mis la main. Elles abritaient des nègres jaunes, des mulâtresses déchues d'on ne savait quoi, des nègres-vieux-corps, des bougres louches et une tralée de négrilles accrochés à des mères combattant pied à pied une déveine invisible. Tous et toutes étaient libres, affranchis d'une manière ou d'une autre, légale ou pas légale. Les plus noirs exhibaient sans arrêt leur titre de liberté. Ceux qui n'en disposaient pas devaient suivre les gendarmes jusqu'à leur bitation d'origine afin que le béké confirme ou pas leurs dires. Esternome mon papa dut subir ce voyage une dizaine de fois avant l'abolition qui enleva ce souci. Son béké l'accueillait à peine, confirmait tout ce qu'on voulait, et repartait en maugréant. Depuis le cyclone, son habitation semblait soumise à la haute-taille d'un mauvais vent. A l'une de ses dernières visites, mon Esternome retrouva sa mère abandonnée dans le jardin. Allongée dans les herbes, elle scrutait ces fourmis rouges qui lui avaient déjà abîmé les paupières. Une jeune mulâtresse l'avait remplacée aux affaires de couture. Depuis, elle vidait les pots d'aubagne à petits-petits pas, charriait pot après pot durant des heures entières. Ensuite, désœuvrée, elle célébrait le monde en observant les hannetons, les chouval-bois, les punaises-patates, les mouches bleues, les fleurs, l'écorce du pied-piment, les petites roches équarries comme des perles, les brins d'argile, les gouttes d'eau, le marquetage des lézards-anolis, les os d'un oiseau mort gardés sous un rosier, les vers de terre noués trois fois sans la moindre cassure, et, bien entendu, les fourmis du destin, fatales à ses paupières. Ses mains désormais occupées à guider son regard, ne servirent plus à rien. Dans la bitation déclinante, on l'abandonna sur sa propre misère. Elle traînait son insomnie dessous la véranda, se toilettait sous une gouttière et poussait ses besoins dans un fond du jardin auprès des fourmis qui lassées du vieux goût de sa peau, se foutaient d'elle absolument.

Osélia rentrait à l'aube. Elle se mettait au lit dans un sommeil sans lune. Elle en émergeait durant l'après-midi dans le but de grignoter un rien, laver son linge à la rivière, déchiffonner sa gaule du soir. Sur le tard, elle se coiffait longtemps, s'habillait, se frottait de sent-bon et partait au travail. Mon Esternome suivait la vie d'Osélia d'un douloureux regard. Le jour, avec les outils de Zara, il rôdait dans Saint-Pierre dans le but d'offrir ses services de charpentier-menuisier-serrurier-dépanneur-nettoyeur. Il rentrait en bord d'après-midi afin de mettre à cuire quelque douceur de légume, et guetter le réveil d'Osélia. Au moindre frémissement, il s'allongeait sur elle. La première fois qu'il eut cette audace, Osélia le prit dans ses bras, l'enveloppa de ses jambes, et ondula comme une liane-mibi sous une ruée de serpent. Avec ses dents faites pour cela, elle lui rongea l'oreille, le cou, les lèvres, le nez. Ses doigts lui prirent chaque vertèbre dans la chaudière de trois frissons. Elle devint un oiseau affamé qui lui bectait la peau, bectait son jus sucré, bectait un peu de son sang et le reste de son âme. Sur la crête douloudouce des plaisirs, il voulut crier gémir pleurer respirer mourir. Il se sentait porté vers des naufrages au pas de charge qu'ont les mulets sous la fièvre tierce. Ses graines explosaient. Elle le pêchait en eau de lassitude, retombé mol comme un gommier en arrière-vague, et l'éveillait aux ondées de la fête. A chaque fois, elle lui captait sa sauce au remous de ses mains, puis la lui restituait sur le corps selon les lois d'une marée. Bientôt, il fut une odeur d'algues et d'aisselles, couvert d'un nacre de coquillage que de sa langue elle dissipait. Quand elle le chevaucha, frégate vibrante, ce fut encore une autre histoire. Hélas, je ne la sus jamais. Mon papa Esternome n'avait pas fait d'école. Il ne disposait dans sa calebasse que des méthodes de charpenterie et rien des cinquante-douze pages de dictionnaire utiles à l'esquisse portée d'une silhouette de la chose.

LES LIBERTEUX ET AFFRANCHIS. Sans doute parce que cela ressemblait trop à ses travaux nocturnes, Osélia ne lui fit ça qu'une fois. Elle ne lui accorda, par la suite, qu'une coucoune immobile, ensommeillée très vague, ouverte en treize largeurs pour lui autoriser un plaisir solitaire. Mon Esternome en prit une sorte de langueur, terrible comme un grospoil, qu'il dissipait dans le cocomerlo des cabarets détenus par les Libres. Ce fut une vieille période, chignait-il d'habitude, mais de loin en loin des mots lui échappant, je sus qu'il y sombra en fait dans la volupté trouble des vagabonnageries. La plupart des mulâtres et des nègres affranchis s'étaient garés en ville. Ils fuyaient les champs d'habitation, hostiles à toute semence qui ne soit pas békée. L'En-ville par contre était offert aux vents du monde. Un côté pour envolées nouvelles. Dire En-ville en ce temps-là, c'était dire : Saint-Pierre. On y trouvait rencontre des marins hollandais, portugais, espangnols ou anglais, des voyageurs en goguette, des abbés savants en mission de chronique, des militaires, des blancs de France, des produits neufs, des vins, des machines nouvelles, des idées sans épines. Saint-Pierre, c'était bel horizon pour qui savait y faire mais aussi pour qui n'avait aucun talent. Elle s'offrait à qui tentait de se rêver la vie plutôt que de la vivre, de se la battre en douce plutôt que de la suer. La catégorie des nègres affranchis [1] et mulâtres à

1. Libres parce qu'ils avaient sauvé quelque bitation d'un incendie, sauvé de la noyade un enfant à peau blanche, détaché sans blesse un serpent de la jarretelle d'une vieille békée, parce qu'ils avaient lutté contre des attaques de nègres marrons, des descentes de forbans, bataillé contre angliches et pangnoles, avaient passé leur vie en dévouement sans faille, donné du lait aux enfants des Grand-cases, mis au monde pour l'esclavage une longue théorie de marmaille, été plus méchants avec les nègres de terre que s'ils en avaient été propriétaires, ou alors plus simplement parce qu'ils avaient, à la suite de circonstances heureuses, maîtrisé un métier qui les avaient rendus tellement indispensables qu'ils avaient pu se louer, amasser des pièces cosmopolites, et pu, un bon-matin, se racheter. D'autres tenaient cette liberté d'être nés de Libres, d'avoir épousé un Libre, ou d'être apparus au monde avec une peau de mulâtre si claire que cela précipitait en angoisse les békés qui les apercevaient en champs d'esclaves ou dans des cases à nègres. Il y avait mille sept cent cinquante douze treize manières, dont rêvaient tous les nègres en case. Les gouverneurs qui en voyaient les effets dans les rapports de police urbaine, cauchemardaient.

talent y exerçaient son art sans un trop de problèmes. Les femmes y étaient matrones, cuisinières, lavandières, couturières, lingères, marchandes d'et-caetera. Les hommes, tonneliers, charpentiers, menuisiers, forgerons, serruriers, cabrouettiers, pâtissiers, maçons... Les gros-mulâtres tenaient boutiques, négoces et ateliers bourrés d'esclaves. Certains de ces mulâtres revenaient des milices où ils avaient servi comme batteurs de grosses caisses ou chair des premières lignes. D'autres, d'une espéciale catégorie, le cou planté raide dans des jabots craquants, ne fréquentaient les casinos qu'à l'ombre des nuits sans lune. Ils revenaient tous d'un séjour merveilleux en cette bonne terre de France où la bestiole esclave redevenait humaine. Un béké à cœur faible les y avaient emmenés. Dans les ports de Nantes du Havre ou de Bordeaux, ils avaient pu apprendre des savoirs-faire bizarres (perruquiers, orfèvres, horlogers), avaient tâté de la comptabilité, démêlé les écheveaux du droit, du lire et de l'écrire. Parfois, ils devenaient avocats ou obtenaient des charges à hauts chapeaux bizbonm. Beaucoup de Libres activaient leur cerveau d'une huile maligne. Ils s'érigeaient tenanciers de tripots, maniaient la clarinette, le violon, les cuivres, devenaient docteurs de la carte et du dé. Autour d'eux, de féminines chaleurs offraient la joie foufoune des vieux métiers du monde.

Il existait une dernière catégorie de Libres, juste entre les esclaves et les vieux crapauds ladres. Livrés à la mendicité, ceux-là erraient en peine, dormaient au fond des bois dessous des ajoupas, mangeaient des zabitans sans même un tac de sel. Traqués par les autorités d'armes, ils finissaient de battre en prison ou se voyaient contraints pour payer les amendes à s'en aller aux côtés des esclaves, rouler des tonneaux de rhum, décharger sur leur dos des barriques impossibles, draîner des marchandises aux abords de la douane le long du bord de mer. Les mêmes pratiquaient, en plus, une pêche côtière marronne jusqu'à ce qu'un jour, y trouvant leur voie, ils l'érigent en métier et s'en aillent au grand large piéger les poissons blancs. Souvent, à la faveur d'un équipage réduit par la fièvre jaune, deux-trois partaient marins au vertige du tout-monde, voyaient d'autres cieux, respiraient d'autres vents. Ils revenaient tellement confus de vérités qu'un désarroi les rendait drôles comme des zombis échoués. Fils du monde mais hors de tout, à moitié transparents, ils flottaient dans la ville, raides, fixes, sans passé. Mon Esternome peu désireux de les croiser précipitait sa route dans le ciaque oblique des chemins de corsaires.

> Marie-Sophie, Phiso Rima, mon petit vent dans les chaleurs, entre les liberteux d'En-ville et les grands nègres marrons, rien n'était même pareil, sauf peut-être une manière d'être en liberté sans avoir choisi le sens vrai du chemin, son nord ou bien son sud. Ô doudouce, liberté vraie c'est peut-être d'avoir plus d'intelligence que la roche qui va dans la pente qu'on lui met... *Mais être « libre » c'est quoi-est-ce ?* En ville ou en campagne c'était la seule question...
>
> Cahier n° 7 de Marie Sophie Laborieux.
> Page 3. 1965. Bibliothèque Schœlcher.

Mon Esternome navigua dans ce monde-là, environné d'un océan de mulâtres, de békés-goyaves et de blancs-france industrieux. Békés et blancs-france se mouvaient en carrioles, mangeaient-manger en haut des restaurants, menaient parades sur les marches du théâtre ou de la cathédrale dont le blanc crémeux décomposait les ombres. Ils restaient dans les Quartiers de Fonds Coré, autour du Fort et de la paroisse de l'Ex-voto où fleurissaient charge d'affaires religieuses. Ils parlotaient dans des loges et dans des clubs fermés. On les voyait prendre le serein sous les tamariniers de la place Bertin. On les voyait, alentour de la fontaine Agnès, goûter la mélodie des orchestres de marine.

Ils s'ouvraient les trous-nez sur les iodes mèdecinales ou contemplaient béats les tritons cracheurs des eaux de la montagne. Mon Esternome se levait avant-jour afin de se rendre au jardin botanique. Dans l'Allée des Duels, environnés de bougres en noir, ils se saluaient, échangeaient des fusils, et se tiraient dessus jusqu'à perdre une cervelle. En d'autres heures, ils bataillaient avec de grandes rapières maniées plus ou moins bien, et qui les éventraient, les balafraient, les mutilaient d'un œil, d'un doigt ou d'un tendon. On les évacuait sur brancards, l'honneur lavé d'on ne sait quoi. Leurs duels sinistres procuraient un plaisir trouble aux affranchis moisis dans leur ombre méprisante. Quand ils laissaient des orphelins, les Religieuses de la Délivrande, dont la miséricorde s'arrêtait aux peaux blanches, recueillaient ces derniers en belle solennité. Placées au pensionnat Saint-Joseph-de-Cluny, leurs filles n'en sortaient que pour l'église du Fort, une journée de Pentecôte au bord de la Roxelane, une descente en Vapeur vers les lointains de Fort-de-France ou les Grand-cases familiales d'une bitation des mornes. Ils étaient fascinants...

Dans leur ombre, maniant le droit, parole et doléances, grouillaient les grands mulâtres qui s'habillaient comme eux, marchaient comme eux, mangeaient, bougeaient les fesses comme eux, et qui les détestaient, et qui guignaient leur place dans les maisons en bois précieux ou bien en pierre de taille. Les mulâtres menaient politique. Ils cueillaient les postes possibles dans l'administration. Békés et blancs-france, cœur pris d'une vieille surprise, les avaient vus surgir sans prophétie ni prévision. Les mulâtres avaient levé le front, arraché la parole. Ils s'étaient organisés en cercles, en comités, en associations. Ils avaient investi les loges maçonniques. Forts de leur nombre grandissant et de leur moitié blanche, ils avaient raflé l'aubaine qui pouvait l'être, dénoncé l'oppression malgré les bannissements. On disait même que dans le temps d'une Révolution répercutée de France sur le dos d'une cocarde, un gouverneur avait embrassé l'un d'eux en signe d'amitié. Depuis, les mulâtres avaient encore engrangé de l'orgueil. La terre avait du mal à les porter. Ils vénéraient les livres ramenés de France par les goélettes. Ils se réunissaient en pompes studieuses pour lire les journaux, les commenter, écrire dans un joli français des choses qui torturaient le bon-ange des planteurs. Leurs marmailles apprenaient l'abc chez des abbés bizarres ou chez de vieux mulâtres revenus d'un voyage sous une toison de science quelque peu insolente. Contre la férocité békée, il dressaient l'éternité généreuse de la France, Ô mère bonne perdue dans l'horizon et gonflant tous les cœurs. Roye, ceux-là étaient extraordinaires...

Mon Esternome apprit à titrer chaque personne selon son degré de blancheur ou la déveine de sa noirceur. Il apprit à se brosser la rondelle de ses cheveux huilés dans l'espoir qu'un jour de l'impossible année cannelle, ils lui flottent sur le front. Tout un chacun rêvait de se blanchir : les békés en se cherchant une chair-France à sang bleu pouvant dissoudre leur passé de flibuste roturière ; les mulâtres en guignant plus mulâtre qu'eux ou même quelque béké déchu ; enfin, la négraille affranchie, comme mon cher Esternome. Celle-là se vivait comme autant de zombis à civiliser sous d'éclatantes hardes et à humaniser d'une éclaircie de peau de toute la descendance. Cela ne les empêchait pas dans le même ballant, au fond même de leur être, de haïr cette peau blanche et les façons mulâtres, cette langue, cet En-ville et le restant fascinateur. Mon Esternome sur ce sujet me disait tout puis le contraire de tout. L'envers valait l'endroit, et l'endroit le plus souvent était des deux côtés. Et quand il s'y perdait il murmurait confus : Aveuglage, embrouillage, petite Sophie, mon dernier punch, rien n'était clair en ce temps-là. Il n'imagina pièce un seul instant que ce phénomène se poursuivrait au-delà de sa mort, et de plus belle, lors même que ses os n'étaient plus déjà bons pour servir de trompettes.

Marie-Sophie, faut pas croire, y'avait l'affaire de la couleur mais y'avait aussi l'affaire de la manière et des beaux-airs. Avec la manière et les beaux-airs on te voyait mulâtre, si bien que les mulâtres étaient parfois tout noirs. Mais un mulâtre de peau (sans même parler du blanc) restait ce qu'il était sans la manière ou les beaux-airs. C'est compliqué mais voici le vrai fil : les meilleurs beaux-airs c'était d'avoir la peau sans couleur d'esclavage. Et quelle couleur de peau avait l'esclavage ? Quelle couleur ? Pas la mienne en tout cas... VIVE MANMAN-DOUDOU LA FRANCE !...

Cahier n° 5 de Marie-Sophie Laborieux.
Page 7. 1965. Bibliothèque Schœlcher.

COUP-DE-FEMME. Il vécut comme Osélia, dormant le matin, opérant quelques djobs durant l'après-midi. Oubliant son projet de racheter sa vieille manman, il dissipait ses sous dans deux-trois cabarets (évitant celui où œuvrait Osélia), à boire des crasses de vin, à jouer de la cloche pour un clarinettiste qui soufflait un mélange de musiques ramassées sur le port. Il braillait, jouait, perdait, tentait de détrousser des marins soûls, sollicitait ces créatures qui travaillaient debout sans laisser suçoter la cannelle de leur bouche. En ces lieux, il retrouva trace de Théodorus. Le maître-charpentier mourut à côté de lui dans un fracas de bouteilles, en hurlant *Ces salauds de nègres marrons m'avaient piqué avec une lame empoisonnée...* Théodorus ne s'était jamais remis de sa blessure. Il était allé de fièvres en fièvres, puis de taches diverses en nécroses sur la peau. Il avait émergé des délires comateux dans le but de fêter l'accostage d'un équipage normand, et saluer un reste d'aube sous un quartier de négresse qu'il infectait sans le savoir. Car, en fait, nostr'homme fut pourri d'une maille à l'autre par une syphilis. Il expira au bout d'une pathétique frénésie chansonnière. La salle se vida floup !, le cabaretier barra ses volets. C'était un mulâtre politisé, bon vivant mais liseur de journaux, adorateur d'un autre mulâtre nommé Bissette exilé par les békés après la parution d'un petit livre à la peau rouge. Passé minuit, le mulâtre politisé (bien qu'il soit très peau-blanche, on le criait Chabin car son cœur était nègre) réduisait la flamme huileuse des quinquets, bouclait la porte, réclamait une paix-là, et portait son libelle fripé comme une hostie entre les tables. C'était un opuscule non signé, d'environ trente-deux pages imprimées à Paris. Le mulâtre politisé n'en ânonnait jamais autre chose que le titre : « *De la situation des gens de couleur libres aux Antilles françaises.* » Pour lui, ce texte de Genèse renfermait des choses terribles que craignaient les planteurs, les blancs-france, les rois, les militaires et le reste du monde. La voix des mulâtres s'était élevée là-dedans pour la toute première fois, réclamant l'égalité avec les blancs, chantant la liberté universelle. Depuis, du fin fond des galères, dessous les pendaisons ou au mitan des fers, dans les îles anglaises ou du haut des tribunes de la bonne terre de France, elle ne s'était jamais plus arrêtée. C'est quoi, sermonnait le mulâtre politisé, c'est du papier ou de l'Histoire en marche ? Il voulait qu'on réponde *C'est de l'Histoire en marche*, ce que tout le monde répondait, sauf ce délirant de Théodorus qui juste avant l'ultime délire brailla : *Quelle Histoire, mais quelle Histoire ? Où sont les nègres là-dedans ?* Il voulait dire « *les esclaves* » m'expliqua Esternome, car en ce temps-pas-bon l'un ou l'autre de ces deux mots portait le même bagage. Le mulâtre politisé n'eut pas le temps de lui répondre. Koko-doux syphiliteux s'était mis à chanter une folie. Il s'effondra en brisant quatre tables, mort et déjà fétide, le libelle qu'il avait réussi a saisir, chiffonné dans une main.

Après la débandade, mon Esternome se retrouva seul à rouler le corps du vieil ouvrier dans un tonneau vide afin de le jeter sur une roche de la Roxelane où les gendarmes le ramassèrent à l'aube sans poser de questions, si ce n'est en sonnant un tocsin inutile contre le choléra, ou la fièvre jaune, ou l'une des familières atrocités de l'époque oubliées à présent, jusqu'à ce qu'un nègre averti apaise cet émoi sanitaire en diagnostiquant une chaude-pisse que l'on ovationna, tellement elle parut douce après cette peur froide.

En cet antan, avec le petit ventre rond des porteurs de gros foie, Esternome mon papa devint maigre comme une morue salée. Le tafia lui rosissait la lèvre, lui rouillait l'estomac et les bords de cervelle. C'est d'ailleurs ce qui dut lui épargner la syphilis car, hi hi hi fout', les petites bêtes précipitées dans son piston devaient se prendre de feu sur l'alcool de son sang. Pratiquant de moins en moins de djobs, il se fit contrebandier d'une guildive détaxée qui stupéfiait les cabarets, il se fit pilleur de tombeaux caraïbes pour des pierres très bizarres à trois pointes et trois forces que les abbés sollicitaient. Il tenta de s'ériger maquereau d'une négritte récemment libérée, qui le renvoya au ventre de sa manman quand elle eut compris comment marchait la vie. Puis, il se fit plus humainement pleureur professionnel quand un bon-mauvais-matin Osélia embarqua sur un vapeur des Amériques avec le blanc à yeux d'eau pâle qu'elle s'était ramassé. L'amoureuse vida la case autour de son sommeil et prit l'envol après lui avoir charbonné sur la porte un *Pa moli* (Tiens bon) que seule devait effacer la nuée ardente qui une-deux temps plus tard allait griller l'En-ville. Le pire c'est que dessous le vœu de cet adieu méchant la négresse vagabonde n'avait même pas signé.

Il pleura oui, comme pleurer se mouille dans les pires désespoirs. Il faut mettre de côté ses envies de noyade à la rivière Latouche. Oublier ses nages désespérées autour des grands navires (les passagers lui jetaient les piécettes destinées aux négrillons mendiants). Simplement songer que ce coup-de-femme dut lui faire du bien : il s'en remit plutôt pas mal. Les larmes d'amour le vidèrent de ses sauces tafiatées. Le jeûne des tristesses assécha ses dérives. Jean-Raphaël le sortit du sommeil des cimetières en venant lui offrir le travail d'une charpente. Ne voulant y associer quiconque risquant de lui souffler l'affaire, Jean-Raphaël (mon papa disait : An-Afarel, et c'est ce que je vais dire à présent) vint un jour embaucher ce gentillet d'Esternome perdu de vue depuis nanni-nannan. Il le retrouva en cendres, gris comme un chien-fer, assis devant la porte dessous une inscription qu'il menaçait du poing en hurlant *O isalop ou sé té pé siyen,* Oh isalope tu aurais pu signer...

CONSTRUIRE L'EN-VILLE. C'est donc avec An-Afarel qu'il vira-et-revint aux normes de l'existence. Sa nouvelle vie fut perchée sur une charpente à hauteur des pigeons. Il était sciant des poutrelles pourries, remplaçant des chevilles, réajustant des tuiles, dégringolant pour se raccrocher de justesse. Il était suant à monter-descendre des outils, des ficelles, des rabots, à mesurer cela, à cisailler ceci, à manger sans tafia de gros carreaux d'ignames sous une huile pimentée. A ce battage-là, il se refit des muscles, une tête claire, et découvrit de haut (il ne l'avait jamais vraiment vue) la ville que le Mentor l'avait envoyé prendre : une enfilade de toits rouges face à la baie peuplée de bateaux, allant de fonds Coré jusqu'à l'anse Thurin, puis s'étageant sur les mornes de bois-debout dont elle ne devait jamais achever la conquête. Et cætera de tuiles, rouges, ocre, noires d'âges et de caca-zoizos, craquaient sous le soleil comme des terres assoiffées. Les tours jumelles de la cathédrale du Bon-Port, la pointe d'horloge de la chambre de commerce, des lucarnes à pignons, des bouts de façade, des fenêtres sans châssis, des volets à persiennes mobiles commes des paupières. Partout, la verdure d'un vieil arbre entre les interstices de la pierre et du bois, des croix hautaines, des bouts d'arcades, des silhouettes pâles dans l'ombre d'un séjour, le lent balancement d'on ne sait quoi relié aux nuages qui s'en vont, un bout de la majesté du théâtre, la torche fumante de l'usine Guérin, le tout vibré de rumeurs souterraines (marchandes, carrioles, chevaux claquant au pas). Le grincement lent-régulier du tramway à mulet soupirait sur l'ensemble comme une clarinette. Esternome mon papa n'était pas un poète (de cette sorte chimérique qui s'émeut dans des mots maniés comme des miroirs et autant de douleurs), mais il distinguait dans ce bric-à-brac une espèce de puissance. Il comprit qu'aboutissaient là les misères des grandes bitations. Tout ce sang solitaire, cette douleur sans bondieu, ce travail-bœuf contre les avalasses de la mauvaise saison[1] ou les emprises-du-feu de la saison-carême, se concentraient ici, en boucauts, en barils, en colis, prenaient chemin des mers dans la cale des navires après l'onction magique des gros livres de comptes. Il comprit aussi (mais en confusion : mon Esternome n'était pas une clarté de cervelle) qu'en y passant seulement, la richesse-plantations avait créé cette ville, nourri avec les miettes de son passage des milliers de personnes qui des esclaves de terre ne savaient que peu de choses et s'en foutaient d'autant.

La chose lui prit la tête. Il tomba en souci de la voir de plus près. Il prit l'habitude, entre les tâches que lui confiait An-Afarel désormais son patron, d'y traînailler ses chaînes, de regarder, de ressentir, non victime de poésie comme je l'ai déjà dit, mais parce qu'entré dans cette calculation d'amorce des virages de sa vie (mais cette fois l'histoire descendrait autrement). La ville était d'antan, solide,

1. En fait, une bonne saison pour mon Esternome comme pour tous les nègres d'habitation. Temps de pluie : temps de repos, de pauses et de rigolades sous l'émoi du béké qui maudissait le temps. Cyclone passé : temps de libertés. Pour les nègres d'En-ville c'était un autre temps. Il faut savoir qu'ici, les temps ne sont pas les mêmes pour tous. C'est pourquoi mon Esternome disait que ce pays était comme une niche de fourmis éclatée, mais malheur à celui qui ne comprenait pas que sous cette étrangeté il y avait un peuple qui dérouterait les dictionnaires.

épaisse. Elle offrait peu de place à ses rues, sauf celle Victor-Hugo qui allait large et fière. La ville était jaune, grise, moussue, mouillée dans ses ombres, elle gloussait l'eau souterraine des mornes. Au nord, la ville était plus fraîche. Côté du Fort, elle déployait un lélé de ruelles et de marches en gringole vers la mer. En son milieu, la ville grouillait des faiseurs de commerce, des dockers du mouillage saisis sous la chaleur des mornes gobeurs de vent. Là, un senti de rhumerie, ici une vapeur de fonderie, sur ce bord la cadence martelée des nègres tonneliers musiciens des marteaux. Au sud, la haute cathédrale touchant d'une ombre bénite des fabriques de mulâtres. Esternome mon papa était content de la rue Monte-au-Ciel, non pour ce qu'elle suggérait mais pour son lot de marches qui montaient la montée portant à dos la mousse. Il l'aimait aussi pour son dalot central : en confiance, une eau claire y fuyait vers la mer. Cette rue était fraîche car ses façades barraient une bonne part du soleil. La rue de la Madeleine menait au couvent des sœurs de la Délivrande. Un couvent haut-et-bas, massif, au toit percé de deux lucarnes et d'une tourelle croitée gardienne des orphelines. Ces dernières y apprenaient l'obéissance et les arts d'agrément. Mon Esternome les contemplaient perdues dans des robes de mérinos noires, à manches longues malgré la chaleur. Elles portaient un chapeau sans gaieté. Leurs cheveux tressés se nouaient toujours par un ruban en deuil. Depuis le pont de la Roxelane, il allait guetter les lavandières. Elles passaient la journée à battre le linge, puis à l'étendre en babillant comme des oiseaux soûlés. Elles ne s'arrêtaient que pour griller quelque la-morue sur une braise de campêches avant de l'émietter dans l'avocat huilé. Les draps blancs abandonnés un peu partout frémissaient alors comme des ailes d'anges tombées au cœur de l'embellie. C'étaient toutes des papa-femmes, esclaves ou libres, dont les pieds et les mains étaient fripés par l'eau. Parfois, mais très rarement car l'homme est oublieux, ces babilleuses lui ramenaient souvenir de sa vieille manman, ma grand-mère-manman-doudou. Puis, il dévirait lentement vers le pont Morestin, contemplant la rivière plus ou moins propre selon les jours. Malgré la bordure d'un muret, cette rivière Roxelane semblait chercher patience pour effriter la ville, la transformer en une de ces roches rondes bien dociles à ses guises. Il me parlait aussi de la rue Bouillé : accroché au poitrail d'un bourricot esclave, un tramway y grinçait des vieillesses. Le bourricot n'avait aucune chance d'être un jour affranchi, pensait mon Esternome. Sauf bien sûr (se disait-il encore) si la mort le voulait. Mais en ce temps-là, gémissait-il en ironie, la mort même se situait du côté des békés.

> Marie-Sophie, ô ma douce, imagine la rue centrale, ses magasins semés en graines, ses auvents en fer-blanc de bon service contre les pluies. Là, une touffée de marchandes balançaient *à-moué à moi à-moué.* Elles vendaient tout ce que nèg libres ou en chiens sous les chaînes, pouvaient faire, jardiner, cueillir, voler. Il fallait vendre à gauche pour tenir dans cette vie. Alors imagine.
>
> Cahier n° 3 de Marie-Sophie Laborieux.
> Page 1. 1965. Bibliothèque Schœlcher.

Mais, Esternome mon papa[1] comprit que ceux-là (ces nèg vendeurs, ces femmes-nèg à paniers, ceux du port, ceux qui babillaient à la Roxelane auprès des toiles célestes, qui musiquaient en casino et dansaient toute la nuit, qui contribandaient la contrebande, ou bien qui comme An-Afarel vouaient à leur travail une sorte de culte sacré) n'avaient que peu de chances. L'En-ville était la part des békés-magasins et blancs-france à bateaux. Les mulâtres (en

1. Comment me le confia-t-il ? Une tristesse de fond de gorge ? Un cil battant l'alarme d'une larme refoulée ? Une chanson sans veut-dire si ce n'est la douleur ? Comment me le confia-t-il ?

vérité, mon Esternome disait « milâtes », alors tu vas le prendre comme ça maintenant) y mouvementaient raides afin d'élargir leur faille. Mais, c'était déjà clair, malgré leurs grands discours et leur tapes sur l'épaule, les milâtes pour l'instant, à l'instar des lucioles, n'apposaient la lumière qu'aux ambitions de leur seule âme.

Que fit-il ? Travailler. Esternome mon papa travailla, travailla, rassemblant son argent sans compter-décompter. Et, permettez, on peut dire qu'il construisit la ville dans ses élargissements. Nécessité baille loi, il devint un grand grec en l'affaire des maçons. Il apprit à encoller les pierres dans du mortier de chaux ou de roches à ravets. Il apprit à lever le basalte, à surprendre le dacite, à profiler lui-même les fantomales pierres ponces. Il apprit à gonfler son mortier des cendres de la bagasse qui agglutinaient mieux que toutes les fortes colles. Les békés et blancs-france voulaient toujours construire les maisons de leur province originelle, voulaient des murs épais afin de serrer les fraîcheurs. Les gros-mulâtres reprenaient ces modèles. Mais, sur les chantiers, mon papa Esternome vit comment l'esprit des ouvriers nèg défaisait l'habitat et le réinventait. Ainsi, tout-douce tout-douce, Saint-Pierre dérivait dans des « manières et des façons ». « Dans une esthétique espéciale », je crois qu'il voulait dire.

NÈG SANS SOULIERS. Le dimanche voyait descendre les esclaves de terre. Billets de route en poche, ils venaient vendre au marché du Mouillage les grappes de leurs jardins. De paniers, d'ignames, de pattes-bananes, de dachines, de pois-sentis, de poules-paille et cochons-planches, ils étouffaient le port. Les hommes avaient passé leur toile blanchie, chemisettes et pantalons rayés à gros boutons d'argent ou ornés de petites pierres colorées. Un chapeau plus ou moins fatigué leur protégeait les yeux. Sur leur nuque ainsi dégagée s'étageaient les plis d'un foulard de madras ou de belle toile jaune rouge. Les femmes arboraient leurs bijoux de régale, anneaux, colliers, bracelets de coquillages, d'écailles de tortue ou de perles de lambi. Chemisette blanche et longue cotonnade relevée d'un côté. Leurs cheveux enveloppaient une calende de madras dont les bouts imitaient les feuilles du chou sauvage. A leur cou, à leur taille, à leurs poignets, à leurs chevilles, frémissaient des rubans-toutes-couleurs qui les transformaient, au vent de la jetée, en des lianes chargées de longues fleurs impatientes.

Nègres libres et milâtes d'après-messes descendaient à cette fête, quelques blancs-france aussi, et des lots d'ouvriers blancs amateurs de négrittes. Mon Esternome quittait toujours sa case un peu triste pour s'y rendre. Il sentait que les nèg de ce marché étaient plus proches de lui. Pourtant, de dimanche en dimanche, il s'en éloignait sans même comprendre comment. Leurs braillements, leurs manières de parler avec des cris de guerre et moulinets de gestes, leur sueur généreuse, leur parade dans un unique beau linge, leur créole impérial, riche, tortueux, rapide, ou alors murmuré en fond de gorge sous des lèvres immobiles, rejetaient mon Esternome dans le monde des nègres libres, à l'ombre des milâtes. Les nèg-de-terre (ou gros-nèg) se taisaient en le voyant surgir avec ses façons de nègre libre d'En-ville : les pieds dans des chaussures éclairées, le fal sous un jabot, la tête prise dans un chapeau à large bord trouvé en quelque nuit au fond d'un casino (à moins qu'il ne l'eût happé dans un de ces greniers où il changeait des tuiles), les poings fermés sur l'usure de ses gants. Devant lui, ils changeaient de figure et devenaient ces nèg que les békés croient connaître : nèg d'en bas-feuilles, yeux bas, très gentils. Les nèg-de-terre (ou nèg-en-chaînes) détestaient les Libres. Ils les enviaient aussi, louchaient sur leurs bijoux. Et ils les imitaient tant que, sans l'interdiction de porter des chaussures, plus d'un esclave en goguette de dimanche eût pu être pris pour un nègre libre en promenade d'après-messe.

La vente des produits permettait aux nèg-de-terre (ou nèg-en-chien) d'espérer racheter leur liberté. Elle leur permettait surtout d'acquérir des signes d'élégance. Aux abords des vagues, ils plumaient la volaille, débitaient au coutelas des cochons pas très gras. Mon papa Esternome obtenait sa viande d'un bougre nommé Bonbon. Epais comme un manguier, rieur, blagueur, Bonbon chantait une joie de vivre presque malsaine dans la douleur de cette époque. Il ramenait chaque mois un frêle cochon nourri dans de secrètes ravines des hauts-bois du Prêcheur. Il en récupérait aussi dans les hauteurs de la Soufrière quand il participait, pour un sou c'est un sou, à des chasses aux marrons [1]. Pour un brin de dentelle ou de n'importe quoi, Bonbon offrait un bout de sa viande dans une feuille de banane. Il la soupesait le bras tendu, un coco-z'yeux fermé sur un joyeux braillement. Esternome mon papa regagnait sa case avec cette viande de brocante. Il l'enfouissait dans une saumure, puis s'en revenait goûter à ceux qui lui ressemblaient tant, du moins en origine. Ce contact était pour lui valorisant. Auprès des nèg-de-terre, il devenait, sinon quelqu'un, du moins plus qu'il ne s'estimait dans les fonds de son cœur.

En fin d'après-midi, passée l'effervescence, les nèg-de-terre (ou nèg-pas-bon) se mettaient à rôder dans les rues de l'En-ville, zieutant avec l'air de ne pas y croire les façades de pierres. Ils guettaient le jeu des persiennes derrière lesquelles d'antiques békées les injuriaient à mort. Ils dépensaient leurs sous en douceurs de marchandes, en confiseries, en painwobè. Ils couvraient les boutiques qui demeuraient ouvertes à l'effet de rallier leurs descentes. Ils y plongeaient à la mouche-sur-sirop, achetant ci, gagnant ça, oh ça c'est bel donne-moi... Enfin, ils gagnaient les tripots qui les acceptaient le temps d'une gorgée, d'un battement de cartes,

1. Les mulâtres propriétaires de jardins vivriers organisaient ces chasses contre les nèg en fuite qui y menaient pillages.

d'une roulade de dés. Certains, vicieux à ces jeux-là, ruinaient salement qui croyait les ruiner.

Sur la place du marché, les autres demeuraient comme des images de semaine sainte, à guetter les trappistes pourvoyeurs de babioles. Mon papa Esternome les voyait se gourmer pour une couleur d'étoffe, ou zieuter sans bouger, dos posé contre la mer, cette présence de l'En-ville. Ville haute. Ville massive. Ville porteuse d'une mémoire dont ils étaient exclus. Pour eux l'En-ville demeurait impénétrable. Lisse. Ciré. Que lire dans ces fers forgés ? Ces volets de bois peint ? Ces grosses pierres taillées ? Ces parcs, ces jardins, tous ces gens qui semblaient en manier les secrets ? Bonbon lui dit un jour, et il avait raison, que l'En-ville c'était une Grand-case. La Grand-case des Grand-cases. Même mystère. Même puissance. Esternome mon papa en fut ti-brin malade.

En fait, dans ce marché des esclaves, il recherchait une aide. Il les guettait comme ça, suivait comme ça leurs gestes, décomptait leurs silences. Il cherchait dans leur dos une raideté particulière, une magie espéciale dans les hauts de leur front. Leur présence était forte sous le soleil de la grand-place où la ville entière s'en venait au spectacle. Les gendarmes patrouillaient à travers leurs paniers, une méfiance dans la mine. Pourtant, il n'y avait pas là de guerriers en conquête, mais de simples rôdeurs à l'en-bas des murailles où se ramassent les miettes. L'En-ville les fascinait. Ils semblaient guigner ce phénomène comme imprenable, et la pavane des nègres libres ne parvenait jamais à les en dissuader. Esternome mon papa disait à Bonbon : *Ou pé pran'y ! Fok nou pran'y, sé la tij manyok-la yé... !* (Tu peux la prendre, il faut la prendre, c'est ici que tout se décide...), mais le nègre hilare semblait ne pas entendre. Mon Esternome, qui chercha si longtemps, fut surpris par la suite, quand l'abolition fut à prendre des mains du gouverneur, de les voir lancés comme une eau de déluge, en vagues de coutelas, en écumes de colères, immolant cet En-ville d'une exigence furieuse.

Dimanche après-midi devint pour lui un rite. Les nèg-de-terre avaient fini par l'accepter. Ils avaient compris que l'Esternome n'était pas oublieux de ses racines en chaînes. Il aidait les vieilles à soulever les paniers du bout de leur cou raide, participait aux courses après cochons et poules, prenait parole sur les vertus d'une corde mahaut-banane quand le cabri s'énerve. Des fois même, mon Esternome leur offrait des planches de cercueil (plus beaux trésors de vie), leur livrait moyennant pas cher de petits trés bien lisses, leur confiait des casiers où se piégeaient les crabes et le gibier marcheur. Il leur clouait des lots de boiseries utiles aux déserts de leur case. Tout était beau. Tout était fête. Mon Esternome ne comprit qu'au temps de sa vieillesse (à l'heure molle où l'âge inverse le regard) le sens de ces frivolités. De colliers en bijoux, de rubans en chapeaux, ils élevaient dans leur âme de ces petites chapelles qui, le moment venu, exaltaient les ferveurs de leurs révoltes d'un jour.

Oh, Marie-Sophie, zozotait mon vieux bougre, les nèg-de-terre marchaient vers la liberté par des voies bien plus raides que celles des nègres marrons. Plus difficiles, je te dis : leur combat portait le risque de la plus basse des fosses, là où sans contre-cœur tu acceptes ce qu'on a fait de toi. Les nègres marrons rompaient l'affrontement, mais les nèg-de-terre restaient en ligne, se maintenaient tant bien que mal en surface de la boue, un peu comme les chapeaux-d'eau du marigot aveugle, tenir, tenir et sabler ton fond de cœur d'une liberté profonde, sans grands gestes, juste comme la graine sèche gagne à dos de pluies les joy terres alluviales. Tu comprends ? s'inquiétait mon vieux nègre.

Je ne sais pas si jamais je compris, mais mon Esternome (le reste de sa vie en donnerait l'exemple) avait perçu ceci : entre les hauteurs d'exil où vivaient les békés, et l'élan des milâtes en vue de changer leur destin, les nèg-de-terre avaient choisi la terre. La terre pour exister. La terre pour se nourrir. La terre à comprendre, et terre à habiter. Quand les békés brassaient des hectares de cannes à expédier ailleurs, eux décomptaient l'igname aux bords des canaris. Quand les milâtes hurlaient des droits, dégageaient des principes et guettaient moyen d'embarquer vers la France, eux dénouaient les feuillages, décodaient les racines, épiaient les derniers caraïbes dans leur combat avec la mer. C'est pourquoi ils surent avant tout le monde, eux qui vivaient la mémoire de ce lieu, que la montagne pataude qui surplombait Saint-Pierre était en réalité une bête matador.

Mais mon papa Esternome ne savait pas que l'Histoire accélérée par les milâtes allait soulever tout le monde des ancrages de cette terre. Que tous, devenus gibiers fous, nous volerions vers l'envie pleine de devenir français. Si bien qu'en semaine quand il retrouvait Jean-Raphaël autour d'une table de cabaret parmi de petits milâtes, ouvriers ou boutiquiers prospères, et qu'il les voyait rêver de 1789, des apparitions de la République dans cette grande terre de France, quand il les écoutait lire à voix religieuse *Le Courrier des Colonies* où le nommé Bissette dénonçait les planteurs, qu'il les entendait nommer Victor Schœlcher dans un rituel d'invocation, et qu'enfin, juste avant de lever leur bol de vin choisi, s'exclamer tout soudain : *La Monarchie est condamnée, la Liberté arrive ! La Liberté arrive !... Elle nous viendra des grandes traditions de la France !...* — lui se levait, mon Esternome oui, en son français pas très vaillant, se levait afin de déclarer dans un silence qui à la longue se fit plus rare : Non, Messieurs et directeurs, la liberté va venir des nègres de terre, de la conquête de cette terre-là... Puis, tous, et lui-même le premier, plongeaient dans leur vin bu à la manière békée, dans leur musique des quatres vents et dans cette façon de danser comme les blancs-france en se tenant les mains, sur un rythme de tambour mais sans tambour évidemment.

En fait, Sophie ma Marie, moi-même qui l'ai reçue, je sais que Liberté ne se donne pas, ne doit pas se donner. La liberté donnée ne libère pas ton âme...

Cahier n° 5 de Marie-Sophie Laborieux.
Page 20. 1965. Bibliothèque Schœlcher.

DOUCE NINON SI DOUCE. C'est drôle, mais de cette période d'abolition, mon papa Esternome n'avait bonne mémoire qu'à propos de ses dimanches avec les nègresclaves. Un jour, brusquement-flap alors que je ne lui posais même pas la question, il admit que parmi eux il cherchait un Mentô. Il guettait chez chacun d'eux une manière supposée de zieuter cet En-ville comme l'aurait fait un homme de Force ou bien la Force elle-même. Un dos autrement maintenu. Une lueur d'autorité dessous la paupière lasse. Il quêtait dans leurs chants quelque chose de très vieux, empreint de certitude. Il questionnait Bonbon, Kawa, Solinie, Misérab..., demandait qu'on lui désigne l'homme de paroles ou celui qui guérissait la frappe sourde des bêtes-longues. Il leur demandait si l'habitation allait bien, si on y pleurait le poison, si de précieux chevaux mouraient les yeux ouverts. Mais eux ne savaient rien. L'habitation Pécoul ou celle dite Perinelle d'où ils venaient principalement, marchait le mieux du monde sans ces histoires que tu dis là. Mon Esternome crut alors que les Mentô ne descendaient jamais aux abords de l'En-ville (ce en quoi il se trompait et ne le sut en aucun temps).

Mais si les dimanches demeurèrent comme ça dans sa calebasse, ce n'est pièce pas pour cette seule raison. C'est pour bien d'autres choses dont la première se criait Ninon (c'était une femme) et la deuxième : Liberté (c'était je ne sais pas quoi). Dans son temps de vieillesse *Liberté* et *Ninon* se mêlèrent si tellement dans sa tête-mabolo, qu'il s'arrêtait souvent en mitan du chemin, en plein bourg, en pleine messe, en plein sommeil, en pleine blague autour d'un punch, pour hurler *Oh tchoué mwen ba mwen libèté mwen, Tchoué mwen mé ba mwen Ninon mwen an,* Oh tuez-moi mais laissez-moi la liberté, tuez-moi mais laissez-moi Ninon !... et il fut toujours pas très possible de distinguer de quelle-auquelle des deux il s'inquiétait vraiment.

Donc, il vécut l'amorce de son deuxième amour en plein dimanche de marché-nègre tandis qu'un paquebot débarquait dans la rade un béké fou se disant Directeur. La foule amassée reconnaissait le bougre à mesure qu'il parlait : un dénommé Husson. Ce dernier déclarait dans la consternation ou dans la joie environnante, qu'il y avait eu le 24 février de cette année 1848 (seul chiffre calendaire dont mon Esternome se souvînt toute sa vie, ayant repris bien vite sa manière de décompter le temps avec les souvenirs des déveines collectives) une révolution à barricades en trois fois une journée et une invraisemblable enfilade de banquets. Cette révolution avait renversé, disait-il, la Monarchie d'un certain Louis-Philippe. Husson disait aussi (et cela provoqua dans les rues de Saint-Pierre, dans les hôtels, dans les cellules de l'orphelinat, les vérandas d'habitation, les bureaux sombres des négociants et les milliers de boutiques, un vent souflant d'hystérie larmoyante) que la liberté des esclaves était décrétée de manière implicite ; que chacun, universellement, hormis l'engeance des femmes, pourrait toucher aux joies des votes électoraux. La nouvelle prit courir en course. Les nègresclaves se mirent à voltiger cochons, poules, paniers, à piéter sur ignames, à danser comme zoulous en s'embrassant-content. La place Bertin fut aussi envahie de milâtes, de nègres libres, de békés rouges allant-venant sur des chevaux au poil noyé. Des musiciens sortirent des clarinettes et des violons, des pipeaux et des fers à coulisses, on vit bomber des tambours militaires sous de gros nègres batteurs, des mains grasses firent s'élever sept sons de cœur vaillant. Etrange carnaval en vérité : la joie du lundi gras se mêlait aux larmes du mercredi des cendres. Une longue cohue emporta l'Annonciateur au fond des salons acajou de l'En-ville. Les rues demeurèrent à la rumeur de liberté, de France éternelle, de générosité métropolitaine, le tout scandé par des coups de feu, des bouteilles brisées, des joies malades devant lesquelles gens d'armes et militaires déployés restaient cois, Du calme du calme, tout cela reste à confirmer, y'a rien d'officiel bandes de singes...

Mais l'officiel pour mon Esternome de papa c'était cette négresclave qu'il tenait dans ses bras et qu'il ne lâchait plus. Elle lui avait été offerte par le vent d'allégresse. Sa bouche s'était posée sur la sienne, il l'avait embrassé tchoup, elle l'avait embrassé, ils s'embrassaient encore en hurlant *Pa ni mèt ankô !* Il n'y a plus de Maîtres !... Il y eut dans leurs doigts l'enlacement des charpentes. Dans leur cœur, il y eut la prise d'une maçonnerie. Il fut content d'elle. Elle fut contente de lui. Ils coururent ensemble à travers la place comme courent les enfants, questionnant par ici et questionnant par là, écoutant les milâtes qui tenaient grandes tirades dans des rondes enfiévrées, riant des vieux békés qui déboulaient des mornes en voitures affolées. Mon Esternome tentait d'expliquer à sa négresse des mots étranges comme Monarchie, Révolution, Royauté éphémère, Dynastie d'Orléans, Bourbon, Réforme électorale, Maréchal Bugeaud, République, Girondins, Marseillaise, Emancipation, Gouvernement provisoire... Elle ouvrait les yeux de la tendresse tandis que, par exemple, il lui dévoilait docte que la République coiffait tout un chacun de la couronne du roi, et que Révolution voulait dire comme si la rivière Roxelane plutôt que de descendre inversait son élan vers l'œil d'eau du cratère. Et elle, intelligente peut-être, repartait de plus belle dans des courses-courues vibrées d'une vraie joie. Mon Esternome la suivait, la retenait, lui mignonnait le cou, se collait à ses hanches, le corps déjà tout-fou de ressentir sa sueur, la gaine ferme de ses cuisses, la danse d'offrande de ses fesses perchées, oh voici pour toi, et puis voici pour moi, ah la la....

Quand les ombres s'élevèrent jusqu'à prendre le soleil, il la raccompagna sur son habitation située vers les hauts du Prêcheur. Elle marchait à grands pas d'habituée aux grandes marches. Lui, soufflait à ses côtés, peinant de manière à lui garder la main, ne la lâchant que lorsqu'une sueur chaude leur étouffait les doigts. Ils longeaient des parfums de campêches redressés comme des arbres, des noirs profonds habités d'une cascade. Elle lui soulignait l'odeur de la cannelle, du vanillier montant, du fruit à pain bleu que brise un manicou, du bois d'Inde, de l'herbe grasse mourant douce sous leur pas, de l'igname sasa qui sous faveur de nuit perdait toute sauvagerie à travers ses grandes feuilles.

Dans les cases de l'habitation, ils trouvèrent la même fièvre, transportée par les vents. La Grand-case vivait sur les hauteurs l'illumination des moments difficiles. Chevaux et voitures demeuraient attachés devant la véranda. Des exclamations jaillissaient des fenêtres ouvertes. Elles inquiétaient les esclaves peureux ; elles exaltaient les autres. Une tralée de flambeaux agitait l'ombre des cases. En petits groupes, la nouvelle se commentait, s'expliquait par les doctes, se dansait par les autres. Mon papa Esternome se réfugia dans la case de Ninon. Celle-ci aurait préféré l'emmener parmi les assemblées de manière à exhiber sa science des événements. Lui n'avait qu'une idée, la tenir, la purger, éplucher son corps, dégrapper ses poils, lui téter la langue et tenter de disparaître en elle comme un pêcheur de l'Anse Azérot dans le loup tourbillonnant d'une passe vers miquelon. Il vécut la nuit avec elle selon les lois de ses envies et le programme de son cœur amarré. Il la quitta bien avant l'appel d'un commandeur qui maniait le lambi comme on touche une trompette.

CHABIN MÉCHANT. Ces jours-là, Jean-Raphaël le vit brumeux. Ils s'activaient sur un escalier d'étage qui avait causé la mort d'une milâtresse antique. La famille avait voulu réduire les dangers de ces marches assassines. En larmes, elle avait déployé des chaises autour de l'escalier, et, comme dans une veillée mortuaire, entre deux lampes d'Irlande, elle assistait à la réparation dans le silence d'une douleur. Mon Esternome et Jean-Raphaël devaient se parler au murmure et courber l'échine sous une tristesse pas vraiment ressentie. Ce dernier, le souffle rendu court comme un pissa de poule par ses bombances nocturnes, lui dévoilait en vain l'écho des derniers temps. Quand il lui expliquait que le 4 mars Victor Schœlcher avait convaincu Arago d'abandonner toutes mesures transitoires en vue de l'abolition de l'esclavage, et que ce dernier avait publié un décret disant, entre autres, que *Nulle terre de France ne peut porter d'esclaves* — mon Esternome grommelait idiotement, Oh tue-moi mais donne-moi Ninon... C'est pourquoi j'ai toujours pensé qu'amour est maladie. Vivre une période comme celle-là en ne songeant qu'au matériel d'une négresclave relève pour moi d'une ruine cervicale due aux rhums trop sucés près des violons grinçants

Et chaque nuit, tandis que dans la ville devenue bien studieuse, des cénacles diffusaient des nouvelles plus vite que les bateaux, mon Esternome traçait à travers bois vers sa négresse en chaînes. Il marchait à grand balan de hanches. Pour aller, il fourrait ses chaussures dans un sac à guano, ne gardant de ses hardes qu'un caleçon. Il sombrait vite dans une sorte d'inconscience où s'engouffraient les kilomètres, l'escalade des mornes, l'enjambement des ravines, la dégringole des pentes dans la lumière des lunes. Oubliant les serpents, oubliant les zombis, il allait vent en voiles droit devant. Ses yeux, pour vous dire, ne voyaient plus que le visage de Ninon — belle figure je suppose avec des yeux éclairés comme une eau de l'enfance, des sourcils en courbes fournies comme d'étranges parapluies, une bouche à sourires, aux lèvres plus bleutées que la peau, et de larges dents voraces. Il traversait les cases à nègres reprises par un calme d'habitude. Là, ne régnaient plus que les espérances muettes voisines des plus folles. Assise au bord de sa case, Ninon trompait l'attente en se nouant les cheveux ou bien en charbonnant quelques graines de café. Sa mère, une vieille Africaine qui couplait le créole et le bamiléké, cueillait mon Esternome d'un œil froid métallique. Elle disparaissait dans l'ombre d'une autre case alors qu'il se trouvait à quelques mètres encore. Juste avant d'arriver, il s'arrêtait à une source repérée, et là, rongé d'impatience, prenait un bain, se frottait au savon, s'aspergeait de sent-bon, passait son chapeau à larges bords, ses chemise ek pantalon blancs, ses chaussures éclairées, se remontait le col, et, sur pas sautillant de beaux-airs, apparaissait aux yeux émerveillés de sa si douce dame douce.

> Oh Sophie ma doudoune, tu dis « l'Histoire », mais ça ne veut rien dire, il y a tellement de vies et tellement de destins, tellement de tracées pour faire notre seul chemin. Toi tu dis l'Histoire, moi je dis *les histoires*. Celle que tu crois tige-maîtresse de notre manioc n'est qu'une tige parmi charge d'autres...
>
> Cahier n° 6 de Marie-Sophie Laborieux.
> Page 18. 1965. Bibliothèque Schœlcher.

Mais Ninon, enivrée par l'odeur de liberté prochaine et les manières fascinantes de ce nègre à chaussures, avait le cœur qui balançait. D'un côté, mon papa Esternome, mais de l'autre un chabin à cheveux rouges, méchant comme un mangeur des guêpes, qui souvent, et véritablement, perdait la tête dans des rages sans manman. Mon Esternome découvrit l'affaire d'un seul coup. Un soir. Ninon sur le pas de sa case. A ses côtés, non pas l'impossible Africaine mais le bougre rugissant. Et alors que tout homme dont l'esprit était en axe discutait de la déclaration du béké Husson à propos de la liberté qui va venir si vous gardez patience, et qui l'avait proclamée en créole aux esclaves de partout devenus ses « amis », lui, mon fou d'Esternome, mon ababa de charpentier, se battait contre un chabin de chaînes plus sifflant qu'une bête-longue. Tandis que les gens équilibrés fêtaient l'annonce que Fort-Royal redevenait Fort-de-France, hurlaient sur la nomination du nouveau conseil municipal de Saint-Pierre composé d'un béké oui, mais aussi d'un mulâtre appelé Pory-Papy et d'un nègre oh-la-la crié Cordier, auxquels Husson avait donné une accolade, lui, mon dingo débiellé, traversait des ravines pour discuter de ses avantages sur un chabin tok-tok auprès d'une négresse illuminée, se jouant, c'est assuré, de tant de sentiments.

Si le chabin n'était pas Michel Morin, il savait construire une case, dégrader une broussaille pour en faire un jardin, racler un bord de mer quand les poissons font banc, renverser sur la plage d'avant-jour des tortues repérées à l'odeur, les vendre en tranches, en récupérer la carapace pour qu'un autre tout aussi en chaînes la transforme en bijoux. Et mon Esternome de papa de se mettre à regretter cette annonciade de liberté sans laquelle ses avantages eussent supplanté ceux du chabin, car, hélas, ce dernier serait libre lui aussi, pourrait porter chaussures et col d'intéressant.

Il apprit dans la douleur un autre de ses avantages. Parvenu sur l'habitation en pleine nuit, plus tard que d'habitude, il trouva une Ninon gémissante comme un cochon dans un samedi de Noël. Le chabin, au-dessus d'elle, vivait une crise avec son giraumon. Il crut d'abord qu'il était en train de la tuer, tant le plaisir ressemble à la douleur, puis il comprit : pour le manioc des chairs, le bougre grageait en maître. Alors, excuse-moi de te raconter ça, il prit combat avec lui toute la nuit en essayant de lui arracher le coco, puis revint à ses charpenteries d'En-ville, démoli comme une bourrique dans les épines d'une Marie-honte. Ninon ne voulait ni choisir, ni le perdre. Elle le raccompagna presque à mi-chemin et prit le temps, contre un roseau d'Inde, de se pendre à son cou, de lui saisir les flancs dans une mâchoire de cuisses, et de lui mouliner du bassin un de ces bonheurs qui menaient, qui mènent et qui mèneront l'esprit des hommes jusqu'à la nuit des temps oh laissez ça rouler...

L'habitation où se trouvait Ninon fut bientôt prise de langueur malcadi. Les nègres se mirent à veiller la liberté. Ils passaient plus de temps à l'évoquer qu'à répondre aux ordres inquiets du commandeur. Ce dernier n'osait plus (et il avait raison) lever son nerf de bœuf. La Belle avait donc du temps libre en journée. Mon Esternome négligea ses charpenteries d'En-ville de manière à prendre pieds parmi les cases miteuses de cette habitation. Redoutant de laisser trop d'espace au chabin avec lequel il se gourmait souvent, mon papa se mit à remplacer l'ombre de Ninon. Il la suivait à la rivière. Il la suivait ici. Il la suivait par là. Mais quand elle partait à quelque tâche dans les cannes, il demeurait sur le bord de la case ; soucieux, quand même, malgré sa folie, de ne pas retomber dans l'auge originelle. Alors, il s'occupait à quelque menuiserie, porte redressée, loquet fixé, charpente renforcée dans tel coin, touffe de paille ajustée ou parfois remplacée. Le chabin avait fini par s'habituer à sa présence. Peut-être qu'il n'avait plus d'énergie pour nourrir ses crises rouges. Tous deux avaient admis de se partager l'ombre de Ninon ; disons qu'il y avait l'ombre d'habitation (mon Esternome) et l'ombre des champs (Chabin méchant). La nuit, les ombres se confondaient, et toutes deux rôdaient à l'abord de la case, l'une veillant sur l'autre, l'une neutralisant l'autre quand elle voulait entrer. Bientôt, les ombres se construisirent deux ajoupas, à bâbord et tribord de la case convoitée. Elles y logeaient comme chiennes de garde tandis que la Belle, flattée, effilait de beaux rêves. Parfois, le chabin-chien rompait sa garde et jouait l'indifférent. Quelquefois, mon Esternome-chien repartait en direction d'En-ville avec l'air de dire qu'il ne reviendrait plus. La Ninon bien coquine gardait celui qui demeurait fidèle jusqu'à ce que l'autre réapparaisse plus malade qu'un chien-fer.

En revenant d'En-ville, mon Esternome ramenait aux nèg-de-terre les rumeurs et les nouvelles. Il leur ramenait aussi les rumeurs à propos des nouvelles. Et il enfilait tout cela comme des graines-job sur un fil de milans. La municipalité de Saint-Pierre, et Pory-Papy spécialement, avait supprimé toute surveillance des canots par lesquels des esclaves gagnaient chaque jour les îles anglaises. Le conseil municipal avait aussi rayé du monde la sinistre compagnie des Chasseurs de la Martinique qui traquaient les marrons avec des méchancetés. Il leur annonça (à eux, assis autour de lui comme autour d'un conteur) pour la fin d'avril, l'arrivée d'un Packet. Ce bateau charriait la liberté dans les poches d'un commissaire de la belle République. Les choses se précisant, Ninon voulut descendre avec lui vers Saint-Pierre, comme beaucoup d'autres esclaves des cases aléli-ronnes. Le commandeur les regarda partir sans même jourer leur mère, sans même élever la voix, sans même ronchonner hak.

Sous les ombrages de la place Bertin, ils attendirent le bateau en question. Le Packet ne débarqua qu'un équipage malade, des négociants, quelques militaires, puis la nouvelle que Schœlcher l'abolitionniste était nommé sous-secrétaire d'Etat à la Marine et aux Colonies. A cette annonce, Ninon dansa avec tout le monde. Mon Esternome, lui, guettait le chabin fou qui rôdait à l'entour, chaque œil comme une niche de fourmis. Durant la soirée, il voulut la persuader de s'installer dans sa case d'En-ville, car de toutes les manières l'esclavage est déjà mort même si la liberté n'a pas encore débarqué, personne ne va venir te chercher. Mais Ninon voulait à toutes forces remonter. Le commissaire de la République, lui expliquait-elle, annoncé sur le prochain

Packet, celui du 10 mai, va ramener-venir la liberté, et il va distribuer toutes les terres, tu comprends, partager toutes les terres pour nous tous, alors je veux être là pour prendre ma part... Elle repartit, le chabin lui servant d'ange gardien. Mon Esternome ne put se résoudre à demeurer dans l'En-ville. Il la suivait en babillant que la terre ne servait à rien si on n'était pas béké, que tout était dans l'En-ville, c'est dans l'En-ville qu'il fallait tendre les attrapes aux bonheurs.

Sur l'habitation, les nègres à force d'attendre épuisaient leur patience. Ils criaient pour un rien. Se gourmaient entre eux-mêmes, poussaient d'agressifs tambouka auprès de la Grand-case. Ils injuriaient le commandeur dès qu'il pointait le bout de son nez jaune. Ils sirotaient la nuit. Ils dansaient la journée. Ils chantaient leurs envies, gémissaient leurs angoisses. Malgré l'absence d'un nègre de Force, ils imploraient les esprits de barrières de les laisser passer. A l'avant-jour, durant la sainte semaine, le béké (tout rouge, maigrezo, avec une voix négresse) venait les sermonner, les exhorter au travail et pour finir les injurier *An kounia manman zot...* Mon Esternome les vit, malgré cela, repousser d'ultimes appels du commandeur derrière sa conque-trompette.

Voulant prendre leur serrage, le béké embaucha une quinzaine de nègres libres, en dèche dans les rues de Saint-Pierre. Il promit à chacun d'eux une paye de sénateur. Ceux-ci débarquèrent de bonne heure, et, en file prudente derrière le commandeur, se faufilèrent en direction des tâches d'urgence. Le chabin fou toujours à l'aguet, les aperçut à temps. Il rameuta les cases d'une injuriée de boue que les nèg-terre, éjectés de leurs rêves, reprirent en gras. Les nègres libres avançaient toujours malgré leur cacarelle. Alors, excusez, mon Esternome de papa, torse nu, en caleçon, pieds au vent, leur envoya une brutale qualité de français. Epouvantés, les journaliers-marrons prirent l'envol au grand désespoir du béké. Ce matin là, les nèg-terre portèrent mon

Esternome en triomphe jusqu'à la case de Ninon. Et la Belle en vertige lui tomba dans les bras. Quand le chabin s'avança quelque peu chauffé-rouge, elle lui dit pour de bon, *C'est mon nègre à présent*. Le jour même, chabin-fou quitta l'habitation. On ne le revit aux abords de Saint-Pierre, et jusqu'au grand nettoyage de la nuée infernale, qu'à Pâques comme gémit la chanson, ou à la mi-carême.

La phrase française de mon Esternome avait été : Si auquel que vous coupez la canne, nous par conséquent, au nom de la République et du suffrage universel, nous allons vous couper à la mode citoyenne... Ce qui, il faut le reconnaître, descendait tout bonnement...

La Parole des Mentô. Attendre, espérer, attendre, espérer, telle était la vie de Ninon, donc celle de mon Esternome. Des gens fous criaient n'importe quoi. Des rumeurs couraient les raziés. Elles sillonnaient les cannes, escaladaient les cases, traversaient les Grand-cases. Elles pénétraient même le cœur des giraumons. Et les yeux des gens. Et la tête des gens. L'on courait par-ci pour voir la Liberté, l'on revenait par là, elle était par ici, non la voici en bas. On avait beau courir, n'arrivaient que des contre-alizés. Les nègres marrons délaissaient les hauteurs afin de rôder au plus près des lumières de l'En-ville. Ils ne pillaient plus les passants, mais leur posaient trente-douze questions. Chacun y répondant à la lili-lolo, cela les plongeait dans des colta de réflexion. Les marrons regardaient les nègres-habitants avec des yeux tout ronds, envieux de leur science de ces événements. Déjà libres, fiers, ils se sentaient quand même en marge du mouvement général. Pourtant ils étaient là, avec des armes hétéroclites prêts à rhacher toute l'humanité blanche. Quand la rumeur selon laquelle les békés amassaient des fusils parvenait aux marrons, ils se mettaient à coutelasser les vents. Quand on leur disait que la liberté tardait à cause d'un complot des békés, ils devenaient tout bonnement enragés, et nous-mêmes encore plus, grondait mon Esternome.

Lui aussi avait fini par prendre cette attente folle en charge. Mille fois, il accompagna Ninon et les autres à Saint-Pierre, cueillir tel bateau de liberté. Mille fois, ils remontèrent désemparés, certains pleurant même nia nia nia de crainte et de dépit. Mon Esternome en profitait pour se renseigner auprès de ses amis milâtes et de Jean-Raphaël. Ceux-ci visiblement, de réunions en réunions, manœuvraient raide. Ils creusaient pour eux-mêmes les canaux qui dériveraient un peu de cette eau dévalante de l'Histoire. Mais (saki pa bon pou zwa pa pé bon pou kanna) ils avaient quand même commencé à comprendre que la liberté n'étant pas divisible, la leur allait en grappes avec celle des nèg-terre et l'engeance pleine des malheureux.

Sur l'habitation de Ninon, le béké et le commandeur avaient disparu. On les voyait parfois surgir. Observer à la six quatre et deux. Disparaître en longeant les raziés où s'étouffaient les cannes. La Grand-case était fermée dure, comme avec des clous. Les nèg-de-case, livrés à eux-mêmes, passaient des journées de véranda à décompter les mouches. Tous persistaient à ne pas se mêler aux nèg-terre. Ils semblaient même ne pas entendre les injures que ces derniers leur balançaient. Des fois, à force d'ennui, ils descendaient aux champs. On les y voyait maladroits sur des tâches nécessaires. Certains soirs, au son très convenable d'un tambouka bridé, ils veillaient autour d'une gragerie de manioc. En d'autres heures, ils s'enivraient de contes étranges où des sorcières brunes affrontaient des fées blondes au long de quatre saisons. Mon papa Esternome participait à la vie de cette habitation. Malgré la dérive générale, il y retrouvait des manières d'enfance qu'il s'était appliqué à perdre durant son temps d'En-ville. Les jours passaient comme ça. L'attente. L'espère. Le miel au sirop des chairs douces de Ninon. Un jour, mon Esternome de papa vit enfin, avec les graines même de ses yeux, et si correctement qu'il ne devait jamais en perdre les détails, ceux qu'à toutes forces il avait voulu voir.

Cela se produisit durant une nuit. Comme dans les contes. Mais, plus sobre que celles des contes, cette nuit-là n'était pas ensoleillée. Les bougres et bougresses avaient passé une sainte journée de déceptions pleine de courses apeurées. Dans l'allée grande des cases, ils parolaient à mort sur les misères du monde. Ninon et mon papa Esternome s'étaient assis devant leur case, en compagnie de l'impyok africaine. Cette dernière leur racontait des choses extravagantes à propos d'un voyage dans la cale d'un bateau négrier. A chacun de ses silences, mon Esternome murmurait incrédule, Excuse manman-doudou, mais un autant de méchancetés ne me paraît pas exactement possible. La vieille, un peu déréglée, redoublait de détails. Elle mobilisait pour cela les ressources de son langage bâti avec les langues qu'elle avait côtoyées. Ninon, occupée à touiller un café en grillade, riait en douce de l'effroi de mon Esternome. A-a !... un silence étouffa les paroles qui ventilaient les cases. Vu l'épaisseur de ce silence, mon Esternome s'attendait à voir surgir la milice, les gendarmes, les marins, quelque béké à papiers officiels. Eh bien, mais non. Il vit simplement quatre vieux-nègres porteurs de bâtons sculptés, maniés comme des antennes. Ils avaient l'allure de ceux qui viennent de loin et qui n'ont pas fini d'aller. Ils avançaient auréolés de la révérence qu'inspirait leur bel âge, tournant la tête à droite, tournant la tête à gauche, s'inclinant afin de saluer la plus insignifiante personne du bord de leur chemin. L'un d'entre eux montait long, à dire un cocotier insoucieux des grands vents. Son chapeau-bakoua dévoilait juste une barbiche de cabri. Deux autres étaient de même taille, allaient de même pas, soulevaient ensemble des chapeaux d'herbe tressée selon une science des caraïbes. Le dernier était petit et rond avec un cou... tonnant du sort !... sursauta mon Esternome : il avait reconnu là son Mentô.

Les quatre portaient la casaque de grosse toile des nègres de champs. Leur pantalon s'épuisait à mi-jambes. Sur leurs flancs battaient de petits sacs pas lourds. Ils traversèrent la grande allée des cases dans la stupéfaction générale, jusqu'au bord de la ravine dans laquelle ils descendirent après un temps d'hésitation. Tout le monde y prit-courir, mon Esternome tout devant, comme à la disribution des rations de morue. On les vit alors jouer dans l'eau de la rivière comme des négrillons. Ils s'éclaboussaient l'un l'autre, gloussaient à la manière des jeunes filles. Puis ils remontèrent, dévisageant ceux qui les guettaient. Ils avaient les yeux pleins de douceur, pleins de gentillesse, pleins d'anciennetés aussi et de choses impérieuses. On se sentait l'envie de les appeler Papa. Mon Esternome se mit sur le chemin de son Mentô et lui murmura quand il passait à sa hauteur, Papa ho... Le vieux nègre sans même le regarder lui pichonna doucement une de ses feuilles d'oreille. Le silence était total. Et eux, reflets de lune ou d'ombre, semblaient aller sans déplacer de vent. Leur présence emplissait l'univers.

J'ai toujours cru que mon Esternome me racontait là une histoire folklorique. Je dus attendre longtemps, du temps de mon arrivée au quartier Texaco, pour savoir qu'un Mentô c'était ça, et plus que ça, et assurément mieux. Les quatre vieux nègres, c'était clair, étaient quatre Mentô. Quatre Forces. Simples, bonhommes, d'allure insignifiante, les voir laissait pourtant les vivants ababa. Revenus au mitan de l'allée, ils tournèrent sur eux-mêmes en appliquant au monde des yeux de pénétrance. Cela dura sans longueur. Puis l'un d'eux retraversa l'assemblée en direction d'une case ronde, toute en paille, où végétait une vieille négresse Ibo, oubliée plus souvent que rarement. Seules d'autres moins vieilles l'alimentaient en quelque heure comme ça. L'ancêtre ne s'était jamais levée depuis sept quarts de siècle. Elle longea une tête d'oiseau déplumé par l'entrée de sa case. Depuis longtemps, il n'y n'avait plus de battant à sa porte. Le Mentô lui parla dans une langue sans veut-dire, ou inaudible, ou bien mal prononcée, en tout cas déférente. A croire qu'ils avaient tous deux vendu leur dictionnaire chrétien, elle lui répondit de la même manière, et d'une voix qui depuis charge d'années n'était plus de ce monde. Le Mentô lui tint une tirade brève, s'inclinant gentiment, et rejoignit les autres. Tous partirent avec des sourires, des saluts à chaque pas, des caquètements de poule qui devaient être un rire. Ils disparurent. Du coup, le bruit du monde, libéré, couvrit, de leur sillon, la trace la plus ziguine.

L'on demeura groupé devant la case ronde de la vieille. Deux-trois foubins poursuivirent les apparitions. Ils revinrent bientôt en parlant tous ensemble pour dire de différentes manières qu'elles avaient disparu. Restait plus que la vieille capable d'expliquer. Des voix la hélaient, *Man Ibo ho, Man Ibo, sa tala té yé,* Madame Ibo qu'est-ce que c'était dites donc hé bien bon dieu... ? L'on restait à bonne distance de son entrée, comme au bord d'un maléfice. Quand sa silhouette tremblota sous l'arcade pourrie, l'assemblée recula. Elle nous regarda avec des yeux d'aveugle, disait mon Esternome extasié toujours par cette évocation. Puis, elle proféra d'une voix qu'on ne lui aurait jamais soupçonnée aussi forte :
— Mentô !

Elle répéta encore Mentô, Mentô, Mentô, en désignant d'une griffe l'endroit par lequel ces derniers avaient pris disparaître. Puis elle hurla un ordre (ou alors une supplique, c'est selon ton oreille) :
— Yo di zot libètè pa ponm kannel an bout branch ! Fok zot désann raché'y, raché'y raché'y !... (Liberté n'est pas pomme-cannelle en bout de branche. Il vous faut l'arracher...)

Puis, elle entra dans sa case à ainsi dire une tortue effrayée du tonnerre. Du fond de son antre, on l'entendit gnognoter quelque chose sur le delta du fleuve Niger. L'on demeura un peu devant son amas de paille, pourrie jusqu'à former une cire. Puis, l'on se dispersa dans les coutumes du soir, commentant l'événement et la Parole portée. Tout le monde n'avait pas compris cette Parole, mais tous l'avaient perçue comme par-derrière les mots. Tous, c'est à croire, se sentirent travaillés par cette Parole en des endroits divers, et tous se trouvèrent délivrés en eux-mêmes. Ce fut donc une marée humaine qui devait envahir l'En-ville avec des guerres, avec des incendies, comme sous les ordres d'un général Mangin caché dans l'herbe couresse. Elle devait gonfler de partout, levée au même allant, comme si dans chaque coin de cette misère, les quatre messagers avaient rappelé qu'une liberté s'arrache et ne doit pas s'offrir — ni se donner jamais.

L'ILLUSION DE NINON. Le prétexte à l'invasion fut un bougre. Enchaîné. On le vit descendre à l'heure du chant de l'oiseau pipiri. Il était précédé de gendarmes. On le menait en geôle à la suite d'on ne sait quelle affaire de tambour, d'injures ou de main portée sur un géreur des champs voisins. A quelques mètres derrière, les nèg de son habitation (habitation Duchamps, si peut-être) les suivaient en criant : *Mété nou la jol tou!... Mété nou Mackauline tou,* Mettez nous en prison aussi...! Ninon suivie de mon Esternome s'embarqua dans l'affaire. Toute leur habitation fit pareil. A mesure-à mesure que l'on approchait de Saint-Pierre, les gendarmes jetaient de fréquents coups d'œil par-dessus leurs épaules. Ils se découvraient suivis par une bande montante, toujours plus dense que la seconde d'avant. Dans les rues de l'En-ville, la filature se transforma en procession de haine. Nègres marrons, nègres libres, nègresclaves, petits et gros milâtes, se retrouvèrent au même déferlement sur les pierres de la prison centrale. Bois pointus. Cocos-fers. Conques de lambi. Coutelas rouillés comme des épaves. Baïonnettes volées d'on ne sait. Madjoumbés. Boutous caraïbes. Becs séchés d'espadons-mères.

Poings tout bonnement enragés. Tirades de longs français que des milâtes perchés sur des épaules faisaient claquer comme des drapeaux. Un et-caetera de mots dérespectait les mères de toute la Création. Ça allait par-ci. Ça venait comme ça. Ça tournait-virait. Et tout se fracassait sur les murs de la geôle.

Soudain, Pory-Papy, le plus populaire des conseillers municipaux, surgit. Un cheval invisible semblait le transporter au travers de l'émeute. C'était un mulâtre sec. Son regard révélait qu'il n'y avait chez lui ni rigolade ni goût de samedi soir pour les trois graines de dés. Investi de son autorité municipale, il pénétra dans la geôle et reparut là-même en compagnie du bougre que les gendarmes avaient ferré. Pory-Papy le libéra puis, levant les mains, déclara de sa voix d'avocat :
— Je comprends votre émoi. A l'examen, il n'y a eu là ni contravention, ni délit : l'esclavage étant aboli en droit. J'ai donc fait libérer cet homme...

Un vrai tonnerre de dieu ! On le prit en charroi. On l'embrassa. On l'appela Père de la liberté. On courut à travers l'En-ville, sur le port, entre les barils et les boucauts de sucre, injuriant les békés, maudissant les blancs-france, dansant, hurlant, Papy Papy Papyyyyy...

Bientôt, l'on tourbillonna à vide. Les boutiquiers, négociants, armateurs abaissaient leurs volets, rentraient leurs étals, ramenaient leurs ancres. L'En-ville coulait dans un vieux carnaval. Les cinquante bougres de la garnison et quelques gendarmes de la batterie d'Esnotz s'étaient déployés en des points espéciaux. Ils contemplaient l'affaire avec grande inquiétude. Nous tournions à leur entour comme des bêtes à chaînes courtes. Pory-Papy réapparut une fois encore, et nous mena en dehors de l'En-ville, me dit mon Esternome. Il marchait devant nous. Il apaisait les cris. On aurait dit le bougre magicien des contes, qui au son d'un pipeau mena hors d'un village une semaille de rats. Mon Esternome ne reconnaissait plus sa Ninon. La Douce s'était transformée en une envolée d'ongles. Il l'avait vue lancer des pierres, démonter des persiennes, décrocher des auvents, renverser les pots de fleurs des fenêtres à békées. Il l'avait vue exiger de chaque blanc rencontré qu'il se proclame ami de la Liberté. Maintenant, une part d'elle-même, subjuguée par Pory-Papy, suivait ce dernier en dehors de l'En-ville, mais l'autre part de son corps voulait griffer dans la dévastation.

Sur la route du Prêcheur où Pory-Papy l'avaient abandonnée, la horde vit lever devant elle un barrage de marins, gendarmes et autres militaires. Ceux-là, oublieux des patiences, tirèrent bo bo bo à la première roche qui leur fut envoyée. Sang. Sang. Os pétés. Têtes percées. Cervelles essaimées à la ronde. Mon Esternome eut vraiment peur pour Ninon. Elle avait déchiré sa casaque et offrait aux gens d'armes sa bienheureuse poitrine. Elle était à crier : *Tchoué mwen! Tchoué mwen,* Tuez-moi !... Il eut le temps de lui sauter dessus. De son corps, il la plaqua au sol. Il put malgré elle, la traîner jusqu'aux premières maisons de l'En-ville de Saint-Pierre.

Là, le carnaval dégénéra en émeute sans manman. Dans chacune de nos âmes, Sophie-Marie, titinait une guitare d'enterrement. C'était assuré : il y avait un complot des blancs pour couper les jarrets à notre Liberté. On criait ça : Ils vont nous tuer l'un après l'autre, nous éplucher les cocos jusqu'aux graines, défolmanter les femmes et la marmaille en innocence, étouffer les vieux-corps comme on fait aux pigeons, oh dieu-seigneur, ils ont déjà tué Pory-Papy, ils ont déjà tué Pory-Papy...! Dans les esprits frappés, l'En-ville était soudain devenu la mâchoire même du piège.

Chaque rue se transforma en dame-jeanne. On y tourbillonnait sans trouver de sortie. Les murs s'étaient rapprochés comme pour serrer les rages. Les impasses s'étaient multipliées. Chaque fenêtre semblait une gueule. Les escaliers dévalaient en pentes lisses. Derrière chaque volet, à la fente des persiennes, un béké nous visait, un béké complotait, un béké chargeait ses balles. Nous croyions les voir tout-partout. Les auvents s'effondraient sur nos tas affolés. L'effroi imaginaire dura ainsi jusqu'à la première ombre. Et le massacre tout aussi imaginaire commença.

Les békés se mirent à nous fusiller. Ou alors un seul d'entre eux tira. Il y eut un cri. Puis un sang. Ou une odeur de sang. Alors tout fut du-feu. Nous dévastions les endroits à pétrole, à alcool, à flambeaux, et nous libérions tout cela en pleine course. Ce fut une nuit d'enfer. Mon Papa Esternome ne s'en rappela jamais les détails. Il protégeait Ninon des balles qui, disait-il, pour démentir quelques secondes après, pleuvaient de partout. Des fois, en soûlerie meurtrière, il brisait, incendiait, frappait des silhouettes blanches. D'autres fois, cassé de crainte, il serrait sa Ninon sous ses ailes et, tapi dans une encoignure, regardait fondre l'éboulement enragé. Des milâtes tentaient de calmer l'hystérie, protégeaient telle ou telle maison, Non, non, c'est une bonne personne, elle ne mérite pas ça. Leur créole retrouvé fonctionnait comme un sésame dans l'aveugle chaleur de la marée esclave. Cette violence s'éteignit en pleine nuit, vidée par on ne sait quel égout.

Ninon cette fois n'avait pas voulu remonter sur son habitation. Elle passa une première nuit frissonnante dans la case d'En-ville de mon cher Esternome. Ils y dormirent longtemps, laissant passer ce bout d'histoire, car, le lendemain, vers quatorze heures, alors qu'ils rêvaient encore sous une crainte sourde des représailles, le gouverneur monté de Fort-de-France faisait afficher que la liberté exigée était, sans plus attendre, décrétée. Cette fin de mai fut donc belle comme un neuf de serbi. L'esclavage, ou lestravay, était aboli, ho Marie-so.

Marie-phie, mon sucre d'orge, en créole on sait nommer l'esclavage, ou les chaînes, ou le fouet, mais aucun de nos mots ou pièce de nos titimes ne dit l'abolition. Tu sais pourquoi, han ?...

Cahier N° 6 de Marie-Sophie Laborieux.
Page 19. 1965. Bibliothèque Schœlcher.

En ce temps-là, Ninon crut le monde dans sa main. Une sorte de Bondieu, pensait-elle, récolterait nos misères puis diviserait l'existence en ocelles de bonheur, voici ta part, voici ta terre, voilà ta case. Chacun recevrait ses trois boucauts de chances, sans même parler des monnaies de la joie. Mon Esternome, déjà en liberté, n'avait pas vu ces merveilles-là. Paupières en véranda, il bronchait incrédule Ninon douce ho, liberté est moins simple que rhaler une chaise au bord d'un plat d'ignames... Comme tous les nèg-terre, Ninon n'entendait hak. Elle se levait de grand bonne heure pour saluer le soleil du monde devenu neuf. Elle s'habillait de toiles lavées chaque soir pour la prestance du lendemain, puis s'en allait dans l'En-ville comme l'abeille bourdonne vers l'en-fondoc des fleurs.

Ils étaient en lots à errer ainsi au mitan de Saint-Pierre. Sur le port immobile, sur les marchés éteints, la parole s'échangeait plus que fruits et légumes. Ils sillonnaient l'En-ville en secouant du laurier ou de petits drapeaux de la si bonne mère France. Ils lorgnaient les boutiques aveuglées, examinaient la ruine où une grappe de blancs avaient été roussie. Voir les békés revenir de leurs lointains refuges était pour eux un amusement. Les anciens maîtres abordaient l'En-ville avec des mines moins assurées. Certains conservaient l'œil-en-bas des chiens sur une yole neuve. Les autres guignaient les touffailles insolentes. Porter la liberté est la seule charge qui redresse bien le dos. Les nèg volaient légers comme des papillons jaunes. Ils ne retrouvaient un réflexe d'inquiétude que devant la milice qui allait-dévirait sans trop savoir quoi faire. Elle n'avait ni papier à demander, ni affranchi à vérifier, et rien à dire même à ces bougres haillonnés surgis des marronnages.

Les békés et blancs-france déménageaient des malles. Ils transportaient le tout vers des embarcations qui lâchaient le pays. D'autres mobilisaient de lourdes charrettes à cannes sous leurs richesses drapées, et brimbalaient vers Fort-de-France. Enfants, jeunes filles, bébés et Da noires émergeaient au soleil en clignant des paupières. Avec paniers, cartons, valises, cantines, foulards, chacun refluait vers d'occultes protections. Ainsi, l'En-ville demeurait aux nègres errants, aux milâtes à paroles qui pétitionnaient auprès du gouverneur. Les gens d'armes l'arpentaient, eux, comme le champ clos d'une vengeance à prendre.

> Sophie, je ne sais pas ce que tu cries « Révolution », mais tu peux fêter ce jour de mai. On possède ce souvenir-là, alors qu'un lot d'autres souvenirs ont été effacés, des charges de nos colères n'ont pas gardé une trace !... Et puis, vaut mieux avoir ça que de ne pas l'avoir. Il vaut mieux l'avoir fait. Et puis Sophie, crie-le comme tu veux et fais avec ce que tu veux. L'Histoire n'en vaut pas plus.
>
> Cahier n° 4 de Marie-Sophie Laborieux.
> Page 24. 1965. Bibliothèque Schoelcher.

Esternome mon papa avait laissé Ninon à ses parades en ville. Inquiet soudain pour sa vieille manman, cet oublieux avait gagné les mornes. Il traversa des chemins encombrés de cabrouets déménageurs, de bougres exaltés offrant leurs chaînes aux routes, de courriers éperdus. Il croisa des blessés que l'on transportait dans la toile-sac-farine des brancards de bambou. Le pays battait dans une désolation. Les bitations retentissaient des ripailles négresses. Par ici et par là : des champs incendiés, des clôtures renversées, des bœufs égarés, des moulins immobiles, des Grand-cases gueules ouvertes, ruinées ou malement closes. Des bougres allaient porteurs du gros sac des pillages. Des femmes-nèg scandaleuses dévalaient les tracées vers des comptes à régler. Quelque chose de dénoué s'enroulait pour un bond.

Parfois, mon Esternome traversait des lieux beaux de silence. De grands arbres y gobaient des sortes d'éternités et déroulaient leurs lianes sur les manœuvres du vent. Surpris de les trouver indemnes du vaste bankoulélé, mon Esternome s'y arrêtait toujours, écoutant leur écorce, les frissons de leurs feuilles, le bourgeonnement laiteux de leurs fruits encore verts, l'impatience autour d'eux des arbustes indociles. Le tout semblait hors du monde. Et mon Esternome criait comme ça : *Wô Ninon tan fè tan, tan lésé tan...*, petit désespoir qu'un milâte à plume d'oie aurait cru traduire par : Ninon ho, la vie n'a pas vraiment changé...

De ne pas l'avoir emmenée, il regretta ça. Elle aurait confronté son enfantine exaltation, à l'indifférence de ces arbres dominant les raziés. Si seulement eux aussi avaient bougé, si seulement eux aussi avaient bougé, répétait mon Esternome sans trop comprendre pourquoi, mais griffes déjà en terre pour les désillusions.

D'autres fois, à hauteur d'un morne écarté du chemin, derrière le dos de dieu, il butait son orteil sur la case en paille d'un retiré dans le mystère des bois. Il s'agissait de nèg-marrons antiques ou d'affranchis des premiers temps, ou parfois de vieilles femmes étrangères et nocturnes. Mon Esternome appelait comme ça ho ho ho. Quand l'occupant saillait avec surprise, tête hochée pour l'accueil, il lui criait en une feinte allégresse *Tout neg lib aprézan!* Sommes tous libres à présent... Ceux-là recevaient l'incroyable nouvelle comme on accueille les nouvelles incroyables, c'est-à-dire par des Merci-musieu-et-à-plus-tard-musieu, *Mèsi-misié-é-a-*

pita-misié, Misié-mèsi-é-a-pita... Et disparaître les reprenait. Leur existence devenue minérale n'ouvrait aucun tapis au dé des aveuglages.

Il retrouva son habitation d'origine palpitant sous la braise. La Grand-case épargnée, mais ouverte aux quatre vents, obombrait des champs abandonnés. Les cases à nègres n'abritaient plus que quelques infirmes en pleine calculation à propos de ce temps. Sur la véranda, il dénicha d'anciennes gens de case. Elles attendaient ahuries on ne sait quel élan. Elles ne reconnurent pas en lui l'ancien Libre de savane. Les linges de nègre d'En-ville qu'il tenait en drapeau loin de la salissure, les inquiétaient vraiment. Il lui fallut du temps pour se faire reconnaître.

Quand ce fut fait, elles lui contèrent que depuis le cyclone les choses étaient allées pour ainsi dire au vent mauvais. Les périodes de soleil étaient devenues ou trop rares ou trop sèches. Les pluies s'étaient mises en avance, et furent toujours trop chiches, ou trop fortes, ou futiles. Les roulaisons furent décalées. Il fallut de nuit rattraper des retards que les commandeurs finirent par perdre de vue. Le moulin déraillait sur telle pièce puis sur telle autre pièce et puis etcaetera. Les chaudières crachotaient l'une à la suite de l'autre. Les bœufs plus que jamais mandaient grâce aux poisons. Dans les remous de cette noyade le maître devint féroce. Il faisait punir et travailler, punir et travailler, sans même respect du distinguo entre nèg-ouvriers et nèg-deterre, entre gens-la-Grand-case et bougres des cases en pailles. Sa richesse maille après maille lui fila entre les doigts. Ses commandeurs aussi. Ses amis devinrent rares en visites. Les campêches commençaient à manger les sillons quand deux-trois bandes d'on ne sait quelle qualité de nègres avaient fondu sur la bitation. Entraînant dans leur haine un lot de mécontents, ils défièrent la Grand-case avec flambeaux, avec coutelas. Le Béké, entouré de ses personnes fidèles, dont ma grand'mère-manman-doudou, mère à paupières tombantes de mon cher Esternome, menèrent une grande bataille, en rage et en courage, jusqu'à ce que le Béké hurlât le nom de sa manman sous la chaux d'un vieux coup. Cri final de sa vie.

On avait retrouvé ma grand-mère aux côtés de la Dame. Morte mais sans aucune blessure. Son cœur simplement décroché de la vie était tombé plus bas, plus loin que ses paupières, bien au-delà des fonds profonds de nos destins.

On lui montra une bosse d'herbes cabouya. Quelque bonne âme l'avait ornée de coquillages et d'une croix dont les lianes se dénouaient. Mon papa Esternome fouilla l'habitation, ramassa des outils, abattit en trois jours un vieux mahogany. Dans le cœur rouge de l'arbre, il tailla des planches frémissantes de sève et cloua avec elles un bien joli cercueil. Il y fourra le sac suintant récupéré au fond du trou de sa manman. Avec les gens de case, il mima une espèce d'enterrement. Tous voulurent pareil traitement pour leurs fils sœurs frères, enterrés-sans-sonner dans des sacs de guano. Le mahogany et le génie de mon papa fournirent douze cercueils et demi — le demi étant un dénué de couvercle qui dut être refermé sous une tresse de bois-baume.

Quand il repartait vers l'En-ville et Ninon, laissant les rescapés attendre un démarrage, il lui sembla que les bois avaient élevé une arrogance sur la Grand-case dépoitraillée. Il fit trois pas devant, trois pas sur les côtés, puis regagna la bitation sous le coup d'une rage sourde. A ces impyok, il cria : *Fouté li kan en vil, pa menyen tè ankô, fouté li kan an vil,* Rejoignez l'En-ville, ne touchez plus à la terre pour personne, descendez vers l'En-ville... Cœur content, il vira vers Ninon sans savoir si les autres, frappés de liberté, l'avaient bien entendu. Il ne savait pas non plus si depuis leur dérade, ils avaient eu quelque chance de seulement le comprendre...

Il faut dire : les cercueils rouges envoyèrent des racines ; et l'on vit s'élever au dos long des années, plusieurs arbres d'agonie, branches tordues de douleurs. Les observer ramenait des souvenirs qu'on ne possédait pas. Ça raidissait en toi comme un pajambel triste. Et ces pieds-bois-là, Marie-so, n'étaient même plus mahogany... sacrée histoire du père Grégoire, mais qui va faire un livre sur ça ?

Cahier n° 4 de Marie-Sophie Laborieux.
Page 11. 1965. Bibliothèque Schœlcher.

CALCULERS ET SOUCIS. En ce temps-là, mon papa Esternome ne fut qu'amour pour sa Ninon. C'était cœur de coco, tout sucre en sauce de miel. Il la retrouva au bord de la case, pleine d'une double inquiétude. La première concernait son absence. La seconde agissait plus diffuse. Ninon avait du mal à l'exprimer. D'aigris békés annonçaient une misère : l'abolition serait infirmée par les gros chefs de France. Pièce nèg ne les croyait mais on restait inquiet. Ceux qui rôdaillaient dans Saint-Pierre avec des airs de merles en pleine saison mangots, nourrissaient en dessous la même vieille inquiétude. Pour rassurer Ninon, mon Esternome l'emmenait voir quelques-uns de ses amis milâtes. Ces derniers s'esclaffaient : *La République n'est pas une mazurka, tout est irrévocable, le commissaire arrive bientôt pour régler les détails...* mais rien ne la tranquillisait. Dans la rue, les nouvelles prenaient l'envol comme le brûlis des cannes, dans tous les sens et sens contraire, pour revenir au même point : Attendre, attendre, attendre le commissaire de la République qui bientôt sera là, mais qui arrive pour dire quoi-est-ce Bondieu Jésus Marie ?...

Pour la faire patienter, il lui apprit à découvrir les beautés de l'En-ville. Dans le jardin, aux plantes étranges, quelque peu oublié, il lui fit voir des roses de Caracas et des lys de

Guyane, il l'emmena s'asseoir sous un abri en forme de parasol où le bruit d'une cascade s'éteignait en écume. Il lui fit observer le tramway rétabli après les événements. Il lui montra au fond de sombres boutiques des choses bizarres venues d'autres pays. La moindre devanture célait d'inattendus trésors. Carafes en porcelaine brumeuse chez tel vendeur de toiles. Poèles à manches de gaïac chez d'angéliques mercières. Une dentelle portugaise dedans une bijouterie. Des cuillers d'argent. Des bouteilles compliquées en verre fin et sifflant. Chez une sorcière qui filtrait des arômes, il lui montra du baume de judée, une eau de roses doubles, une eau de menthe crépue, une eau des templiers, l'eau des épicuriens qui sent la marjolaine et une eau de pucelle. Fier, il lui désignait à l'en-bas des façades les bouts d'arcade qu'il avait remplacés. Il lui montra les balcons dont il avait retaillé la rambarde et sur lesquelles, oublieuses de lui, des mulâtresses rêveuses accoudaient des soupirs. Il lui désigna au travers des persiennes, des portraits d'ancêtres balafrés de lumière, des tableaux aux teintes mortes, les brocs bleutés des ablutions du soir, le marbre d'une commode qui dévouait son appui au bras âgé d'une personne. Il lui montra des guéridons à pieds de lion, des lampes de cuivre et de verres filés d'or, des murs de livres sculptés dans du cuir terreux. Il lui fit entendre au fond des cours profondes des sons de piano, entrevoir dans les salles à manger les fleurs particulières du carrelage de France. Elle vit dans d'arrière-cours, près d'un bassin de briques, des Das somnambules bercer des anges suceurs. Il lui désigna, une à une, les teintes plus fraîches des tuiles qu'il avait mises en place. Il lui montra, sur la vierge des marins en haut du Morne d'Orange, le jeu béni des clartés et des ombres.

Comme c'était la saison, il la conduisit à l'embouchure de la rivière Roxelane où la mer venait sucer l'eau douce. Ils y allèrent de nuit, parmi d'autres amateurs, campant sur place dessous des abris éclairés, buvant, chantant, baillant la blague. Tandis qu'il lui tenait les doigts, *Oh Ninon je suis content de ton existence oui,* ils attendirent la fantastique remontée des poissons-titiris. Aimantés par la lune, des milliers d'alevins désertaient l'océan pour frétiller dans la rivière. Par vagues scintillantes, ils bouleversaient l'eau douce ou s'échouaient sur le sable. La compagnie ratissait autour d'elle avec seaux, sacs, filets, bassines, draps ou autres qualités. La nuit n'était plus qu'éclairs de phosphore, lueurs laiteuses, brillances. Les virgules argentées fusaient de tous les récipients, bondissaient aux chevilles, collaient partout de frénétiques miroirs. Ninon fut émerveillée de ces lumières vivantes. On pouvait les saisir et les libérer en un bouillon d'éclats.

La féerie retomba flap. Les flots redevinrent sombres et se calmèrent jusqu'au prochain assaut qui fut encore plus bref. Mon Esternome pas très inspiré lui disait, *Ninon tu vois, tu remontes la rivière de ma vie comme une course-titiris.* La douce riait de ça. J'en aurais ri aussi, oui...

Sur place, parmi les pierres rondes, la compagnie mit en marmite la pêche miraculeuse. Sel. Tomates. Ail. Lonyon. Piments. D'anciens cuisiniers des békés ajoutaient aux bouillons, avec des airs savants, des épices exotiques. Et l'on mangea dans chaque canari, passant de feu en feu pour écraser le tout d'un bon bol de tafia.

Les autres soirs, mon Esternome et sa Ninon ne sortirent point. Il ne faisait pas bon montrer sa nègrerie dans les clartés lunaires. Un lot de gens d'armes patrouillaient dans l'En-ville. A case, il lui chantait des airs de l'époque du cachot, lui posait des titimes, lui filait des merveilles. Il lui décrivait le bois comme un tissu vivant qui greffait le soleil à la terre. Il lui parlait de ces arbres immortels que l'on voit resurgir d'une souche desséchée. Puis, sans y penser, ou plutôt en feignant de ne pas, il lui touchait les doigts, lui suivait quelque veine, parvenait aux épaules et levait un frisson. Toujours parlant, il se rapprochait jusqu'à l'odeur piquante de ses cheveux nattés, puis, tête sur sa poitrine, respirait dans ses seins, redessinait son ventre. Il lui bredouillait des bêtises qui s'accordaient bien aux éveils de sa chair. Il suffoquait. Elle plus lente, prenait une chair de poule, se noyait dans l'huile fine surgie du pli profond. C'est ça la vie, miaulait mon Esternome, y'a que ça et rien d'autre, vivre les pluies de son sang. Mais la douce, bien qu'à son plaisir, conservait dans sa tête une ramure de soucis que la longue égoïne de l'amoureux vicieux ne parvenait jamais à scier pour de bon. Mais il persévérait.

Mais il persévérait, lui offrant d'heure en heure (sur le port alangui où les nèg espéraient la voile du commissaire) des vers-palmistes dorés, qu'une grande personne vendait dans les feuilles-raisinier. Elle se mit à déployer sur lui des yeux de découverte, à lui prendre la main, souvent oui, à lui parler comme parlent les enfants des fraîcheurs de leur âme. Pour rire, elle lui glissait son visage dans le cou, laissant crever les saccades de sa joie sur sa peau prise de fièvre, et ils restaient comme ça, hors du monde, gardant sur l'Histoire en passage l'œil des bœufs en savane.

La frégate fut un jour pourtant là. Longue. Effilée. Puissante à comme dire. Elle draina sur les embarcadères des milliers de personnes. Les officiels discutaient tout-devant de papiers décachetés. Quand le navire dériva dans la rade, ils se portèrent en ambassade sur des barques de la poste. Le monde connut alors une immobilité. Une saisie en vol que la Douce (échappant à l'angoisse qui mortifiait leur cœur) utilisa pour chanter un mot-doux à mon cher Esternome. Lui, charroyé, se mit à lui répondre un tas de couillonnades. Ils ignorèrent le roulement des tambours, la crise des femmes-nèg qui hélaient *Ba nou'y fout!* Donne-la-nous, oui !... et qui signaient dans l'air pour ferrer la déveine. Un canot avançait par saccades sous le drapeau de France. Le commissaire de la République, dressé en proue, approchait de la rive comme un conquistadore. Ninon et mon Ester-

nome participèrent quand même aux mouvements de la foule retenue par les flots. Sur le quai, la bousculade jetait des gens dans l'eau. La fièvre était forte de vouloir contempler l'accostage du canot, le premier pas du commissaire, et distinguer à ses manières s'il portait liberté ou s'il portait malheur. Et ce fut un délire quand on l'aperçut mieux. Les békés se mirent à déparler, les milâtes à occuper les premiers rangs, et les nègres à danser, oui, tout comme dansait Ninon suspendue à son cou, ivre du bonheur promis. Le bougre de la République était natif-natal, un enfant d'ici-là, petit, à cheveux vaselinés. Déjà, on le reconnaissait, et on hurlait son nom : *Ti-Perrinon, Ti-Perrinon, Ti-Perrinon,* ce que Ninon traduisit par *C'est un nègre oui* ... Esternome mon papa, vérifiant du regard, rectifia tout doucement :
— C'est un milâte...

Mon Esternome se mit à vivre d'un cœur inquiet pour sa Ninon. C'est pas qu'il voyait clair sur l'époque, mais il lui semblait que la Douce (et des lots comme elle) prenait la vie pour un bol-toloman. Dans les premiers temps de la liberté confirmée, il dansa avec elle, but-ça et chanta-ça. Ils dansèrent de plus belle quand la mairie ouvrit de gros registres pour recenser les nèg-de-terre et leur offrir l'état civil. Après un siècle de queue, mon Esternome et sa Ninon stationnèrent deux secondes devant un secrétaire de mairie à trois yeux. D'un trait d'encre, ce dernier les éjecta de leur vie de savane pour une existence officielle sous les patronymes de Ninon Cléopâtre et d'Esternome Laborieux (parce qu'excédé le secrétaire à plume l'avait trouvé laborieux dans son calcul d'un nom). Puis, avec elle, il se mit comme les autres à attendre (la tête pourtant pas soûle) qu'on ne sait qui vienne couper l'habitation en autant de morceaux qu'il y avait de nèg. Mais la baille tient la Belle...

Déjà, sur la bitation, plus d'un nègre impatient s'érigeait partageur. Muni de cordes-mahaut, ils arpentaient les champs veloutés de jeunes cannes, mesuraient jusqu'aux mornes puis jusqu'à la Grand-case. Leurs rigoureux partages abandonnaient tout de même autour de cette dernière une parcelle respectueuse. Chaque Partageur opérait alors d'ardentes distributions, *Mita'w, mi ta mwen, mi ta'w, mi ta mwen.* Les recevants discutaillaient. Ma terre n'est pas assez plate. Là, y'a toujours des bêtes-longues. Là, je suis trop loin de la route, citoyen, citoyen. Le mot intéressant était celui de *citoyen*. Comment allez-vous citoyen ?... Bien bonjou citoyen... Eskisé citoyen... Citoyen ho..., citoyen à toutes sauces, à l'huile et au piment. Poules, chattes, cochons (excepté les chiens qui demeuraient des chiens), devinrent ainsi, par la grâce de ce rêve, de parfaits citoyens.

Flanqué de sa madame citoyenne, de ses enfants citoyens, de son citoyen commandeur et de deux-trois nègres chiffonnés sous un lot de cantines (on rappela d'ailleurs à ces derniers que ce n'était point là, une place pour citoyens), le citoyen béké revenant d'on ne sait où, parla de reprendre le travail. Nous nous sommes levés pour lui dire comme ça, Marie-So : *La terre appartient au Bondieu. Si tu en as, nous-mêmes on veut...* Béké devint bizarre. Il se faufila dans la Grand-case dont il ouvrit volet après volet. Personne ne le revit durant un temps de semaine. Son ombre parfois rôdait à l'arrière d'une persienne d'où l'on voyait les champs. La simple réouverture de la Grand-case coula une langueur parmi les cases à nèg. On la réentendait vivre, claquer de ses portes, hennir de ses chevaux. Ses lumières hautes recourbaient nos ombres sur d'anciennes positions. Une fois, sans regarder personne ni ceux qui le guettaient, Béké, suivi du commandeur, sortit jauger son champ. Ils allèrent par en haut, ils allèrent par en bas, ils tâtèrent de jeunes pousses, vérifièrent les canaux, mesurèrent l'herbe folle nourrie par l'abandon. Puis le citoyen béké galopa vers l'En-ville sur un cheval rageur.

Il en revint avec un arrière-sous-burelain de mairie, ou d'on ne sait pas quoi. Le qui-ça burelain longea un français comme ceci, oui, avec des phrases bonnement belles. Tout le monde resta estébécoué. Le citoyen béké tourna le dos en compagnie du burelain qui-ça. Sur la véranda, on les revit qui trinquaient au madère une sorte de contentement. Mon Esternome, questionnant l'entourage, s'aperçut que personne, et Ninon la première, n'avait compris le beau français. Alors, la compagnie groupée autour d'une roche, il expliqua (cherchant ses mots du fait d'un contrecœur, car lui voulait vivre Ninon et pas ces histoires-là), que le bougre avait dit : *Le premier devoir d'un citoyen c'est de respecter les lois de la République.* Que le bougre avait dit : *Dans les lois de la République on a le droit de posséder ce que l'on possède.* Que le bougre avait dit : *Si liberté est une belle chose, elle n'est pas une bacchanale.* Enfin, que le bougre avait dit : *La terre appartient au Bon Dieu, oui, mais les champs appartiennent aux békés et aux propriétaires.*

Ninon et les autres mirent deux heures à comprendre. Ils souriaient. Chacun était surtout soucieux de faire croire à l'autre qu'il avait tout saisi. Mon Esternome résigné s'était couché amer. Mais, petit tout petit, sa parole prit racine. Les nèg soudain jaillirent de leurs cases immobiles. Précipités au bord de la véranda où sirotaient encore le citoyen béké et l'autre qui-ça machin, ils leur clamèrent depuis la balustrade, un peu raidement tout de même, *Alé koké manman zot !...* Les nègres ont de mauvaises manières.

Cette scène se déroula un peu partout, dans les lointaines habitations des mornes, aux portes même de Saint-Pierre ou bien de Fort-de-France. Les officiels, et Perrinon en tête, et des queues de mulâtres, vinrent déchouker l'illusion du partage des terres. Tous parlèrent de Travail, Travail, Travail, reprenez le Travail sur vos habitations. En rencontrant Perrinon, les délégations de quelques nèg organisés n'entendaient de sa bouche que l'expression Travail. On y perçut d'abord une formule républicaine. Puis on comprit que le bougre parlait tout bonnement du travail sans rien vouloir écouter d'autre. An-Afarel (que mon Papa Esternome était allé trouver en compagnie de Ninon et d'un équipage de l'habitation), le leur confirma. Ils étaient descendus en ville chercher la Loi en vue de ramener leur citoyen béké à la raison. Mais An-Afarel leur enleva cette première illusion, leur rechanta la chanson du Travail, leur offrit une liqueur dans du verre fileté d'or et leur expliqua que travailler pour le béké devait se faire en deux espèces. L'espèce salaire où il te paye un franc ou deux francs la tâche, selon la parole que vous aurez prise. Ou l'espèce association où vous partagez avec lui le fruit de la saison, après qu'il ait tiré la part de ses dépenses. L'association, leur expliqua An-Afarel[1], est bien plus sûre car le numéraire est rare, les caisses sont vides, et les salaires, s'il fallait en donner à tout le monde, ne pourraient se verser qu'en distribuant des bouts de papier chiffrés comme cela se fait déjà dans la folie guadeloupéenne. Puis il les abandonna à leur nouvelle perplexité, et disparut en direction de la mairie.

L'équipage, avec Ninon et mon Esternome, retrouva l'En-ville bourré de nègres errants. Les places étaient ouillées de vieux-corps impotents, de gens à pians, à lèpre, à tuberculose, à toussements, à crachements, de négresses plus vieilles que le baptême du diable. Les békés, joyeux d'en être déchargés, les avaient délaissés. Ces impioks venaient alors s'échouer dans l'En-ville où était censé battre ce que la liberté apportait comme bonheur. Le port avait repris un peu de son activité. Des stocks de sucre, débloqués des hauts mornes, retrouvaient leurs afflux. Avec ses milâtes en affaire d'élections, ses anciens nègres libres retrouvant leurs routines, l'En-ville se remettait en marche sans même un grincement. Les rues offraient peu d'espace à ces nèg des

1. Il portait une redingote neuve, à boutons argentés, et un jabot à dentelle fine comme une brume de bambou, car il partait dans les locaux officiels mettre en place des listes électorales en rapport avec les registres du nouvel état civil, car tu comprends les élections sont importantes, il faut empêcher à l'hydre esclavagiste de relever la tête...

hauteurs. Ils piétaient sur la savane, bâillaient sur les trottoirs, buvaient l'eau des fontaines, suivaient en masse les arrivées de bœufs porto-ricains, flanquaient pas à pas le frisson du tramway. Ne sachant comment vivre ou manger, ils ne réclamaient pourtant jamais le moindre djob. Il est vrai fout' que liberté est tout ce que tu veux, citoyen, mais c'est pas le travail.

Revenus à l'habitation, ils menèrent une vie dure au citoyen béké dans le cadre d'une association. Dirigeant l'équipage, mon Papa Esternome négocia le travail en l'espèce de deux tiers pour vous, un tiers pour nous. *Il sort de quel côté celui-là ?* chevrota le béké qui ne l'avait jamais considéré. Puis, percevant mon Esternome comme un modérateur, béké s'était calmé. De toute manière, par ces temps vagabonds, dut-il penser, mieux valait pas vraiment trop chercher à comprendre. Donc, chacun se retrouva aux champs sous l'association. Mon Esternome, peu soucieux d'un retour à la boue, monnaya son talent dans les maisons des alentours. Durant un petit moment, disons une ziguine de saison, l'habitation résonna des bruits ancestraux. Puis, au vu des aléas de la pousse (les parts ne s'annonçaient pas si belles) et l'ennui des gestes haïs dessous la cannamelle,

> ... même si le commandeur n'avait plus de fouette, il était debout exactement pareil, le citoyen béké malgré sa citoyenneté passait aux mêmes heures et sur le même cheval, longvillait le travail avec les mêmes yeux. La sueur, Marie-Sophie, avait le même vieux goût, les serpents zinzolaient même pareil, et la chaleur n'avait pas changé même...
>
> Cahier n° 4 de Marie-Sophie Laborieux.
> Page 12. 1965. Bibliothèque Schœlcher.

ils exigèrent un salaire qu'ils négocièrent en trente-deux grèves

Ô l'ivresse de la grève! C'était comme pimenter les bobos du béké! C'était briser pour quelques jours l'ordre de cette vie, retrouver, l'espace d'un temps, l'exaltation du premier bol de l'illusion, Ô l'ivresse... c'était vivre.

Cahier n° 4 de Marie-Sophie Laborieux.
Page 24. 1965. Bibliothèque Schœlcher.

puis ils se fatiguèrent du salaire et ne se rendirent aux champs qu'au gré de leur humeur, un jour comme ci, un jour comme ça. Le citoyen de la Grand-case en perdait ses cheveux. Mon Esternome devait souvent aller lui expliquer, dessous la véranda, qu'il fallait pas compter sur nous pour aujourd'hui, citoyen, on va voir ça demain...

Le temps alla comme ça, exactement comme ça. Ninon devenait langoureuse. Dans la flamme de ses yeux, un rien s'était éteint. Mon Esternome sut qu'au profond d'elle-même, se produisaient des éboulements. Alors il lui disait *Ninon ho ça va aller*. Et elle lui répondait *Ça va, Ternome, ça va...*

Un jour, An-Afarel surgit à dos d'un cheval neuf. Vrai général Mangin, il rameutait dans les campagnes en vue des élections. L'affaire était nouvelle. Exaltante. Universelle. Les citoyens des cases l'écoutèrent avec belle attention. Quelques jours après, il put les charroyer[1] comme une récolte d'ignames. Il s'agissait de lâcher leurs suffrages de papier dans des cages à lapins. En route, An-Afarel leur expliqua que pour trancher les têtes relevantes de l'hydre

1. C'en était le début; je connus ce charroi moi aussi, et aujourd'hui encore, de Texaco, on nous charroie à bord de camions vers le grand rêve des urnes.

esclavagiste, il fallait députer des z'outils sans faiblesse. Et les z'outils sans faiblesse s'appelaient : Bis-se-tte, Po-ry-Pa-Py, Vic-tor-Schœl-cher, comme vous voulez mais un de ces trois-là... Et tous reprenaient comme un chant d'allégresse *Bisèt Powy-Papy, Cheulchê... !* Et ils dansèrent plus que tout le monde quand les haches furent élues à on ne sait pas quoi.

Mon citoyen de papa Esternome, maniait sa scie, son marteau, ses truelles. Chaque matin tandis que Ninon s'en allait d'un cœur vide aux tâches de l'association ou bien du salariat, lui, allait retrouver ses ruines à restaurer. Si la campagne n'offrait rien, il descendait en ville, chez An-Afarel qui lui trouvait un djob. (An-Afarel n'était plus qu'un coup de vent. Maître-affaire en commerce politique, il n'avait que le temps d'informer des nouvelles Tu comprends Esternome, les élections sont annulées, faut tout recommencer... Puis, il gagnait ses nombreux comités où de savants milâtes affrontaient les planteurs.) Les ruines incendiées fournissaient toujours matière à quelques sous. Les établis de boutiquiers, les fenêtres malmenées par les vents, les persiennes brisées par les nègres-vagabonds, les marches disjointes, les barreaux de balcon vaincus par soleil, lui assuraient un quotidien de francs ou de papier-marqué quand ce furent les papiers. Sinon, mon Esternome obtenait des toiles, de vieux vêtements, des montres anciennes ou quelque joyeuseté pour un ménage honnête : timbale d'argent ou bouteille à col torve.

En cas de dèche, restait le repavage des rues (la nuit du soulèvement, les nèg avaient tout défoncé) pour lequel une nuée d'affamés proposaient leurs talents. D'autres, par centaines, erraient dans la calebasse d'une liberté sauvage. Revenus du salariat ou de l'association, ils fuyaient les campagnes pour ancrer leurs espoirs dans l'énigme de l'En-ville. Mais quelle qualité de champs est-ce là, demandaient-ils ? Il semble qu'on y récolte tout le temps sans affaire de saisons ? En quel modèle de lune y sème-t-on le fumier ?...

Mais mon Esternome tempérait leur ardeur : Méfiez votre corps citoyens, l'En-ville n'offre pas de saisons fruits-à-pain... Eux, manicous aveuglés, s'obstinaient à chanter : *Ça sort d'un rêve sans boue...*

> Texaco. J'y vois des cathédrales de fûts, des arcades de ferrailles, des tuyauteries porteuses de pauvres rêves. Une non-ville de terre et d'essence. La ville, Fort-de-France, se reproduit et s'étale là de manière inédite. Il nous faut comprendre ce futur noué comme un poème pour nos yeux illettrés. Il nous faut comprendre cette ville créole dont les plantations, nos Habitations, chaque Grand-case de nos mornes, ont rêvé — je veux dire engendré.
>
> Notes de l'urbaniste au Marqueur de paroles.
> Chemise n° 7. Feuillet XII.
> 1987. Bibliothèque Schœlcher.

Ninon, elle, perdait pieds. La lumière de ses yeux tremblotait. On eût dit la flamme d'huile d'une bombèche dans le vent. Elle avait retrouvé ses amarrages de cannes, ses gestes mécaniques pour contrer leurs couteaux, ses haillons emmanchés jusqu'au rond de l'épaule, le vieux chapeau qui grageait raide les tempes sous le soleil chauffé. Pour de bon, cette vie mal arrosée la précipitait chaque jour par en-bas des falaises du cœur même de son cœur. Mon Esternome s'arrangeait pour être présent à son retour. Elle arrivait comme une fleur fânée. De mois en mois, Ninon se débarquait du monde. Elle se mettait à ressembler à la vieille Africaine, sa mère, dont inutile est la peine d'en parler. Bientôt, elle regarda ce qu'il lui ramenait (écaille lustrée d'une tortue, petit canif d'acier, foulards jaunes qu'elle aimait si tellement, une claire eau de Cologne) avec indifférence. Alors, malade, il crut la voir tomber au ralenti dans un fond sans écho.

Pour compliquer le tout, sa mère l'Africaine mourut dessous une nuit (la veille, elle avait offert à Ninon une sculpture de gaïac qu'elle triturait toujours à l'abord des soirées où elle suçait sa pipe). Au jour ouvert, on retrouva dans sa paillasse un corps frais de négritte étonnamment ridé. Les découvreurs y perçurent, mêlées comme en panier, l'innocence d'un matin et l'amertume sans nom que l'on voit aujourd'hui dans les mouroirs d'hospice. Ce jour-là, personne n'eut de réponse pour l'appel au travail. Muette devant ce lamentable prodige, la compagnie n'osait pas y toucher. Le commandeur lui-même pénétra dans la case, le talon impatient. Mais il y demeura pris comme drill à l'embellie, accoré comme ces fleurs en carême sur la route du Vauclin.

Au jour tombé, vers l'heure des chauves-souris, Ninon extirpa d'un coffret une toile frémissante, lourde, brodée à certains bouts. L'Africaine y avait toute sa vie (entre la canne, le café, le suçotement des pipes et les soins à Ninon) tissé des milliers de bûchettes d'un bois violet à reflets jaunes. Cette géométrie transformait la toile en une moire pour le moins inquiétante. Chacun, même ceux dont l'entendement n'était plus que tafia, comprit qu'il s'agissait là de son drap de cercueil et non pas de ces nappes que les békés exhibent quand viennent les communions. Il n'y eut pas de veillée, juste la musique ronflée du bois que l'on frotta sur les cloisons de sa case. Peu de monde aussi autour de sa mémoire. Mon Esternome avait pourtant, le jour durant, fait sonner dans les mornes un billet d'enterrement,

Man Pipe l'Afrique,
est morte fout',
j'appelle pour sa cérémonie,
venez à pieds du tout-partout,
et qui n'a pas deux pieds
vient à dos de cheval,
et qui n'a pattes de cheval
vient à dos de mulet,
et qui n'a pattes de mulet

vient à dos de bourrique,
et qui n'a pattes de bourrique
vient sans sentir la sueur
sur sa bonne volonté
et sur son plaît à Dieu...
Man Pipe l'Afrique est morte fout'
qui m'a entendu aura ceci à dire...

On l'enterra très vite. Même emmailloté dans son espèce de toile, le petit cadavre contrariait les ferveurs : il n'était pas d'ici, l'avait jamais été, il provenait d'une vaste rumeur encore insue en nous et on le transportait comme roche brisée d'une lune à la suite d'un grand crime.

La mort de l'Africaine ouvrit un nouveau temps. Mon citoyen Esternome gardait bien ce souvenir. Il racontait cette mort sans fatigue, avec une vague angoisse et une exaltation. On transporta l'étrange cadavre en petite procession jusqu'au bourg du Prêcheur afin qu'un missionnaire le vît. On l'enterra dans je ne sais quoi. La compagnie d'enterrement en profita pour driver au Prêcheur dans la quête d'une aubaine. Ninon resta devant la tombe. Seul, désormais, ce retourné de terre décoré de calebasses attestait que sa mère lui provenait d'Afrique. Vaste pays dont on ne savait hak. L'Africaine elle-même n'avait évoqué que la cale du bateau, comme si elle était née là-dedans, comme si sa mémoire, juste là, avait fini de battre. Ninon ne savait pas encore que tout en cultivant le souvenir de sa mère, elle oublierait l'Afrique : resteraient la femme, sa chair, sa tendresse, le bruit particulier des sucées de ses pipes, ses immobilités malsaines mais rien de l'Autre Pays. Pas même le mot d'un nom.

Passé par là au gré de ses vieux jours, mon Esternome vit sur cette tombe une étrange qualité d'arbre. Des savants à lunettes stationnaient en dessous pour d'infinis calculs. L'arbre n'était pas d'ici. On ne l'avait jamais vu. Par contre, certains kongos débarqués sous contrat l'identifiaient sans peine. Ils l'emportaient en branches, replantées à travers le pays au gré de leurs affaires. Au-dessus des restes de Saint-Pierre, mon citoyen m'a toujours dit qu'il demeure un arbre de cette espèce, rescapé du volcan, massif, déployé comme l'esprit d'un homme qui a toute sa mémoire. Je n'ai jamais été voir car tu sais, Chamoiseau, ces histoires de pieds-bois ne m'intéressent pas trop. Si je te raconte ça c'est parce que tu insistes, mais moi-même, Marie-Sophie Laborieux, ma plaidoirie auprès du Christ était un peu plus nette, et je l'ai prononcée parce qu'obligée vraiment, mais à vouloir écrire, j'aurais marqué des choses autrement glorieuses que ce que tu griffonnes.

Donc Ninon devant la tombe reste plantée. Mon citoyen derrière, l'attendait patiemment malgré cette chaleur que supporte le Prêcheur. Il comprit qu'il aurait pu l'attendre durant sept quarts de siècles. Avec sa mère, Ninon avait terré une part d'elle-même. Elle vivait maintenant au bord de treize tombeaux, dans un grand cimetière. Alors, qui ne tète pas manman devant téter papa, mon Esternome décida d'un virage à leur vie.

Face à ce tournant nécessaire, il entra comme d'habitude dans une calculation longue comme tété de vieille femme, mais cette fois pas tout aussi stérile. Son calcul après mille détours le ramena aux paroles du Mentor. L'homme avait parlé de l'En-ville à prendre. Mon citoyen avait essayé, sans trouver le bon bout. Il se demandait même si ce bout existait pour lui, ou pour Ninon, ou pour la compagnie de même engeance que lui. L'En-ville, déjà ancien, avait posé sur chacune de ses chances des volets à targettes et des portes à serrures. Dans l'En-ville, le temps allait trop vite. Il allait autrement. Seuls les mulâtres déjà préparés savaient quel bois saisir pour appuyer-monter, entre quels vices fourrager pour crocher une vertu.

Autour de lui, plus rien n'était clair à comprendre. Perrinon était parti depuis longtemps, d'autres étaient venus. Aujourd'hui, un nommé Gueydon sévissait, prenant ses ordres d'un dit Napoléon que l'on criait troisième. Liberté s'était faite un travail à contrat, avec livret, avec passeport. Le moindre contrat de plus d'un an pour un quelconque béké faisait de toi un homme à décorer. Les contrats de moins d'un an te livraient aux vindictes des patrouilles vérifiant ton livret. Ne travailler qu'à la tâche ou bien à la journée (manière de vivre une doussine) c'était tourmenter les gendarmes, et ci, et ça, et où habitez-vous, et qu'est-ce que vous faites le reste du temps, parasite de la République ! ?... Quant aux autres, les goûteurs d'étoiles, les nèg obstinés comme Ninon, à transporter leurs rêves comme on trimbale son ombre, ils étaient criés vagabonds, arrêtés, condamnés à un autre esclavage titré disciplinaire. On y travaillait de force aux utilités de l'intérêt public, c'est comme dire colonial. Ainsi, conta mon citoyen, manière d'illustrer, l'on a bâti la belle fontaine Gueydon que tu vois au-dessus du canal Levassor quand tu descends vers Texaco. Ceux qui l'ont construite en ateliers de discipline étaient les nègres du rêve, rêveurs toujours, rêveurs terribles. Pour ceux-là, toutes chaînes, de la République ou de Napoléon, n'étaient bonnes que brisées, offertes aux rues d'En-ville. Et ni les gendarmes, ni leurs carnets, ni même cet impôt personnel qui nous frappa tous, t'obligeant à chercher moyen de le payer, n'ont su vaincre nos rêves. C'est pourquoi mon citoyen a toujours appelé cette fontaine, *Fontaine la liberté.*

D'ailleurs, un peu tok-tok dans sa vieillesse, il s'amusait à tout rebaptiser, recréant le pays au gré de sa mémoire, et de ce qu'il savait (ou imaginait) des histoires que nous eûmes dessous l'Histoire des gouverneurs, des impératrices, des békés, et finalement des mulâtres qui parvinrent plus d'une fois à en dévier le cours. Ne pas le faire c'était flotter au vent. Et lui ne voulait plus de cela. Il ne voulait pas être une épave tombée folle en parcs disciplinaires. Il ne voulait pas non plus s'abîmer dans l'En-ville sous des djobs sans âme et vivre au vent des jours sans hier et sans demain. Il ne voulait pièce pas rejoindre ceux qui bavaient dans de nouveaux hospices, vaincus par la vieillesse et par les malcadi, et que l'on nourrissait sans honneur ou respect. Kidonc : quand Ninon s'écria pour elle-même *Ki léta nou jôdi ?* Qu'allons-nous devenir ?..., il eut flap la réponse.

Le Mentô, avec l'En-ville, avait cité les mornes que les békés et les mulâtres jusqu'alors n'avaient pas investi. Mon Esternome lui dit comme ça : *Ninon ho, pas de gros saut, le bambou fleurit tous les soixante-dix ans, et il ne calcule pas sur la fleur d'hibiscus.* Ce qui fut sa manière d'annoncer qu'à dix-neuf ans, libre en plein lélé d'histoire, il prenait marronnage. Et soutenant Ninon, l'embrassant presque, lui désignant les hauteurs verdoyantes du Prêcheur, il lui murmura : *O douce, il faut quitter la liberté pour s'ébattre dans la vie...*

Comme d'habitude, il lui fallut une partante. Le destin lui envoya une qualité de fièvre qui vous rendait tout jaune. Elle précipita l'En-ville aux soins débordés de l'hôpital militaire. Békés et blancs-france s'étouffaient dans la salle où les docteurs allaient-venaient. Chacun se répandait dans la sciure du sol, bouts de foie par en haut et du fiel par en bas. On les soignait avec des poudres, des saignées, des outils. Sur les marches, les nèg-d'En-ville suppliaient cette médecine-l'hôpital avec des yeux couleur banane. De chaque peau s'écoulait une sueur verte. Toute vie, même indemne, était embarrassée. La chose avait débarqué au port avec un équipage, elle avait infecté l'En-ville, corrompu les cases asphyxiées dans les creux. Ninon atteinte des premières suées, mon Esternome voulut l'emmener sur les marches-l'hôpital et mendier quelque poudre. Mais le voyage étant risqué, il se résigna au savoir des nèg-de-terre : frictions citron levé, thés mèdsinier-béni, tisanes de malomain et d'écorce bois-lait-mâle. Lui-même à longueur de journée mangea de grosses caïmites comme on l'y invita. La crainte de perdre Ninon dans ces chaleurs de fièvre contraria ses calculs et mûrit son projet. Les fièvres, cousines du serpent (avait-il entendu), allaient à ras de terre. Les hauteurs étaient de ce fait plus saines. Ils prirent donc la direction des mornes dès que Ninon se sentit mieux.

Mon citoyen fut un peu inquiet de la facilité avec laquelle, Ninon quitta son amère liberté pour gagner le pays neuf. Là-haut, les békés n'avaient pièce griffe en terre. Les cultures de la canne n'étant rentables qu'en terres où leurs charrues fonctionnent à l'aise, ils s'étaient installés au bord de la mer, sur les bonnes cendres du Nord, les coulées alluviales du centre, dans quelques platées du Sud. Ils n'avaient (pensait à tort mon citoyen) abordé les mornes qu'à hauteur du café. En tout cas, disait-il à Ninon qui allait comme un demi-zombi porteuse de son ballot (lui, coutelas au poing, charriait sa caisse d'outils, un sac de vivres, des plants bénis — et s'était pris le crâne dans un bakoua tout neuf), là-haut la terre sera à nous, deux innocents au paradis, et la vie va monter des ignames tigées dans notre jardin. Ils étaient partis tôt, à l'heure même où le commandeur venait tâter ses « travailleurs ». Mon Esternome avait injurié sa manman au passage puis réveillé Ninon. Ils avaient gravi les premiers dos de mornes. Ils s'étaient reposés à des ombres de sources, auprès de mousses épaisses et de bambous sereins.

Sophie, c'était quitter leurs histoires, pour baille-descendre dans notre histoire. Mais leurs histoires à eux continuaient, et notre part prenait comme ça une autre courbe. Pense aux courbes. Les caraïbes vivaient une courbe. Les mulâtres avaient une courbe à eux, et les békés appuyaient sur une autre, et le tout frémissait de l'Histoire que les bateaux de

France jour après jour débarquaient à Saint-Pierre.

Cahier nº 4 de Marie-Sophie Laborieux.
Page 27. 1965. Bibliothèque Schœlcher.

Dans ce que je te dis là, il y a le presque-vrai, et le parfois-vrai, et le vrai à moitié. Dire une vie c'est ça, natter tout ça comme on tresse les courbes du bois-côtelettes pour lever une case. Et le vrai-vrai naît de cette tresse. Et puis Sophie, il ne faut pas avoir peur de mentir si tu veux tout savoir...

Cahier nº 1 de Marie-Sophie Laborieux.
Page 3. 1965. Bibliothèque Schœlcher.

Ils avaient traversé des eaux si puissantes qu'elles imitaient le verre. Des plantes, dressées dans ces eaux, les reliaient au soleil. Parfois, surpris par une creusée, ils détrilbuchaient en-dessous de grandes feuilles qui nouaient l'odeur cannie des cimetières de sèves. Ils en sortaient par des os de terre qui soulevaient au soleil une végétation rêche. Flottaient sur eux, la chiquetaille des nuages brisés par la montagne ou la Pointe des Pitons. Ce qu'ils vécurent là (mon papa ne le sut qu'une fois dans les terres libres), des lots de bougres l'avaient vécu aussi. Eux étaient au nord, d'autres au sud, ou encore au mitan du pays. Si bien que pour me divulguer cette odyssée voilée, mon Esternome utilisa souvent le terme de *noutéka, noutéka, noutéka*. C'était une sorte de *nous* magique. A son sens, il chargeait un destin d'à-plusieurs dessinant ce nous-mêmes qui le bourrelait sur ses années dernières. Mais je ne vais pas te réciter encore ce *Noutéka des mornes*. Ma saison se termine et j'ai déjà passé une vaillance de ma vie, aux jours de mes cahiers, à marquer un peu de ce qu'il me disait. Cela me prit un temps que je ne mesurais pas. Pourquoi ? Parce que sans le comprendre j'avais compris ceci : notre Texaco bourgeonnait dans tout ça...

LE NOUTÉKA DES MORNES.

Noutéka...

Nous avions l'impression d'avancer contre les vents. Ce dernier gardiennait son domaine. A chaque débouché au-dessus d'une ravine, il nous cueillait avant le paysage. Plus pur. Plus sauvage. Sans pièce odeur que celle des cannes à eau. Mais surtout bien plus froid... *(illisible)*

Silence. Aucun oiseau ombré sous la broussaille ou battant l'aile sous l'alizé léger, n'osait mener désordre. *(illisible)*

Nous allions. Les mornes n'étaient pas si vides que ça. Partout, de ci, de là, mais de plus en plus rares à mesure des montées, l'antique vie surgissait. Ruines d'anciennes Grand-cases. Solages de chapelles. Canaux de pierres mortes. Os d'une roue au-dessus d'une rivière. Pieds-cacos momifiés sur l'ombre d'une plantation. Et-caetera de pieds-café, de pieds tabac... Ici, plus d'un colon avait perdu sa part : c'était lisible.

Noutéka...

Nous croisâmes de vieux-blancs garés dans la folie. Engagés libérés des contrats, ils étaient montés là au temps marquis d'Antin, quand les hommes Caraïbes refluaient du pays. Ceux-là nous regardaient passer sans surprise, main posée sur chassepots d'au-temps des boucaniers. Parfois, ils nous prenaient pour des nègres marrons. Alors ils nous saluaient. Mais là, pour nous, Marie-Sophie, c'était pas marronner, *c'était aller*. C'était pas refuser, c'était *faire*, chaque rein bien amarré, c'est ça l'histoire du père Grégoire... *(illisible)*

Ces vieux-blancs nous faisaient accélérer le pas. Leur présence disait que nous n'étions pas assez loin. Ni surtout assez haut.

Noutéka...

Nous rencontrâmes des négresses à békés. Tôt, elles avaient reçu un flanc de mornes, une crête de terre. Et elles vivaient là-dessus avec leur tralée de mulâtres, leur rafale de chabins, hors du monde, hors du temps. Penchées sur la terre comme au-dessus de leur propre destin qu'elles tentaient de déchiffrer dans les racines crochues qui leur donnaient manger.

En passant nous leur criions que Liberté était venue. Leurs fils, des êtres à cheveux jaunes dérangés par le vent, gardaient la bouche fermée et n'y comprenaient hak. Seule la vieille manman troublait sa solitude d'un débat de paupières. L'antique, réveillée d'une mort séculaire, nous adressait trois petits signes de main. Mais signes de quoi au plus exact ? Signes sans bonjour et sans adieu.

D'autres fois, la négresse à béké s'enfuyait, refusant de nous voir exister, refusant d'exister autrement qu'au fil à plomb de son désir : mère de mulâtres qui se mariant entre eux finiraient bien par devenir tout blancs et posséder la vie...*(illisible)*

Nous rencontrâmes des nègres marrons. Leurs ajoupas se mêlaient aux fougères. Ceux-là étaient sombres, absents du monde aussi, différents. Ils étaient, le temps passant, demeurés en esprit dans le pays d'avant. Les voir surgir était une étrangeté. Ils charriaient des pagnes, des lances, des arcs. Ils exhibaient des espèces de bracelets sculptés dans le bambou, des plumes de malfinis, des anneaux à l'oreille, des doigts de cendres sur le visage. Ils surgissaient non pas pour le bonjou, mais pour nous signaler que tel lieu était pris, qu'il fallait battre plus loin.

A eux aussi nous disions : Liberté là, Liberté là. Ils nous regardaient sans pièce curiosité et disparaissaient flap. C'était nous dire : Cette liberté est une bien vieille affaire. Chez ces rebelles des premiers temps, il n'y avait pour nous, pas le moindre sentiment. Pas une lueur amicale. Pas de quoi espérer autre chose qu'un mépris. Alors plus d'un d'entre nous s'écriaient en pleine rage : *Yo pa ba nou'y fout' ! Sé nou ki pran'y,* Ils ne nous l'ont pas donnée, nous l'avons prise... Merci-Bondié : nous possédions cette histoire-là...

Nous croisâmes ces jardins de mulâtres. Ils en cultivaient dans les hauts par l'entremise d'esclaves gardiens. Ces derniers ne se savaient pas encore libres. Ils allaient sur la terre de leurs maîtres comme chiens à corde courte. Jamais ils ne voulaient nous suivre, comme pris dans l'habitude d'être mort avant leur enterrement.

Quand le jour couchant colorait des menaces, et le jour levant, son gloria vaillant, là-haut, c'était bon de se taire. La nuit portait rumeur (cabribwa, grounouye, kriket) affaiblie vers quatre heures du matin. Puis les fal-jaunes sonnaient du bec jusqu'au silence d'église saucé dans les heures chaudes [1].

Noutéka...

Nous trouvâmes des nègres affranchis : ils n'avaient pas rejoint les bourgs proches ou l'En-ville. Ceux-là nous accueillaient, nous désignaient les places. Parmi eux, parfois, des blancs naufragés qui parlaient une langue polonaise ou autre verbe sans manman. Nous trouvâmes des mulâtres de goyave, d'obscurs békés venus au bord du ciel pour accorder le monde avec leur fol amour d'une troublante négresse. Dans la tourmente de cette terre nuageuse, tous avaient déployé *les Traces*. Ils avaient creusé d'étroits sentiers de crêtes, dessiné du talon au gré de leur errance, la géographie d'un autre pays. Nos quartiers allaient nicher-pile aux en-croisées de ces Traces premières.

Ils nous montrèrent ce que les békés nommaient leurs bois-debout. Ces derniers, nous l'apprîmes, avaient quadrillé le pays au plus fin. Même aux limites du vol de l'oiseau malfini, ils avaient bawoufé, posé la main qui prend. De temps en temps, ils surgissaient

1. Lè fin-bout la jounen téka bay koulè goj, lè jou téka lévé gloria toudouvan, an môn falé ou té pé la. Lannuit téka chayé an latrilé bruitaj (kabribwa, grounouy, Kritjèt) tonbé kanyan koté ka tred maten. Epi, fal jôn té ka sonnen bek yo, jis lè pa té rété piès bri, kontel an fon légliz lè soley la ka bat. *(Autre version, en page 7 du cahier N° 2.)*

sauvages, délogeaient l'occupant, dénouaient les cases en pailles. Parfois, tolérant cette misère, ils rappelaient au gracié, que cette terre sans personne n'était pas au Bondieu.

Noutéka

Apprendre à ne pas nous installer trop haut — *côté froid,* là où nos cases aux parois de bois noué n'accoraient pas le vent — *côté d'eau,* là où nos tricots n'enveloppaient pas assez —*côté d'air rare,* là où il aurait fallu manger d'une autre manière pour tenir bien debout. Les longues fougères donnaient la limite du monter.

Noutéka...

Trop haut, la terre était malement chabine, c'est-à-dire à mauvais caractère, nerveuse, peu fidèle, elle trahissait les cases et les cultures. Menant de vieilles noces avec la pluie, elle s'en allait soudain dans un désastre de vies, d'outils et de jardins.

Que de cases ensevelies avant qu'on ait compris. A la Médaille, il y eut une douleur

Nous vîmes courir ces cochons-sauvages que l'Espagnol lâchait dans le pays au temps d'avant l'antan

Noutéka

Occuper les dos cabossés, les têtes de pics. C'était bâtir le pays (pas le pays mulâtre, pas le pays béké, pas le pays kouli, pas le pays kongo : le pays des nèg-terre). Bâtir le pays en Quartiers, de Quartier en Quartier, surplombant les bourgs et les lumières d'En-ville.

Frangipanier à fleurs rouges et jaunes, parfume les misères les plus vieilles... *(illisible)*

Dire *Quartier* c'est dire : nègres sortis de liberté et entrés dans la vie en tel côté de terre. Habitation voulait dire : Grand-case, dépendances, terre et nègres amarrés. *Quartier* voulait dire : soleil, vent, œil de dieu seulement, sol en cavalcade et nègre échappés vrais. Mais attention Marie-Sophie : je te parle des *Quartiers d'en-haut,* quartiers des crêtes, des mornes, et des nuages. *Quartiers d'en-bas,* à hauteur des champs de cannes, veut dire la même chose qu'habitation. C'est là que les békés coinçaient leurs ouvriers.

Apprendre qu'ici la terre était plus riche qu'en bas, plus neuve, plus nerveuse, pas encore tétée d'et-caetera récoltes. Et trouver la pente bonne.

L'exigence fut de survivre sans devoir redescendre. Nous cultivâmes ce que les békés appellent plantes secondes, et nous-mêmes : plantes-manger. Au bord des plantes-manger, il faut les plantes-médecine, et celles qui fascinent la chance et désarment les zombis. Le tout bien emmêlé n'épuise jamais la terre. C'est ça jardin-créole.

Travaille encore, travaille toujours : terre dégradée n'est pas encore jardin.

Marque tes bornes avec du verre pilé ; là-dessus plante l'immortelle sanglante.

D'abord, planter la providence du pied-fruit-à-pain. Pour réduire le manque d'huile, planter pieds-d'avocat. Songer l'ombrage et l'arrosage. Veiller la lune : lune qui monte fait tout monter, lune qui descend étale tout bien. Planter ventre vide c'est arbre sans fruits. Planter ventre plein, c'est arbre bon-cœur. Poser gardiens contre vents de sel. Planter raziés à griffes là où la terre tremblote : Pois-doux, Poirier-pays, Pommier-rose, pieds-zoranges. De loin, ça semble bonheur-la-chance, mais en fait, Marie-Sophie, c'est balises du destin. Il te faut lire le paysage.

Le fromager t'offre son ombre assez vite et même son coton bon pour garder tes oreilles des paroles inutiles...

Noutéka

Apprendre à déposer nos cases sur des terrasses creusées dans la pente verticale, à les crocheter à l'os d'une roche si l'os de roche est là. Les accorer de terre. Apprendre l'appui sur le bord de l'à-pic pour l'entrée de la case. L'autre morceau de la case s'offre aux deux pilotis qui descendent dans le fond chercher dos de la terre.

Sillonne, sillonne, sillonne l'horizontale.

Eviter les grands fonds : c'est vie mouillée obscure. Mais, ouverts au soleil, les fonds t'offrent une terre mère, fertile, prodigue de l'eau d'une rivière calme. Eau des fonds c'est promesses d'arrosages durant les soifs fendantes de la saison carême. C'est comme carafes Bondieu.

Apprendre à nous placer derrière les dos de mornes : ils défoncent les nuages et les forcent à s'élever. C'est nid d'un plus de chaud, et d'un peu plus de sec.

Noutéka

Calcule sur l'endroit de ta case. Le restant va bonnement.

La terrasse se construit en coup de main. Tout le monde à bord, personne en bas, tafia, chacha, tibwa. Deux bougres au bout d'une corde défoncent la falaise. Ils creusent à l'horizontale, jettent la terre par en bas. Autour de l'espace dégagé, retiens la terre blessée par une pile de grosses roches, et plantes-y des pieds-bois qui poussent sans réfléchir. Sur la terrasse, dépose ta case.

Partout, au bord des grappes de cases, le vert sans soif de tous nos arbres à pain. Signe de liberté bien longue.

Cultiver à l'horizontale. Pièce pente n'était à craindre : nous n'avions d'outils que le coutelas avec le madjoumbé. Légers à charroyer. Légers à travailler. Nous allions de terrasses en terrasses. Bientôt, surgit le carrelage des jardins sur les pentes les plus roides. Jardins de vertes vaillances, jardins de terre remuée, vivant de ponce cendrée, colorée de tufs ocres. Sillonne, mon fi, sillonne...

Nous portions nos produits à tête de femmes, épaules d'hommes, échine de bourricots. Les Traces étaient donc autres que les routes coloniales : elles menaient sans trompette où ton cœur le voulait. Plus tard, pour les écoles, lors des changements de temps, il fallut dire aux maires de nous les cimenter, réduire leurs pentes glissantes, leurs angles de légèreté, leurs plongées de vitesse. Il nous fallut plus tard, relier les Traces aux routes pour descendre vers l'Usine. Mais les Traces restèrent autres.

Noutéka

Les routes dépaillent la solitude et suggèrent d'autres vies. Elles font monter l'En-ville. Elles emportent toutes les cases dans une ronde anonyme et détruisent les Quartiers. La route n'est bonne ni trop tôt ni trop tard. L'avoir exact, c'est se penser chancé.

Aimer la solitude. Pas celle des koulis débarqués qui vivaient stupéfiés. Il faut pouvoir, au pipiri, héler par-dessus la lisière son compère de l'à-droite, sa commère de l'à-gauche. Etre trop seul dans les hauts c'était offrir l'échine aux mains sales des zombis. L'entraide était en loi, le coup de main au possible, l'entente au nécessaire : dans les hauts, solitude doit combattre isolement. De ne l'avoir pas su, charge des premiers colons perdirent cette aventure. Solitude, c'est famille liberté. Isolement, c'est manger pour serpents... *(illisible)*

La famille s'agrandit. Le négrille trouve force de cultiver. Alors, il va plus loin chercher son propre jardin. Les jardins s'éloignèrent des cases, et quittèrent les Quartiers. C'est pourquoi. Sinon, cases et jardins allaient ensemble-ensemble.

Quartier créole est une permission de la géographie. C'est pourquoi on dit Fond-ceci, Morne-cela, Ravine-ceci, Ravine-cela... C'est la forme de la terre qui nomme le groupe des gens.

Terre bouleversée, donne place à case petite. On les colle l'une sur l'autre, de chaque côté de la Trace qui, elle, suit la crête ferme. Les jardins s'accrochent aux pentes, et les fonds sont laissés à la descente des eaux. Terre bouleversée égale Quartier cintré, commandé par le lieu.

Plante ton cocotier avec trois poings de sel. Pois d'Angole n'est pas plante à souci... *(illisible)*

Quand le relief est mol, les cases prennent l'envol. Les Quartiers élargis se touchent et se mélangent. Quand l'os de terre s'élance, les cases font étoile alentour de la pointe et suivent les tranchants. Là, le Quartier fait fil.

Noutéka

Quartier créole obéit à sa terre, mais aussi à ses herbes dont il retire la paille. Et aussi à ses bois dont il enlève ses cases. Et aussi aux couleurs de sa terre d'où il tire sa maçonne. Quartier créole est comme fleur de l'endroit.

Quartier créole c'est des gens qui s'entendent. De l'un à l'autre, une main lave l'autre, avec deux ongles, l'on écrase la puce. C'est *l'entraide* qui mène. Un Quartier même s'écrie comme ça. C'est te dire...

Un mayoumbé. Seulement ça. Et la terre, si tu peux y monter, est ta commère la plus féconde. Un mayoumbé seulement... *(illisible)*

Cahiers n°s 3, 4 et 5
de Marie-Sophie Laborieux.
1965. Bibliothèque Schœlcher.

DOCTEUR-CASES. Mon Esternome et sa Ninon s'installèrent en quelque part là-haut, comme on s'installe dans un autre pays. Son esprit semblait, c'est ça, frappé d'une charge de possibilités. Autour de lui, pas de Grand-case, pas de coupe-vent, pas de cannes froissées au-dessus des souffrances. Le monde était à faire, et, lui, disait à sa Ninon, *Le monde est à planter.* Il se sentait brasiller comme une mer sous lune pleine. Avec vaillance, il se mit au travail. Et cette vaillance, il la garda jusqu'à l'heure du malheur.

Sa première case fut de bambou. Bambou cloison. Bambou toiture. Tresse de paille-coco pour arrêter les eaux. Parant des vents humides, la paille couvrait le tout d'un cheveu de vieille femme. Au gré de ses humeurs, mon Esternome leva d'autres qualités de cases. La plus belle fut un nid de tibaumes ramassés dans les endroits plus secs. Il eut de la chance car son métier là-haut fut une bénédiction. Tous les nègres montés appelaient l'Esternome-docteur-case, un koudmen à telle heure, une faveur s'il te plaît. Si bien qu'ils ne manquèrent de rien, ni plants pour le jardin, ni feuille pour la médecine. De terrasses en terrasses, mon docteur construisit pour les autres des cases de crécré, des cases de bois-ravine, des cases de bois-murette, de canéfices et bien sûr de campêches. Il construisit des cases faciles à déplacer si la terre changeait trop, et des cases cramponnées à des têtes de falaises. Quand le bois n'était pas abondant, il complétait la tresse avec une terre grasse mêlée de petites feuilles et pétries au talon sous cadence de tambours. En d'autres lieux, il plaquait aux parois un crépi de son cru (chaux-coquillages-sable et caca-bœuf). Oh Marie-Sophie, les cases terrées sont les plus fraîches. Pour stopper le soleil, j'augmentais les façades d'une couche de terre blanche et je les protégeais par un débord de toit, et elles duraient dix ans.

Lors de ces évocations, mon Esternome retrouvait son ardente vanité. De le voir ainsi, gouverneur des mornes, lui qui ignorait la terre, rendait Ninon heureuse, peut-être même un peu fière. Cela bien entendu n'éviterait pas le malheur à venir ; mais enfin, pour l'instant, mon Esternome battait-bouche dans le *Je*. Je ceci. Je cela. J'ai construit des cases avec un bois-amer qui décourage la dent des termites affamées. Pour les poteaux, je prenais l'acajou, Marie-Sophie, ou le simarouba qui étonne les oiseaux, ou encore l'acoma, le balat, l'angelin, les longues fougères, le bois-lézard ou bien le courbaril. Qu'est-ce que tu connais toi-même-là de ces bois, Marie-So ? Ma toute savante, que sais-tu de l'arbre à pain, de l'abricot-pays, et du poirier séché ? Qu'est-ce que tu sais, Man-la-science, des parfums du laurier, des lépinés et des bois de rivières ? Moi je sais. Je. Je. Je.

Pour le solage des cases, ou pour les murs exposés à la pluie, je prenais des roches mortes, roches roulées en ravines insensibles à la terre. Ou alors, je surprenais le monde avec des ponces légères, isolantes du malheur, bien faciles à tailler (tu les trouves affleurant les ailes de la Pelée). Ma paille d'urgence venait de l'herbe-panache, du vétiver, du balisier. Je rapiéçais les trous avec du latanier et de la martabane. Mes cases ne perdaient pas leurs cheveux dans le vent, mes toits s'allongeaient lisses jusqu'aux épaules d'un homme. Je savais la bonne pente pour que la paille résiste. Je. Je. Je.

Les femmes descendaient loin cueillir les feuilles de canne. Il faut vingt feuilles séchées pour une tête de paille. Cinquante têtes peuvent couvrir une case normale. Je liais mes têtes de manière espéciale, avec des lianes mibi, siguine, ou filmahot. J'accouais d'abord quelques-unes pour souder le faîtage. J'en colmatais les trous avec une herbe couresse posée racines en l'air pour qu'elle sèche là-même. Les femmes me jetaient des têtes-pailles bien humides et je les nouais en ligne sans laisser voir mes mains. Puis je descendais, descendais, jusqu'à couvrir le toit d'un chapeau frémissant. Après, je devenais un artiste capillaire : tailler ce qui frange à la porte ou dépasse aux fenêtres, et bien peigner la case pour qu'elle se moque du temps. Je. Je. Je.

> Tu te rends compte, So-Marie ? Pouvoir à un moment donné de sa vie, dire : Je... Qu'est-ce que tu dis de ça, tonnant du sort ?...
>
> Cahier n° 5 de Marie-Sophie Laborieux. Page 29. 1965. Bibliothèque Schœlcher.

Mais la paille ne dure jamais assez. Fallait recommencer tous les deux ou trois ans. C'est pourquoi je fus bien content quand la tôle arriva. Quelle vaillance, un toit de tôles gardées fraîches sous une herbe ! Quel bond devant ! Je. Je. Je. Pour les parcs-cochons et les cuisines que l'on boutait à part, j'agençais des tuiles de bambou éternel. Je. Je. Je. La pointe de mes poteaux était raidie au feu avant dressage en terre, sauf quand le bois suintait d'une sève entêtée. Je. Je. Je. Mes fenêtres se fermaient en glissant, mes portes aussi, et, en guise de palier, je sertissais l'entrée d'une roche aplatie. Je. Je. Je.

Pour Ninon, je fis méchant : une belle salle, deux belles chambres enveloppées d'une douillette lumière. Dans chaque chambre, un lit sur pieds de courbaril préservait des bêtes-longues. Je. Je. Je. Je lui fis un matelas en fibres de coco, des coffrets de cyprès mêlé du vétiver qui parfume à jamais, et j'en couvrais le fond avec de l'acajou, et le linge (linge d'En-ville ou bien linge d'enterrement) en sortait innocent comme la rosée du jour. Je. Je. Je.

CHARMES D'USINE. Ninon elle, n'était pas en reste. Mon Esternome émerveillé découvrit que sa négresse possédait un savoir étonnant. Savoir de terre et de survie. Sans cela, ils eussent été impiok dans ces hauts sans manman. D'emblée, pour chasser les moustiques, elle enfuma les abords de la case avec des graines de pied-ricin. Elle natta des balais de bakoua qui lustraient la terre du dedans de la case. Elle planta l'alentour de ces plantes qui parfument, qui nourrissent, qui guérissent, et celles qui traumatisent toutes espèces de zombis.

Quand la case fut élevée, que les années passèrent et que mon Esternome, toutes cases construites, se retrouva un peu gros-jean comme par-devant, il dut s'initier au savoir de Ninon, vivre selon ses saisons accordées à la terre.

Mois de mai et mois de juin : préparer, disait-elle, les chaleurs pluvieuses qui vont remuer le sol. Planter, c'est l'heure, planter. La veille de la Saint-Jean est un grand jour pour ça. Mon Esternome la suivait pas à pas. Avec elle, il apprit à joindre aux bananiers un tuteur en bambou, à nouer les plantes grimpantes menacées par les pluies. Cueillir d'une bonne main les mangots, les concombres, les christophines ou les ignames. Cueillir et vendre à l'en-croisée des routes ou à la gueule des bourgs.

Mois de juillet. Achever de planter. Nettoyer, nettoyer, visiter l'arbre à pain qui s'offre jusqu'en novembre, visiter ce qui donne. Août, septembre, octobre, novembre : Ninon disait la pluie et elle ralentissait. Laisser faire la terre sous le travail bien fait. Elle lui enseignait les beaux jardins qui fument au soleil revenu, la surveillance des pousses qui boutonnent le sol, quelles vieilles herbes arracher. Il sut à quelle hauteur affouiller les canaux pour dérouter les eaux. Sous les grosses pluies, Ninon restait à case, réparer ses outils, aiguiser son coutelas, à tailler des étais. Elle en sortait juste pour extraire une igname de la terre ramollie, une patate, un choux, et fourrer la réserve bien cendrée sous le lit.

Septembre : cueillir et vendre. C'est pommes-cannelle, c'est corossol, quénettes et sapotilles. Novembre : nettoyer les dégras, découper les passages de la sève dans l'écorce de cannelle, cueillir le café mûr, saisir le cacao sous l'ombrage des grands arbres. Dans les vents de décembre, la terre se ralentit, la sève suit une spirale. Les feuilles sont fébriles. Ninon lui apprenait à vivre cette pause de terre en restant immobile au mitan du jardin ou en bord de falaise devant le paysage.

En janvier, prendre de course le carême : planter légumes-pays. Février, c'est temps de fleurs. Le Quartier sent les baumes. On entend des chansons. De partout montent les parfums de café, cacao, cannelle, muscade, roucou. Dans les silences de grandes chaleurs, les ricins font exploser leurs graines.

En mars, c'est arroser, arroser, arroser, descendre à la ravine, et remonter à l'arrosage. Ninon avec un jeu de gouttières en bambou, reliait le jardin aux filets clairs des sources. Les légumes ne vont que là où l'eau est juste, alors choisis ton arrosage et sois constant dans l'arrosage. Ainsi, Ninon semait dans les tiges creuses du bambou. En mars, avril : feu, feu de raziés, sarclage, sarclage, prépare la terre pour les plantailles de mai, laisses-y pourrir l'herbe coupée, et engraisse le jardin.

Ninon établissait une rotation : manioc-choux-ignames, puis patates, puis choux et ignames. Quand la lune montait, elle plantait ce qui devait monter ; à la pleine lune, elle taillait mais ne coupait jamais ; à la lune descendante, elle sarclait les vieilles herbes qui alors ne trouvaient plus de forces pour s'épandre. Puis elle mettait en terre les plantes dont la bienfaisance nourrissait le jardin. Elle plantait aussi les arbres désirés à hauteur de sa main. Et ça recommençait. Et ça recommençait.

Leur Quartier s'était développé autour d'une quinzaine de cases. Chaque mois amenait un arrivant qui s'installait à leur côté ou qui montait plus haut. Cueillettes en sac, les femmes prenaient les routes d'En-ville. Elles remontaient durant la nuit avec deux-trois sous d'huile, du beurre, du gros caco, quelques graines de sel. Mon Esternome, lui, ne bougea presque plus. Passionné du jardin, il y passait son temps. Il y plantait son âme, comme on dit en chanson. Ses plantations n'étaient nullement aussi fructueuses que celles de Ninon. Mais, contestant les histoires de main verte, il plantait avec persévérance : c'était se perdre dans cette voie de la terre qui l'exauçait des échecs de l'En-ville.

Ninon, remontant de Saint-Pierre, lui donnait des nouvelles : les rôles se voyaient inversés. Les békés avaient vu couler leurs bitations. Ce qui marchait bien avec l'esclavage marchait moins bien sans l'esclavage. Dans le pays, épaississait une langueur. Les cannes poussaient moins vite que les herbes à piquants. Le sucre roux semblait moins bon que le sucre de betterave. En plus, ces histoires de salaires à payer alors que personne n'avait la moindre pièce, enchoukait les planteurs dans des soucis sans nom. Les gouverneurs, l'un après l'autre, mirent en place des banques. Des prêts autorisèrent la paye des salaires. Mais il fut tout autant difficile aux planteurs d'atteindre leur compte de salariés. Pièce nèg n'ambitionnait de suer au lieu des anciennes chaînes. Ceux qui s'y résignaient, ordonnaient un autre rythme que ceux de l'esclavage. Cela embarrassait les aisances des békés. Alors, ils firent venir d'autres modèles d'esclaves.

Ninon les vit débarquer année après année. Elle les décrivait à mon Esternome. Ce dernier hochait de la tête et de la pipe (il s'était mis à en fumer comme la plupart des nèg dans le silence des hauts). Elle vit débarquer les Portugais des îles Madère. Ils allaient à petits pas sous le soleil. Des gens attroupés sur leur route, ils n'observaient que les ombres allongées. Leur peau connaissait le soleil. Leur corps disparaissait sous un tas d'habits sombres, noués dans tous les sens comme les épouvantails. Elle vit débarquer les koulis à peau noire, et ceux de Calcutta, d'un rouge-caco plus clair. Ils portaient une raie bleue descendant jusqu'au nez. Ceux-là se lamentaient au moment des naissances et explosaient des joies aux heures froides de la mort. Drapés de haut en bas, ils vivaient regroupés comme des touffes de pigeons et mangeaient de l'étrange. Elle vit débarquer les kongos. Calmes, disciplinés, ceux-là semblaient pourtant d'attardés nègres marrons. Elle vit l'heure des chinois sous des chapeaux pointus, indéchiffrables comme des falaises et plus malins que leurs bourreaux.

Mon Esternome battait des yeux. Tout ce monde, pensait-il, escaladerait les mornes. Il disait à Ninon : Tu vas voir, ils viendront, ils vont venir là-même. Mais il les vit très tard, et seulement les kongos qui très vite prirent les mornes pour retrouver la terre. Les Madériens fondirent. Les chinois prirent l'En-ville dans des affaires d'épices puis de toutes qualités. Les koulis furent groupés au bord des bitations et dans les bourgs tranquilles : ils devenaient très vite grands bouchers à pignon, maîtres-cheval estimés, experts en toutes bourriques. Mais leurs dieux décimaient les moutons dans de longs sacrifices.

Malgré les gendarmes à cheval et les rages militaires, tous délaissèrent la canne. Ninon vit les habitations ralentir leur moulin. Elle vit toutes les Grand-cases se fermer une à une. Les gros békés avalèrent les petits. Les banques distribuèrent quelques terres faillies à des nègres touchés par la grâce du travail. Un jour, Ninon emmena mon Esternome à la pointe d'un morne pour qu'il voie l'horizon. Elle voulait lui montrer le nouveau paysage : beaucoup de champs, peu de Grand-cases, et partout, reliées par un lacis de voies ferrées, de routes et de rivières, les torches puissantes des grandes usines à sucre — nouvelles reines du pays.

Charge de nègres du Quartier délaissaient leur jardin. Du mardi au vendredi, ils allaient travailler aux chaudières de l'Usine ou à d'autres machines. Le reste de leur temps se consacrait aux rêves amoindris des hauteurs. Le Noutéka des Mornes avait comme avorté. On survivait oui, libre oui, mais bien vite se pointait l'arrière-goût d'une misère. C'est l'amertume d'une terre dont les promesses s'envolent. C'est l'ennui d'une nature qui ruinait quatre patiences pour un vœu exaucé. C'est de voir les mulâtres se développer sans cesse, parler bien, manger bon et aller à l'école. Les mornes n'avaient ni écoles, ni lumières. On se retrouvait en face du vaste ciel posé comme un couvercle, un petit peu inquiet, quelquefois démuni, toujours sans perspective, et les hauts immobiles ne souffraient pièce faiblesse. Ainsi, d'année en année, les Traces marronnes se mirent à descendre vers l'Usine. Y'avait là une chance.

Ninon à son tour eut envie d'y descendre. Elle eut d'abord envie de descendre aux récoltes remplir les petits trains qui fumaient vers l'Usine. Puis, elle eut envie de connaître l'Usine même. Elle disait : On embauche oui, et c'est pas comme le travail-la-terre, c'est des machines. Et mon

Esternome lui répondait : Oui, mais c'est des békés. Et il bougonnait, l'Usine, l'Usine, l'Usine. Ce mot était le papa-mot de ce temps-là. Chaque vie y offrait une saison. La grande conquête des mornes s'engouffrait piteusement dans son amas de bielles, de courroies pleines de graisses, de cuves et tubulures.

O l'Usine haletait comme une Bête-à-sept-têtes. L'Usine pantelait d'énergie. L'Usine vibrait de déraillements qui remplissaient les mornes d'une rumeur de destin. Des fois, mon Esternome s'approchait en bordure de falaise pour observer un de ces monstres. Il demeurait saisi devant tant de puissance, un peu le même état qu'en face de la Grand-case ou des lumières d'En-ville. Mais là, il y avait autre chose. Un fracas de métal. Une décision de roues dentées. Une odeur indomptable. Un ensemble impassible de rouilles et de boulons. Mon Esternome ne savait quoi penser : son Mentor n'avait pas prévu ça.

SÉRÉNADE DU MALHEUR. Ninon voulait descendre travailler à l'Usine ; lui, Esternome, ne voulait pas. Alors Ninon lui faisait une vieille tête. Elle allongeait la bouche et battait des paupières quand il croisait ses yeux. La nuit, dans la cabane, elle se couchait en sorte d'être à sept mornes de lui. Il restait alors raide comme un lolo de noces. Il devait la cueillir comme on fouille une igname quand la terre n'est pas molle. Pendant qu'il moulinait, elle chantonnait n'importe quel lalala, histoire de lui montrer qu'il n'avait pas son âme. Et pire : il avait beau lui porter ce qu'il faut, Ninon dédaigna les promesses : ni tétés gonflés, ni musique dans le ventre. Chaque mois, elle exposait sa rosée rouge d'œufs vides et l'humeur pas très bonne qui fonctionnait avec. Mon Esternome attendait que ça passe. Puis, lui remettait ça. De force, comme pour prendre un lambi au fond d'une conque épaisse. Il pensait (comme d'ailleurs tous les hommes désireux d'accorer une amour vagabonde) qu'un négrillon l'occuperait assez pour déplumer l'envie d'un envol vers l'Usine. Mais, au lieu d'un négrillon, surgissaient l'ondée rouge, la mort rouge, les lanières de coton à laver, à étendre, à laver-à étendre... Mon Esternome les décomptait comme des marches d'un calvaire.

Ninon semblait contente de cette absence d'enfant. Mon Esternome l'entendait pleurer, mais sans jamais savoir si cette douleur débordait de son envie d'Usine ou si elle glougloutait des caillots de son ventre. Et ce doute l'enrageait. Il redoublait d'ardeur sans le moindre résultat. Pourtant, sans mentir, mon Esternome déployait en savant, la pharmacie du coqueur merveilleux : bois-bandé en liqueurs, jus-lonyons pris au miel, bouillie farine-manioc, pistaches aléliron, cœur d'ananas-nains, herbes à charpentier... Et, bien entendu, il buvait chaque matin (sans rien sur l'estomac), trois œufs mols battus dans du mabi ancien. Qu'il ait ainsi soigné ses graines (ou sa fertilité), lui permit dans un cumul de vies, d'atteindre l'âge des grandes paix ; ô bel âge, ô bel incomparable : l'on peut y causer des amours en mémoire, avec juste une douleur légère comme un soupir. Ainsi, siècle-temps après, il put sans trop d'émoi, me zézayer comment il perdit sa Ninon.

Le destin est comme ça. Il bat souvent des tambours sans sonnettes. On ne le voit pas venir. De fait, quand mon Esternome vit surgir l'isalope, le chien-à-deux-bretelles, ravisseur de Ninon, il ne ressentit rien et l'accueillit en joie. C'était une sorte de nègre joli comme une image. Il avait les mains fines, une voix de tralala, des yeux de feu et, patate pistache disait mon Esternome, un banjo ou bien une mandoline. Ce chien-fer investit le Quartier en pleine nuit de pleine lune, comme crapaud-envoyé, porteur d'un maléfice. Alors que les chrétiens dormaient bien comme il faut, l'énergumène voletait de case en case..., — en donnant quoi ? *En donnant sérénade.*

Les gens du Quartier débouchèrent de leurs rêves avec un peu d'émoi. Les moins vaillants supposèrent une volée de zombis en bacchanale sur terre. D'autres extirpèrent des haillons quelque flacon d'alcali, d'eau bénite ou d'éther. Mais, là-même, tout souci de malheur s'estompa. Ils se comprirent l'objet d'une musique portée. Belle douceur de musique. Elle charmait les gens. Elle les charriait au cœur de leur propre cœur, en grand arroi de sentiments, de langueurs sucrées, d'émotions enfantines qui enivraient à fond. Les loupiotes d'huile coco s'allumèrent dans chaque case. De chaque case émergèrent des figures de sommeil, puis des yeux de joie claire, puis des corps somnambules heurtant le musicien[1]. Chacun lui suppliait de rester près de sa case un tac plus longtemps avant d'aller plus loin. Mais le musicien allait de case en case. On avait beau lui sortir la bouteille de tafia, lui longer une douceur, une confiture très rare, des bancs de bois précieux, aucune case ne semblait pouvoir le retenir, — sauf bien entendu celle de mon Esternome quand il vit sa Ninon sortie d'un bon sommeil.

Le musicien était un bougre à yeux brillants mélancoliques. Il portait petit chapeau frangé. Sa voix (qui filtrait en français de sa bouche parfumée), était bourrée de dièses. Sa main envoûtait la mandoline en haut, l'ensorcelait en bas, et les cordes libéraient une mousseline de musiques nouées comme l'herbe à lapins aux belletés de son chant. O mon dieu, quelle histoire !...

Si mon Esternome savoura les musiques, sa Ninon, elle, vécut une déchirure. Pour elle seule, le musicien ouvrit le monde sur d'autres paysages. Elle crut d'abord bénéficier d'une grâce de la musique. Le lendemain, en questionnant les autres, elle se sut récipendiaire unique de cette chose indicible. Penchée sur son jardin, elle demeura inquiète :

1. Mon Esternome, lui, disait : *mizichien*. Mais ce mépris est trop facile...

son cœur battait plus large ; sa tête abritait des pensées sans coutumes. Quand l'autre cochonnerie revint de soir en soir, aux entours de minuit, accordant sa magie aux magies de la nuit, circulant entre les cases pour s'immobiliser devant celle d'Esternome, Ninon dut (sans peut-être) comprendre la vérité : c'était ce musicien, le maître de son trouble.

Mon Esternome fut d'abord fier de le voir s'arrêter au-devant de sa case (la plus belle d'ailleurs). Il lui offrait un banc à dossier, installait sa Ninon à côté, lui-même en l'autre bord. Au milieu du Quartier rassemblé, il sirotait la sérénade sans rien voir du malheur : le musicien dirigeait sa musique vers Ninon ; il ne levait ses paupières inspirées que sur elle ; dans son lot de français moitié inaccessible, il parlait cœur-dans-cœur, lèvres-sur-lèvres, de folie et d'ivresse... C'était pour Ninon hostie de cathédrale. Bientôt, les gens du Quartier envoyèrent des paroles (... Hébin, on dirait que le musicien a trouvé sa musicienne dites donc ?... Ho la la, le bougre de la musique trouve musique par ici... Esternome ho, quelqu'un fait caca dans tes pieds...).

Mon Esternome se mit à ne plus vraiment goûter les sérénades. Sa fenêtre demeura prisonnière des clous. Le bougre à mandoline se mit à jouer devant une case fermée. Alors advint l'inévitable : ses chansons douces à mesure à mesure devinrent amères, puis tellement douloureuses qu'elles décimèrent les bêtes-à-feu. Au matin, on les retrouvait clignotantes de tristesses, l'aile gauche nouée à la droite dans un tour affligé. Jésus-Marie, quelle drôle d'histoire...

> On n'a fait que pleurer l'insalubrité de Texaco et de ces autres Quartiers. Moi je veux m'inquiéter de ce qu'ils disent. Je les entends épeler l'autre poème urbain, au rythme neuf, déroutant, qu'il nous faut décoder et même accompagner... Prendre leur poétique sans craindre de se salir les mains des états de sa

gangue. Quelle barbarie ce serait de raser ce système, et quel recul sans nom.

Note de l'urbaniste au Marqueur de paroles.
Chemise n° 6. Feuillet XVIII.
1987. Bibliothèque Schœlcher.

Sitôt soleil, le musicien disparaissait. Personne ne savait d'où il sortait ni le programme de ses journées. Des paroles le disaient maître-sucrier à telle ou telle usine. D'autres confièrent en milans son origine anglaise porteuse d'une science du sucre apprise des Portugais et que les usiniers payaient cher tout bonnement. En tout cas, disparaître le prenait vers cinq heures du matin.

Disparaître le prit encore plus quand, un soir, mon Esternome victime des nerfs, le poursuivit avec son grand coutelas et lui fit dévaler la pente à quatre pattes, ou à kalpattes si tu préfères. On ne le revit ni le soir suivant, ni l'autre soir derrière, ni à la plus lointaine des pleines lunes complices de ses chants haïssables.

Mon Esternome fut d'abord content de sa disparition (les gens du Quartier apprécièrent un peu moins : l'absence de sérénade creusait les insomnies). Puis mon Esternome ne fut plus très content car Ninon disparut elle aussi. Cela eut lieu durant une nuit de mauvaise qualité. Des somnambules perçurent une sérénade dans le lointain. Elle allait non pas de case en case, mais de manière céleste, de haut morne en haut morne comme si le musicien porté par un nuage cheminait dans les airs. On trouva cet exploit formidable. Mon Esternome aussi. L'ennui c'est que Ninon elle-même avait pris ce chemin.

En fait, mon Esternome ne reconnut jamais que sa Ninon fut emportée par l'isalop à sérénade. Il commença par conter des baboules enfantines.

Première baboule. Comme quoi, Ninon, un jour de lessive de ses lanières rougies, descendit une ravine. Comme quoi cette ravine n'était pas bonne ravine, car dans cette ravine vivait non pas une Manman dlo, mais une de ces sirènes dont s'émeuvent les blancs-france. La sirène vivait là. Qui peut la décrire l'a vue, or qui l'aurait vue n'aurait revu personne. Pour l'instant cette sirène n'avait posé son œil sur pièce nègre de cette terre. Voir Ninon, fut découvrir enfin l'absolue beauté vraie. La créature fredonna pour elle comme le font les sirènes dans les contes lointains. C'était chanter comme aucun musicien n'aurait pu l'espérer. Sa voix soulevait un océan d'algues et de vents rafraîchis. Ninon fut prise dans cela et demeura charmée (c'est dire qu'elle y prit goût). Chaque fois que la rosée lui donnait une lessive, la rêveuse regagnait la ravine ou nul ne descendait. Là, elle écoutait ce chant que seules les femmes supposent. Ce n'est pas une blessure qui saigne, sirènait la sirène, mais l'ouverture qu'à conservée la femme sur l'énigme de la vie, une ouverture divine qui saigne non de douleur mais d'un regret de vie. L'homme, chantait la sirène, avait perdu cette touche avec la force divine. Ces infirmes désiraient clore ce propylée aux femmes. Et leur bois aveuglé lâchait non de la vie mais une sorte de ciment pour tombeau sans Toussaint. La femme malgré tout, en secrète alchimie, transcendait cette mort pour créer de la vie.

Ainsi, chaque mois, Ninon allait en compagnie de la sirène fêter sa rosée rouge en grande cérémonie. Elle plongeait nue dans l'eau. Sa rosée rouge s'étalait autour d'elle. Sur une roche ronde la sirène chantait chantait. A cette affaire, Ninon restait de plus en plus longtemps. Souvent, la nuit barrait sa route. Mon Esternome se mit à soupçonner on ne sait quoi et résolut de la surprendre. Donc il la suivit, lui ouvrant sans le savoir un bien étrange tombeau.

Ninon comme d'habitude, la rosée rouge au ventre, descendit la ravine. La sirène l'espérait et lui fit une belle fête.

Ninon enleva son linge et descendit dans l'eau. Mon Esternome qui avançait derrière à pas de manicou, surgit un peu plus tard. Il vit la sirène sans entendre sa chanson car un réflexe protégea ses oreilles. De le voir, la sirène entra dans une rage pas très bonne. Elle battit de la queue, perdit treize écailles jaunes, se dressa des épines de poisson. Mon Esternome comprit le danger. Il trilbucha en criant à Ninon de se mettre à courir. Ninon n'eut pas le temps de seulement comprendre. La sirène, convaincue d'être trahie, lui dévalait dessus dans un wacha d'écumes. Et mon Esternome ne vit plus que cela. L'écume étouffa la ravine comme si mille lavandières y secouaient du savon.

Quand il essaya d'avancer, il trouva l'écume chaude, puis cuisante. Il dut bientôt reculer : sa peau se soulevait en de nombreuses gouttelettes. Alors, il resta au bord de la ravine, regardant vivre l'écume, déchiré d'épouvante et d'espérance-papaye, criant le nom de sa Ninon, croyant l'entendre parfois dans un écho perdu. Les gens du Quartier vinrent le chercher au bord de cette boue. Bambous brisés. Terre épluchée. Ecailles et herbes mêlées dans la même voltige. Pas un cil de Ninon.

Deuxième baboule. Pour expliquer la disparition de Ninon, mon Esternome filait aussi une affaire de diablesse encore plus lamentable. Une diablesse qui volait en soufflant du pipeau et qui ceci cela... Il la racontait aussi sérieusement que l'affaire de sirène qu'il avait oubliée : mentir n'est pas mémoire. En tout cas, qu'elle ait été emportée par le musicien, par une sirène ou par je ne sais quelle diablesse à pipeau, l'importance était maigre. De toute manière Ninon disparut de la vie d'Esternome auréolée d'une volute de musique. Non, mais... une diablesse volante, tu imagines cette crasse... ?

AMOUR GRILLÉE. Il faut plutôt imaginer le désespoir du bougre. Sans Ninon, il vécut de longues années comme vivent les fleurs cueillies. Sa cervelle fut engouée de tristesse. Ses yeux devinrent des robinets et son cœur un fer chaud lâché dans sa poitrine. Quand son désespoir se calma (car désespoir d'amour meurt plus vite qu'un ti four de charbon, hi, hi), on le vit errer de ravines en ravines, soulevant chaque pierre, plongeant dans chaque cascade pour chercher sa Ninon. Sa case abandonnée perdait sa paille en grappes, son cochon mastiquait de la terre et ses poules leurs propres plumes, et, lui, allait plus débraillé qu'un kouli sans contrat traqué par les gendarmes. Ses compères descendaient le chercher. Les plus francs lui disaient : Ho Esternome, Ninon est partie avec un musicien et tu la cherches dans une rivière ? Et lui répondait mal : Elle est partie avec une sirène. On le crut tombé fou. Bientôt, personne ne gâcha une pitié pour aller le trouver. C'était mon temps d'écrevisse, racontait-il, j'étais tombé plus bas qu'une cribiche de rivière. Quelle imagination...

Ce temps d'écrevisse dut quand même s'achever. La mémoire de mon Esternome le ramenait à sa case sans décrire le chemin. Prostré sur sa cabane auprès de ses outils qui ne servaient à rien, dégoûté de la vie. Dégoûté même de tout. Quand un nègre-kongo lui révéla qu'en ville s'épanouissait un gratteur de banjo flanqué d'une Ninon, mon Esternome sans vraiment réagir, bredouilla encore son affaire de sirène. Il ne vit pas le monde changer. Il ne vit pas son Quartier ouvrir des traces nouvelles, soumises aux grandes routes. Il ne vit pas les gens des mornes se soumettre aux békés à l'heure des récoltes, ni se perdre en saison au fond des grandes usines. Il ne vit pas les Quartiers des nuages orienter leur nord en direction du bas. Il ne vit personne aller mourir à la guerre du Mexique ou au trou de Bazeilles. Il ne connut pas l'émoi que l'on connut quand à la Caravelle un long phare s'alluma. Il ne sut rien du débarquement du vieux roi Béhanzin qui zieutait notre pays comme un vaste cimetière. Il ne sut rien de cette révolte du Sud où les nègres rappelèrent aux blancs qu'on ne lapide pas un chien dont la laisse est brisée. Il y eut les saisons qui passèrent comme ça, mon Esternome stupéfié en lui-même, ne voyant pas ses poils blanchir, ni sa peau se fâner, ni le blanc de ses yeux se couvrir de taches jaunes. Il ne vit pas non plus comment de temps en temps, l'horizon se chargeait de fracas et qu'une cendre venue de la Montagne se mettait à maquiller la terre, de plus en plus souvent, de plus en plus longuement.

Un matin, un immense blogodo éveilla sa conscience. Il sortit de ses mille ans de stupeur avec une boule d'espoir. Son premier mot de retour à la vie fut : Ninon. Ninon, qu'il répétait dans l'émoi général. Des fuites insensées bousculaient le Quartier. L'air chargeait une fragrance de soufre, de bois roussi, de vie brûlée. Tout un chacun criait, *Soufrière a pété, Soufrière a pété... !* Ce grondement avait défait le monde. Les femmes hurlaient, mains en grappe à la tête. Les bougres rentraient le cou. A l'horizon, s'enroulait une nuit qui défiait le soleil. Alors mon Esternome, pour la première fois depuis tant de saisons, alors qu'il n'avait plus de vaillance aux chevilles, se mit à redescendre vers l'En-Ville. Il voulait chercher, trouver, sauver Ninon. Et si je lui disais : Comment c'est plus la sirène qui l'avait charroyée alors ? Lui, me répondait pour éteindre le causer : Asseeeez...

L'urbain est une violence. La ville s'étale de violence en violence. Ses équilibres sont des violences. Dans la ville créole, la violence frappe plus qu'ailleurs. D'abord, parce qu'autour d'elle règne l'attentat (esclavage, colonisation, racisme) mais surtout parce que cette ville est vide, sans usine, sans industrie, qui pourrait absorber les nouveaux flux. Elle attire mais ne propose rien sinon sa résistance comme le fit Fort-de-France après l'anéantissement de Saint-Pierre. Le Quartier Texaco naît de la violence. Alors pourquoi s'étonner de ses cicatrices et de sa face de guerre? L'urbaniste créole, par-dessus l'insalubre, doit devenir voyant.

Note de l'urbaniste au Marqueur de paroles.
Chemise n° 6. Feuillet XVI.
1987. Bibliothèque Schœlcher.

Il descendait. A mesure, il rencontrait des gens. Elles fuyaient sans pouvoir expliquer. En bas s'était produit un cirque pas ordinaire, sentait mon Esternome. Et il longeait le pas. Son souci pour Ninon lui imprimait un rythme de léwoz-déchiré. Il flotta dans des fumées. Il trembla dans une odeur sans oxygène diffusée tout partout. Il battit de l'aile dans une cendre argentée. Il vit voler sur lui des pierres noires légères comme des bulles de savon. Il dansa dans des flaques de sources chaudes qu'aucune mémoire n'avait dû signaler. Mon Esternome ne reconnaissait plus ce paysage traversé en l'autre sens, du temps de sa jeunesse, en compagnie de sa Ninon. Il se disait Mais comme la vie va vite, et il pleurait en dévalant *Ho Ninon ho Ninon nia-nia-nia, nia-nia-nia.* Il ne savait pas s'il chignait pour Ninon ou pour ce monde éteint par une poudre de tristesse. Il ne sentait pas son âge, c'est l'avantage de ne pas le savoir. Les fuyards voyaient en lui simplement un vieux-corps, mais lui allait vaillant comme on va vers l'Usine au jour seul de la paye. Il descendait vaillant.

Au bord d'une hauteur, mon Esternome découvrit une touffaille de charbon à la place de Saint-Pierre. Malgré son cœur grillé, il en resta saisi. Mais il n'imagina qu'un méchant incendie ou quelque rage ouvrière contre les usiniers. Il bailla-descendre avec l'idée d'aller revivre un bout de son histoire, de retrouver Ninon au mitan de la foule, au même endroit, Ninon qui lui tombe dans les bras. Bientôt, il ne lui fut plus possible d'avancer. Ses cocosz'yeux le brûlaient. Ses cheveux gris même le brûlaient. Les arbres, les herbes s'étaient flétris. D'une vapeur d'enfer, il voyait débouler des personnes à yeux blancs qui n'avaient plus de peau : elles allaient comme d'aériennes souffrances. Quand il ne lui fut plus possible d'avancer, il recula, puis il avança encore dans un autre sens, puis il recula, puis il avança de biais comme le merle dans la colle, puis comme le mantou poilu mal glissé d'un cauchemar. Ninon le portait : il put bientôt résister aux douleurs. Il se mit à enjamber l'agonie des bêtes sans même les regarder. Plus tard, il négligea le signe-la-croix devant des personnes mortes ou des espèces de chairs en train de se débattre. Et il avançait. Il avança, avança, avança jusqu'à être le premier à entrer dans Saint-Pierre.

On a déjà parlé de cette horreur. La montagne qui a rasé Saint-Pierre. Là, mon Esternome ne voulait rien décrire. Il déposait le même silence buté qu'il cultiva sa vie durant sur les antans de l'esclavage. Il voulait peut-être oublier ce qu'il avait vu en entrant dans l'En-ville. Il dut y réussir car même lorsqu'il le voulut, il ne put murmurer que des choses éparses, sans grand sens, mais aussi terribles qu'une bonne description.

De toute manière, on a déjà parlé de cette horreur. On a fait des livres là-dessus. Les derniers cheveux noirs de mon Esternome durent blanchir là. Les rides-cicatrices de son front, se creuser là. La déroute de ses yeux qu'il couvrait de ses mains en pleurant tout soudain, naître là aussi. Son premier pas dans la ruine dut trancher sa vie d'un avant-ça et d'un après-ça. Il en garda une douleur posée sur son visage même durant ses joies. Lorsque la nuit je le surprenais à errer dans la case, que je voyais son pas hésitant levé haut comme une patte de canard, cette main passée sur son visage, cet asthme qui lui ouvrait la bouche, je croyais le découvrir au mitan du désastre. Il avançait comme ça, sans voir à force de voir. Une marée de cendres. Un dépôt de chaleur fixe. Des rougeoiements de pierre. Des personnes intactes fixées au coin d'un mur qui doucement s'en allait en ficelle de fumée. Des personnes racornies comme des poupées d'herbes sèches. Des enfants stoppés sans innocence. Des corps défaits, des os trop propres, oh que d'yeux sans regard...

Mon Esternome erra ainsi en cherchant sa Ninon. Cela ne dut pas l'arranger : il allait de cadavre en cadavre. Il examinait chaque chose noirâtre, étalait les bouillies pour quêter son visage, déroulait des boyaux pour invoquer la courbe du ventre de sa doudouce. Parfois, il crut la deviner dans des machins de chair. En d'autres heures, il crut soupçonner ses cheveux couronnant du sang frit. Il devait escalader des ruines, tourner en rond, souvent revenir sur ses pas. Il dut tomber en état une ou deux fois, se relever inextrémis de la cendre qui doucement le grillait. Il fut cerné d'incendies subits, frappé de fumerolles. Sur lui, la cendre raidissait un ciment que ses gestes effondraient. Auréolé de cette poussière, il transparaissait plus blafard qu'un zombi. La pierre et les gens s'étaient mêlés. Les murs se hérissaient de mains raidies qui n'avaient plus de doigts. Des peaux alimentaient la flambée des grands meubles. Bientôt, Ninon fut tout-partout. Dans chaque sein éclaté, dans chaque bouillie, dans chaque bûcher. Alors mon Esternome perdit un quart de sa raison. Il se mit à crier comme un bougre-fou et à courir dans tous les sens dans Saint-Pierre charbonné. Sacré débat, papa...

Oh, mon Esternome. S'il se fermait la bouche, ses cicatrices parlaient pour lui. Peau des pieds fumée jusqu'au bol du genou. Peau du cou chiffonnée en écailles. Peau du ventre devenue transparente. Dos des mains bizarre et à plusieurs couleurs. Doigts raides, ongles secs, chevelure trouée. Son visage était resté sans marquage de brulûres. Là, ne régnaient que les douleurs de vie. Mais celles-ci dévastent plus que le cautère des flammes.

Bien entendu, il ne retrouva jamais Ninon. A un moment son cœur sauta. Il l'entendit l'appeler. Une voix qui montait de la pierre. Elle était là ! Il plongea dans la cendre brûlante puis dut y renoncer. S'aidant de bouts de bois, il dégagea l'entrée, s'avança dans un couloir à moitié souterrain étouffé d'un remugle d'œuf pourri. Derrière une porte, il entendit les voix. Des voix de bougres fous. Il leur ouvrit la porte. Deux zombis moitié cuits évacuèrent ce cachot, seuls survivants de cette vaste mort. Mon Esternome leur demanda Où est Ninon, *Ouéti Ninon ?* Mais ils le regardèrent sans rien dire, s'éjectant de cette prison qui les avait sauvés pour bouler dans l'effroi d'une ville inexistante. Ils revinrent se serrer au fond de leur cachot. Mon Esternome leur semblait responsable de ce qu'ils avaient vu. Quand il leur redit *Ouéti Ninon, Ouéti Ninon ?*, eux, souqués par la terreur, criaient à tout hasard *C'est pas nous C'est pas nous, on ne lui a rien fait...* Mon Esternome chercha encore puis s'en fut, au grand soulagement des deux encachotés. Dehors, entre les queues de fumée et les lélés de cendres, surgissaient furtives des ombres pas catholiques. Elles glissaient dans l'En-ville et fouillaient les décombres,

C'était des nègres isalopes. Ils pillaient les maisons, soulevaient des boules de chairs pour sortir un collier. Ils brisaient un bout d'os pour gratter l'or fondu. Ils savaient les maisons des mulâtres fortunés, et ils fouillaient là-dedans comme des chiens affamés, ramenant quelque coffre d'un rougoiement de cendres, et des airs de bijoux dessous des bois brûlés. Il y avait même parmi eux des spéciaux qui grognaient d'autres langues. Débarqués en canots, ils regagnaient leurs îles avec des sacs énormes. Il y eut par la suite des soldats les traquant, tirant sans réfléchir, et de longues processions militaires cherchant l'or d'une banque devenue introuvable. Il y eut dans le lointain, des abbés débarqués chantant un *Libera*. Il y eut à l'horizon des rouleaux de murmures élevés des bateaux abordant le désastre. Il y eut partout la chute raide d'un vent sur le pied de chaleur qui défonçait la ville. Il y eut des sorcières. Elles ramassaient des os. Il y eut des femmes-folles. Elles récoltaient des têtes. Il y eut des malades qui ratissaient partout. Autour de mon Esternome recherchant sa Ninon dans le jeu des furoles, il y eut bientôt plus de gens que dans l'En-ville intact d'avant l'heure du volcan. Un bien triste carnaval, tu m'entends...

Puis les brumes s'étouffèrent. Il y eut des pluies et des bouts de soleil. L'horreur blanche s'étala sous un ciel clair. Des bateaux encombraient la rade. Par milliers, les officiels débarquaient en ouvrant des yeux gros. On plaça des gardes à chaque coin pour stopper les pillages, mais les pillards continuaient à piller. Ils devenaient invisibles en rampant sous la braise, en se glissant de nuit derrière des broussailles d'os. Nimbés de cendres, ils pouvaient gonfler comme des cadavres et pièce œil effilé ne les distinguait plus. Plus d'une fois on saisit mon Esternome qui, lui, se voyait bien. On voulut le fusiller sans délai plus d'une fois, mais de l'entendre beugler sa charge de désespoir *Ninon, Ninon, Niiinoon,* les soldats s'inclinaient. On le disait touché comme l'En-ville : pile au cœur.

A force de le voir dériver, on lui mit sur le dos des sacs de chaux vive. Des gabarres en amenaient des tonnes derrière des tonnes. On lui ordonnait de les déverser sur les grouillements de vers, sur les corps empilés par les troupes militaires. Et mon Esternome faisait ça bien. Avant de déverser sa chaux, il vérifiait s'il s'agissait de Ninon. Si ça aurait pu être elle, il répandait la chaux comme dans un enterrement. Et vers la mousse surgie, il mâchait des prières que l'abbé du dimanche lui avait enseignées au temps des bitations. Quand la chaux s'épuisa, on lui confia de la paille, du bois et du charbon, et il dut allumer des papa de gros-feux. Des files de volontaires revenues des décombres y déversaient des gales impossibles à nommer. Il y eut un moment de pétrole essaimé sur des crèmes suintantes. Dans cette pestilence, mon Esternome allait sans masque. Seul à y chercher du nez l'odeur bonne d'une aimée.

En d'autres jours, il dut creuser de manmans-trous et partir en récolte d'os qu'il mesurait sur lui-même avant de les jeter. Il crut souvent reconnaître un tibia de Ninon. La largeur de son bras. La courbe d'une de ses côtes. Alors, il le posait à part, pensant reconstituer sa douce. Quand son lot devenait trop énorme, il entamait un tri résolu plus sévère, jetait, gardait, jetait. Quand il s'y égarait, il remplissait la fosse en hurlant son malheur. Puis, mené d'un cœur bourreau, recommençait en pleurs à chercher sa Ninon dans ce ouélélé d'os. Comment pleurer, tonnerre ?...

Il m'est arrivé de rondir à Saint-Pierre voir les grands ossuaires. Là, je comprenais mieux mon papa Esternome. Oh, comme ces os supplient ! Comme ils parlent et déparlent ! Quelle clameur d'âmes quand le cœur dépeuplé y cherche qui l'habitait. Il m'est arrivé de calculer sur ça. Mais fout' comment pleurer ?...

Bientôt, il n'y eut plus d'os, ni de chair ni de corps. La montagne couvrit de cendres nouvelles les mounes mortes impossibles à griller. Et le tout fondit en des pierres grises aux formes molles. Avec le temps, elles charbonnaient, sans pourrir, sans odeur. Mon Esternome se mit à s'asseoir en n'importe quel côté, yeux perdus dans sa mort. Il espérait encore voir Ninon émerger d'un déblai, de cette cave explorée, de ces débris que l'on triait. Dans la foule grouillante, il crut souvent la reconnaître. Il se précipitait, agrippait la personne, mais l'étrangère se retournait et, lui, tombait frappé. La nuit, il errait là encore, côtoyant des esprits qui sentaient comme l'encens. Il perçut des hurlements que des morts n'avaient pas pu pousser, restés blottis en quelque part, et que sa propre douleur déclenchait brusquement. Il entendit pleurer des enfants, ressentit des détresses maternelles nouées sur sa propre détresse. Tout convergeait sur lui. Il mourait chaque nuit avec l'En-ville entier.

On le vit se mettre à redresser des murs, à récolter des pierres et à les empiler. Pauvre maçon conjurant l'impossible. On ne lui disait rien. Lui restait persuadé d'y parvenir. Alors ses murs montaient, son ciment tenait bon même quand il y eut d'autres tremblements, d'autres désordres, d'autres coulées de lave. Il voulait reconstruire l'En-ville, le sortir du néant, annuler le malheur pour retrouver ce rat de sérénades et lui prendre sa Ninon. En vrai, il se remit à élever des murs. Qui voyait ce vieux-nègre se battre contre ce malheur croyait voir pour longtemps le fond même des misères. C'est désolant...

Il fut le premier à construire dans Saint-Pierre. Avec des planches, avec des pierres, sur une ruine quelque part, il leva sa cabane. D'autres échoués bientôt firent de même. Une existence-misère fleurit sur le désastre. Saint-Pierre recommençait une vie. Le monde entier venait se faire photographier devant cet incroyable. Pour manger, mon Esternome allait en mer avec d'autres affamés. Là, il pêchait à la pique de gros requins qui s'étaient mis à estimer les lieux. Des machins impossibles fermentaient dans leur ventre, mais leur chair était bonne. Les pêcheurs la mangeaient ou l'échangeaient contre de bons légumes. L'En-ville ne renaissait pas. Les revenants avaient perdu une moitié de leur tête. Leur présence ne ranimait rien : elle semblait uniquement trembloter d'une chimie des chagrins. Les marins n'autorisaient aucune installation au mitan de l'En-ville. Les cabanes remplirent les alentours : ajoupas recouverts jusqu'au sol avec du latanier. Esternome aurait pu rester là, sur place, et mourir à manger des requins mangeurs d'hommes, à suivre le reflux des mulâtres et békés qui bâtissaient de somptueux héritages en déplaçant des bornes, à voir les ruines bondir sous les hoquets de la montagne.

Mais il se produisit quelque chose de pas bon. Ninon revint le voir, — mais en zombi et pour le tourmenter.

Il s'était dit la nuit propice à cette retrouvaille. Sous les effets de lune, plein de bagailles se levaient tout partout, un grouillement fugace, des éclairées, des bœufs blancs, des poules-pailles à deux becs, des personnes flottantes qui cherchaient on ne sait quoi avec une grande stupeur. Mon Esternome voyait cela à gauche et la même chose à droite. Il avait peur mais il allait, espérant le fantôme de Ninon. Quand il le rencontra ce ne fut pas très bon, du moins pas aussi doux qu'en ses rêves bien usés. Ninon avait changé. Elle avait grossi de manière madafa. Sa peau s'était flétrie. Mon Esternome crut même lui voir les lèvres rosies des buveuses de tafia, et, autour de la bouche, les plis vulgaires des gens qui maudissent dans les rues. Il avait conservé de Ninon l'image douce primordiale. Invoqué sans savoir l'aimée des premiers jours. Là, ondulait vers lui une sorte de madigouane exsudée de Saint-Pierre. Elle lui dit *Esternome, Oh Esternome...* Lui, entendit un grincement de bambou. Elle fit un geste doux. Lui, crut voir une menace dessous le tremblement. Alors il recula.

A-a !... enroulée au zombi de Ninon s'éleva une musique. Il vit la cochonnerie à sérénade : beau, épingle à la cravate, chapeau-paille d'Italie, chemise de ginga, bagues de pierres bleues à chacun de ses doigts. Le chien avait changé de mandoline. Celle-là déployait des brillances argentées, sonnait comme l'angélus. Mon Esternome pleurait : il ne voyait là qu'un maquereau avec une de ses femmes, qui dansait sa musique. Ninon dansait la mort et les aigreurs des docks, les cabarets graisseux, les cales aveugles où l'équipage fougeait dans l'ombrage des négresses. Quand il put surmonter son horreur, sa douleur, il avança vers eux. Cela repoussait la bête à sérénade. Ninon restait à flotter près de lui, l'accablait de ses grands yeux bouffis, attendait on ne sait quoi, puis éclatait de rire comme une femme manawa au mitan des beuveries. Et quand mon Esternome courait vite se serrer, elle courait après lui.

Il n'alla plus la chercher dans les ruines. Il restait dans sa case à aiguiser ses piques. Mais les zombis se lièrent à lui. Autour de son lit, toupillaient d'obsédantes musiques. Le bougre à sérénade devint persécuteur. Ses notes déraidissaient les poils. Mon Esternome ne pouvait dominer ce cauchemar. Quand Ninon pénétrait par une fente de la case, il en sortait par l'autre, et s'abîmait en mer avec tant de douleur que même les requins fous n'osaient porter la dent.

Elle et son musicien le torturèrent ainsi. En certaines heures du jour quand le soleil est raide, que la vie ralentit, que les ruines échauffent de mauvaises souvenances, alors une vieille musique enrobait ses oreilles : il croyait voir, dans un air vitrifié, flotter le musicien-bourreau et son amour déchu. Le pire, c'est qu'il les vit aussi à la gauche de sa yole quand il allait pêcher. Sur le calmé-ciré de la rade, la musique infernale montait du fond de l'eau. Elle angoissait les requins noirs. Ils frétillaient autour de lui avec des coups de gueules. Mon Esternome revenait à toutes rames. Les monstres le poursuivaient jusqu'au bord sec du sable. De le voir débarquer avec tant de vitesse, ses comparses lui disaient : Eh bien maître Estênome, qu'est-ce qui t'arrive par là ? Tu as vu manman Dlo ? Il était le seul à entendre cette musique. Le seul à subir ces assauts de requins. Quand Ninon flotta au bord de son épaule, dans une haleine de citronnelle pourrie, personne ne vit ni sentit cet atroce. On ne voyait que ses grands gestes pour l'éloigner, ses reniflements, ses sursauts sous une main glacée lui filant une caresse, et ses cheveux qui se dressaient sous des ti-bo pas bons. Alors, mon Esternome dut fuir celle qu'il aimait — c'est ça la vraie tristesse qu'aucun âge ne pardonne. Qui dit mais qui dit pire ?...

Mon Esternome dut fuir l'amour fou de sa vie. Il l'avait trop follement recherchée dans les ruines : sa douleur l'avait vouée aux errances zombies. Il ramassa son corps et ses outils de pêche. Mais ce ne sont pas les mornes qui l'attirèrent. Là-haut flottaient encore des souvenirs de bonheur [1]. Ce fut, une fois encore, l'En-ville qui le cueillit. Cette fois, je sus laquelle puisque j'allais y naître. Alors je lui disais : Tu as pris ce vapeur qui chaque jour du Bondieu quittait l'En-ville perdu. Le capitaine te connaissant, n'a pas voulu d'argent. Je te vois assis sur un bordage du pont, parmi les marchandises, faisant comme ceux qui répudièrent Saint-Pierre fascinée par sa mort. Avec toi, ceux-là suscitèrent l'élan d'un saut sur Fort-de-France.

— Oh mon Esternome, dis à ta fille maintenant comment tu l'as créée.
— Sophie Marie, c'est le Bondieu qui crée, je t'ai déjà dit ça...
— Mais tu as dû l'aider, non ?
— Ti tac, ti peu seulement.
Ô Esternome, papa...

1. Le bonheur, en souvenir, devient mélancolie ou charge longue de chagrin.

TABLE DEUXIÈME

AUTOUR DE FORT-DE-FRANCE

(où la fille d'Esternome,
porteuse d'un nom secret,
poursuit l'œuvre de conquête
et impose Texaco)

TEMPS DE BOIS-CAISSE

1903-1945

Nous avions couru de Saint-Pierre. Certains l'avaient quitté au seul son d'estomac de l'énorme Soufrière. D'autres préférèrent attendre la cendrée de leurs yeux. Des morts sans âge étaient venus toucher quelques-uns d'entre nous pour leur montrer la mer comme nécessaire chemin. Il fallut pour mille autres, une prise de peur montée des arrières du baptême.

Echappées de Saint-Pierre. Nous étions allés loin. Nous avions raciné tout au long de la Trace. Peupler l'Alma, peupler la Médaille, Fonds Boucher, les abords de Colson, les pentes de Balata. Depuis les sources d'Absalon jusqu'au bord du Pont-de-Chaînes, nous avions fui hagards et fini par prendre pied. Sur les hauts de la côte aimée des Caraïbes, les mairies nous casèrent. Carbet. Bellefontaine, Case-Pilote devinrent pour nous des niches. A Fond-Lahaye, on nous leva un camp de feuilles sèches et d'abris provisoires. Nous nous y entassâmes durant des temps sans temps, jusqu'à prendre disparaître — raciner dans l'endroit ou partir au destin. Saint-Pierre en s'échauffant avait éclaboussé le pays de nos âmes.

Et Fort-de-France nous reçut comme on reçoit une vague.

Cahier n° 10 de Marie-Sophie Laborieux.
1965. Bibliothèque Schœlcher.

En débarquant à Fort-de-France, mon Esternome n'avait pas de beaux airs. Un état de vieux-nègre dégringolé des mornes. Mais qui le vit ? Nul ne le vit. Aucun gendarme ne contrôla ses titres, car ils étaient et-caetera comme ça, échoués sur une savane qui protégeait le Fort. Mon Esternome débarqua dans l'émoi. Les gens de Foyal [1] se croyaient en sursis. Le moindre petit nuage serrait une nuée ardente venue leur faire expier toutes espèces de péchés. Le pays gigotait là comme un décapité. Une vie différente avait dû se régler dans cette ville à soldats, raide au centre d'une mangrove, vraie niche à incendies. Reconstruite plus d'une fois, elle n'avait de mémoire qu'un mélange de charbons et des miasmes de fièvres. Mais j'avais beau supplier mon Esternome, *Alors dis-moi cet En-ville, qu'est-ce que tu as ressenti en arrivant dedans ?* Lui, me regardait avec les yeux troublés d'une absence de mémoire. Du Fort-de-France de son débarquement, il ne savait que hak. Rien. Le zombi de Ninon lui flambait au cerveau. Pendant plusieurs mois, si ce n'est pas années, il alla dans ce nouvel En-ville comme sous une nuit sans lune.

LA VOLANTE. Une figure émergeait parfois de cette noirceur. Cette personne s'appelait l'Adrienne Carmélite Lapidaille. Mon Esternome prononçait ce nom-là, avec l'air de se dire

1. Parce qu'avant cet En-ville s'appelait « Fort Royal », mais une glissade de langue avait donné « Foyal ».

que des personnes pareilles n'auraient jamais dû vivre. Elle avait touché Fort-de-France avant lui, expulsée de Saint-Pierre par une boule de feu. Il la rencontra dans l'espèce de camp dressé sur la savane : des centaines d'ajoupas, des pare-soleil en pailles, des tentes militaires, des abris à quatre pieds. On y rassemblait les rescapés des cendres. Là, des médecins de l'armée allaient-venaient-viraient, arrosant tout ce qui bouge avec des sauces savantes. Ces sauces neutralisaient les fièvres jaunes indomptables, les morts subites, les frappes du choléra et toutes saletés nocives aux vieillesses philosophes. Les médecins s'occupaient des brûlures avec des huiles pâteuses. Quand leurs huiles s'épuisèrent, ils durent solliciter d'oubliés docteurs-feuilles qui devinrent officiels. Ceux-là n'avaient de soins qu'en herbes bonnes écrasées. On vit surgir aussi d'antiques mulâtresses. Entretenues par quelque vieil usinier, elles s'étaient vues flétrir dans le parfum poudré, et, en fin d'existence, découvrant ce désastre, elles s'étaient vouées à Dieu. On les vit circuler en habits d'infirmieuses, offrant des prières-pour-la-vierge en manière de pansements.

Quand mon Esternome arriva, le pire était fini depuis déjà longtemps. Les bobos avaient séché. Les fièvres aussi. On craignait encore d'imaginaires épidémies traquées dans l'entassement des inaptes à se caser en ville. Ereintés de stupeur comme mon cher Esternome, ils végétaient là ainsi que des moutons aux portes d'un abattoir. Seule la cantine militaire, grinçante derrière une bourrique, pouvait les ranimer. Elle leur portait un surplus de migan que les soldats mâchaient dans les couloirs du Fort en imaginant que c'était du manger.

Or donc, l'Académie Carmélite Lapidaille s'était trouvée un petit djob là-dedans. Elle enfonçait la louche dans les gros canaris et distribuait aux rescapés la pitance de leur jour.

C'était bien, car il fallait du contre-cœur. Ces faméliques épuisaient cet instant à injurier tout le monde, d'autant plus que leur ventre n'était jamais rempli et que, passé le temps d'une légère pitié, Fort-de-France les soupçonnait d'être des vagabonds. Les autorités s'inquiétaient donc de cette niche de fourmis. Elles les chassaient à grandes brouettes dès qu'une ombre de Quartier s'ouvrait en quelque part. Mais les implantations avaient beau se répandre, une marée mystérieuse ramenait d'autres épaves. Elles semblaient émerger de nuées ardentes nouvelles, dont nul n'avait l'écho. Donc, c'était pas facile d'affronter cette engeance. Sauf pour l'Adrienne Carmélite Lapidaille.

Dès la sortie du Fort, cette personne commençait à chanter gorge vibrée. A chanter canaille comme au temps de Saint-Pierre. A onduler de la hanche telle une femme matador. A rouler des yeux beaux. A frissonner des lèvres sous d'invisibles langues... Bref, elle déployait autour de la cantine un scandale réjouissant. Devant ce carnaval même les chiens se taisaient. L'Adrienne Carmélite Lapidaille servait donc la pâture sans un trop de souci. Pourtant, chacune de ses louches s'envenimait de paroles : Alors mes gueules-douces, on est encore là ? Vous êtes les plus couillons des trente mille couillons échaudés à Saint-Pierre, alors ?...

L'Adrienne Carmélite Lapidaille était chabine dorée. En guise d'yeux, elle posait sur le monde deux lumières sans tendresse qui signalaient qu'en elle personne ne rigolait. Elle allait d'un pied de commandeur. Naturellement perchée sur une autorité, elle semblait découvrir l'existence des hauteurs d'un balcon. On ne lui connaissait pas d'hommes. Ni d'histoire. On la disait échappée de Saint-Pierre et on mettait un point : qui venait de Saint-Pierre n'avait plus rien à se souvenir ni même à expliquer. Or, mystère parmi d'autres mystères, quand mon Esternome se mit à la connaître, il ne l'entendit jamais se rappeler cet En-ville comme lui-même le faisait sous la chaux d'un cauchemar.

Cette personne semblait vivre pour un coq trimbalé au travers d'une épaule. Une espèce de coq pas vraiment rassurant. Un coq froid. Sans tremblade devant quoi que ce soit. Il avait l'allure d'un coq de combat (mais l'Adrienne Carmélite Lapidaille n'apparaissait jamais dans les paris des pitts). Une bestiole à plusieurs couleurs, bariolée d'un plumage venu des quatre vents, et qui rappelait d'anciens oiseaux et des gibiers sans nom. Une crête violine lui tombait sur un œil. Si ce coq bougeait c'était juste de la tête, et juste pour mieux voir on ne sait quel mystère parmi d'autres mystères.

La gravité du coq tranchait avec le badinage de l'Adrienne Carmélite Lapidaille. Figé sur son épaule comme un gardien de pierre, il semblait maîtriser plus de sagesse de vie que sa curieuse maîtresse, crépitante comme flamme folle.

Quand mon Esternome rencontra la personne, il ne vit rien, bien entendu. Il abordait la cantine dans un flux de la touffe malheureuse. Il tendait sa gamelle avec un regard vide. Le voyant, l'Adrienne Carmélite Lapidaille s'écriait *Oh là mais qu'est-ce que je vois là ?! Voici la misère qui débarque... !* Elle lui donnait sa part en hurlant *Ti-mâle ho pleurer sur un bobo ne guérit pièce bobo !...* Et elle lui exécutait la danse-bonda des Marianne-lapo-figue, hanches désarticulées sous des salves de plaisirs. La compagnie riait. Pas mon Esternome. Il la regardait comme les mulets contemplent la flaque du marigot au moment des sécheresses. Alors l'Adrienne Carmélite Lapidaille continuait son chemin. De temps en temps, elle lui jetait un coup d'yeux par-dessus son épaule Quel est ce citoyen, quel est ce citoyen...? Le coq, lui, ne regardait même pas — bien entendu.

> C'est elle, la Vieille Dame, qui modifia mes yeux. Elle parlait tant que je la crus un instant délirante. Puis, il y eut dans son flot de

paroles, comme une permanence, une durée invincible dans laquelle s'inscrivait le chaos de ses pauvres histoires. J'eus le sentiment soudain, que Texaco provenait du plus loin de nous-mêmes et qu'il me fallait tout apprendre. Et même : tout réapprendre...

Note de l'urbaniste au Marqueur de paroles.
Chemise n° 4. Feuillet XVIII.
1987. Bibliothèque Schœlcher.

Bientôt, mon Esternome fut pratiquement le seul à hanter le camp de la Savane. Les militaires chaque jour ramassaient les débris de ceux qui étaient partis. A mesure à mesure, la Savane redevenait savane. On commençait à lui dire Circulez, il ne faut pas rester là, circulez, circulez. Les abris s'étaient vus démontés et brûlés. Restait une bande d'impioks collés dans les racines des vieux tamariniers, guettant le fort et sa pitance, et l'Adrienne Carmélite Lapidaille qui vint une dernière fois et juste pour crier *Band kouyon, manjé a fini,* il n'y a plus à manger, *allé pann kô zot,* allez vous faire pendre !... Là encore, s'en allant, elle avait regardé mon Esternome par-dessus son épaule, avec l'air de se dire Qui c'est ce citoyen ? Ce chien de coq, lui, n'avait pas regardé — comme de bien entendu...

Mon Esternome avait tellement faim qu'il se mit à la suivre. C'était son seul repère. C'était elle la donneuse de manger. Il fallait s'y coller jusqu'à ce qu'elle rompe la chaîne en longeant la grosse louche. Alors il la suivait. Quand elle s'en aperçut, elle dévira vers lui, tellement grande, tellement rude, une vieille pipe à la bouche, le coq bizarre à hauteur de son front. Pourquoi te pendre sur moi ? En seule réponse mon Esternome lui tendit sa gamelle.

Il la suivit au long du bord de mer où des gabarres s'offraient aux nègres déchargeurs de tonneaux. Il la suivit le long de grands fossés pleins d'une eau filandreuse, que des koulis éteints essayaient de combler. Il la suivit au fil d'ateliers sans lumière où des nègres à talents maniaient de gros outils. Il la suivit au bas de façades maçonnées, incertaines dans la boue fermentant sous l'En-ville. Les rues étaient toutes droites et se coupaient carrées. Rien n'évoquait une ville. Tout était fabriqué sans souci de mémoire. Le bois était ou trop vieux ou trop neuf. Les maçonnes signalaient plusieurs mains de maçon. Les fenêtres différaient. Nul ne prenait le frais aux mille petits balcons qui imitaient Saint-Pierre. Et, partout, de vastes bâtisses sans âme, aux fenêtres poussiéreuses, résonnaient des échos de casernes, sentaient fort l'entrepôt ou l'écurie guerrière. Rien n'exprimait l'En-ville, je ne me souviens de rien.

L'Adrienne Carmélite Lapidaille semblait aller sans but. Monter, descendre, pleine d'assurance sur les pavés instables qu'une boue larmoyante aspirait par en dessous. Partout : des militaires, beaucoup de militaires, et des travaux de terre, et des eaux fermentées, et des envols de mouches, et des touffes de moustiques. Partout, des gens à bicyclette pédalant la poussière, des pétarades d'automobiles affolant les chevaux. Dans une rue, ils croisèrent une machine à vapeur qui avançait auréolée de négrillons, et dont le gros cylindre affermissait la boue sous un mélange de coquillages et de sable marin. Certains lieux étaient nets,... mais où est ma mémoire ?

Parfois, l'Adrienne Carmélite Lapidaille s'estompait au fond d'une boutique, ou s'évaporait à l'arrière d'une maison. Mon Esternome restait planté là où elle s'était dissoute. Il retrouvait un semblant d'existence quand elle se révélait porteuse d'un bout de morue, d'une chopine d'huile, d'un quart de riz-senti. La personne ne s'étonnait plus qu'il la suive. Elle semblait même lui en donner le temps, car mon Esternome n'avait plus la jambe bonne, ni l'allant très vaillant, non à cause de ses faims, mais à cause de son âge qui s'était déployé soudain comme un malheur, et dont il ressentait le poids mort dans chaque os. Vieillesse, Sophie-Marie, est comme une lente surprise. J'étais bien l'Esternome, je n'avais pas changé, je n'avais rien senti du temps passant-montant, et je sursautais de mes doigts déformés, d'une raideur de mon dos, de mon reflet cassé dans une flaque d'eau-miroir. Les aises de mon esprit s'affrontaient à mes chairs. Et je me disais, étonné sans y croire, *Eh bien, je suis déjà vieux-corps*. Et j'oubliais. J'oubliais ça là-même. Jusqu'au détour d'un geste où je butais sur moi. Je suivais la personne en soufflant comme un bœuf. Et en tirant la langue. Je la sentais ralentir pour m'attendre ; mes oreilles carillonnaient des bruits de la cantine et j'allongeais le pas. On arriva comme ça chez elle. Un canal plus large que les autres. Un ti-pont bricolé pas content d'être un pont. Puis une chamaille de boue, d'eau cochonne, de planches qui font sentiers et de cases en bois-caisse. On appelait cet endroit avec raison certaine : Quartier des Misérables. Moi, en guise de titre j'aurais trouvé plus raide, mais mon esprit ne savait même plus rire.

Campée devant sa case, l'Adrienne Carmélite Lapidaille écarta le bout de toile qui lui servait de porte. Puis elle se tourna vers mon Esternome afin de lui dire une parole insensée : *Tu m'as suivie ici comme on suit son destin*. Mon Esternome lui tendit sa gamelle en réponse. Mais elle avait déjà fondu à l'intérieur. Il la suivit d'un pas. Et ce pas suffit à renverser sa vie. C'est dire qu'il entra dans un autre débat qui devait occuper le reste de son temps. Au fond de la case (un carré éclairé d'un frisson de bougie, sentant l'encens perdu, sentant la boue, sentant pétrole, pleine de toiles diverses, de deux matelas, d'un rien de table et d'autres formes en ombres) se tenaient, pas *une* mais *deux* Adrienne Carmélite Lapidaille. Mon Esternome crut mourir froid.

La personne semblait s'être dédoublée. Dans son cœur mon Esternome bégayait *Mon dieu qu'est-ce que mes yeux voient là ? La personne fait double-six*. Mais il resta coincé. Il n'avait plus la force de tenter autre chose. Il avait faim. Il s'était épuisé à travers la ville. Maintenant, la seule envie était de se poser les reins et de tendre sa gamelle, et après la gamelle de s'endormir profond comme dorment les vieux-corps. Mais dans son corps meurtri, sa cervelle fonctionnait : il regardait mieux. Une des personnes avait un coq, l'autre ne l'avait pas. Une des personnes avait les yeux méchants, l'autre clignait des yeux plus doux, même gênants car ils ne semblaient pas expédier de regard. Mon Esternome comprit soudain : la personne avait une sœur jumelle, peut-être moins âgée qu'elle. Cette sœur était aveugle. Elle semblait vivre dans cette case sans jamais en sortir. La vraie Adrienne Carmélite Lapidaille lui présenta son double en disant *Idoménée ma sœur, voici Idoménée, et assieds-toi pour ton manger.* Ce dernier mot, mon Esternome l'entendit plutôt bien. Il s'effondra d'un coup, gamelle en oriflamme.

Ainsi, mon Esternome prit pied dans ce nouvel En-ville. Il dormit dans la case sans voir passer la nuit, et se réveilla au matin dans l'odeur de boue fade. Un réveil de fatigue irradiée de partout : elle surgissait intacte du plus long des sommeils. L'Idoménée regardait Dieu avec ses yeux d'aveugle ; pourtant, elle sut là-même l'instant de son éveil. Elle lui demanda d'une voix gentille son nom, son âge, son côté, sa famille. Mon Esternome, débrouillard en paroles, se mit à détailler ce que je viens de raconter, depuis l'habitation jusqu'à la mandoline du chien à sérénade. La journée passait comme ça. Il racontait Saint-Pierre, racontait la Grand-case, chignait sur l'illusion du Noutéka des mornes et sur d'autres chagrins pas nécessaires ici. Il ne s'adressait pas seulement à la koklie, mais surtout à lui-même pris dans la stupeur de sa vie terminée sans un compte bien exact. Il ne comprenait pas cette trajectoire, ni son utilité. Il se sentait flétri dans un coin d'existence, comme si, à un moment perdu, il avait décroché pour battre dans une lancée qui n'était plus le monde mais une sorte de tournis sur ce qu'il avait été. Et l'Idoménée sans yeux écoutait comme seuls savent écouter les aveugles. Elle le touchait. Elle lui prenait les mains, riait de ses bêtises de vieux-corps. Lui, se trouva une vigueur, pas une arrière-jeunesse mais une sorte de sursaut. Il se mit à la regarder, à la sentir, à percevoir le trouble de sa chaleur. A se rendre compte que l'Idoménée à yeux koklis était surtout une femme.

L'Adrienne Carmélite Lapidaille fondait au grand soleil. Surgissant à la tombée du jour, elle les trouvait assis l'un à côté de l'autre. Mon Esternome ayant séché sa réserve de paroles, espérait le manger : une soupe éternelle au goût de basilic. Posée derrière la case, sur une braise ralentie, elle mijotait sans fin depuis un temps sans temps. L'Adrienne Carmélite Lapidaille l'augmentait d'un légume, d'une moelle d'os, d'une épice. Elle leur servait cette soupe, son coq sur l'épaule gauche.

La personne semblait heureuse de voir sa sœur en si bonne compagnie. L'aveugle elle, semblait revivre. La soirée s'écoulait sans un mot. Pas une question. Nul ne lui disait rien surtout pas l'Adrienne. Elle entrait dans un envol de toile, bouche fermée, coq dressé, les servait sans un mot, s'allongeait sans un mot et s'endormait là-même. Le coq agriffait le bord gauche de la table, s'enfouissait dans ses plumes et s'endormait aussi. L'Idoménée passait derrière la case pour sa toilette du soir dans une bombe d'eau de pluie, revenait somnambule, lui disait un bonsoir et soufflait la bougie dont elle ne voyait rien. Alors, pesait une sorte d'angoisse qui semblait épaissir au rythme de la nuit. Mon Esternome malgré sa chair de poule, se laissait emporter par la fatigue des âges, jusqu'au soleil pointé.

Elle m'apprit à relire les deux espaces de notre ville créole : le centre historique vivant des exigences neuves de la consommation ; les couronnes d'occupation populaire, riches du fond de nos histoires. Entre ces lieux, la palpitation humaine qui circule. Au centre, on détruit le souvenir pour s'inspirer des villes occidentales et rénover. Ici, dans la couronne, on survit de mémoire. Au centre, on se perd dans le moderne du monde ; ici, on ramène de très vieilles racines, non profondes et rigides, mais diffuses, profuses, épandues sur le temps avec cette légèreté que confère la parole. Ces pôles, reliés au gré des forces sociales, structurent de leurs conflits les visages de la ville.

Note de l'urbaniste au Marqueur de paroles.
Chemise n° 3. Feuillet XVI. 1987.
Bibliothèque Schœlcher.

A mesure des jours, mon Esternome se posa des questions. Chez quelles personnes je suis tombé là ?... Il se tut et fit parler l'Idoménée koklie. J'aurais dû être alertée : il parlait de cette chabine aveugle avec charge de douceur. Un sillon de sirop. Une paupière malicieuse battant un fin plaisir. Un délice à parler vers quelque chose en marche. L'Idoménée n'avait pas d'histoire : à peine le souvenir d'une bitation des mornes connue aux dernières heures des chaînes. C'est pas une histoire, c'est un malheur, disait-elle... Sa manman avait séché dessous les cannes. Son papa n'avait ni nom ni existence. Elle dut battre la vie de bonne heure, et dériva jusqu'à la boue de Fort-de-France. On la vit jardinière chez des mulâtres bien gros, vivant sur une belle terre dans les bois de Redoute. On la vit Da conteuse, baillant soins aux marmailles d'un béké sans argent, qui en case de goyave déployait l'apparat d'un salon de Grand-case. On la connut laveuse d'un atelier qui sentait l'amertume des arbres déracinés. On la connut revendeuse au marché quand elle sut, devant-jour, trouver les campagnardes qui vendaient pour à-rien les fruits de leurs jardins. On la sut balayeuse de dalots avant que les koulis (coincés à Pointe-Simon dans l'attente d'un retour dans leur pays lointain), ne se mettent à investir la tâche. On la connut ramasseuse de pierres, charroyeuse de charbon, on la connut ceci, on la connut cela. Mon Esternome ne l'écoutait même pas. Ce qu'il voulait entendre, il ne l'entendait pas : Comment tu as perdu tes yeux ? D'où sort cette qualité de sœur dont tu ne dis pièce mot ? Mais il ne lui posait aucune de ces questions : l'Idoménée, ah oui, était sensible là-dessus.

Ils étaient tous les deux dans cette case surchauffée, oubliée par les vents. Idoménée koklie ne souffrait pas de la chaleur. En habituée à cette fournaise, elle consolait mon Esternome Ça va venir, ça va venir. Autour d'eux le Quartier des Misérables battait l'aigre de sa boue. C'étaient des cris, des injuriées créoles, des bacchanales de femmes bousculées par la vie, des délires de bougres fous. Parfois, d'inquiets silences soulignaient les criailleries d'une bande de négrillons : nul ne les enrôlait sous une tâche de cannes. Au bout d'une chaîne imaginaire qui limitait leurs aises, ils attendaient seuls le retour d'une manman partie tôt dans l'En-ville quêter l'envol des chances.

Il y avait un aller-virer incessant entre le Quartier des Misérables et le cœur de l'En-ville. L'En-ville c'était l'océan ouvert. Le Quartier c'était le port d'attache. Port d'attache des ripailles, port d'attache des espoirs en marrotte, port d'attache des malheurs, port d'attache des mémoires que l'on ramenait de loin. On y revenait dans le but de soigner ses bobos, trouver force d'un élan vers l'En-ville à gagner.

Parfois mon Esternome inversait son regard. L'En-ville devenait une terre découverte ; le Quartier, une furie océane. Alors, le Quartier éclaboussait l'En-ville sans cesse — comme une mer affouille sous une falaise hautaine.

Et l'En-ville absorbait le Quartier comprimé à distance. C'était l'envelopper de ses bruits, le plier à ses rythmes, l'habiller de ses matériaux qui provenaient d'ailleurs. L'En-ville composait le Quartier du vrac de ses rognures made-in-ci, made-in-ça.

Les misérables récoltaient les aubaines : une caisse d'emballage afin de colmater une case, une bombe à aplatir sur une façade branlante, une fourchette, une assiette fêlée, un bout de tulle, une bouteille, une ficelle, une toile de sac, un médaillon, un vieux chapeau, deux clous rouillés, une lame-canif. Tout était bon, tout était bon, l'En-ville donnait et resserrait sa nasse, Marie-Sophie, il resserrait sa nasse.

Mon Esternome y voyait les débuts d'un Quartier quand, dans les mornes, la terre était instable. Ce bouillon régenté par les forces de l'endroit, prendrait au fil des ans, une sorte d'équilibre. En ce temps-là, le Quartier des Misérables luttait juste contre l'eau. On charriait la terre rouge pour affermir le sol, puis soulever de la boue un sentier vers l'En-ville. Les négrilles se voyaient embauchés dans les fraîcheurs du soir en vue de transporter du sable. On ramenait un clou que l'on plantait ici, ou une image que l'on collait par là. Faire s'élever la case était, comme dans les mornes, la charge seule des hommes. Les femmes se devaient d'affronter le reste de la vie, dont cette obligation de trouver à manger pour une charge de marmaille, sans avoir de jardin. Chaque manman, tu m'entends, devait planter en elle, une petite terre de ruses, et veiller aux récoltes nonobstant les déveines. Mon Esternome, perché à la fenêtre, se tournant vers l'Idoménée, lui criait : Les mornes sont descendus En-ville, seigneur, les mornes sont descendus En-ville dans une sacrée folie...

Il en ressentait une vieille amertume. Cela le renvoyait vers ses antans avec Ninon, sa montée glorieuse dégonflée par l'Usine. Leur échec collectif se traduisait alors en vagues sur cet En-ville qui n'était pas l'En-ville. Méprisant Fort-de-France, il grognait sans arrêt. *C'est un En-ville ça, Idoménée ?* demandait-il à la douce koklie (elle avait une voix chaude, aucun de ses mots n'allait plus haut que l'autre, et ses gestes étaient calmes, et son corps était calme, elle traversait la vie comme une claire eau de source, ô elle était d'une innocence troublante, car elle touchait mon Esternome afin de seulement lui parler, lui caressait les ongles sans une autre pensée, mais lui vicieux se mit à en avoir).

Il lui grognait *C'est un En-ville ça ?* Et il gardait ses mains dans la tendresse des siennes. Elle demandait *C'est quoi l'En-ville, Ternome ?* Lui, docte comme un laïque, exagérait : L'En-ville c'est une secousse. Une vigueur. Tout y est possible et tout y est méchant. L'En-ville te porte et t'emporte, ne t'abandonne jamais, t'emmêle à ses secrets qui descendent de loin. Tu les prends à la longue sans jamais les comprendre. Tu les opposes aux descendus des mornes qui te croient à l'affaire : mais l'En-ville t'a juste avalé sans vraiment s'expliquer. Un En-ville, c'est les temps rassemblés, pas seulement dans les noms, les maisons, les statues, mais dans le pas-visible. Un En-ville garde les joies, les douleurs, les songers, chaque sentiment, il en fait une rosée qui l'habille, que tu perçois sans pouvoir la montrer. C'est ça, l'En-ville et c'était ça Saint-Pierre. La douce, lui caressant les doigts, l'arrêtait gentiment *Si c'est ça l'En-ville, ici c'est bien comme ça.* Et mon Esternome lui rendait sa caresse avec un vice en tête.

Prise de rire, elle tombait dans ses bras sans un plus de manières. Alors mon macaque la faisait rire. Prise d'émotion, elle se lovait sur lui, frissonnante, yeux levés demandant à être rassurée. Alors, mon débrouillard cultivait l'émotion. Pour le consoler des souvenirs d'un malheur, elle l'embrassait longtemps comme on berce une marmaille. Alors lui, ce vicieux, souffrant des sept misères, chargea son existence d'un charroi de déveines qu'aucun mulet bâté n'aurait pu supporter.

Afin de se rapprocher d'elle, il lui contait Saint-Pierre. Dans l'esprit d'Idoménée, cet En-ville inconnu rayonnait comme un phare. Fort-de-France et Saint-Pierre s'alliaient sur l'essentiel : tenir lieu de flambeau dans la nuit close des chaînes. L'amertume des mornes (recrachée par l'Usine) venait s'y consumer comme papillon sur fotophore. L'Idoménée avait porté d'emblée son espoir vers l'En-ville. Mon Esternome s'en étonnait : Moi, c'est le Mentô qui m'y a envoyé, sinon je n'aurais jamais quitté la bitation. Moi, disait Idoménée, personne ne me l'a dit, mais une fois arrivée, je reconnus là-même le bout de ma dérive : au-delà, seul prendre le bateau vers cet or de Guyane dit facile à cueillir, ou naviguer vers cette richesse de Panama où tu deviens mulâtre en creusant un canal, pouvait changer la vie. Je ne me serais pas envolée même si mes yeux ne s'étaient pas éteints. Lui, prêt à mordre pour éclaircir le mystère de ses yeux, n'osait pourtant pas lui demander comment.

Idoménée lui dit Fort-de-France comme elle n'eut jamais le temps de me le dire. Mon Esternome, malgré la ruine de sa mémoire, put quand même me suggérer ses mots car la présence d'Idoménée l'imprégna très profond. Elle fut la mémoire de son âge sans mémoire. Ce qu'il savait de Saint-Pierre complétait ce qu'elle disait de Fort-de-France. Ce qu'elle en savait provenait des paroles entendues par hasard tout au long de sa vie, paroles nées des salons, échappées des promenades sur l'Allée des Soupirs, paroles perçues lors des attentes aux quais, paroles tombées des soldats-sentinelles qui faisaient les cent pas sous les murailles du Fort. Dans la chaleur qui les figeait, l'Idoménée songeuse allongée dans ses bras, ils s'échangeaient ces morceaux de paroles, à mi-voix-à-mi-mots afin de ne pas transpirer. Mots déjà rabâchés mais qui de mois en mois, s'enrichissaient d'une nuance. Mots qui les lovaient en plein cœur de l'En-ville et les liaient comme une corde.

SONGERIES D'IDOMÉNÉE
EN PETIT APERÇU.

Dit-on : vieux marais mais place belle. On y posa le Fort. Puis c'est l'Armée qui exprima sa loi. Un damier étiré dans l'enfilade du Fort. Là, commerce. Là, maisons. Là, dépôts.

Sacrée Chaleur, dit Esternome.

Dit-on : Sur les mornes autour, on posa les batteries. Coincé dans la cuvette, l'ennemi tomberait sous déluge de l'enfer. Chaque morne, une batterie : Desaix, Tartenson, Redoute, Balata... Chaque batterie, une maison. Dix maisons, un Quartier. Donc chaque batterie fit son Quartier.

Ça, c'est mémoires, posait mon Esternome.

C'est l'Armée, disait-elle.

Il fallait stopper l'eau qui dévalait des mornes et noyaient les terres basses. Que faire ?... Grand canal tout autour, et canal en travers, jusqu'à ce que tout s'écoule à l'équerre vers la mer, répondait l'Esternome.

C'est quoi ça ? reprenait-elle.

Ça dessine : c'est mémoires, tranchait mon Esternome.

Chacun devait choisir dans le damier, sa place, sa terre, son endroit. Il ne fallait pas sortir de l'alignement ni du plan. Les maisons montèrent selon l'ingénieur du Roi et le comte de Blénac. C'est mémoire, ça ?

C'est hasard, refusait l'Esternome.

Ils avaient besoin d'une savane pour que l'ennemi attaquant à revers, déboule à découvert. Donc ils imposèrent un espace, quel espace ? La savane, dit mon Esternome. Il faut l'habiller d'une rumeur de guerre pour vraiment la comprendre.

Cet En-ville n'a pas de vent... chaleur descend.

Ça dépend, disait Idoménée, il faut connaître ses vents.

On dit que l'endroit résista : fièvres de toutes espèces épuisant la conquête. On dit, qu'il y eut des âmes caraïbes, surgissant des marais, et d'autres douleurs qu'oublient les assassins.

C'est quoi ?

C'est légende, arguait mon Esternome, l'En-ville c'est ça aussi. Mais légende c'est mémoire plus grande que mémoire.

Tufs par là, calcaires ici, coulées marines, alluvions de rivières, terres rapportées en remblai contre la mer... alors ? Ça dessine par en dessous et donne couleur à l'âme, acceptait l'Esternome. Mais ça ne donne pas fraîcheur.

Qui vient prendre les terres du damier, puis des mornes ? demandait Idoménée. Engagés, militaires, bougres en dérive de France, du Brésil ou d'ailleurs. Mais surtout mulâtres et nègres libres, lots de mulâtres et lots de nègres sans chaînes à talent, à commerce.

Pourquoi ? s'étonnait la koklie.

Parce qu'à Saint-Pierre les békés avaient déjà tout pris, sentenciait l'Esternome, je sais ça, je l'ai vu.

Question chaleur Saint-Pierre donnait aussi.

Les bougres de France n'avaient pas de femmes, alors ils y trouvèrent mulâtresses et négresses.

C'est surprise à venir, riait mon Esternome.

Saint-Pierre, ville békés ; Fort-de-France, ville mulâtres ? demandait l'Idoménée. L'En-ville n'a pas de sources, l'En-ville a des mémoires qu'elle mélange à mort sans jamais les confondre, disait mon Esternome. Et elle récapitule le tout. Sans cesse. Et en diverses manières.

La parcelle : 200 pas de large sur 1 000 de long. Avec taxes. On part du bord de mer et on monte vers le centre. L'alentour intérieur des terres pour plantées de tabac. Les restes à l'Armée, dont cinquante pas depuis la vague que nul ne put toucher, sauf pour les dégagements. Ça dessine, c'est mémoires.

Ordre de l'Armée : chacun devait combler l'abord de sa maison, chasser l'eau du marais, combattre la vague marine, sécher les larmes de boue. C'est de la sève, tranchait mon Esternome, chacun donne dans l'En-ville sans même savoir qu'il donne. Je connais ça. C'est mémoires.

Qui avait peur des tremblements de terre, levait maison en bois. Qui craignait le cyclone ou se souvenait du feu, levait maison en pierre. Après cyclone, ville de pierre. Après terre bondissante ? Ville de bois, exultait l'Esternome. C'est mémoires du visage, dessinateurs sacrés.

Alors Idoménée disait : Mais c'est quoi la mémoire ?

C'est la colle, c'est l'esprit, c'est la sève, et ça reste. Sans mémoires, pas d'En-ville, pas de Quartiers, pas de Grand-case.

Combien de mémoires ? demandait-elle.

Toutes les mémoires, répondait-il. Même celles que transportent le vent et les silences la nuit. Il faut parler, raconter, raconter les histoires et vivre les légendes. C'est pourquoi.

Tu fais aussi l'En-ville par ce que tu y mets, précisait mon Esternome.

C'est tout ? s'inquiétait-il. Alors elle continuait...Et la chaleur les nouait.

Cahier n° 9 de Marie-Sophie Laborieux.
1965. Bibliothèque Schœlcher.

Ce qui devait arriver arriva. Lui qui pénètre sa nuit. Elle qui voit par ses yeux. Lui qui bascule dans l'univers sensible, plein d'effroi immobile. Elle qui libère ses souvenirs de lumières, qui s'enivre de couleurs, qui se souvient de fleurs, qui s'éclabousse l'esprit de mille formes oubliées. Lui qui entend autrement, qui sent revivre ses doigts, qui soupèse les volumes, qui s'équilibre sur de subtiles présences. Lui qui l'embrasse. Elle qui l'avale. Lui frénétique. Elle démembrée. Puis l'engourdi qui flotte noyé dans toutes les sueurs. La chaleur plus épaisse que jamais. L'arriver arrivant.

Ce soir-là, l'Adrienne Carmélite Lapidaille, le pied à peine posé au-delà de la toile, s'arrêta pile sur une senteur qui emplissait la case. Elle les zieuta avec horreur. Elle n'avait pas envisagé cela. Un vieux-corps, une aveugle à peine plus jeune, les deux nimbés (sous un air d'innocence) de l'odeur forte des chairs. Tu l'as violée... ! dit-elle à l'Esternome. Non, coupa l'Idoménée, c'est moi qui ai donné. L'Adrienne Carmélite Lapidaille servit le manger avec un autre silence. Elle se coucha encore plus vite.

Dans le soir tombant, mon Esternome se sentit mal : l'angoisse s'était mise en mouvement. Elle n'était plus posée dans un coin à attendre, elle ondulait maintenant vers une proie désignée. Mon Esternome sentit que cette proie c'était lui. Idoménée, encore bien éveillée, lui écrasait le bras. Elle tournait ses yeux vides en direction du coq endormi à son aise. Sa mine disait l'effroi. Qu'est-ce qui se passe ? dit mon Esternome à son aveugle amante. Ne prends pas sommeil, souffla-t-elle, ne ferme pas tes yeux

Il lutta contre son âge afin de garder l'œil ouvert. La nuit s'épaississait. Le Quartier alentour, après avoir flotté dans des odeurs de poisson frit, s'était figé. Seule la tremblade des lampes-à-vierge maintenait un mouvement à travers les jointures. La petite case semblait s'être enfoncée dans un marigot sourd. Elle devait même avoir quitté le monde. Mon Esternome sentit une cacarelle. Elle montait du plus profond de lui. Elle tremblait à ses mains, froidissait à ses pieds, tournoyait à ses yeux. Sa tête pivotait dans le but de surprendre on ne sait quelle menace. De temps en temps, il prenait la bougie pour éclairer les coins effacés de la case. La lueur jaunissait le visage innocent de l'Idoménée maintenant endormie sans un souffle. Jaunissait le bloc de l'Adrienne Carmélite Lapidaille tellement raide qu'elle semblait avoir quitté son corps. Puis jaunissait le coq enfoncé dans ses plumes, yeux d'habitude fermés, plus raidi que jamais — mais qui cette fois avait les yeux ouverts, et qui le regardait.

Le coq le surveillait. Il tournait la tête à mesure que lui se traînait dans la case. Son bec se faisait menaçant. Sa crête, devenue noire, vivait de lueurs rougeâtres. Mon Esternome voulut réveiller Idoménée. Elle ne s'éveilla pas. Alors, il appela l'Adrienne Carmélite Lapidaille. La personne ne bougea pièce comme ne bougent pas les pierres. Quand il voulut ramper vers elle, la secouer, le coq bondit en rage et l'assassina de mille-deux coups de bec. Il s'arrêta lorsque mon Esternome eut reculé bien loin du lit de sa maîtresse.

En silence, ils s'observèrent. Mon Esternome à moitié mort de peur. Il trembla encore plus quand, à minuit sonnant, le coq chanta et se mit à marcher dans la case avec le pas de l'Adrienne Carmélite Lapidaille. A gauche, à droite, comme suivant l'ordre occulte d'une liturgie funeste. Mon Esternome veillait ça sans y croire. Il s'efforçait d'écarquiller les yeux, de crainte de se voir emporté en enfer. Bientôt, alors qu'un bleu perdu éclaircissait le ciel, il entendit un choc de chauve-souris contre la tôle. Puis un débat d'ailes qui dégringolent, qui voltigent la toile, qui se cognent aux cloisons, et qui apaisent le coq, endormi tout soudain à sa place habituelle. L'Adrienne Carmélite Lapidaille soudain réanimée se mit alors à respirer tranquille.

A la lumière du jour, un sommeil l'emporta. Une pointe des chaleurs le réveilla soudain. Idoménée lui tenait le bras. Quand elle le sentit remuer, elle lui dit *Esternome est-ce que tu vois clair ?* Oui, je vois clair, pourquoi ? Pour rien, dit-elle. Ils demeurèrent silencieux. L'un surveillant l'autre. Le soleil enfilait sa lumière dans les trous de la toile et zébrait la pénombre. Le cauchemar de la nuit semblait bien impossible. Mon Esternome voulut oublier tout cela, puis il se reprit. Inspirant à fond, il révéla d'un coup à son Idoménée, que l'Adrienne Carmélite Lapidaille était une de ces personnes maléfiques qui la nuit se transforment en créatures volantes. Qu'il leur fallait quitter cette case avant qu'elle ne les vende à Belzébuth ou Lucifer. Mais Idoménée se mit à rire. Quand elle vit que cela ne l'amusait pas, qu'il tremblait sans arrêt, elle conta ce qu'il voulait savoir.

LES LARMES DE LUMIÈRE. Sa sœur jumelle, l'Adrienne Carmélite Lapidaille, était née avec elle, sur la même bitation. Elles avaient tété sept jours ensemble. Puis le béké avait emporté l'Adrienne dans le but de la vendre à on-ne-sait-qui-ça de pas très catholique. Les békés avaient parfois ces espèces commerces. Idoménée grandit avec le souvenir de sa sœur qu'elle oublia souvent. A la mort de sa mère, la fin des bitations, il lui fallut errer pour survivre, charroyer des tinettes. Idoménée se rendit bientôt compte que ses yeux perdaient de leur lumière, comme ça, tout doucement, sans raison. Moins d'éclat, plus de flou, moins de formes, plus de brumes. Parfois, sous la charge des tinettes, elle restait immobile dans un marigot noir. Puis une clarté molle ranimait ses paupières. Alors, elle pouvait avancer, cœur battant. Elle se mit à nager dans ces marigots noirs de plus en plus souvent. Ils devenaient de plus en plus profonds. Précipités des arrières de sa tête, ils avalaient ses yeux, puis son corps, et elle se sentait flotter comme une feuille de poirier.

Des semaines pouvaient passer sans que rien ne survienne, puis les ombres surgissaient. Elle travaillait comme nettoyeuse chez une vieille mulâtresse collectionneuse de perroquets, quand le marigot noir l'avala d'un coup de dent. Une marée puissante. Elle se mit à flotter, à couler puis à s'envoler comme un poisson-volant par-dessus des filets. Enroulades de vertiges. Effondrements subits. Des élans de gibier lui affolaient le cœur. Idoménée pleura. Idoménée voulut mourir. Idoménée attendit que ça passe. Mais ça ne passa jamais.

La mulâtresse à perroquets la garda quelques mois, en charité chrétienne. Sitôt la lumière d'Idoménée éteinte, les perroquets s'étaient pris de silence. Ils restaient dans leur cage plus roides que des oiseaux glacés. Leurs yeux roulaient inquiets. Leurs couleurs les plus vives s'étaient presque effacées afin de se dissimuler à l'aigle du malheur. La nuit leur baillait une alarme. Ils se jetaient contre leurs grilles dans une braque folie. Les petits vents échappés aux persiennes charriaient dans la maison leurs duvets arrachés. Alors, la mulâtresse prit Idoménée sous un bras et la déposa un samedi de bonne heure devant l'asile Bethléem pour qu'on la prenne en charge. Mais l'aveugle abandonnée ne vit personne venir et personne ne la vit. Même pas la mulâtresse qui revint la chercher quand les perroquets, déplorant son départ, se transperçèrent les yeux en gémissant comme des enfants.

Idoménée avait échoué en quelque part. Dans ce coin isolé, oublié du soleil, elle vécut à hauteur de la boue. Elle sentit passer des chiens, puis des choses incertaines. Elle sentit des pluies, des vents, des chaleurs, des froidures. Son esprit toucha un fond puis se mit à remonter. Idoménée put retrouver, un jour, la place de ses pieds. Puis, un autre jour, elle trouva le sens de la terre. Elle retrouva un bras, un semblant d'équilibre. Un jour encore, elle sut différencier être-couchée d'être-debout. Alors elle émergea de son trou et avança dans les rues de l'En-ville.

On lui donna un coude, puis un bâton. Sur son circuit immuable, des charités lui offraient des bols de lait crémé. Puis, elle revenait sur ses quelques pas et glissait dans le trou qui lui servait de nid. C'est là qu'elle retrouva l'Adrienne Carmélite Lapidaille, cette sœur oubliée. L'étrange personne l'avait cherchée longtemps. Malgré le temps passé, malgré la cendre où s'estompait l'En-ville, malgré l'odeur de soufre qui flottait dans les rues, malgré l'émoi que soulevait la montagne, Idoménée la reconnut : une odeur familière, un sentiment. L'Adrienne lui prit les mains à la sortie du trou, et lui dit *Je vais te rendre tes yeux*. Idoménée avait aussi perçu le coq — disons qu'elle avait ressenti une espèce de raideur.

L'Adrienne avait trouvé cette case du Quartier des Misérables. Elle l'y avait installée. Le jour, elle partait dans l'En-ville. La nuit, Idoménée sombrait dans un sommeil inconnu jusqu'alors, et retrouvait sa sœur à la tombée du jour quand elle servait la soupe. Au début, elle l'interrogea : *Sésé, ki jan ou ké viré ban mwen zié mwen,* Ma sœur, comment tu vas faire pour me rendre mes yeux? *Je vais les prendre à quelqu'un,* grondait-elle. *Y'a des gens qui n'en ont pas besoin. Pas de peur, je cherche, je cherche la personne. Quand tu auras tes nouveaux yeux, je pourrais repartir.* Du coup, Idoménée oublia cette question. Redoutant de la voir revenir avec des yeux sanglants, elle passait ses journées à prier le Seigneur. Bientôt, elle comprit que l'Adrienne n'arracherait les yeux de personne. Cette dernière utiliserait un pouvoir qu'Idoménée se mit à deviner à mesure que son corps de plus en plus sensible compensait la ténèbre de ses yeux.

Elle sentit que nul du Quartier des Misérables n'approchait de la case. Les négrillons composaient autour d'elle un noyau de silence insoupçonné d'eux-mêmes. Quand elle les appelait, nul ne lui répondait comme si sa voix s'étouffait aux cloisons. Aucun moustique n'avançait dans la case, aucune mouche, aucun anoli, aucun ravet, aucune araignée, aucun merle n'y égarait son aile. Sitôt soupe avalée, un sommeil sans fatigue l'emportait et, mon dieu, elle sentit qu'elle y avait perdu ses rêves à tout jamais.

Elle sentait aussi que l'Adrienne ne l'aimait pas vraiment. Seule la perte de sa vue, la gênait. Elles étaient liées du mystère des jumelles ; en rendant à Idoménée la lumière de ses yeux, l'Adrienne se restituerait une clarté à elle-même. Elle était là pour cela, n'était là pour rien d'autre. Idoménée la suivit de mois en mois, elle sentait sa tension quand chaque jour elle ramenait quelque chose dans la case. Beaucoup de choses avaient ainsi été accumulées. Il manquait juste un rien. Mais quoi ? En voyant arriver l'Esternome, elle n'établit aucun lien entre lui et la terrible préparation : l'Adrienne semblait indifférente. Mais, en mesure-en mesure, juste avant son étrange sommeil, elle perçut de mieux en mieux la menace qui montait.

Depuis la dernière nuit, tout était clair pour elle : *C'est tes yeux qu'elle va prendre, c'est tes yeux qu'elle va prendre.* Elle peut les prendre, disait mon Esternome, je vais te les donner. La pensée d'avoir sous les paupières les yeux de son aimé, précipita l'aveugle dans une horreur sans nom. Elle tremblait, hurlait, tournait la tête dans tous les sens, *Garde tes yeux, garde tes yeux...* Mon Esternome se mit à calculer. Il leur fallait partir, quitter cette case, mais pour aller où ? Et aller sur quelles jambes ? Lui pas très vaillant, une aveugle à son bras ? *Folie !...* Elle ne va jamais nous laisser partir, pleurait Idoménée. Alors c'est elle qu'il faut faire partir, disait mon Esternome.

Quand l'Adrienne apparut ce soir-là, Idoménée lui cria avec force *Je n'ai pas besoin de tes yeux, je suis très bien comme je suis là... ! Laisse Esternome tranquille.* Mais la personne leur servit l'inépuisable soupe et se coucha sans un mot dit. Quant au sale coq, il fit presque pareil, sauf que cette fois, enfoncé dans ses plumes, il garda ses yeux méchants pointés sur l'Esternome, lequel sentit l'angoisse, et-cætera et-cætera... et le vieux cirque de l'autre nuit redéfila texto.

> Au cœur ancien : un ordre clair, régenté, normalisé. Autour : une couronne bouillonnante, indéchiffrable, impossible, masquée par la misère et les charges obscurcies de l'Histoire. Si la ville créole ne disposait que de l'ordre de son centre, elle serait morte. Il lui faut le chaos de ses franges. C'est la beauté riche de l'horreur, l'ordre nanti du désordre. C'est la beauté palpitant dans l'horreur et l'ordre secret en plein cœur du désordre. Texaco est le désordre de Fort-de-France ;

pense : la poésie de son Ordre. L'urbaniste ne choisit plus entre l'ordre et le désordre, entre la beauté et la laideur ; désormais il s'érige en artiste : mais lequel ? La Dame me l'apprendrait.

Note de l'urbaniste au Marqueur de paroles.
Chemise n° 8. Feuillet XIX.
1987. Bibliothèque Schœlcher.

Combien de nuits comme ça ? De peurs et d'affolements ? L'Adrienne Carmélite Lapidaille sombrait dans une raideur. Idoménée s'effondrait sur sa paille. Lui, mon Esternome, affrontait le sale coq aux yeux exorbités. L'angoisse. La nuit. Afin de contrer la fatigue, il se tenait les yeux comme sa vieille manman, et restait immobile face au coq immobile. *O comme les nuits sont longues !...* Avant-jour, le fracas de grandes ailes environnait le toit pata pata pata, voltigeait la toile vlaaarr, défonçait les cloisons bitak-blo avant de se dissoudre dans une rumeur de sable courue dessous la tôle. Sitôt le jour ouvert, il s'endormait jusqu'aux premières chaleurs. Ensuite, dans les bras de son Idoménée, chignait de désespoir. Où aller ? Où partir ? Qui appeler ? Comment alerter les voisins qui ne semblaient même pas apercevoir la case ? Tout en pleurant, mon Esternome cherchait dans sa tête moyen d'accorer la Volante. Mauvaise histoire...

Depuis l'affaire de son Mentô, il s'était mis, dit-il, à croire aux diableries. Sa vie s'était mise à l'abri sous une série de protègements. Ninon, bien plus crédule que lui, les avait renforcés. Tout était demeuré dans leur case des mornes. C'est avec douleur qu'il y pensait maintenant. Il avait mis à tout hasard sa chemise à l'envers. Mais la menace n'avait pas tremblé. Il regrettait sa bouteille de chenille-trèfle qui lessivait les charmes. Il regrettait ses citrons-verts-croités avec lesquels il se frottait les mains. Il regrettait son essence de kasyalata, ses plants de verveine rouge, ses touffes de menthe glaciale, sa branche de fougère qui prévenait des visites, son basilic qui repoussait les influences, son bois-moudongue que les engagés craignent, son écorce du moubin, son écorce pois-doux rouge, ses parfumages d'encens pour les Vendredi treize, son alcali, son gros éther que les soucougnan pleurent, son sel marin mélangé au charbon, sa petite pièce d'argent derrière laquelle Ninon avait noté *Aragon Tétragranmakon,* son carré de satin noir enveloppant un roseau et une prise de sel, sa cendre d'un jeune bambou dans du parchemin vierge, son verre neuf (gagné sans marchander) où frissonnaient encore trois gouttes de vif argent. Mon Esternome pleurait...

Contre les personnes volantes, mon Esternome savait. Les volantes craignant les odeurs fortes, il lui faudrait encenser toute la case, l'asperger d'alcali, la fouetter de crésyl. Marquer les cloisons d'une croix blanche. Suspendre à chaque fenêtre du bon kasyalata. Il savait que ces personnes ôtaient leur peau dans le but de libérer leurs ailes. Que pour se l'enlever, elles se passaient une huile spéciale que l'Adrienne devait serrer dans son lit, en compagnie d'une autre huile qui lui servait à la remettre. Il savait qu'en permutant ces huiles, qu'en glissant trois grains de sel tout au fond de la peau, il lui grillerait ses forces. Mais comment atteindre le lit avec ce maudit coq ? Mon Esternome pleurait...

S'il y avait un pied-citron par ici, disait-il à son Idoménée, j'aurais coupé la moitié d'un citron sans l'enlever de l'arbre, puis j'aurais attaché un voile noir à la branche, la volante se serait précipitée dedans et serait repartie déchirée à jamais. Y'a pas de pied-citron, disait Idoménée. O Esternome pleurait...

O Ido, j'aurais brûlé sur elle l'encens Mont-Saint-Michel, et l'encens des trois dons, du soufre, de la corne de cheval et une gerbe de laurier... Idoménée, tu m'entends : J'aurais mis sur son lit un bocal de chaux vive, quelques feuilles arada et la douleur du bois-caca... Et il hurlait dans un français magique *C'est en vain quê l'on attaque celui quê Dieu protège. Le Juste est toujours sauvé...* qui ne le rassurait pas vraiment derrière ses yeux pleins d'eau.

Une fois, quand l'Adrienne Carmélite Lapidaille apparut, il lui tourna le dos, tête en bas entre les jambes. Cette pose était censée l'expédier en enfer. Mais la personne se mit à rire et le coq ne bougea pas. Une autre fois, de ses mains tremblantes, il expédia sur elle un vieux signe-la-croix. Elle lui rendit son geste, et lui (la vie est drôle) ressentit une douleur. Je n'ai pas été bien souvent en confesse, avoua-t-il. Avec Idoménée, ils passèrent des journées à dire des *Notre Père*, à invoquer saint Pierre, saint Michel, Mèlchidael, Bareschas, le bel ange Gabriel, Zazel, Triel, Malcha et d'autres par en dessous. A gauche de l'entrée, il grava au charbon + ABA + ALUY + ABAFRROY + AGERA + PROCHA +... La personne n'en fit même pas souci.

Les mois passèrent comme ça. Mon Esternome n'avalait plus la soupe. Il était devenu maigre comme une morue-Terre-neuve. Idoménée elle, ne pouvait s'empêcher de s'endormir dès la tombée du jour. Un soir, l'Adrienne Carmélite Lapidaille entra comme d'habitude et demeura saisie. Elle se toucha le ventre. Se retint aux cloisons pour stopper un vertige. Le coq fit une pirouette et se posa dessous la table. L'Adrienne Carmélite Lapidaille toisait Idoménée dans une sorte de terreur : *Qu'est-ce que tu as dans ton ventre ?* criait-elle, *Sa ou ni an boyo'w ?* Malgré son effroi, mon Esternome crut mourir de plaisir : Quoi quoi Idoménée qu'est-ce que tu as ? balbutia-t-il lui-même. *Qu'est-ce que tu as dans ton ventre ?* reprenait la personne ; elle se purgeait les flancs, se tirait le nombril, semblait vouloir se déchouker un nœud raide des boyaux. Le coq agité battait l'aile des détresses.

L'Adrienne tomba sur son lit comme un mangot cueilli. Torturée de soubresauts terribles, elle se tenait le ventre. L'arrivée de la nuit la calma tout soudain. Idoménée sombra dans son étrange sommeil. Mon Esternome combattit ses yeux pour les garder ouverts. Il crut voir le coq s'envoler, mais regardant mieux, il le vit à sa place. Plus tard, il ne le vit plus. Il crut entendre dans l'aube le pata pata pata des grandes ailes qui venaient, mais elles touchèrent la case puis s'éloignèrent sans fin. La paillasse d'Adrienne se vida en sifflant. Il y eut alors un silence tout neuf. Un étonnement où le monde renaissait. Mon Esternome sut qu'ils étaient sauvés. Il s'endormit d'autant mieux qu'il savait qu'Idoménée attendait un bébé. Cette marmaille miraculeuse c'était toi, Marie-Sophie, petit sirop de ma vieillesse, punch dernier de ma vie... (je fis semblant de sursauter et l'embrassai longtemps).

J'étais fille de vieillards. On dit que ces enfants ont le dos rond, des yeux navrés, les os raides. On dit qu'ils sont mélancoliques, qu'ils aiment le lait caillé. On dit aussi que leur mémoire a des rumeurs qui les rendent tristes. On dit... On dit... mais d'après l'Esternome, je fus vraiment charmante, sans dos rond, sans os raides... Faut dire, pour la mesure, que jamais les macaques ne se trouvent d'enfants laides.

La grossesse d'Idoménée agit sur elle comme un bonheur. Elle refusa d'y croire. A mesure que son ventre prenait un arrondi, elle se mit à pleurer. Cette eau longue sembla lui nettoyer les yeux. La case fut transformée en un migan de boue que ce cher Esternome épongeait vaille que vaille. L'eau de ces larmes ne s'évaporait pas. Au soleil, elle se divisait en semailles de rosée. Le vent la dispersait dans l'envol des poussières. Mon Esternome en prenait dans ses mains, et chevrotait parfois *Idoménée, c'est éclairé !...* Puis se taisait là-même...

ô manman...

Un jour, elle crut voir une lumière. A une autre heure, elle crut discerner un rien d'ombre dans une ombre. Un jour, elle frémit des paupières sous une piqûre d'étoile, puis sous un scintillement. Un jour enfin, elle surprit dans la case un rayon de soleil, puis elle devina le cadre de la porte, et certaines formes lointaines. Elle ne retrouva pièce une clarté de regard, mais elle put restituer du volume aux objets, un rien de leurs couleurs. Le visage de mon Esternome lui apparut bien bel (là, c'est l'amour seul qui l'aveuglait encore dessous la joie de voir).

L'envol de l'Adrienne Carmélite Lapidaille libéra le Quartier. On découvrit la case. Les enfants l'assaillirent. Les hommes passant devant soulevaient leur chapeau *messieurs-et-dames, bonjou*. Les femmes vinrent prendre milans de ses vieilles personnes. Ce fut un contentement : ces gens à cheveux blancs attendaient une marmaille !... Et ce fut le bébé de l'ensemble du Quartier. J'eus avant même de naître une charge de papas, et autant de manmans. On s'occupa de mon Esternome, on mignonna mon Idoménée. Une femme de Basse-Pointe (Théotine Rémicia, travailleuse à l'usine de la Pointe-Simon lors d'un antan sans temps) me fit venir au monde. Mon nombril fut enterré à l'entrée de la case et mon nom fut consigné sur les registres de la mairie sans une année-savane. On me donna baptême à la grande cathédrale. Et je connus l'école à la cour Perrinon.

De se savoir une fille réveilla l'Esternome. Il trouva une vigueur pour s'en aller djober dans les chances de l'En-ville. Ses cheveux blancs n'incitaient qu'à de la charité. Alors, il préféra lâcher. Sur les raziés de Balata, il mit en œuvre l'enseignement de Ninon Son jardin lui ramena toutes espèces de mangers. Avec, il pouvait nous gaver ou se procurer un nécessaire en sel. Idoménée s'occupait de la case. Elle l'arrangea du mieux qu'elle put au travers du brouillard de ses yeux. Pauvre case... mon Esternome, sans forces et sans outils, ne put jamais l'améliorer. Il fit comme les autres, sous la loi des urgences, un clou par ci, une tôle par là. Et dans ses rêves, il vénérait la moindre planche de bois-caisse comme moi-même, en mon temps, dans la genèse de Texaco.

Il y eut une la-guerre. Elle offrit aux jeunes gens le chapelet de la mort : Dardanelles, Verdun, l'horreur nue de la Somme, le vieux Chemin des Dames... A cette affaire d'Allemands, mon Esternome ne comprit jamais rien. Depuis Saint-Pierre, il était comme décroché du monde. Ejecté de l'Histoire, il vivait ses histoires sans décoder les événements ainsi qu'il l'avait fait en son temps de jeunesse. Nous avions perdu pied Marie-Sophie... comment te dire ? Combattre les chaînes nous dressait dans le monde, affronter la liberté aussi. Mais après, il n'y eut rien à affronter sinon qu'à se glisser dans l'aveuglage d'En-ville. Et c'était quoi l'aveuglage de l'En-ville ? Le sillon des mulâtres, répondait-il juste-compte.

La guerre (dont je n'ai nul souvenir) fut départ-en-fanfare et retour-queue-coupée. On partit en chantant, on revint pieds gelés. On partit en riant, on revint sans poumons, gangrené par des gaz. On partit cœur vaillant, on revint lapidé par des bouts de shrapnel. On partit acclamé, on revint sur des quais désertiques, solitaire à boiter vers le silence de sa maison. Et on restait comme ça, autour de son nombril, à décompter ses poux, à vinaigrer sa gale, sans un sou de pension, et sans force pour un djob. *Drôle de guerre*, se désolait mon Esternome qui guignait tout cela.... Alors les files de volontaires qui peuplaient les chemins, se mirent à disparaître. Au Quartier des Misérables (où chacun contemplait les tragiques revenants), ces vieux-chiens de jeunes-gens s'inventèrent des fièvres avec de l'ail sous les aisselles. D'autres isalopes se tronçonnèrent le doigt de la gâchette. Plus d'une canaille se déchaussa les dents. Des lots d'énergumènes, Marie-Sophie, s'empoisonnèrent assez afin que les fusils puissent leur tomber des mains. Quelques nègres pleins de vices établirent à leur compte les enfants d'alentour, se proclamant ainsi, devant les adjudants, papas indispensables. D'autres, vraiment sans honneur, nagèrent sans respirer jusqu'au Venezuela où ils n'eurent pas d'adresse. Mon Esternome s'en désolait, *Chiens sans reconnaissance...! ah! si j'avais mes forces!... Vuve la Fouance... Vuve la Fouance...*

La guerre avait surgi sans raison, en dehors de nous et de nos élans pour pénétrer l'En-ville. Nous ne sûmes qu'une chose : la doulce France, berceau de notre liberté, l'universelle si généreuse, était en grand danger. Il fallait tout lui rendre. Comme la campagne nous affamait et que l'En-ville nous refusait, nous trouvâmes dans l'armée une perspective offerte de devenir français, d'échapper aux békés. Malgré ceux qui fuyaient, nous fûmes des milliers à devancer les mobilisations. Les békés, voyant cela d'un œil plus détaché, placèrent leurs marchandises du côté d'Amérique, et se mobilisèrent sur la patrie de leurs commerces.

Se trouver à manger fut un méchant travail. Heureux-bonheur, l'En-ville n'avait pas encore avalé la campagne. Nous conservions des miettes de réflexes débrouillards. Dans des jardins de vie autour de Fort-de-France, comme au temps de l'antan autour des bitations, nous cultivions de quoi fasciner la déveine. Mais cela ne suffisait pas pour nourrir tout l'En-ville. Les marchandes, au débarqué des mornes, suscitaient des émeutes. Les békés-bord-de-mer bouclèrent leurs entrepôts et firent monter les prix. Les farines et le pain coûtèrent autant qu'un plat de poule au riz. Le charbon fut de l'or. Les békés des campagnes cachèrent leurs bœufs au fondoc des ravines. La viande devenue rare, vit ses valeurs grimper. Les usiniers, ravis des besoins militaires, supprimèrent sucre et rhum destinés au pays, afin de mieux les monnayer dans les casernes de France. Il y eut chaque matin désagrément de grèves : grève-débardeurs, grève-géreurs, grève-ouvriers du bassin de radoub, grève-boutiquiers contre des affaires de prix, grève-ci, grève-ça. Les maîtres d'école tout soucieux de leur solde déposèrent leur craie aux pieds du gouverneur. *Drôle de guerre,* pleurait mon Esternome, *où est le sens de la Patrie ?...*

Les sociétés mutualistes sortirent d'une vieille torpeur. Elles se mirent à glaner des monnaies pour la guerre. On donnait des bals, des fêtes, dont les bénéfices revenaient aux soldats. On usa du serbi pour aider les soldats. On se ruina aux dominos pour aider les soldats. Pour survivre, nul besoin de transpirer un djob : il suffisait d'une bacchanale pour « aider les soldats ». *Le nègre n'est pas très bon... !,* grognait mon Esternome qui voyait accourir ces entrepreneurs d'aides. Lui, préférait les ignorer, et pire : ne pas prendre leur hauteur. Chaque samedi, revêtu d'un beau linge, Idoménée accrochée à son bras, moi pendue à son aile de gilet, il se rendait d'un pas de sénateur à la caserne Bouillé où il demandait audience au commandant. On l'introduisait dans une pièce qui sentait l'écurie. Là, une espèce de chef à moustaches, rougi par les moustiques, s'exclamait Oh voilà l'enfant de la Patrie... ! Il lui prenait ses sous avec une accolade. Mon Esternome repartait fier, le devoir accompli, et saluait chaque soldat en claquant des talons *Vuve la Fouance mes amis !...*

Puis les voleurs surgirent. La mairie décida d'éteindre les lumières à compter d'une heure dite. Cela offrit l'En-ville à une charge d'envieux. Une sorte de délire pimenté de rancœur. L'En-ville sans ses lumières est comme serpent blessé. On le ramasse. On le piétine. On lui pète les reins. C'est drôle ça, Sophie ma douce, la lumière de l'En-ville comprime ton aigreur. Si tu éteins ses feux, il n'a plus ses murailles. Alors ceux qui purgent entre la campagne et lui, se prennent à décaler ce qu'ils ne peuvent avoir. Ou alors à prendre ce qu'ils souffrent de prendre. Des bandes de femmes expertes en contrebande de sucre se battirent dans les rues. On se mit à voler poules, cochons, à piller les jardins, à trouer les maisons. On volait des chaises et des nappes brodées. On volait des souliers et des bicyclettes neuves. Les békés d'alentour perdirent de proches récoltes malgré les agents de la garde agricole. Chaque matin révélait son cortège de personnes maltraitées durant l'aubaine de la nuit sans lumières. Mon Esternome mit une porte à sa case, condamna sa fenêtre, et surveilla les ombres avec son coutelas. Autour, le Quartier se transformait en chien et fonçait vers l'En-ville. Mon Esternome croyait même l'entendre aboyer sa rancune. *Cochonnerie de guerre... !*, geignait-il sur mon sommeil, et sur celui d'Idoménée, sa chère.

> Je suis allé, Marie-sophie, dès le tocsin du premier jour, les militaires n'ont pas voulu de moi. Un chien d'adjudant m'a chassé. J'ai cru l'entendre maudire une affaire de nègre qui ne devait pas porter de fusil ou dresser sa crasse en dessous du drapeau. Manman-France, ne nous envoie pas de bonnes personnes ici. Mais j'étais là pour elle dès le premier tocsin...
>
> Cahier n° 11 de Marie-Sophie Laborieux.
> 1965. Bibliothèque Schoelcher.

Durant ce temps de guerre, et même après, j'ai toujours vu les gens arriver des campagnes. Des abris surgissaient d'un coup-de-mains sous la lueur des flambeaux. Ajoupas. Huttes de pailles. Carré de tôles. On surgissait de nuit comme des taches de fourmis, avec le regard bas des jeunes contrebandiers. Les distilleries si florissantes durant la guerre, s'effondrèrent l'une derrière l'autre sitôt la paix venue. Elles vomissaient des nègres qui détestaient les champs, et qui, mieux assurés d'un prétendu savoir, descendaient vers l'Enville comme on court à l'embauche vers une plus grande usine. La mairie, soucieuse de cet assaut, embaucha tant qu'elle put. Mais l'En-ville alentour n'offrait aucun emploi : déjà il vivotait dans l'attente des bateaux qui provenaient de France.

DERNIERS GOÛTERS D'AMOUR. Après la guerre la mairie s'inquiéta du Quartier. Tant de boue, tant de haines. Le maire (un dénommé Sévère, mulâtre franc-maçon qui défilait avec ses frères en grande cérémonie dans les rues effrayées) obtint ces terres boueuses des mains tremblantes d'une veuve. Il les combla du mieux qu'il put, créa une large place, les divisa en blocs de parcelles séparés par des rues. Il vendit les parcelles pour trois fois rien à qui en désirait. Mon Esternome ne put en acquérir aucune. Celle où était posée la case de l'Adrienne était en plein tracé d'une voie. On dut la démolir. Nous dûmes aller nicher dans la case en bois-caisse d'un dénommé Lonyon. Trappiste professionnel, ce dernier avait reçu plusieurs parcelles sous le couvert de cinq-six concubines. Il les louait par en-bas pour les nouveaux venus ou pour ceux qui n'avaient pu s'incruster comme il faut. Mon Esternome lui payait un loyer avec les revenus de ses jardins secrets. Mon Idoménée aussi complétait nos ressources. Elle avait pu retrouver un nommé Kestania, pêcheur de ses amis. Il lui fournissait des couis de titiris ou des œufs de tortue. Un kouli-boucher des abords du canal, lui réservait des graines de bœufs, des peaux-saignées, du sang épais. Elle faisait frire le tout et s'appuyait sur mon épaule pour s'en aller les vendre au long de la Levée, parmi une foison de marchandes qui vendaient des fristailles et des gâteaux de toutes espèces.

Je grandissais dans ces fritures qui embaumaient la Levée. Sitôt mes premiers pas, j'étais devenue les yeux de mon Idoménée. Je la guidais par l'En-ville pour les besoins de son travail. Elle m'honorait d'une confiance totale qu'au début je ne méritais pas. Mes yeux d'enfant papillonnaient partout, couvaient les pinces de crabes dressés dans les dalots, surveillaient les voitures, contemplaient d'autres enfants. Sa main sur mon épaule, lègère, se contractait un rien quand son pas s'enfonçait dans une flaque que j'avais négligée, tremblait sur une boue lisse, ou devait enjamber un canal pas vraiment évalué. Une fois donc, elle tomba. Son panier s'étala sur la boue de la Levée, mais elle se releva sans un mot de reproche, juste inquiète de savoir si moi je n'avais rien. Alors, d'un coup et à jamais, mes yeux mûrirent et devinrent ses yeux.

Idoménée m'éloignait des fritures. Elle craignait que le canari d'huile chaude ne m'écorchât les jambes. Certains jours, c'est pourtant moi qui dus m'en occuper, frire et vendre à qui voulait acheter, car ses yeux n'avaient pas de constance. Ils vivaient des moments de clarté et des jours obscurcis. Elle tremblait de se voir vaciller aux abords des noirceurs. Ce n'est qu'aujourd'hui que j'en perçois le drame. Zizitata rieuse, je déployais une insouciance de vivre autour de l'engourdi de mes pauvres parents. Il fallait m'appeler cinq fois, me surveiller, me menacer pour que ma vigueur compense les manques de leur grand âge. La vente des fritures occupait mes soirées. Sous prétexte de goûter, j'en avalais bien plus que ce que j'en vendais. Le matin, avant l'école où je n'apprenais rien, je charroyais de l'eau dans le but de remplir une bombe qui nous servait de source. Le maître d'école était une sorte de nègre de volonté. Cet ancien cordonnier s'était tout seul révélé la lecture, enseigné l'écriture, et il avait grimpé jusqu'à l'Ecole normale sur le dos d'une rage d'exister. Il portait chapeau, cravate, veston, gousset, mouchoirs, marchait raide, pivotait de son corps pour regarder derrière. Parler français était une succulence qu'il pratiquait dans une messe de mouvements. Il semblait un berger menant sans cesse un troupeau de vocables. Aucun mot ne pouvait s'éloigner de sa tête, il avait le souci de sans cesse les nommer, les compter, les récapituler. De vouloir tout dire en même temps l'amenait à bégayer. Chaque mot vibrait inépuisable dans sa manière fleurie de sonner de la langue. Nous étions fascinés par son art. Nous le regardions comme le comptable divin des sciences les plus extrêmes. De lui, je ramenai ce goût de la langue française, ce souci de la dire d'une manière impériale que je cultivai dans mes temps solitaires. Pour l'instant, câpresse de boue, je considérais cette merveille : un nègre noir transfiguré mulâtre, transcendé jusqu'au blanc par l'incroyable pouvoir de la belle langue de France. Devant lui, mon Esternome ému n'osa jamais parler : il se sentait vieux-chien.

Le samedi j'accompagnais mon Esternome à la vente des légumes. Il prenait place à un bout du marché, parmi les femmes, sans une honte. Durant l'espère de ses clients, il me parla, à moi sa fille. Il racontait les bêtises de sa vie à la manière d'un enseignement. Je mis du temps à m'y intéresser. C'étaient pour moi des paroles de vieux-corps, un radotage qui lui noyait l'esprit et qui n'informait pas mon appétit de vivre. Je ne l'écoutai vraiment qu'après la mort de mon Idoménée. Ô manman... te perdre me révéla combien nous sommes fermés à ceux que nous aimons, comment nous sommes inaptes à nous rassasier d'eux, de leur présence, de leurs voix, de leur mémoire, comment jamais assez nous ne les embrassons... jamais assez. Quand je la perdis, presque inconnue pour moi, je me raccrochai à la pauvre chair fripée de mon vieil Esternome... ô papa... il n'avait à m'offrir que l'ultime gambade de sa mémoire autour d'une volonté de conquérir l'En-ville. Ô Oiseau de Cham, abuse de ceux que tu aimes...

Idoménée Eugénie Lapidaille, je pense à toi tous les premiers de l'an, ce jour blanc, jour d'espoir, ce jour de renouveau que tu vêtais de blanc, nappes blanches, linges blancs. Tu frottais tout de rhum, de cendre et de citron. Tu comblais la maison des fleurs de l'hibiscus comme pour récupérer l'élan sûr de leur sève. Tu dénichais l'argent d'un sachet de pralines. Tu dévoilais à nos émerveillements la blancheur d'un nougat. Un nougat, et le monde est prodige, la vie chante, bonheur passe. Un nougat... et tes yeux de tendresse, Idoménée, offerts à notre service bien plus qu'à tes besoins. Les bains de démarrages, les bains de feuilles, les bains de chance. Idoménée, je pense à toi, à la messe de cinq heures priant la Providence.

Idoménée, je pense à toi, les jours de Pâques à la rivière, vers laquelle nous partions avec les gens de notre Quartier. Nous avions pris nos crabes dans les trous d'alentour. Tu les cuisais en matoutou dans du riz rouge. Nous les mangions sur les roches de rivière. Mon Esternome s'obstinait à pêcher la cribiche en fourrageant des mains sous la promesse des roches. Et toi, Idoménée, bougeant peu afin de conjurer les chutes, presque absente au milieu de cette joie, guettant (qui s'en souciait ?) les traîtrises de tes yeux.

Idoménée je me souviens de toi, luttant dans mes cheveux l'après-midi de tes dimanches, tâchant de régenter cette masse impossible. Tu ne parlais que peu (mais Esternome parlait pour toi) silencieuse à l'affût des nuits qui te narguaient. C'est un jour comme ça que le malheur survint. *Coq maudit !...* Le soir tombait sur les papillottes que tu m'entortillais. Mon Esternome, suçant sa pipe, racontait pour lui-même des histoires de cachots. Il y eut le vol désenchanté d'une aile. Puis, le coq de l'Adrienne Carmélite Lapidaille dont je découvris ce jour-là l'existence, s'écrasa aux pieds de mon Idoménée. Il avait changé, dira mon Esternome. Ses plumes étaient roussies. Sa crête, devenue transparente, semblait une gélatine. Il gigota longtemps comme chatte empoisonnée, puis s'éteignit dans un soupir de femme que mon Esternome conjura d'une prière. Avec l'aide du quartier, on brûla sa dépouille. On arrosa ses cendres d'eau bénite et d'éther. Satisfait, mon Esternome se coucha bien gaillard, sans même s'apercevoir que notre Idoménée n'avait pas dit un mot, qu'elle avait soupiré en même temps que le coq, que dans ses yeux bleuis d'une terreur silencieuse, tout sourire égaré, elle balbutiait (sans madras ni foulard) comme un adieu au monde.

Mon Esternome la trouva morte, le lendemain à ses côtés. Le désespoir ne l'engloutit nullement comme on eût pu l'attendre. Il se recoucha auprès d'elle, ferma les yeux, et entreprit de faire un paquet de son âme. Au moment où un froid lui montait aux chevilles, il se souvint de moi. Avais-je crié ? Avais-je gémis dans mon sommeil ? Mon Esternome, toujours est-il, revint au monde afin de prendre soin de sa fille — seulement pour ça, éteint pour tout le reste.

On enterra Idoménée au cimetière Trabaut. Le cercueil lui fut offert par une société mutualiste (l'Humanité solidaire) à laquelle mon Esternome avait pu cotiser. Puis, il se mit en demeure de réduire ma souffrance : un plus d'affection, un plus de tendresse, un plus de paroles aussi, qui habitèrent mon être soudain avide de s'imprégner de lui. Il me raconta tout, plusieurs fois, en créole, en français, en silences. Parfois, il se trouvait une force pour rire, d'autres fois il se ramenait le courage de pleurer. Je le voyais clopiner vers ses petits jardins cachés aux creux des mornes et d'où il ramenait un légume, deux soucis. La nuit, je l'entendais maudire au fond de son sommeil, les commandeurs, tous les békés, tous ses malheurs et ses désirs éteints, toutes les portes impossibles à ouvrir, tous ses mensonges, toutes les chances égarées, et cette vie qu'il se devait vivre alors que son âme aspirait à s'enfuir. Il s'éveillait absent, refusait de remplir ses yeux inhabités, jusqu'à ce que je l'implore, Papa ho papa ho... *A-a c'est toi Sophie Marie ? C'est toi-même qui es là... ?* ...

J'avais repris les fritures d'Idoménée. L'école oubliée, je passais l'heure des jours à préparer mes ingrédients, et les soirs à les vendre. Je ne vendais plus grand-chose. Trop de marchandes expertes officiaient contre moi. De plus, les anciennes clientes de mon Idoménée, tremblaient en découuvrant que mes marinades avaient le goût des siennes, que mon sang frit donnait pareil. Se figurant qu'une morte leur faisait à manger, elles s'éloignèrent de mes paniers. Je devais ramener mes fritures. Mon Esternome les versait en silence à son petit cochon coincé derrière la case. Il devint difficile de payer le dénommé Lonyon. Quand ce dernier, de blanc vêtu, passait récolter les loyers dans chacune de ses cases, mon Esternome et moi, allions nous évanouir à l'arrière de Pont-de-Chaînes. Lonyon perdait patience puis s'en allait bougon, après avoir laissé chez nos plus proches voisins une menace en message. Une fois, il surgit en pleine nuit et frappa sur la porte, mais nous restâmes serrés, silencieux, immobiles, tremblants de tant d'injures pour ces deux-trois sous devenus impossibles à seulement lui promettre.

Il revint avant l'aube avec deux Majors du Quartier Sainte-Thérèse. Ces derniers défoncèrent la porte, défoncèrent la fenêtre, et commencèrent à jeter nos affaires dans la boue. Mon vieil Esternome leur sauta dessus. Il écrasa le nez du premier sous le pilon de sa tête. Avec son coutelas, il tenta de trancher le deuxième. Les Majors commencèrent à le battre comme on bat un lambi. Moi, j'avais sauté sur le nommé Lonyon afin de lui crever les yeux. Et puis, j'avais tenté de lui mordre une graine. Je fus lapidée moi aussi. Nous aurions été occis ce jour-là si le Major de notre quartier n'était pas apparu. C'était une sorte de kouli solitaire. Il vivait dans une case en bois-caisse qu'il avait pu s'acheter. Il ne fréquentait pas les autres koulis d'En-ville regroupés au Quartier Le Béro. Lors de son arrivée parmi nous, deux-trois imprudents avaient voulu l'intimider *On veut pas de kouli par ici...* Méprisant les ficelles qui figuraient ses bras, ils s'étaient avancés pour mieux le bousculer. Quand ils levèrent les poings, le kouli solitaire ramena de sa poche une espèce de lueur blanche. Il taillada les bougres avec tant de vitesse, tellement de hargne, si tant de méchanceté, de plaisir, de constance, que tout un chacun mit la main à la tête en criant *Doux Jésus, pardonnez nos péchés*. Les bougres prirent-disparaître comme des canards sans tête. Ils laissèrent aux entours un glacis de leur sang que le kouli vainqueur interdit de toucher, délimitant ainsi son territoire sur terre. La boue avala cette horreur lors d'une belle avalasse.

Les deux Majors de Lonyon qui nous assassinaient le virent donc arriver. De le voir apparaître les calma. Les Majors se connaissaient. Ils disposaient chacun d'un espace inviolable. L'un n'avançait sur le domaine de l'autre que dans le but d'ouvrir la guerre. Et des Majors qui s'affrontaient, allaient sans rigolade jusqu'aux bouts de la mort. L'un des Majors de Lonyon balbutia au kouli solitaire, *Bec-d'argent*[1] *ho c'est un petit compte que l'on règle par-ici et on s'en va là-même*. Le deuxième lui dit, *O Bec-d'argent, c'est pas un combat pour toi, donne l'excuse mais c'est passe que l'on passe sans appuyer même pas*. Lonyon développa une philosophie de loyer à payer, d'honneur et de respect ; il fallait, disait-il, apprendre à vivre aux gens sinon ce serait la fin des haricots dans un canari de vagabonnagerie. *O les yeux du kouli... !* je m'en souviens encore. Deux agates sans baptême, plus noires qu'un fond de chaudière. Ils ne les avaient posées sur personne. Il avançait petit-petit, une main pendante, l'autre plantée dans sa poche arrière. Les Majors de Sainte-Thérèse nous lâchèrent dans la boue et reculèrent sans cesse. Le kouli ramassa mon Esternome, me ramassa aussi, nous invitant à regagner la case. Ce que nous fîmes en nous traînant. Puis, il remit nos affaires une à une à l'intérieur. Enfin, s'approchant de Lonyon, il lui déclara d'une voix voluptueuse : *Scusez-moi monsieur Lonyon de me mêler de tes affaires, mais la miséricorde est une chose, le loyer est une autre chose. Les chiens seuls déchirent ce qui est déchiré. Mais*

1. Parce qu'il s'était fait sculpter dans de l'argent bénit, toutes les dents-devant. Ainsi, la moindre de ses morsures neutralisait l'éventuel protègement de son agresseur.

tu n'es pas un chien monsieur Lonyon. Le chien n'est bon qu'au fer. Tu es une bonne personne dans la foi en Jésus et dans Nagourmira... Donne le temps de payer ou le temps de partir... Lonyon n'hésita pièce : *Le temps de payer...*, bougonna t-il. Ses deux Majors approuvèrent là-même avant de battre-arrière sans exposer leur dos à ces malheurs subits qui guettent les hommes ici.

Mon Esternome ne se remit jamais de ce traitement. Il voulut se lever mais ses os le trahirent. Je l'installai sur sa cabane afin de le frotter de bay-rum. Des femmes du Quartier vinrent m'aider à laver nos affaires. Le kouli était rentré chez lui sans même se retourner. La nuit venue, mon Esternome et moi, nous nous retrouvâmes dans une case étrangère. Que nos affaires aient été voltigées dans la boue, puis réinstallées en deça de leur place, avait décomposé la mémoire des lieux. De plus, nos esprits étaient frappés du fait qu'il nous fallait partir.

Lonyon vint gentiment nous le rappeler le lendemain-matin, puis à midi, puis le surlendemain, puis tout au long du temps. Il venait seul, évitait le scandale, serrait les dents afin de nous cribler d'injures. Il ne voyait que moi ; mon Esternome, disloqué en lui même, demeurait crucifié dans son lit. Sa mémoire fonctionnait seule avec une hâte désespérée. Il m'arrimait à son chevet pour chuchoter sa vie. Terrifiée de sentir qu'il partait, j'entendais ses paroles résonner comme un glas. Je fus à peine surprise de les trouver intactes quand, bien longtemps après, une folie me prit de les marquer sur des cahiers. J'entends. J'entends. Sa voix flottait dans cette case hostile comme l'encens d'une bénédiction. Les voisines qui nous portaient du lait et des bouillons de forces, restaient aussi à l'écouter. La parole de mon Esternome nous inscrivait dans une durée qu'aucune d'entre nous n'avait pu soupçonner. Elle vibrait au-dessus de son corps zombifié, comme une mémoire vivante. Je n'en percevais pas la portée, mais j'en pressentais l'importance obscurcie : au-delà de mon Esternome, cependant ma bataille pour fonder Texaco, elle me permettrait de produire pour moi-même l'énergie d'une légende.

Puis sa parole devint incohérente. Il n'avait jamais raconté son histoire de manière linéaire. Il avançait en tracée tournoyante, sorte de bois-flot chevauchant des raz de souvenirs. L'incohérence vint plutôt de ce que ses paroles ne signifièrent plus rien. Elles sombraient en errance à travers une mémoire qui s'érodait lentement et qui rabâchait d'inutiles repères afin de ne pas disparaître. Il parlait de sa manman. Il parlait d'une charpente. Il parlait de Ninon. Des yeux de mon Idoménée sous ses larmes de lumières. Citait des noms. Citait des lieux. Riait pour lui tout seul. Il se mit bientôt à ignorer où se trouvait son corps. Il se croyait parfois dans la fraîcheur des mornes. En quelque heure, une musique l'amenait à tressaillir. Il se couvrait la tête, s'écrasait les oreilles, fou de se voir verser au temps des sérénades.

Un jour, il m'appela d'un prénom inconnu. Puis, un autre, me demanda qui je pouvais bien être.

Il vit des coqs voler dans la maison. Me demandait d'enlever ces peaux de personnes accrochées au plafond. Je me mis à vieillir un peu, je veux dire : à me soumettre à l'idée de sa mort. Il m'était insupportable de le voir diminuer sans beaucoup d'élégance. Mon Esternome laissait place à une ombre, désagrégée dans ses odeurs, ses pisses, ses boyaux qui se vidaient sous lui. Ses ongles firent griffes, son regard devint un petit brin méchant, sa voix perdit ses marques pour des inflexions rauques. Il pleurait comme une marmaille, hurlait de millénaires angoisses. Parfois, je sursautais de lui entendre une voix juvénile. D'autres jours, trouvant un fond d'esprit, il comprenait ce qui lui arrivait, se désolait de m'infliger un autant de travail. Je lui disais C'est rien papa, c'est rien... ; mais cette lucidité fugace brûlait comme un fer chaud. Il la fuyait dans le sommeil barbare qui précède la mort, sommeil de bouche ouverte, de lèvres mousseuses, sommeil de corps cassé, sommeil d'yeux grand-ouverts et de tremblements bruts — comme si la vie se raccrochait sans trop y croire à ce qui lui échappait.

J'en avais accepté l'idée, mais de le trouver mort...

LE MARQUEUR DE PAROLES
À L'INFORMATRICE

(...) Comme vous me l'aviez demandé, je n'ai pas rédigé la partie où vous me parliez de la mort de votre père, Esternome Laborieux. J'ai juste conservé vos épanchements sur sa vieillesse — sa lente décomposition. Cela me paraissait utile pour souligner à quel point de le voir disparaître, ne vous laissait de lui que les paroles de sa mémoire. Ceci étant, si un jour vous changiez d'avis, j'aimerais pouvoir rédiger cette partie ; considérer avec des mots ce moment sans pareil que vous aviez créé en me parlant de vous, jeune fille, découvrant la mort de votre père dans cette case des Terres-Sainville. Bien entendu, j'espère aussi que vous refuserez à jamais ; il faut lutter contre l'écriture : elle transforme en indécence, les indicibles de la parole...

647e lettre du Marqueur de paroles
à l'Informatrice.
Chemise n° XXXI. 1988. Bibliothèque Schœlcher.

La mort de mon Esternome ne désarma nullement ce chien-fer de Lonyon. On ne vit pas son ombre à l'arrière du cercueil. Le lendemain, il vint manifester qu'il n'avait avec moi aucune sorte de contrat, mais avec le défunt Esternome, qui donc l'avait emporté au fond du cimetière. Si dans les jours prochains je n'avais pas galopé, il allait sans contrecœur rameuter les gendarmes. Nouée à ma solitude, je ne répondis rien. La dernière boule de terre sur le cercueil de mon papa avait creusé un abîme derrière moi. Echouée dans Fort-de-France comme lui l'avait été dans l'antan de Saint-Pierre, je devais, au bout de ses échecs, sans autre choix possible, tenter à mon tour de pénétrer l'En-ville.

LES MUSICIENS À LONGUES PAUPIÈRES. Mon premier souci fut de venger mon Esternome. Dans mon esprit (précipité des insouciances de la jeunesse), la misère du monde naissait du sieur Lonyon. Lui et ses deux Majors charroyaient dans leur ombre la mort de mon papa. A l'heure même où je trouvai mon Esternome sans vie, je me précipitai chez Kouli-Bec-d'argent avec l'idée de réclamer vengeance. Effondrée devant sa case, je hurlai comme un cochon-noël, m'arrachant les poumons. Le Quartier entoura ma misère. On guignait ma douleur comme une mauvaise saison. Quelques gens essayèrent de m'emporter plus loin. Je m'en arrachai pour implorer encore sur la porte inhumaine. Kouli-Bec-d'argent était à l'intérieur, mais il ne bougea pas. On me traîna à case où l'on se consacra au corps de mon cher Esternome : le baigner, l'habiller, l'oindre des protections qui accompagnent au mieux dans ce voyage irrévélé.

La haine me servit d'oxygène durant cette période. Lonyon, et ses Majors stationnaient dans ma tête dans une aura de sang. J'avais revu Kouli-Bec-d'argent dans le cortège funèbre de mon Esternome, de blanc vêtu, inaccessible. Je ne le regardai pas ; lui non plus ne me regarda pas. Il craignait sans nul doute de prendre ma peine en charge par un simple jeté d'yeux. Les jours passèrent dans l'effacement du monde que provoque la mort des personnes aimées. Une négation du temps. *O cette haine... !* Un jour, l'on frappa à ma porte. Je découvris devant la case un panier enveloppé d'une toile-sac. Imaginant quelque diablerie, j'empoignai le flacon d'éther que mon Esternome serrait sous sa paillasse, puis je me ravisai : j'avais compris de manière bien étrange qu'il s'agissait de la vengeance souhaitée. De fait, je ne fus pas surprise d'y trouver ces oreilles de personnes différentes, blafardes dans l'écrin des caillots. Les deux Majors se souviendraient de mon cher Esternome chaque fois que leur chapeau leur couvrira les yeux.

Je bondis vers la case de Kouli-Bec-d'argent. Il entrebâilla, écouta mes Merci mussieu merci mussieu. A travers mes larmes, je le voyais de près. Ses yeux étranges n'avaient plus de dureté ; juste une tristesse sans fond qu'on sentait familière. Il devait l'affronter chaque jour, seul, dans les silences d'une case verrouillée sur le secret de son exil.

Je suivis de loin le destin de Kouli-Bec-d'argent. Il parvint, dit-on, à quitter le Quartier pour prendre pied à Trénelle quand la municipalité entreprit d'y lotir. Il travailla, dit-on, à la mairie dans une affaire d'égout, puis se lança dans une histoire de combats-coqs lucrative à souhait. Il exhiba dès lors souliers vernis, bijoux, des ongles propres, un canotier, et même une auto allumée le dimanche au bout d'un tracas de manivelle. J'eus nouvelle de sa mort. Elle commença au yak du Lamentin qu'il empruntait afin de rejoindre Fort-de-France à la sortie du pitt. Le yak n'avait même pas appareillé... *hébin !* un poisson-volant sortit du canal sombre pour s'ébattre à ses pieds. Bec-d'argent s'empara du poisson en s'exclamant Voici mon court-bouillon. Le capitaine (monsieur Horace Ferjule, un mulâtre-yeux-bridés dont le papa venait de Chine), lui dit en clairvoyance Monsieur Bec-d'argent, siteplaît, oublie le court-bouillon, c'est un poisson que l'on t'a *envoyé*. Manière d'avertir qu'il y avait là-dessous une diablerie pas vraiment catholique. Mais Bec-d'argent si prudent d'habitude, délaissa le conseil et garda le poisson — comme soumis en conscience à la fatalité.

Il fit cuire le poisson dans un blaff sans sel. Il le mangea, dit-on, en pleine nuit, tout seul, après un petit punch. Et-puis il s'allongea pour entendre la radio. Et-puis il se leva pour contempler la lune. Et-puis il se mit à marcher dans les rues de l'En-ville, de plus en plus vite, à guetter par-dessus son épaule une présence invisible. Et-puis à poursuivre un machin déboulé de son âme. On le retrouva au jardin Desclieux dans une manière spéciale, sans doute pas humaine, à telle enseigne qu'on fit venir l'abbé avant même le médecin. Il sentait, me dit-on, la méduse au soleil, ou le thazar salé, ou le bouquet toxique des écales de tortues exposées au soleil de par la Caraïbe. Ô Bec-d'argent, j'ai mémoire de ta douleur. Sur ta tombe, j'ai posé chaque année, sans attendre la Toussaint, des merci en latin gravé dans de la pierre, des arums, des immortelles, trois bougies invincibles. Mon hommage pour conjurer l'exil.

L'oreille coupée de ses Majors me ramena un Lonyon très mielleux. Il surgit un matin grand-bonne-heure, cravaché par son nouveau devoir : m'aider à empoigner un destin dans l'En-ville. Sa solution était de travailler chez lui, comme personne de maison, jusqu'à ce qu'il me trouve un métier. J'avais envie de tuer ce bougre-là. Je regardais sa figure ronde, ses yeux clairs hérités d'un boucanier normand, ses doigts à chevalières, je sentais son parfum, sa vaseline, l'effluve de son tabac, cette opulence extraite de ces trous à ravets qu'il louait un peu partout. Plus je le regardais, plus j'avais envie de me l'assassiner. C'est l'unique raison pour laquelle je dis oui à son offre. M'emmener chez lui, c'était y introduire une sorte de saleté. Pas cette jeune fille inachevée qu'il zieuterait de travers avec des appétits, mais une cochonnerie porteuse de plus de haine que ton stylo ne pourrait exprimer.

Lonyon habitait une maison haut-et-bas, côté gauche du canal Levassor. Il vivait en pacha, sans femme, avec cuisine, trois chambres bien agencées, lumières dans lampes de cuivre, tapis, nappes, un lot de fantaisies qui provenaient de France. Il m'installa dans une chambre, m'indiqua le nettoyage à faire, ce qu'il fallait brosser, où aller chaque matin lui acheter les légumes, lui trouver le poisson, et à quelle heure exacte lui dresser son couvert. Lui, toute la journée allait-virait-venait à ses charges d'affaires. Il trafiquait dans tout. Dans des affaires de tonneaux-viandes-salées redistribués en miettes à de nombreuses boutiques. Dans des ventes de mabi. Dans des affaires de toiles. Des histoires de bijoux et, surtout, dans un commerce incessant de musique.

Il tenait, je le sus, une espèce de dancing au bord de la rive droite. Un orchestre y jouait des biguines de Saint-Pierre, des tangos argentins, de longues valses viennoises. Là, samedi au soir, des touffailles de personnes venaient s'écorcher les bobos, flamber une monnaie, danser, se frictionner, respirer la musique, sucer de mauvaises bières et du tafia. Il paraît même (selon ses blagues) que de grandes-gens fréquentaient cet endroit. En tout cas, je n'en vis jamais parmi ses visiteurs à domicile, dont l'unique religion semblait la contrebande. Je leur servais des marinades ou de somptueux madères, tandis qu'ils récitaient des prières inaudibles à l'encontre des douaniers. Venaient le voir aussi des tralées de maquerelles, lui soumettant le cas d'une jeune fille de campagne désireuse d'être placée. Il invitait des marins de passage, des officiers du port, et il les recevait avec du chocolat ou des whiskys anciens. Venaient aussi des femmes-matadors, charroyées dans sa chambre, qui consacraient la nuit à panteler sans frein et à boire du porto.

Mais ceux dont j'appréciais la présence furent les musiciens. Beaucoup de musiciens ; de ceux qu'il embauchait dans son casino. Lonyon était un amoureux de la musique. C'était sans doute une ferveur secrète car, certaine nuit d'insomnie (je calculais moyen d'empoisonner son sang puis de fuir dans les mornes), j'entendais perler de sa chambre une modulation de guitare. La première fois, je crus percevoir un prodige, tellement la musique était pure, tellement elle était triste, tellement elle me semblait opposée à Lonyon, cet isalope menteur, voleur, chien-fer vraiment. Comment aurait-il pu extraire de sa pourriture une telle harmonie ? Les êtres sont étranges. Du plus mauvais, j'ai vu surgir de célestes trésors. Du plus exquis, j'ai vu bondir la boue. La musique brandillait en douceur, puis se consumait sans vraiment s'arrêter, comme s'évaporant, et le charme se brisait : le Lonyon magique s'effaçait au profit de la bête que je voulais détruire. La guitare, je ne la vis jamais. Il devait la cacher dans l'armoire d'acajou qui emplissait sa chambre. Une armoire imposante, fleurant l'aromate prisonnier. Lonyon y serrait les mystères de sa vie, son argent, ses papiers, les comptes de ses attrapes. En essuyant l'armoire, je le sentais tout entier là-dedans ; souvent j'y défonçais mes poings dans des rages inutiles (mais apaisantes).

Les musiciens de Lonyon venaient parler d'argent. Lonyon lui, leur parlait de musique. Les conviant à dîner, il leur demandait d'amener des instruments, qui clarinette, qui banjo, qui guitare, qui trompette, qui violon. Ils jouaient à sa demande, des biguines sans âge, des odes religieuses, des mazurkas, des fandangos, des sons baroques, des sentiments, des ondes mélancoliques. Souvent, à demi-voix, ils bourdonnaient des gémissements d'amour qui me magnétisaient. Ils étaient ou très sombres ou très gais, mais toujours à côté de la vie. Leur instrument portait leur âme, brillait comme elle. Jamais ils ne l'abandonnaient, c'était pour eux un morceau de l'En-ville. Loin des quartiers en bois-caisse, ils connaissaient grandes-gens, jouaient aux baptêmes békés, animaient des meetings politiques, sonnaient le madrigal aux demoiselles en fleurs, sous les instances de francs-maçons puissants. Ces relations leur permettaient d'habiter mieux l'En-ville et compenser leur mal-de-vivre. Ils étaient coiffeurs, ébénistes, horlogers, des métiers délicats, exercés comme on soutient une note quand l'orchestre se recueille.

Ils avaient de longs doigts et de longues paupières. Du fond de ma haine pour ce chien de Lonyon, leurs lumières capturaient mes regards. Eux bientôt, se mirent à m'observer : je commençais à pousser des tétés, mes cils frissonnaient d'innocence, mes chairs bien nourries s'étaient trouvé des formes. Ils me prenaient pour la fille de Lonyon, ou pour quelqu'un de sa famille, alors ils n'osaient pas m'adresser la parole. Certains tentaient une plaisanterie. Mais Lonyon d'un coup d'œil leur appuyait un frein.

Faut dire qu'il me traitait comme sa personne. Je quittais la maison afin de chercher les légumes au marché, quêter à l'autre bout du canal une bombe de charbon, attendre que son pêcheur me confie du poisson. Le reste du temps, défense m'était faite de sortir. Il m'interdisait d'ouvrir à quiconque en son absence. Combien de musiciens vicieux vinrent frapper dans son dos au prétexte d'avoir oublié quelque chose qu'ils ignoraient eux-mêmes... Mais je n'ouvrais jamais. Ils demeuraient de l'autre côté à gazouiller, ou à remplir leur instrument de mélodies sensuelles, de ciselures sonores pulsées à contretemps dans une grande nudité, de nappes de sons brouillées par une alerte et rompues de silences. *J'étais dans un état !...* Sans la porte entre nous, ils m'auraient cueillie comme une fleur sans épine, à l'arrachée-coupée.

Les changements de mon corps intéressèrent Lonyon. Il me demandait de manger avec lui. Parfois, après manger, sachant que j'y étais sensible, il me parlait de musique. Moi, yeux baissés, j'adoptais une attitude de jeune-fille-jambes-serrées qui semblait l'amuser, la seule à me permettre de souffrir sa présence sans vomir de haine. J'avais craché chaque jour dans son manger. J'avais pissé aussi. J'y avais écrasé des mouches, des ravets, des bêtes à mille pattes. J'avais dissimulé des os de poisson dans des chairs qu'il pensait sans danger. J'avais souillé ses sauces avec de la crasse de persiennes, de la chaux, des poils jaunes de chien-fer, des cacas de souris. Chaque soir, je regagnais ma chambre, radieuse de l'avoir vu pourlécher ces ordures.

Puis cette vengeance devenait dérisoire. Alors, seule dans la maison, je m'exerçais à l'égorger d'un coup de couteau. Mais je n'eus pas le courage de le faire. Et si jamais je l'eus en quelque nuit cauchemardesque, la musique de guitare me désarmait longuement. Lonyon était un musicien : *comment tuer la musique ?* J'aurais donc pu me prendre à ce piège de la haine impuissante, à cette vie hors du monde tandis que Fort-de-France grandissait au-dehors. Mais les choses s'accélérèrent. Il me fallut fuir Lonyon. Il me suivait dans la maison, recherchait ma présence, m'effleurait la main. Il voulut que je l'embrasse à son départ comme sa petite fille, que je l'embrasse à son retour, que je l'embrasse à son coucher, que je l'embrasse à son réveil. Son désir grandissant m'enveloppait serré. Cela me troublait et développait dans le même temps d'âcres bouffées de haine qui me rendaient malade.

Un soir, la guitare se fit entendre moins triste. Pas gaie, mais vibrante d'une appétence nouvelle. Puis elle s'arrêta. J'entendis grincer le lit de Lonyon. Je l'entendis marcher. Je crus mourir quand la porte de ma chambre s'ouvrit, que son ombre maudite se dirigea vers moi. Il était tout-nu. Tremblant. Il me couvrit de son corps (chaud comme une tôle au soleil) en me coinçant les mains. Je sentis contre mon ventre les pulsations de son coco. Le gigotement de sa hanche. Son haleine de vin rance, les relents de sa sueur. *Quel fer !...* je n'aurais pas cru pouvoir déployer tant de force, le projeter au plafond, le cueillir d'un coup de chaise, lui piétiner les graines et l'éjecter dans le couloir comme un paquet d'herbes sèches.

Je passai la nuit à l'écouter me maudire à travers la serrure. Je l'entendis pleurer, puis rire, me proposer très doux d'être sa personne. Puis, j'entendis sa démence. Son coutelas se mit à défoncer la porte ; il m'aurait tuée sans hésiter. J'eus l'unique phrase susceptible de le neutraliser à travers sa furie : *Bec-d'argent va régler ton compte si tu me touches*... Il se calma net. Je ne l'entendis plus durant de longues minutes, puis la guitare frissonna dans sa chambre. Cette fois, elle était comme amère. Dessous la magie irradiait une blessure. Je restai à pleurer jusqu'au grand jour ouvert.

Le lendemain, innocent comme la rosée, il s'étonna que je reste dans la chambre Eh bien ma fi, tu ne travailles pas aujourd'hui, han ?.... Je lui criai que je voulais m'en aller, et que j'irai me plaindre auprès de Bec-d'argent s'il me contrariait. D'accord, répondait-il, mais en quel côté tu vas aller ? Je disais : Je sais pas mais je veux partir... Trois jours passèrent ainsi. Je me sentais mourir de ne pas boire et de ne pas manger, mais rien n'aurait pu fléchir mon attitude. Il dut le comprendre, car il trouva la solution : Il faut venir, j'ai attrapé un travail pour toi chez une madame Latisse qui fabrique des chapeaux. Elle va t'apprendre le métier et tu vas rester-dormir chez elle... Je sortis de la chambre sans y penser, prête à le suivre, le croyant sur parole, emportée par ce mouvement nouveau de mon destin auquel lui-même (respectueux, plein d'égards tandis qu'il me guidait) sembla s'être soumis.

PERSONNES D'EN-VILLE. Madame Latisse était une mulâtresse née à Rivière-Pilote. Elle s'habillait en toiles de soie, en popeline et satin. Son mari était ébéniste, je crois ; il ne me fut jamais donné de le connaître ; longtemps avant mon arrivée, il s'était envolé avec une Polonaise ensorcelante qui dansait nue sur des paquebots. Ma nouvelle patronne tenait un magasin titré « *Mode coquette et confection* ». On pouvait y trouver une dentelle de lin, des rubans, des voilettes des boutons d'argent, et surtout des chapeaux. En plus de madame Latisse, trois personnes tenaient ce magasin.

D'abord, une dénommée Sarah, femme-cafre à cheveux blancs, qui de toute la journée ne se levait jamais du cagibi où elle cousait du feutre. Ensuite, une dénommée Etienne, inconnue au mariage, qui, vieillesse approchant, conservait tout de même une beauté de jeune-fille que nul n'osait situer dans les races de la terre. Distraction favorite des clientes : déterminer son origine. Mulâtresse-kalazaza ? Câpresse-trois-sangs ? Caraïbe-kouli-békée [1] ? Man Etienne cultivait ce mystère par de troublantes pistes : sa mère, selon ses dires n'étant pas du pays, lui avait évoqué, lors de causettes nocturnes, une enfance irlandaise auprès de hautes falaises, dans des manoirs obscurs; son père lui, n'était pas de l'Afrique bien qu'il ait été noir comme un fond de chaudière, et la langue dans laquelle il leur fit ses adieux n'avait pas de voyelles. Le soir, Man Etienne s'en allait seule, dos courbé, petits pas, piétait au coin de la rue avec l'air d'espérer quelque chose (ou quelqu'un). Puis, déçue toujours, elle hochait la tête avant de s'estomper dans les ombres de l'En-ville. Enfin, madame Armand, épouse d'un monsieur Jules Armand, nègre aide-pharmacien au fond d'une officine où l'on vendait une poudre anglaise contre les fièvres. Il venait la chercher chaque soir à six heures, empesé dans une sorte de complet chauve-souris, le même tout le temps, dont il semblait très fier. Madame Latisse régnait sur ces trois employées-associées avec autorité. A l'abord, cette madame semblait avoir du cœur, et il est presque certain qu'elle en avait. Mais à la fréquenter dans les riens de la vie, on découvrait bien vite que ce cœur ignorait le sursaut, que son regard n'avait jamais d'éclat et que ses rires (si certains de ses bruits pouvaient s'appeler ainsi) étaient brefs et sans âme.

1. La parole errante de l'Informatrice s'attarda longuement sur ce mystère de Man Etienne, à six reprises elle y revint, au point que, pendant longtemps, je crus qu'elle y plaçait une importance quelconque, et dus rectifier par la suite en supprimant 126 pages (Bibliothèque Schœlcher — Notes A, XXI, 22, chemise 70). La parole est étrange...

J'étais sensée y apprendre la couture. Comme madame Latisse vivait au-dessus, dans deux étages en bois du Nord, avec trois de ses filles, ses vieux parents et une dizaine de chats siamois en prolifération depuis qu'un vieux marin avait laissé une paire, je me retrouvai à faire la bonne. Je passais la journée en vaisselles, torchons mouillés, époussetages divers. Je devais récurer le trottoir devant le magasin, balayer le canal sur la longueur de la façade, dorloter les enfants qui pleuraient leur papa envoûté. Il me fallait aussi porter soins aux parents ; ces derniers cultivaient une tremblade sans fin dans deux berceuses grinçantes posées côte à côte au bord d'une fenêtre. Ils ne s'en écartaient pas, sauf pour rouler comme des linges sales sur un grand matelas raide. La vieille manman était étroite et sèche. Le vieux papa, long, cassé, plein d'os, avec des yeux de bête sauvage démunis de paupières. Toutes ces tâches me prenaient la journée, d'autant que la madame m'ajouta sans une gêne l'épluchage des légumes, l'écaillage du poisson, le nettoyage des pieds de bœufs que des personnes à elle lui livraient chaque samedi.

Après le manger du soir, quand j'avais débarrassé la table, grignoté seule à la cuisine, fait boire du lait de vache aux deux grandes-personnes avant de les coucher, madame Latisse me descendait dans l'univers (magique pour moi) du magasin. *Oh, ce monde de velours, de pailles, de peluches, cette féerie d'aigrettes et de crêpes-dentelles, ces plumes, ces pompons, oh ces broderies gansées !...* L'émerveillement ne durait pas longtemps : je devais me remettre au travail. Mais, cette tâche (nouvelle pour moi) m'offrant l'accès à la science chapelière, je l'exécutai durant une charge de mois avant de prendre conscience qu'il s'agissait en fait d'un esclavage nocturne — et d'en éprouver alors de la fatigue.

Le magasin faisait spécialité des chapeaux pour enfants. On devait les découper dans une toile spéciale, en ajuster les formes sur un moule en bois, rectifier les coutures, en piquer les bordures, badigeonner l'ensemble d'une gomme arabique, les laver, repasser, y ajouter les coiffes, les fleurettes en bouquets, les plumets de dentelles négligemment posés. Les grandes-gens de l'En-ville, s'arrachaient ces merveilles. Des années durant, je vis passer entre mes mains ces chapeaux de marmailles, puis les hauts-de-forme à huit reflets, puis les chapeaux en paille naturelle ou en paille d'Italie qui firent fureur pendant longtemps. On nous les amenait (canotier, panama, manille ou bolivar) pour une remise en forme, une propreté de saison, un pli à déployer sur tel bord du ruban. Le soir donc, vers dix heures, sur un tabouret sans dossier, ou bien assise par terre, je me retrouvais à coudre, faufiler, surfiler, à laver les chapeaux, les gommer, poursuivre jusqu'au fond de la nuit ce que les employées n'avaient pu achever. Madame Etienne, dormant parfois sur place en raison d'une urgence, souffrait de me voir abrutie sur mon travail nocturne. Elle grommelait à Man Latisse qui n'entendait jamais Eh bien Eh bien eh bien c'est quand même une enfant...

Je dormais dans le couloir d'étage, sur une cabane en paille de colis. Madame Latisse devait m'enjamber pour entrer dans sa chambre, et m'enjamber encore quand une envie l'extirpait de son lit. Je percevais alors l'odeur d'orange amère qu'exsudaient ses solitudes intimes depuis que son mari était parti maquereau. Plus tard, on me fit coucher dans le galetas. Deux rideaux de toile cadraient une illusion de chambre dans cet entrepôt de marchandises où s'alimentaient les étagères du magasin. Madame Latisse me réveillait vers quatre heures du matin, ou certainement plus tôt. Camouflant une lampe, elle m'escortait en silence dans les rues de l'En-ville ; j'allais porteuse d'un tonneau d'excréments en équilibre sur mon mouchoir de tête. Il fallait le vider soit dans un grand canal du côté de la Levée, soit au bord de la mer ; des arrêtés municipaux prohibaient cette pratique. Les policiers (cette tâche assidue inspira leur nom de « Gardes-caca ») patrouillaient à ces heures. Il nous fallait parfois nous cacher dans un coin, prendre-courir dans une ombre. Si nous étions à deux doigts d'être prises, madame Latisse m'abandonnait au diable en rebroussant chemin. Je détalais alors comme pour sauver mon âme, me mettant (au prix de la perte du tonneau) hors d'atteinte de la griffe policière. En évoquant Saint-Pierre ou sa vie dans les mornes, mon Esternome n'avait jamais parlé d'excréments à jeter. Ce problème semblait n'avoir pas existé. Dans l'En-ville de Fort-de-France, je l'affrontai de toute éternité. Le Quartier des Misérables était semé de ces trous odorants rattachés à chaque case. Quand les cases s'emmêlèrent au point d'agglutiner leurs trous, il fallut utiliser les vases, oui, toutes espèces de pots à soustraire aux chaleurs et à vider au cours d'une procession nocturne. Dès six-sept heures, un senti froissait l'air et gâtait le serein. C'est mon Esternome qui effectuait chez nous cette corvée. Chez les madames où j'allais circuler, cette besogne relevait du casse-tête. L'En-ville n'avait pas prévu ça. Chacun pour s'en sortir devenait noctambule. Nul n'exposait au jour un souci de cette sorte. Je connus une madame qui incendiait le tout dans une bassine d'étain avec des clous de girofle et des jets de vinaigre. Une autre en nourrissait du somptueux cresson. Une autre touillait l'affaire dans une eau de javel puis vidait cette chimie dans une dame-jeanne de chaux. D'autres payaient un vieux-nègre qui récoltait « la commission » en échange de trois sous. Bientôt, l'En-ville sut réagir. Devant les maisons, on eut des appentis destinés aux tonneaux qui recevaient l'engorgement des vases. C'est ce tonneau plein qu'il me fallut vider, au fil de mes emplois, à toutes heures de la nuit, jusqu'à ce qu'une société prenne en charge ce problème contre versement d'une taxe. Elle paya des ramasseuses, puis des charrettes-tinettes, que la mairie finit par inscrire au budget.

Après madame Latisse (quittée un jour en rage car elle voulut m'affubler de gants blancs pour servir le manger, comme si étant plus noire j'étais plus malpropre qu'elle), je fis le ménage chez une madame Labonne et un monsieur Labonne. Ces personnes me nourrissaient de ti-nains cuits de la veille, ou de restes du même genre, mais jamais du manger mijoté le jour même. Ils me faisaient dormir dans une cagna graisseuse par-derrière la cuisine, sur un lit de soldat frétillant de punaises. Le soir, ces personnes s'agenouillaient devant un crucifix comme pour prier la vierge mais priaient autre chose, qui affolait la flamme d'une inquiétante bougie... alors, *jésus-marie-joseph !...* je ramassai mon corps.

Après, je tombai chez une mademoiselle Larville, à la rue Perrinon, en face du pensionnat. Une espèce de vieille fille soi-disant innocente. En partant à la messe de cinq heures, elle fermait les fenêtres, rabattait les persiennes, bouclait la porte clac-clac et baissait le compteur en sorte que je ne puisse allumer une lumière pour accomplir mes tâches. Elle vivait avec sa manman (son titre, c'était : Man Louise) qui provenait de Grand-Rivière, et qui devait rester dans le noir comme moi-même. Le soir, la mademoiselle éteignait très tôt ses ampoules électriques et défendait qu'on use de la moindre lampe sous prétexte d'incendie. Mangé ou pas mangé, toilette faite ou pas faite, sept heures au soir tu es dans le noir ! Man Louise, sa vieille manman, souffrait d'un maclouclou, ce qu'on appelle une descente d'organe. Cette misère lui provoquait entre les jambes une grosse boule violette, sanguinolente, qu'elle entourait avec une bande. Ça lui était arrivé sitôt qu'elle eut soulevé une roche (certainement « envoyée ») apparue contre la porte de sa case. Man Louise était accablée de mépris par sa fille, toujours une réflexion à lui faire, une crierie à lui infliger parce qu'elle avait touché à ci ou déplacé cela. Elle la faisait manger sur une table à part sans l'honorer d'une nappe, *Mi la-honte, mi !* Ah, je n'ai pas traîné chez cette mademoiselle-là... ! J'ai ramassé mon corps avant la fin du mois (sans même attendre mes trente centimes), le dégoût à la lèvre, mon panier sous le bras et ma rage comme chemin.

LES ROBES D'EN-FRANCE ET LES QUATRE LIVRES. Après la mademoiselle, je trouvai du travail chez monsieur Gros-Joseph. *Alors là, je fus la reine.* J'étais gardienne des trois enfants, Serge, Georges et Guy-José. Ma patronne, sa dame, se prénommait Thérésa-Marie-Rose. Monsieur Gros-Joseph avait acheté des mains d'un monsieur Paul, une propriété sur les hauteurs de Balata (on l'appelait « Petite France »). Ses sœurs, Adélina et Sophélise, habitaient avec eux. C'étaient des femmes sans homme, adorantes-adorables, que j'aimai tout de suite. Elles m'adoptèrent comme une sœur nouvelle. Hasard du sort : la forme de mon visage ressemblait à celle des Gros-Joseph. Lorsque je me trouvais en voiture avec eux (une Dodge américaine inoubliable), on me prenait pour une personne de la famille; cela me conférait une sapide existence. Ces gens-là, au départ, n'avait pas grand argent. Ils avaient acheté bien malement ce domaine avec l'idée d'y cultiver des arbres fruitiers, des fleurs, des salades, des légumes. L'astuce visait à écouler tout cela dans les magasins de l'armée, les entrepôts de la marine, les sociétés mutualistes en débrouillardise dans l'espace de l'En-ville où la famine rôdait sitôt que les communistes enflammaient la campagne.

La famille s'organisait entre une petite maison d'En-ville et la propriété où il fallait entretenir les plantations. Tout le monde devant exécuter une tâche avec quelques nègres à coutelas, ils avaient décidé d'un commun accord d'affecter une gardienne aux enfants. A mon arrivée monsieur Gros-Joseph prenait déjà du fer; quelques soucis d'argent. Ma venue fut une bénédiction. Lors des séjours dans la propriété, je suivais les enfants à travers les sillons, guettant leurs jeux et injuriant les nègres de jardin qui haletaient à la vue de mes reins. Or, l'un des enfants pénétra dans une caseà-cyclone comme on en fabriquait dans les Grand-cases d'antan afin de soustraire la famille aux dangers des grands vents. Donc, l'enfant y pénètre, les autres le suivent, moi-même de même. Et ne voilà-t-il pas que mon idée m'incite à grattouiller le sol ; et ne voilà-t-il pas (les enfants s'amusaient à crier dans l'écho de la pierre), que je sens une creusée sous mes ongles. J'avais trop entendu des histoires de trésor pour ne pas alerter Thérèsa-Marie-Rose, Adélina et Sophélise, et leur montrer le trou béant. Thérèsa-Marie-Rose m'enjoignit de me taire à jamais et s'en alla chercher monsieur Gros-Joseph. Ce dernier, bien malin, libéra ses jardiniers, la cuisinière, la ménagère, mit un cadenas aux grilles de la propriété, enferma les enfants dans une chambre, et m'accompagna au-dessus de ce trou. Nous y déterrâmes un petit coffre plus lourd qu'une cathédrale. Monsieur Gros-Joseph le fourra sous sa chemise avec un spasme hagard. Depuis ses affaires allèrent mieux ; dans la famille, je fus comme chez moi-même, au cœur doux du coco, et l'on me confia des responsabilités.

Il fallait livrer des légumes aux casernes de soldats. Leur nombre et leurs besoins s'étaient développés sous l'effet des rumeurs d'une guerre que semblait rechercher un isalop nommé Hitler. La famille et moi-même assurions leur ravitaillement dans une vieille voiture ou dans un triporteur. Les militaires nous délivraient un reçu tamponné avec lequel monsieur Gros-Joseph négociait un paiement aux guichets du Trésor. Les fleurs (arums, tubéreuses, pâquerettes, marguerites) se livraient aux marchandes dès quatre heures du matin, lors des journées de fête. Des békés et mulâtres venaient sur le domaine acheter des couronnes d'enterrement, des bouquets de mariages, une prudence de légumes. En l'absence de la famille, j'en assurais la vente sous le regard aigri des jardiniers, de la cuisinière et de la ménagère (Jeannette Capron et Suzanna Pignol, de bonnes personnes quand même). Tous me soupçonnaient d'y gratter une monnaie, ce que bien entendu j'opérais sans émoi, un sou par ci, un franc par là. Ces grattes emplissaient ma cagnotte de sûreté contre les aléas de mes errances dans l'En-ville depuis que mon Idoménée et que mon Esternome m'avaient abandonnée.

Monsieur Gros-Joseph menait commerce avec un monsieur Albéric. Ce dernier entreposait des fûts de rhum récupérés dans d'obscures distilleries perdues au fond des mornes. Leur biznesse consistait à détailler l'alcool aux boutiquiers d'En-ville qui eux-mêmes le revendaient en roquilles et chopines : en ce temps-là, le rhum n'avait pas de bouteille. Monsieur Gros-Joseph et le monsieur Albéric se partageaient les bénéfices et le travail. Le monsieur Albéric gérait les entrepôts de rhum ; il tenait d'une main haute les nègres de Sainte-Thérèse qui devaient y rouler les tonneaux, les livrer en charrette, surveiller les cuvées destinées à vieillir, et mesurer chaque vendredi les litres aux boutiquiers. Il fallait aussi embarquer les tonneaux sur des navires de France ou d'un pays lointain. Monsieur Gros-Joseph, lui, accompagné de deux chinois (Chine et Chichine-la-Chine), sillonnait les chemins dans une charrette immense. Il visitait les distilleries, négociait les tonneaux et menait contrebande pour les distillateurs. Il revenait le soir, flapi, et devait alors, avec sa femme, ses sœurs et moi-même, remplir les livres comptables de la propriété.

Ce fut une bonne période. Je vis de près des aspirants-mulâtres, leur goût de la langue de France, leur amour du savoir. Ils payaient aux enfants, les services d'un vieil instituteur (Caméléon Sainte-Claire) actif dans sa retraite. La science de ce grand-grec l'affectait curieusement. Deux personnes se disputaient en lui : un gros-nègre brailleur, amateur de légumes raflés dans les jardins ; et un être castré, aux connaissances exquises exposées avec soin aux enfants qui s'en foutaient profond. Avec lui *(merci bondieu !...)*, j'appris à lire et à écrire. Si le A me coûta treize ignames, le B n'atteignit qu'une dachine, et du C jusqu'au Z, je n'eus qu'à titiller son plaisir d'affronter l'ignorance et l'agonie volcanique de sa libido. Contre un bo sur sa joue de vicieux-tourmenté-malgré-l'âge (pour m'exciter, il susurrait une des fleurs érotiques d'un dénommé Baudelaire) Caméléon Sainte-Claire m'offrit mon premier livre (un manuel technique qui devait l'ennuyer). J'utilisai l'ouvrage afin de retrouver tel ou tel mot, l'épeler, le recopier, mais jamais pour le lire : s'y trouvaient seules, des considérations sur l'électricité, des affaires de vis, de fil, d'interrupteur, et de volts et de watts. C'est avec monsieur Gros-Joseph lui-même que j'apprendrai le goût des livres-à-lire, dénués de toute image, où l'écriture devient sorcière du monde.

Il disposait d'une bibliothèque dans une des pièces de la propriété. Il y avait installé un divan créole à l'en-bas d'une fenêtre ouverte sur le pied de pommes d'eau du jardin. Les alizés y diffusaient un fleur de vanillier. Là, monsieur Gros-Joseph consacrait ses dimanches à lire, longé sur son divan, silencieux comme un mort. Lorsque les enfants allaient parfois le déranger, j'étais intriguée, les poursuivant, de découvrir tant d'immobilité chez cet homme d'action. Quel modèle de magie envoyaient ces livres-là, bondieu-seigneur ? Mon syllabaire d'électricien ne m'avait jamais momifiée comme cela. Je m'en inquiétai auprès de monsieur Gros-Joseph. Il se mit à rire *Kra kra kra mais c'est parce que la vie s'y retrouve ma petite, l'existence y palpite, ce que l'homme a de plus noble, de plus haut, de plus grand y souffle aussi !...* Il me fit asseoir en compagnie de ses enfants et nous lut ce poème dont j'ai gardé mémoire Lorsque avec ses enfants vêtus de peaux de bêtes, Caïn se fut enfui de devant Jéhovah, comme le soir tombait l'homme sombre arriva... *Hugo, mes enfants, Hugo... ! le plus considérable des poètes imbéciles !...*

Monsieur Gros-Joseph lisait Victor Hugo, Lamartine, madame Desbordes-Valmore, Alfred de Musset, Théodore de Banville, François Coppée, Mallarmé, Descartes, La Fontaine, Charles Guérin, Montesquieu, Emile Verhaeren, Jean

Richepin, la Comtesse de Noailles, et bien d'autres encore.... Son préféré semblait être Montaigne. Aux calendes de mars, veille de ses trente-huit ans, ce vieux-blanc s'était sorti du monde afin de se blottir au sein des doctes vierges en haut de son château ; et, plutôt que de gober les mouches, vivre la chasse à courre ou zailler la duchesse dans les tourelles humides, il s'était mis à lire des livres anciens ramenés de ses voyages, et à les commenter en remplissant leur marge, parlant de lui, de ses humeurs, du cœur, de l'homme, de la mort, de tout sous toutes coutures comme me l'avait fait, avec sa seule parole, mon papa Esternome. Les heures quiètes du dimanche se voyaient transpercées des ovations de monsieur Gros-Joseph *Que sais-je, mais que sais-je ? ! Oh l'aimable homme... !* De parler français comme Michel de Montaigne, l'enivrait pour de bon. Lui (toujours furieux, toujours précis toujours très sec dans ses affaires), devenait dans sa bibliothèque, avec son De Montaigne, tendre, aérien, rayonnant de vertu, de piété et de grâce. Parfois, son ouvrage refermé plaqué sur sa poitrine, il renversait la tête pour un soupir d'extase, que j'entendis parfois chez mon cher Esternome : *Aaaah, la Fraaance...* disait-il.

Avec lui, j'abordai à l'inconnu des livres. Cela me permit de méduser Ti-Cirique l'Haïtien lorsque, une charge de temps plus tard, nous nous connûmes à Texaco. Monsieur Gros-Joseph, estébécoué que je sache lire, m'avait laissé approcher ses rayons, en sortir un ouvrage, m'asseoir au pied de son divan, déchiffrer en silence. Il feignait de me laisser un libre choix (*Là, souffle l'universel, ma fille, tout est bon, tout est bon...*). Mais, levant la tête d'un chapitre de Montaigne, il devinait l'ouvrage que j'enlevais du rayon et prononçait une sentence : *... Pff, un roman... pour le roman, on lit Cervantès, et puis on le relit, c'est tout... Ah, Diderot, un esprit, il sait lancer la phrase... Oh ! ce pauvre Leconte de Lisle, il est plus froid qu'un glaive... Molière, seigneur, ça tient, ça tient...* Au bout de quelque temps, je ne l'écoutai plus. La liturgie dominicale du livre se mit à m'absorber. Je ne lisais pas tout, et bien des dimanches pouvaient se dérouler sans un accès possible à la bibliothèque, mais, quand l'occurrence s'y prêta, je parcourus de nombreux livres, lus des lots de poèmes, des bouts de paragraphes, des périodes envoûtantes. Au grand désespoir de monsieur Gros-Joseph, je ne sus jamais ce qui était de qui, ni qui valait la peine par rapport à tel autre. Chaque livre, pour moi, libérait un parfum, une voix, une époque, un moment, une douleur, une présence ; chaque livre m'irradiait ou m'accablait d'une ombre ; j'étais comme terrifiée de sentir sous mes doigts ces pétillements de l'âme noués dans une même rumeur.

Tout marchait bien. La famille se préparait à voyager au pays de Montaigne. Monsieur Gros-Joseph avait négocié l'aventure auprès d'une compagnie qui détenait la ligne. On avait préparé cette odyssée transatlantique durant des mois de transe, les malles étaient fin prêtes, on rêvait de paquebot. Les enfants, excités par leur père, déclaraient se rendre au pays de l'esprit. Ils allaient disaient-ils, rencontrer à chaque pas des châteaux enchantés, des nains bûcherons, des sorcières à miroir, des Comtesses de Ségur, des Montaigne, des Rabelais, des Lamartine qui vendaient du poisson, des Jean-Jacques Rousseau tenant une boulangerie, des François Villon affalés dans des bouges ou poursuivis par la police. Quand Monsieur Gros-Joseph m'annonça que je partais aussi... j'aurais pu mourir froide... *O contentement... !* Je lui sautai au cou. Je l'embrassai, j'embrassai tout le monde. Je sautillai dans le jardin comme un cabri de sacrifice devant un prêtre kouli. La cuisinière, la ménagère et les nègres de jardin me pensèrent tombée folle. Thérésa-Marie-Rose m'avait confectionné, en vue de cette expédition, trois belles gaules de cotonnade blanche, à dentelles ; elle m'avait acheté une paire de souliers, un chapeau, un grand manteau chauffant pour me parer du froid qui soufflait, semble t-il, au pays de Montaigne. J'avais essayé ces robes-là, et-caetera de fois. Je m'étais préparée au départ en lisant avec plus d'appétit, me gavant des paysages de

France, des saisons, des histoires. Rien (ni dans les affaires de monsieur Gros-Joseph, ni dans le jardin, ni dans la santé des enfants que nous surveillions tous) ne semblait pouvoir compromettre ce voyage. Dans l'esprit de tous, et de moi tout d'abord, il conservait pourtant l'incertain d'une chimère. La suite nous donna raison...

A quelque jours du départ, on annonça la guerre. Monsieur Gros-Joseph découvrit ce désagrément en livrant des légumes. Il revint nous l'annoncer avec grand désespoir. *La France envahie par des Allemands !...* Elle avait capitulé. Il s'enferma dans sa bibliothèque et y passa deux jours à boire son propre rhum et à délirer sous une pile de Montaigne, Descartes et Montesquieu... déposée sur son crâne comme seul rempart possible contre la barbarie. On fit accourir le docteur, un vieux-blanc des Carpates, officier de marine, qui voletait d'île en île comme un oiseau migrant quand le Nord souffle tempête. Le volatile diagnostiqua une fièvre qu'il soigna avec rien en disant *Ça passera...*

Ça ne lui passa pas. Monsieur Gros-Joseph demeura enfermé durant toute la guerre. Le monsieur Albéric vint une ou deux fois chercher son associé ; constatant ce qu'était devenu ce dernier, il repartait épouvanté, à telle enseigne qu'il perdit le chemin pour venir. On ne le revit jamais — même quand Thérésa-Marie-Rose m'envoya lui porter de petits messages exigeant le versement des bénéfices de son mari. Ce à quoi le monsieur Albéric rétorquait *Quels comptes, quelles affaires, on n'était pas associé, l'argent qu'il avait venait de son travail et comme il ne travaille plus y'a plus d'argent qui vient...*

> Au centre, une logique urbaine occidentale, alignée, ordonnée, forte comme la langue française. De l'autre, le foisonnement ouvert de la langue créole dans la logique de Texaco. Mêlant ces deux langues, rêvant de toutes

les langues, la ville créole parle en secret un langage neuf et ne craint plus Babel. Ici la trame géométrique d'une grammaire urbaine bien apprise, dominatrice ; par-là, la couronne d'une culture-mosaïque à dévoiler, prise dans les hiéroglyphes du béton, du bois de caisses et du fibrociment. La ville créole restitue à l'urbaniste qui voudrait l'oublier les souches d'une identité neuve : multilingue, multiraciale, multi-historique, ouverte, sensible à la diversité du monde. Tout a changé.

Note de l'urbaniste au Marqueur de paroles.
Chemise n° 17. Feuillet XXV.
1987. Bibliothèque Schœlcher.

Bientôt, il fut impossible de voir le monsieur Albéric, même quand Adélina, Sophélise et Thérésa-Marie-Rose y allèrent en personne et qu'elles piétèrent devant les entrepôts où de gros-nègres, les empêchant d'entrer, supportaient stoïquement mes injuriées sur leur manman. La famille Gros-Joseph put voir-sa-part plus ou moins bien au début de la guerre. Elle se replia sur l'activité maraîchère de la propriété, diminua l'espace des fleurs au profit des légumes que tout le monde recherchait. Des affamés s'entassaient devant les grilles de la maison et achetaient les ignames à prix d'or. Mais les autorités militaires décidèrent de réquisitionner les récoltes du jardin. Thérésa-Marie-Rose eut beau parlementer avec le commandant (une sorte de singe rouge, à yeux bleus, fier d'être né à Avignon dans la ville des Papes, qui menait dans les colonies une ascèse de mémoire afin d'oublier une Québécoise morte en couches lors d'une trentième grossesse exigée par l'Église catholique comme rempart à une vague anglophone), les soldats emportaient tout. Le Commandant détestait non seulement le Québec, l'Église, les femmes et les maternités de survie, mais aussi la France (et donc la « Petite France ») dont il incriminait les désertions de l'Amérique du Nord. Il se foutait donc de la guerre selon ses propres mots, et passait les existences à la moulinette des consignes guerrières, sans jamais en sonder ni l'esprit ni la lettre. Les ordres et puis c'est tout. Ainsi, contre un ombrage d'indemnité versée tous les six mois, les charrettes militaires ramassèrent les récoltes d'ignames et de choux. Elles ne laissaient qu'un à-rien, pas vraiment suffisant pour nourrir la famille Gros-Joseph. Thérésa-Marie-Rose décida tout de même d'en vendre la moitié afin d'obtenir les compléments en viande, huile, sel et compagnie. La vie aurait pu s'équilibrer ainsi, mais la ruine survint des pillages.

Ce que mon Esternome m'avait raconté sur la guerre 14 se reproduisit avec un plus d'ampleur. L'En-ville s'était développé ; à mesure-à mesure, il avait distendu son rapport à la terre, supprimé ses jardins. Les cultures de mon Esternome avaient sans doute été couvertes par des cases nouvelles, et les nouveaux habitants du Quartier des Misérables (où j'allais quelquefois le dimanche, au gré de mes sorties), s'installaient sans même planter un fruyapin, dégrader un bout de terre ou lâcher un cresson dans l'eau claire d'un canal. Fiers de leur ongles sans boue, ils se laissaient emporter par l'En-ville qui avalait l'entour. L'En-ville que mon Esternome considérait tant, m'apparut comme une bête aveugle, proliférante mais inapte à survivre, à l'instar de ces dinosaures trop rigides pour le monde dont nous avaient parlé les Laïques à cravate. J'avais le sentiment que tout cela s'effondrerait ; la famine née de la guerre et l'Amiral Robert renforça cette impression diffuse. Longtemps, je me considérai comme de passage dans cet En-ville, avec dans l'idée d'entreprendre, sitôt mes poches bien pleines, un *Noutéka* des mornes... pauvre épopée de mon pauvre Esternome... je me la ressassais dans ces lits misérables où j'inspirais de la poussière, des odeurs de tinettes et de canaux bouchés... la misère des cœurs soucieux de s'y grandir, ... et ces dignes familles que je pus contempler à loisir et mépriser à grand balan, sauf peut-être les Gros-Joseph — ... pauvre épopée, levée complice d'une amertume.

L'En-ville modifiait les nègres-campagne, plus un n'avait l'esprit de mon cher Esternome ; de plus en plus, ce dernier me semblait relever d'une planète lointaine ; ce qui, avec la distance, la nostalgie, et peut-être cet élan familial qu'inspirent les solitudes, me le rendait charmant. A mesure des années, il grandissait dans mon esprit.

Durant les nuits de guerre, des nègres envahissaient les jardins de la propriété. Ils emportaient tout avec une rage jalouse. Désespérée. Ils cueillaient les légumes, les fruits, les dernières fleurs, à croire qu'ils les mangeaient. Ils dévastaient les champs, grattaient la terre, pissaient aléliron, déracinaient les arbres par seule méchanceté. Il n'y avait plus de jardinier, ni de ménagère, ni de servante. Thérésa-Marie-Rose ne pouvait plus me payer mais je restai quand même. Les trois femmes, les enfants et moi, nous surveillâmes le jardin. Quand la marée des pillards surgissait, Thérésa-Marie-Rose tirait en l'air, puis tirait dans le tas. Les premières détonations les effrayèrent, un peu moins les centièmes, puis pas du tout les autres, d'autant que Thérésa-Marie-Rose n'eut bientôt plus de balles : elle criait *Po ! po ! po po po zot mô, Vous êtes morts...*, tandis que d'une voix inhumaine nous poussions des tonnerres de canon Bidam Bidam Bidam !... Cela n'inquiéta jamais le moindre des pillards mais portait baume à nos angoisses.

En vain : Marie-Théodore demanda du secours au commandant assassinant un souvenir ; puis, elle implora treize audiences à l'Amiral Robert (ce pétainiste, gouverneur du pays, festoyait chez les békés ou traquait ces nègres fols qui, chaque soir, feintaient ses cuirassés pour s'en aller sauver de Gaulle et libérer leur France...).

En moins d'un an, la propriété prit des airs de chien-fer en travers d'un marché. Le matin laissait flotter un désarroi de brumes sur la terre piétinée. Les arbres effeuillés se tordirent dans le vent comme des doigts de sorcière. Cela n'arrangeait pas l'équilibre mental de monsieur Gros-Joseph serré dans sa bibliothèque d'où il ne sortait plus. Il pissait, chiait, mangeait ses propres livres et hurlait à la mort en zieutant les pommes d'eau dont il était le seul à surprendre la grimace. J'accompagnais Thérésa-Marie-Rose quand elle lui portait son lait, un rien de légume bouilli, qu'il avalait trois jours plus tard, une fois caillé-pourri. On l'entendait manger comme un cochon en éructant Rimbaud ou Lautréamont. Quelquefois, Thérésa-Marie-Rose s'asseyait avec lui dans la bibliothèque, m'ordonnait d'aérer l'implacable pestilence. Tandis que je ramassais les saletés du pauvre homme, elle lui parlait, et l'écoutait parler. Elle tentait de retrouver son mari au détour d'un regard, dans un geste familier. Hélas fout'... rien du dégénéré n'évoquait Gros-Joseph, sauf peut-être les auteurs qu'il citait, mais selon d'obscures lois que le vrai Gros-Joseph n'auraient pas cautionnées. Les poésies, disait l'abâtardi, étaient meilleures au goût que les romans — plus délicates. Rimbaud libérait une saveur de soudon envasé, quelque chose d'étouffant qui torturait la bouche avant de s'étaler en de larges fragrances, puis de se racornir sur une gerbe de poudres et de sables de désert. Lautréamont régnait dans un bouquet de caïmite-citron-vert, mais, à la longue, il donnait mal au ventre. Sully Prudhomme devait se mâcher comme du gros-gâteau et s'oublier très vite. Lamartine laissait goût d'un vieux sirop de batterie, plaisant mais un brin mol. Et Montaigne, hélas, ô flamboyant esprit... ses livres dissipaient leurs vertus dans la bouche pour n'offrir aux papilles qu'une frappe de papier rance... En écoutant ces vandalismes Thérésa-Marie-Rose pleurait. Elle fuyait de la pièce avant que j'aie fini ; et je me retrouvais seule avec le bougre-fou qui mordait dans les livres Ah Jonathan Swift goût de merde, Ah Zola goût de merde, Ah Daudet goût de merde, et il les voltigeait à travers la pièce, déchirés par ses dents, Ah...

Il ne fut plus possible à Thérésa-Marie-Rose de payer ce qu'il fallait payer. Monsieur Gros-Joseph n'avait pas initié cette malheureuse au labyrinthe de ses affaires ; elle s'abîma au décryptage de papiers sibyllins, au vertige de comptes abscons griffonnés à la plume sur des cahiers mal paginés. Elle tenta de résister aux sommations diverses, et d'établir la hiérarchie d'une touffe de créanciers. Ces enragés lui déversaient chaque jour des tombereaux de dettes signées de son mari, et se déclaraient prêts à brûler la maison. La banque exigea cinquante traites sur du beau papier blanc, dans une belle enveloppe. Et l'on vit l'apocalypse des hommes de loi investir « Petite France » pour la vendre aux enchères. Thérésa-Marie-Rose et les sœurs de monsieur Gros-Joseph se retrouvèrent au mitan de la rue en compagnie des trois enfants. Sur un cabrouet de kouli, attelé à la fatigue d'un bourricot visqueux, elles prirent la route vers une lointaine famille de Gondeau-Lamentin. Monsieur Gros-Joseph, lui, récupéré dans la bibliothèque dans une sorte de grand sac, s'était vu déposer à la gendarmerie, puis dans un quartier espécial de la Maison centrale. Le bateau des fous vint l'y récupérer aux heures de l'armistice, afin de le déposer à l'asile de Guadeloupe où nul le vit plus, en tout cas jamais moi. En ce temps-là, je crois que l'on serrait les fous. Tout le reste de sa vie, Thérésa-Marie-Rose prit ce même bateau pour se rendre au portail de l'asile et flatter les gardiens. Elle leur laissait (avec mille recommandations), des paniers d'oranges et des livres de Montaigne que ces ababas devaient utiliser comme papier-cabinet. Thérésa-Marie-Rose vécut à Saint-Joseph m'a-t-on dit, en compagnie d'Adélina et Sophélise ; l'une de ces dernières mourut assez vite, l'autre quitta la vie tellement séculaire que nul ne savait plus qui elle pouvait bien être. On la mit en tombeau avec comme épitaphe *Ci-gît une personne de l'En-ville* (détail qu'un fouyaya avait su retenir des fiertés de sa vie). Entre-temps, Thérésa-Marie-Rose s'était éteinte au pied des hauts murs de l'asile. Elle avait une fois encore accompli le voyage, habillée de splendeur, d'une lichette de parfum. Parvenue au portail, elle confia aux gardiens (des nouveaux qui la connaissaient mal), *Je suis venue rencontrer mon mari*... Puis, sans attendre, elle s'assit au coin de gauche de la porte. On l'y retrouva presque en statue de sel lorsque (siècle-temps-plus-tard) une cendre de parfum titilla la mémoire des cerbères, du souvenir lointain de cette dame qui leur avait parlé *Mé ola Matinityèz-là pasé ô-ô,* Mais où est passée la Martiniquaise, oh ?...

Basile au cœur. Le jour de l'expulsion, Thérésa-Marie-Rose m'avait dit en pleurant du haut de sa charrette, qu'il fallait que je débrouille mon corps. Elle ne pouvait m'emmener. Je me retrouvai seule dans Fort-de-France en guerre, riche de mes robes de France, de ma paire de chaussures, des deux-trois sous de mes trafics et d'un baluchon de quatre livres récupérés dans la bibliothèque — juste avant que Thérésa-Marie-Rose n'y mette le feu dans un élan de folie, en espérant restituer sa cervelle au pauvre Gros-Joseph. Mais le fouben avait hurlé de rire en plein milieu des flammes, puis s'était assoupi, intact dans son délire et le frisson des cendres. Mes livres ? Un Montaigne, bien sûr, que je crois entendre murmurer dans son château glacial ; l'Alice, de Lewis Carroll, qui va en toute merveille comme un vrai conte créole ; les Fables de monsieur de La Fontaine, où écrire semble facile, et, bien sûr, un Rabelais dont monsieur Gros-Joseph abhorrait la bacchanale langagière. J'aime à lire mon Rabelais, je n'y comprends pas grand-chose mais son langage bizarre me rappelle les phrases étranges de mon cher Esternome pris entre son envie de bien parler français et son créole des mornes — un état singulier que je ne parvins jamais à restituer dans mes cahiers. Bien plus tard, à Texaco, lorsque Ti-Cirique l'Haïtien me citera ces écrivains dont j'ignore tout : Cervantès, Joyce, Kafka, Faulkner, ou (avec grand dégoût) un dénommé Céline, je lui murmurerai (pas très sûre de moi mais sincère du profond) : *Rabelais, mon cher... d'abord.*

Plus que jamais l'En-ville, où j'étais pourtant née, m'apparaissait comme un lieu de passage. Je me raccrochais au souvenir de mon cher Esternome avec l'idée de rebrousser sa trajectoire. Je m'imaginais même que je retrouverais intacte sa petite case des mornes, tabernacle de son bonheur avec Ninon. C'est la guerre qui me fit demeurer dans l'En-ville, car l'En-ville demeurait immobile sur lui-même et n'avait plus la force d'atteindre les campagnes. Les campagnes fluaient vers lui : marchandes à pieds et pousseurs de brouettes, soucieux d'en extraire par un troc de légumes, du bon pétrole, un grain de sel, une huile bénie. Alors, je me mis à errer de maison en maison, de patronne en patronne. Mes errances s'organisaient ainsi : une amie de marché (à laquelle j'évoquais une patronne détestée) me signalait telle bonne personne qui recherchait quelqu'un. Je m'y rendais, et je me retrouvais servante dans cette maison. Dès mon premier jour de l'après Gros-Joseph, je fus embauchée ainsi chez une Man Mathurin : cuisine-ménage pour elle, pour son mari, pour ses trois filles dont une (un tac fôfôlle) restait pelotonnée à sucer ses orteils. *Envolée la grande vie de chez les Gros-Joseph !...* Les Mathurin étaient moins fortunés. Man Mathurin tenait un *Débit-La-Régie* du coté du canal ; elle y déposait l'essentiel de sa vie. Monsieur Mathurin, lui, travaillait aux registres d'une fabrique d'huile. Sitôt le savon devenu introuvable en raison de la guerre, cette entreprise s'était mise à en produire à partir d'une chimie potassée et d'une huile de coco, et menait grand commerce sans un quelconque effet sur le microbe qui servait de salaire au monsieur Mathurin (nègre embu, sans paroles, chiffonné à l'en-bas d'un chagrin). C'est chez Man Mathurin que je connus Basile.

Après mon travail, je restais au balcon de l'étage à regarder l'En-ville. Basile empruntait la rue en dessous, et me faisait des *Ssst Ssst*, des *Bonjour mademoiselle*, des petits yeux, des compliments sucrés. J'ignorais ces manœuvres en jouant à la békée. Mais, de jour en jour, sans même me consulter, mon cœur battant se mit à espérer Basile. De loin, il parvenait à me faire rire. C'était un nègre à canotier, habillé d'un drill blanc, impeccable toujours. Il avait des hanches de fillette, des épaules de docker, et devait être né au clair d'une lune montante car sa taille dépassait celle du reste des gens. Sa seule activité semblait de sillonner l'En-ville et de suivre les matches des sociétés de football en guerre sur la Savane. Quand je quittai Man Mathurin pour madame Thelle Alcibiade (une institutrice en retraite, éminente personne du Syndicat National des Membres de l'Enseignement Primaire, qui vivait avec un boutonneux analphabète et une sœur lépreuse (Julia) que l'on disait non contagieuse), Basile me retrouva sans peine comme s'il m'avait suivie, et se remit à folâtrer le soir en-dessous du balcon. Ses macaqueries m'amusaient tout bonnement. Il finit par m'inviter à le rejoindre par des signes de la main. Je ne descendis pas tout de suite, bien entendu, mais un soir je finis par descendre : après le dîner, madame Thelle se prit à tolérer que je prenne le serein au devant de la rue.

La première fois, je descendis sans y penser. J'étouffais dans les journées de chaleurs closes que recèlent les maisons. Le soir, j'appris bien vite (comme les gens de l'En-ville) à goûter au serein. Sitôt devant la rue, je vis surgir Basile. Il entama les bêtises agréables que les hommes racontent dans ces situations-là. J'essayai une mine sérieuse ; ne pas le regarder ; puis je me mis à sourire, et à rire, et même à lui répondre en dévoilant mon nom, *Marie-Sophie*, qu'il trouva le plus beau de la terre, ce que, tu m'as comprise, je crus sans aucune peine. Basile et moi, nous eûmes donc rendez-vous de soirée chez cette madame Thelle. Nous murmurions sur le pas de la porte et respirions ensemble les parfums du serein (les vents, disparus de l'En-ville sous la frappe du soleil, revenaient en douceur avec le crépuscule ; ils s'épanchaient chargés des senteurs de la mer, s'ourlaient contre les hauts mornes qui étreignent Fort-de-France, et ondulaient entre les maisons, en bougeant les volets ; leurs venues salutaires après les asphyxies, avaient favorisé ces balconnets fleuris où l'on s'asseyait (hors d'atteinte des poussières) pour convoquer ses rêves et respirer la nuit ; à cette heure, on y installait les grandes-personnes, la marmaille allaitée ; les enfants s'accrochaient aux forgeries de la rambarde ; les gens de l'En-ville, habillés de gaules blanches, milanaient de balcon à balcon, soignaient leurs tubéreuses et leurs bougainvillées ; qui n'avait pas de balcon, s'asseyait sur un banc à hauteur de la rue ; bien qu'émues par le vent, les dernières poussières n'offusquaient pas le plaisir du serein ; dans les maisons à grand balcon où la famille mulâtre se retrouvait entre elle, les bonnes agglutinées devant la porte, se surveillaient la vie au travers des milans ; leur présence attirait les nègres-prédateurs de petites campagnardes, vivier facile dont mon Basile (comme des centaines d'autres, maîtres-coqueurs à beaux-airs) s'alimentait sans peine ; les rues du Fort-de-France nocturne étaient semées de servantes enivrées par ces nègres-charmants, grands bergers des frissons et de la parole douce, jusqu'à ce qu'un cri de la patronne (ou du patron) y mette un froid-milieu et renvoie l'envoûtée au sommeil solitaire).

C'est l'analphabète de madame Thelle qui me donnait le signal de rentrer. Prenant ombrage de mes échanges avec Basile, il sonnait son tocsin de bonne heure et m'accusait de dérespecter sa maison par mes causettes de rue avec un ostrogoth. Moi, je lui disais *Je ne vous comprends pas monsieur Thelle, dites donc, je peux bien rester-causer devant la porte avec quelqu'un...* Mais l'analphabète me regardait avec l'œil décédé qu'il posait sur mes livres en passant dans ma chambre. Madame Thelle ne me reprochait rien, mais lui me pourchassait sans fin, à descendre le couloir, à s'insinuer entre Basile et moi, à nous toiser du haut de ses boutons, puis à rentrer aigri. Toutes les cinq minutes, penché par-dessus le balcon, il me demandait si j'avais enveloppé le pain rassis, si je n'avais pas vu son tournevis, si j'avais échaudé la niche de souris roses derrière le potager... A ces persécutions, je répondais *Oui mussieu, non mussieu...*, et je continuais à écouter Basile. L'analphabète, dans la maison, étouffait d'impuissance . Un jour, n'y tenant plus, il se rendit à la police pour accuser Basile de détourner une mineure ; cela ne donna rien : la police restait mobilisée sur les tracas de guerre. De plus, le brigadier qui vint à sa septième demande (gros, bleu, à moustaches, s'avançant pieds-ouverts à la mode des canards, l'œil glacé pour nous effaroucher), connaissait bien Basile qui connaissait tout le monde, *Eh bien Basile c'est toi qui es là, mon bandit ?...* Aux lueurs de son regard, je sus que lui aussi pourchassait les jeunes bonnes désœuvrées dans l'encadrure des portes.

> Dans l'En-ville Sophie-Marie, il y a les *Man* et les *Madame.* C'est pas pareil. La *Man* te parle en créole. La *madame* te parle en français. La *Man* est gentille et connaît la survie. La *madame* est plus sévère et te parle de la Loi. La *Man* se souvient des mornes et des campagnes et des champs. La *madame* ne connaît que l'En-ville (ou fait semblant). Qu'est-ce que tu dis de ça ?...
>
> Cahier n° 9 de Marie-Sophie Laborieux.
> 1965. Bibliothèque Schœlcher.

Basile demeura très respectueux avec moi jusqu'au jour de la fatalité. Monsieur Thelle ce jour-là, était tombé malade. Il ne pouvait arpenter le couloir ou se pendre au balcon. Couché avec des fièvres, il craignait d'avoir récupéré la lèpre de sa belle-sœur et avalait des tas de thés que madame Thelle lui ramenait des bas-bois de Dillon. Basile et moi avions donc quartier libre pour causer. Je ne savais rien de lui, même pas l'autre morceau de son nom ; mais il me faisait rire, c'était ça l'essentiel. Rire me charroyait l'esprit. Si bien qu'il me prit dans ses bras au milieu d'un de mes rires, qu'en riant nous reculâmes dans le noir du couloir, enhardis par les lumières éteintes de madame Thelle. En chuchotant, en ricanant, en suffoquant, je capotai dans une troublante ivresse. Je me mis à trembler. Je me mis à prendre peur. Mon corps se tendit vers le corps de Basile qui tremblait un peu (mais bien moins) lui aussi. Dans un silence convulsif, la chose se produisit. Une douleur. Le vertige. La honte. La peur. L'abandon. Les reculs. Les défaites pantelantes. Les lueurs de lucidité où l'on émerge entre les griffes d'une bête haletant des naseaux. Les montées de plaisirs. Les oublis. La noyade... Basile, étonné de me trouver jeune-fille, chantonna une victoire. Je n'en perçus l'inélégance que vingt-cinq ans plus tard, en mes heures de songeries entre deux batailles pour Texaco, tant j'étais bouleversée sur l'instant, par ce que mon ventre venait de découvrir.

Et, chaque soir, nous causions en attendant l'instant. Nous l'abordions avec moins de tremblades, plus d'envie que cela se prolonge. Nous recommencions et-caetera de fois, puis je regagnais mon lit et mes rêves torturés. D'être dans le couloir (entre la famille Thelle et la rue désertée offerte aux somnambules), apportait du piment à ce que nous faisions. Je n'ai jamais, par la suite, retrouvé cette volupté inquiète qui naît de se livrer et de guetter le monde tout à la fois. Je n'avais pas de cœur pour Basile, maintenant que j'y songe. Hiérophante d'une messe basse, il était imbriqué au plaisir de mon corps et peuplait mon esprit. J'attendais sa venue avec crainte, avec honte et un appétit qu'électrisait la nuit. Nos causettes devinrent presque inutiles, nos mots souffrirent d'un carême d'impatiences. Tout convergeait vers cet instant que nous feignions de découvrir, et dans lequel (après deux minauderies) je m'enfonçais d'un coup comme dans une flache boueuse. Je me voyais bien vivre avec

Basile ; lui ne me proposait rien. Je pensais être contente de lui... mais, comment à cet âge-là et dans un tel émoi, distinguer l'amour des bonheurs provisoires ?

Quand monsieur Thelle fut guéri de ses fièvres, qu'il se crut épargné par la lèpre, il se remit aux aguets. Nous le guettions aussi mais (comme nous n'étions pas convaincus de mal faire), lui nous guetta mieux. Il nous surprit dans le couloir en plein désarmement. Il cria *Au feu les pompiers !...*, et repoussa Basile en caleçon dans la rue *Vade retro satanas... !* Basile fit mine de riposter d'un tioc, puis se souvint de son âge. Alors, il préféra se rajuster en injuriant les faux mulâtres d'En-ville qui se croyaient être des personnes mais qui n'étaient en vérité que des cacas-lapins. Monsieur Thelle m'ordonna d'asperger le couloir de crésyl, de savonner les murs, d'aller me purifier avec du gros savon, puis de m'agenouiller dessous la petite vierge accrochée dans la salle. Moi, sans une ni deux, je gagnai ma paillasse, ramassai ma mallette et quittai la maison dans une course provocante. Madame Thelle, réveillée, eut le temps de me dire *Revenez jeune fille, revenez, mais qu'est-ce que cela veut dire, au nom du ciel !?...*

Je ne les revis jamais. On raconta qu'ils moururent de la lèpre de Julia, finalement contagieuse. Qu'un jour monsieur Thelle se sentit une grattelle dans le dos, puis une autre entre les doigts. Il pensa aux piqûres de moustiques si fréquentes dans l'En-ville, et n'y pensa plus. Puis, de petits points raides lui constellèrent la peau. Quand il les grattait, ces points s'écaillaient roses et restaient insensibles. Puis, des fissures suintantes l'envahirent de partout, tandis que madame Thelle se grattait elle aussi en songeant aux punaises si nombreuses dans l'En-ville. Ils demeurèrent comme ça, longtemps, à se gratter ensemble, à s'écorcher aussi, à refuser une évidence qui atteignit leurs lèvres, puis déforma leurs yeux. Bientôt, il leur fut impossible de mettre le nez dehors. Ils durent se faire nourrir par les djobeurs de la jetée qui récupéraient leur monnaie dessous la porte et déposaient les aliments sur une nappe du palier. Quand on les découvrit, ils furent jetés au fond de la Désirade, l'île terrible des lépreux, où la mort seule (ralentie par l'huile de chaulmoogra) oxygénait l'espoir.

Basile fut surpris de me découvrir sur ses talons avec ma mallette. Il voulut me ramener à la maison de madame Thelle. A cette époque, ma tête-raide s'était déjà formée, et donc il insista en vain. Il tournait autour de moi comme un chien enragé. Adossée contre une porte, je restais sans bouger, sans parler, les sourcils chiffonnés, la bouche tordue. Quand il comprit que je partirais sans lui, au diable s'il le fallait, et seule dans les ténèbres, il consentit, à m'emmener chez lui. Je refusai bien entendu. Excédé, il me prit dans ses gros bras et m'emporta gigotante dans sa case du côté de la Levée, aux abords du cimetière des riches. Une case à deux pièces séparées par un drap. Un lit en fer à quatre pieds, de belles lampes, des disques, un phono-columbia qu'il m'interdit à jamais de toucher. Dans la salle : une table couverte d'un ciré, une planchette de cuisine surmontée d'une lampe à pétrole et de quelques casseroles. Portes et fenêtres donnaient sur une ruelle boueuse, affermie avec des coquillages. Basile m'ordonna de ne pas bouger, de ne pas sortir, de me cacher dans la chambre à la moindre visite, et de ne plus remuer. Mon calvaire commençait...

Les muscles de la civilisation. Le matin, Basile s'en allait. Il réapparaissait le soir, avec un morceau-viande, des biscuits, un légume. Il obtenait tout cela malgré les pénuries de la guerre, grâce à un lot de contacts chez de grandes-gens de Fort-de-France. En fait, il était membre d'une société de culture physique appelée « la Française », et passait ses journées à s'occuper des livres comptables et d'autres nécessités administratives. Une bonne partie de son temps se consacrait à l'entretien de ses muscles avec l'aide des appareils sandow, des haltères, une barre fixe, des trapèzes... Il y pratiquait même des exercices d'escrime sous la direction d'un maître d'armes aux moustaches recourbées. Très souvent, le soir, il repartait, costumé comme un pape, pour des agapes que s'offrait sa Société sportive à l'Hôtel National. Là, les fêtards passaient leur nuit à honorer le fondateur du premier cercle sportif de l'En-ville, un dénommé Totor Tiberge, mais surtout à rappeler les étapes de « la Française » qui dut se battre pour exister ; à évoquer l'époque héroïque du musclage en plein air, sur le terrain de l'Hôtel de Ville, avec un matériel sommaire, sous l'œil envieux des quinze pompiers de la mairie ; à gémir sur leur émigration vers le terrain de l'ex-hospice, détruit par l'incendie de 1890, rue Garnier-Pagès, où ils disposèrent d'un semblant de local et d'un appareillage un peu plus performant ; puis, à se lamenter sur cette nouvelle émigration quand la catastrophe de 1902 transforma leur local en abri-sinistrés, et qu'ils durent s'installer (à la dure comme des scouts), sur un terrain du bord de mer ; puis, à s'exalter sur leur retour à la rue Garnier-Pagès (quand les sinistrés furent dissous quelque part) où leur société devait enfin connaître onze années de gymnastique heureuse, jusqu'à l'obtention du siège définitif, au bord de la baie des Flamands, sur l'esplanade du Fort-Saint-Louis, à l'extrémité sud de l'avenue Christophe-Colomb.

L'immeuble immense de « la Française », éclairé à l'électricité, se construisit avec la générosité de tous, du gouverneur, du conseil général de la colonie, de la mairie et de multiples bienfaiteurs que Basile et quelques autres avaient sollicités de jour comme de nuit. En mon temps, ils étaient une centaine, avec des membres honoraires, des membres bienfaiteurs, fonctionnaires, commerçants, ouvriers et-caetera, qui se civilisaient en développant leurs cuisses, leurs pectoraux, leur cou et leurs abdominaux. La société vivait des cotisations de ses membres, du don annuel de l'administration, des revenus d'une tombola et du gigantesque bal annuel qu'elle donnait chaque année auquel Basile ne m'emmena jamais... — certains hommes sont des chiens...

Basile vivait bien aise. Tandis que j'étais seule dans le lit à rancir sur moi-même, les sportifs et lui discouraient sur les méthodes de gymnastique de Desbonnet, de Hébert, de Joinville, discutaient des vertus de la démarche suédoise, énuméraient sans fin les bienfaits de la culture physique... ôô après le labeur d'une dure journée, elle permettait de revivifier le système nerveux, d'apurer le sang, fortifier les organes, et de mieux résister aux soucis de la vie. Ils établissaient un lien sans faille entre sport et intelligence, entre esprit sportif et esprit démocratique, et démontraient à quel point, à l'instar de la culture qui apure la pensée, la culture physique forçait l'esprit à un plus d'élégance, un plus d'humanité, un plus d'universel. La concorde sociale pouvait rayonner de ces corps apaisés, dominés, exaltés, *disciplinés.* Un nègre sportif, de ce fait, n'était même plus un nègre. Il semble aussi que Basile donnait des causeries sur des questions sportives devant des sociétés de secours mutuels, et qu'il avait contribué à l'instauration de l'Union des sociétés martiniquaises de sports athlétiques, une fédération qui défilait le 14 juillet en grande pompe devant le gouverneur. Elle était placée sous les auspices de hautes personnalités dont je ne savais rien mais que Basile citait avec vénération, les messieurs Louis Achille, Théodore Baude et Henri Cadoré.

Voilà ce que je savais de Basile, mais je pus reconstituer tout cela bien des années après. Sur le moment, il demeura pour moi un mystère : son apparente aisance, ses beaux vêtements, et surtout son corps sculpté comme une statue qu'il semblait soigner comme une plastique de femme avec des huiles et des massages. J'avais toujours vu autour de moi des nègres musculeux, grosses épaules, gros bras, gros tétés, poignets épais comme poteaux électriques, mais ils ne l'étaient pas comme Basile. Leurs muscles désignaient le mayoumbeur quotidien, le docker de port ou le pousseur de brouettes aux abords du marché. Ceux de Basile ne désignaient rien, ils ne semblaient servir à rien, et je les soupçonnais même d'être un peu flots. Cela lui donnait l'allure d'un nègre irréel, d'un nègre d'En-ville, au-delà des sueurs et des nécessités.

La ville créole n'avait pas prévu l'afflux des gens des mornes. Elle s'était vue structurée par les nécessités militaires et par l'import-export, laissant aux Habitations le soin de loger les milliers de bras utiles à la production agricole. Quand ces bras s'agglutinèrent en ville, ville de comptoir non productive, ils ne purent être canalisés ni en emplois ni en logements. Ils durent investir de force les interstices. La déstructuration de nos Habitations n'a pas été prolongée par une économie de manufactures, de fabriques ou d'industries. La ville créole n'a pas aspiré une main-d'œuvre utile à son expansion, elle a simplement subi (en y résistant) l'onde de choc d'un désastre agricole. Face à la ville créole, l'urbaniste créole doit oublier La ville. Quand je dis « urbanisme créole », j'invoque : *mutation de l'esprit*.

Note de l'urbaniste au Marqueur de paroles.
Chemise n° 13. Feuillet XXIII.
1987. Bibliothèque Schœlcher.

C'est Basile qui dut me raconter ce que je sais de « la Française » : petits mots brefs, confidences ennuyées, conversations surprises depuis la chambre où je restais couchée alors qu'il causait autour d'un punch avec un secrétaire d'une société sportive de Redoute, de L'Entraide ou de la Pointe-des-Nègres. Car, en fait, je demeurais le plus souvent couchée. Basile n'aimait pas me voir apparaître dans la salle, ni à plus forte raison, à la fenêtre ou à la porte. Bien entendu, je lui désobéissais une fois son dos tourné.

Ma première surprise fut de me rendre compte que Basile avait diverses femmes. Ces élégantes passaient chez lui, frappaient, entraient sans plus attendre pour déposer une tranche de gâteau, un petit mot plié sur le piège d'un parfum. Moi, je me serrais au fond du lit, immobile comme il me l'avait ordonné. L'élégante tournait un peu dans la salle, jetait parfois un œil dans la chambre sans jamais me distinguer au fond de la pénombre, puis s'en allait. Ce n'était jamais la même personne, jamais le même pas, jamais le même parfum, jamais la même présence. Lorsque j'en parlais à Basile, il me disait que c'étaient des cousines mais qu'il fallait surtout ne pas compliquer ses affaires en sortant de la chambre. C'est bien entendu ce que je fis un jour au moment d'une de ces troublantes visites.

Surgissant de la chambre, je tombai sur une sorte de négresse-caraïbe, avec des yeux de feu, de hautes pommettes, de gros cheveux luisants qui servaient d'écrin à sa belle figure. Je crois bien que c'est la plus somptueuse femme que je vis de ma vie, et je songeai aux dires de mon vieil Esternome sur ces vieux caraïbes côtoyés à Saint-Pierre, qui se fondaient lentement à la population. La négresse-caraïbe aurait pu mourir-froide de me trouver dans la case de Basile. Elle avait quelque chose à la main. Elle me le balança d'un coup en m'appelant *isalope* ou bien *chienne en chaleur*. C'était pour le moins embêtant. Mon caractère était déjà là : une sorte de goût pour le pancrace, une appétence pour le cancan, une salope aptitude à la méchanceté qui me poussait à risquer ma vie dans le moindre des ennuis. Je commençai par lui cracher tout un lot de bêtises comme les bêtises s'écrivent. Puis je la traînai par les cheveux afin de lui demander si nous avions jamais levé la patte ensemble pour qu'elle puisse me savoir chienne. A coups de canari, je la fis prendre-courir de la case. Je la poursuivis en injuriant sa manman, son papa, toute sa génération, jusqu'au bord de l'église Saint-Antoine, construite au cœur des Terres-Sainville (ex-quartier des Misérables), qui recueillit l'écho de mes malédictions.

Basile n'en sut jamais rien sur le coup, mais je continuai à sortir de la chambre à chacune des visites. Des yeux de koulies, des yeux de mulâtresses, de chabines tiquetées, de câpresse-gros-cheveux, et même des yeux pervenche d'une petite békée égarée dans l'En-ville. Son père s'était lancé dans l'aventure urbaine sitôt l'effondrement de sa distillerie après la guerre-14. Il avait choisi, comme ceux de son engeance, le commerce alimentaire et s'était fait importateur de viande salée dans un entrepôt devant la Pointe-Simon. La petite qui n'avait vu de nègres qu'en sueurs au milieu de la boue, découvrit l'élégance des nègres d'En-ville, leur goût du parler-fleur, des poèmes, de la culture physique. Mon Basile parvint, me dit-on, à la séduire exactement comme moi, en passant-repassant dessous son balconnet, avec petits sourires et grimaces enchantées. Comme d'autres conquêtes, l'ahurie petite békée s'était vue glorifier la coucoune dans cette sorte d'abattoir de la rue du cimetière, jusqu'au moment où il lui fut impossible d'y retrouver Basile qui se mit à la fuir comme il fuyait les autres. Et toutes, elles défilaient à leurs heures habituelles, différentes l'une de l'autre, et plutôt que Basile c'est moi qu'elles rencontraient. Leurs yeux s'emplissaient de surprise, de colère, de haine, de glace, de fumée, de piment, de toutes espèces de choses. Certaines des amantes de Basile disparaissaient là-même, d'autres me toisaient de haut ; d'autres encore éructaient *Que faites-vous ici ?* Je commençais à leur vomir mes bêtises, à éteindre une soif d'elles, à les poursuivre jusqu'à l'église en suscitant des attroupements que Basile finit par découvrir. Il surgit un jour en grand allant, prêt à régenter le monde, mais, hélas, fout'..., il dut alors apprendre que faire rouler ses muscles n'était pas un tout-dit.

Il essaya sur moi une autorité que je laissai glisser comme font les canards de la pluie sur leurs plumes. Puis il éleva une voix que je laissai monter, bien couchée dans mon lit à l'aise comme un vieux chat. Puis, il leva une main, me tapa sur la tête. *O l'ennui, mi !...* J'entrai dans une crise-nerfs qu'il doit se rappeler dans sa tombe d'aujourd'hui. Il se retrouva déchiré dans la rue, son phono sous le bras, marchant à quatre pattes pour rassembler ses disques dans l'eau sale, pleurant sur ses vêtements voltigés tout-partout... et surtout épouvanté par mon aptitude à crier fort, à crier longtemps, à crier sans fin, à crier avec joie, à crier avec foi, à défoncer les oreilles de l'existence entière. Je maîtrisais au-delà du nécessaire, la panoplie de l'injurier créole, emmagasinée dans le Quartier des Misérables. Et j'étais capable de tout déverser en continu sans prendre le temps de respirer... je n'étais pas une bonne personne, non...

L'HERBE GRASSE SOLITAIRE. Basile disparut puis revint, puis disparut encore. Nous passions des jours entiers plongés au cœur même du coco, puis d'autres à nous débattre dans un vinaigre de sel. Quand il était là, ses mangers de contrebande me nourrissaient ; mais quand il s'en allait, je devais apprendre à survivre dans Fort-de-France en guerre. Faire la queue dès trois heures du matin dans le but d'obtenir une lanière de viande. Supplier les pêcheurs qui paradaient dessous leurs poissons rares. Aveugler les marchandes qui atteignaient l'En-ville avec quelques légumes, en leur promettant une graine-sel que je ne possédais pas. On parlait de De Gaulle qui défendait Mère-France, et que beaucoup de nègres s'en allaient supporter On parlait de l'Amiral Robert, étonné de ne trouver dans ce pays sous blocus amerloque, que de la canne à sucre, et pas la moindre surface de choses bonnes à manger. Au cours de leurs soirées communes arrosées de champagne, l'Amiral suppliait les békés de libérer des terres, mais (les Allemands ayant envahi les champs de betteraves du Nord), ces derniers faisaient la sourde oreille, et misaient sur une montée en flèche du sucre de canne. Alors ils préféraient attendre que les bons temps adviennent. L'Amiral dut les forcer à concéder deux-trois hectares à quelques plants d'igname pour nourrir le pays. On en parlait dans la ruine du marché. On injuriait les békés, maudissait les Allemands. On déifiait l'image de ce De Gaulle qui, sans que je prenne part à la guerre, me fascina bientôt. Les hommes en parlaient comme d'un coq de combat. Les femmes affirmaient qu'il n'avait rien à voir avec les nègres d'ici car chacune de ses graines était en courbaril. Sacré bagage, mon cher...

Nous devions vivre sans huile, sans sel, sans légumes secs, sans riz, sans viande salée, sans savon, sans ail, sans chaussures. Les misérables ne trouvaient plus de caisses, plus de tôles, plus de clous. Le charbon devenait rare et de plus en plus cher. Qui allumait son feu n'avait pas d'allumettes et faisait-débrouillard pour le garder sous braise jusqu'à l'ad-æternam. Il fallait se débattre dans une économie ignorée des personnes d'En-ville mais que les gens des Quartiers maîtrisaient bien. Commerçants, bouchers, boutiquiers se moquaient des rations et favorisaient leurs compères, leurs familles ou leurs maîtres magistrats, fonctionnaires-à-trafic, policiers-à-galons. Il fallait pour manger, prendre une place dans leur cœur. Un jour, les marchandes-poisson refusèrent même de vendre afin d'anéantir une vélléité d'ordonner leur négoce. Certaines laissèrent les poissons se pourrir au soleil. Chacun aimait régner sur la famine de l'autre. L'En-ville semblait raidir le cœur et le rendre orphelin.

Il y eut des contrebandes de queues et d'oreilles-bœufs. Il y eut des vendeurs de peaux grillées que l'on mangeait sans sel dans une la-sauce-piments venue des Caraïbes. L'art de survivre que mon Esternome m'avait transmis à mots couverts, me permit de tenir sans un trop de dégât. Je buvais du lait, je mangeais des œufs, du toloman, de la barbade. Je fabriquais des chandelles avec du beurre de gros-caco, je trafiquais dans le but d'obtenir des morceaux de savon, puis je dus laver mon linge avec la plante mousseuse qu'utilisait ma grand-manman à paupières tombantes. J'appris à traquer le z'abitant sous les pierres du bassin de Grosse-Roche. A capturer le manicou du côté de Pont-de-Chaînes. Je sus me battre dans les files d'attente du rationnement, conserver ma place en y mettant une roche pour m'en aller quérir une aubaine sur la gauche et une chance sur la droite. Bientôt, le sel de Sainte-Anne, oublié par tout le monde, réapparut dans les boutiques. Des confitures aussi, que plus d'une maligne se remit à produire. Il y eut du vin d'orange, des bières de prunes de cythère, et un lot d'inventions suscitées par l'angoisse.

Les marins étaient partout. Leurs rations les sacraient rois de ces temps affamés. Dans la rue du cimetière, nombreuses étaient les femmes qui les aspiraient au fond de leur ombrage et qui tombaient malades. Il y eut des fièvres que médecins et pharmaciens soignèrent comme ils le purent : les médicaments n'atteignaient plus nos rives et l'En-ville ignorait l'ancienne médecine des herbes. Au Quartier des Misérables où je passais encore, les derniers arrivants s'étaient débarrassés de leurs science des mornes comme d'un oripeau. Au moindre frisson, ils s'entassaient sur les vérandas de l'hospice civil afin d'implorer une poudre, quémander un sirop. Quand les poudres s'épuisaient, ils restaient ababas comme des poissons en nasses, attendant de l'En-ville un envoi de miracle.

Moi, malgré ma misère folle, je pus éviter le recours aux marins comme le faisaient les malheureuses. D'abord parce que Basile réapparaissait de temps en temps avec de quoi manger (il semblait vivre dans la guerre aussi bien qu'un béké), ensuite parce que mon souci était ailleurs. Basile me donnait des enfants que je ne voulais pas garder. Une sorte de répulsion, de peur, de refus qui provenait à la fois de la guerre, de mon mépris pour Basile, de ma crainte d'affronter l'En-ville avec une marmaille à l'épaule. Ma première grossesse fut surprenante. Il me fallut du temps pour comprendre, et ce fut Sylphénise (une malheureuse qui vivait à côté avec sept enfants et des épisodes d'hommes) qui me signala le problème et me conseilla un thé d'ananas vert. J'en bus durant une journée jusqu'à me sentir ruisseler tout-partout. La seconde fois, devenue attentive, je pus surprendre l'assèchement de mes affaires et me lançai dans le thé d'ananas qui n'eut aucun effet. Sylphénise dut alors m'initier au maniement d'une herbe grasse avec laquelle on pouvait décrocher les œufs les plus têtus. Ce que je fis dorénavant, seule, fiévreuse, pleurante, désespérée, me précipitant dans des saignées sans fin, des jours et des jours de fièvres où je croyais mourir, et dont je parvenais quand même à m'extirper. Basile me trouvait souvent décomposée. Il me cherchait des poudres auprès de ses relations. Mais il ne sut jamais d'où cela provenait. Je n'étais pas la seule à me percer le ventre. Que de misères de femmes derrière les persiennes closes... et même, jusqu'au jour d'aujourd'hui, que de solitudes rêches autour d'un sang qui coule avec un peu de vie... Ô cette mort affrontée au cœur même de sa chair... que de misères de femmes...

Autres personnes d'En-ville — Basile me trouva un travail vers la fin de la guerre chez un sieur Alcibiade, secrétaire-adjoint au bureau des Travaux publics, sportif de ses amis. Celui-là était un sportif-chasseur ; il s'accrochait aux plumes de la bécassine, du canard sauvage, de la poule d'eau, du pluvier. Il traquait le ramier sur les hauteurs brumeuses, gravissait les falaises à la recherche des tourterelles. Le chasseur est un sportif, Marie-Sophie, m'expliquait le sieur Alcibiade quand, le soir après ma vaisselle, je le regardais astiquer son fusil. Le chasseur poursuivant son gibier court, marche, escalade, traverse des rivières, dégringole des ravines, saute en longueur avec ou sans élan, il doit s'accroupir devant l'oiseau méfiant, ramper avec les reins ou aller à genoux quand le canard est délicat. Dans les bois, nonobstant la menace du trigonocéphale, il doit grimper aux arbres, étreindre les troncs, se suspendre aux lianes comme le plus complet des gymnastes de barre fixe. *C'est un sport complet, digne des cités civilisées !...* C'était un nègre vaseliné, un peu mou, à gros ventre, qui portait à la cheville des pinces à bicyclette et mettait dans ses phrases plein de mots inconnus. Il ne s'adressait jamais en créole à quiconque et (malgré une bibliothèque en cuir relié que je devais épousseter chaque semaine), ne lisait en vrai qu'un journal de chasseurs lui provenant de France.

Sa femme, une madame Eléonore (dont les tétés semblaient deux bubes de varicelle, et le boudin un petit creux désert), s'occupait d'une société de secours mutuels appelée « *Les Dames prévoyantes de Fort-de-France* ». Ces Dames tenaient des réunions auxquelles j'accompagnais la madame Eléonore pour servir du thé et des madeleines. Elle étaient très dignes, très de-ce-que-de, très matadors. On ne parvenait même plus à distinguer qui était mulâtresse de qui ne l'était pas, tant elles étaient semblables, parlaient le même français avec les mêmes mots, les mêmes caquètements de poules froides, les mêmes manman-bijoux. Elles se battaient pour que les femmes disposent du droit de vote et puissent être élues aux affaires de la France. De doctes instituteurs, universels et progressistes, venaient les exalter en évoquant des figures féminines sans lesquelles la plupart des grands hommes n'auraient pu s'accomplir. Ces doctes stigmatisaient la France, toujours à l'avant-garde, qui à propos de la femme s'était vue distancer par les Anglo-Saxons. L'Histoire, cette grande éducatrice, avait pourtant égrenné quelques signes : Marie de Médicis !... la reine Elizabeth !... la reine Victoria !... Ils leur citaient le grand écrivain anglais John Ruskin : « *la femme est véritablement l'instigatrice de toutes les grandes et belles choses* », et même, « *l'inspiratrice des plus grandes œuvres littéraires* ». Ils leur disaient Jeanne d'Arc (incarnation de l'héroïsme), madame de Sévigné, George Sand, Madame de Staël comme autant de gloires des lettres universelles. Ils s'extasiaient sur madame Curie, splendeur de science, bienfaitrice de l'humaine condition ; ou honoraient mesdames Suzanne Grimberg et Maria Vérone constellations majeures du barreau parisien. Et ils concluaient, pathétiques, que la femme était apte aux plus hautes destinées, qu'elle pouvait gravir le front haut les marches vers les fauteuils aux assemblées municipales, aux conseils généraux, au parlement, voire au cœur de l'Etat dans les conseils du gouvernement. Et moi, j'applaudissais avec ces Dames, fascinée, emportée par tant d'élévation. Mon existence ne connaissait que la survie sans honte, les cases de caisses obscures, l'affrontement sans éclat pour entrer dans l'En-ville, mais, auprès de cette madame Eléonore, l'envie me prit de faire partie d'une société semblable, et parler comme cela de ces choses-là. Le Noutéka des mornes, en moi, s'était comme effacé.

Le sieur Alcibiade militait de son côté pour la chasse et pour le mouvement mutualiste. Il participait aux banquets des chasseurs où chacun chantait soûl comme un vieux Mexicain :

Ô saint Hubert
Le front découvert
nous chantons ta gloire
Nous allons boire
et porter ta santé
à la postérité...

Il avait créé avec ses comparses une association qu'il disait cynégétique. Elle disposait d'une personnalité morale, d'un uniforme, d'un insigne, d'un fanion, et défilait sur la savane lors des fêtes nationales sous la bannière de la fédération sportive. Il luttait pour que l'administration réduise le taux annuel de cent francs réclamé pour le permis de chasse, *terrible impôt somptuaire!...* Il se battait afin d'obtenir l'autorisation de chasser la tourterelle dans la sylve domaniale, ce qui était selon lui le meilleur moyen de repousser les trigonos infestant ces endroits. Il luttait contre les békés du Sud, du Nord et de l'Est afin d'avoir accès à leurs terres giboyeuses mais tragiquement privées. Véritable coopérative de consommation, leur société achetait directement aux producteurs métropolitains, armes, cantines, munitions, équipements divers. Ses membres profitaient ainsi d'un tantième des bénéfices exagérés que s'octroyait le moindre intermédiaire. Ce militantisme était la manière du sieur Alcibiade de travailler à la diffusion de l'esprit sportif qui tend à se développer dans les pays civilisés et que notre chère petite Martinique ne saurait déserter. Il fallait se hisser à hauteur de la France, ébranler la torpeur de la jeunesse créole fascinée par la musique et le beau sexe et le vertige des vagabonnageries.

Il était aussi membre de la Société des amis des arbres qui s'inquiétait de la disparition de nos forêts, entraînant à terme la disparition de nos magnifiques cascades. Ceux-là se réunissaient derrière le Palais de Justice pour lire des textes de Lafcadio Hearn qui dénonçait le déboisement incontrôlé alimentant les menuiseries et les fours à charbon. Ils rédigeaient de longues lettres au gouverneur, au ministre des colonies en exprimant l'idée que la France immortelle, glorieuse, universelle, devrait veiller sur la beauté paradisiaque de ce lambeau d'elle-même, perdu si loin aux Amériques.

Enfin, le sieur Alcibiade était membre de la Fédération mutualiste. Cette dernière alimentait dans le pays la flamme sacrée de la mutualité à l'instar des prêtresses qui, dans la Rome antique, précisait-il souvent, tisonnaient la flamme de l'autel de Vesta. Il se battait donc pour que les sociétés mutualistes s'unissent entre elles, et que chacune possède une bibliothèque ouverte sur l'Humanité. Il fut étonné d'apercevoir mes quatre livres, un jour, bien rangés parmi mes pauvres affaires. Lui qui ne lisait vraiment que la feuille des chasseurs me demanda si je les avais lus et sembla effrayé de m'entendre répondre *Oui*, et de les voir noircis par mes lectures fréquentes. J'ai cru un instant qu'il me chasserait et que j'allais me retrouver dans l'amertume de la rue du cimetière. Mais je l'entendis le soir même, lors du dîner mensuel avec ses amis fonctionnaires, s'exclamer que sa maison était une maison de lumière car même sa bonne lisait, oh pas grand-chose, ce soûlard de Rabelais et une affaire de fillette au pays des merveilles, ça ne vaut pas François Coppée, mais tout de même, messieurs, tout de même...

Il portait la vision d'une grande Maison de la Mutualité, temple de l'Union, creuset des sentiments d'amour et de fraternité, foyer de rayonnement de l'esprit démocrate, symbole de bonté et de concorde, qui servirait de siège aux assises de la Fédération. Il y voyait fêtes, banquets, conférences scientifiques, artistiques, littéraires à l'intention des membres de la Mutualité. Il suivait l'actualité de France en matière d'assurances sociales, grande conquête républicaine soutenue par les illustres René Viviani, Edouard Vaillant, Léon Bourgeois, Jean Jaurès... Il insistait auprès de tous afin que chacun se mobilise pour leur application à notre chère Martinique, cette petite-France si loin de tout. Sur ce sujet, il tenait des conférences enflammées, sous la présidence d'honneur du Chef des services des travaux publics et de quelques vieux médecins chevaliers des Templiers. Avec l'assurance-maladie, s'exclamait-il, l'assurance-vieillesse, l'indemnité de maternité, les pensions d'invalidité, les allocations pour charge de famille, l'assistance médicale et j'en passe..., les classes laborieuses de notre chère Martinique pourraient accéder à la *Ci-vi-li-sa-tion*, au travail joyeux, loin des fatalités ordinaires de l'existence ainsi que le feront bientôt les bons Français de France !... Elles existent déjà en Allemagne, fulminait-il, depuis le siècle dernier !... Même l'Angleterre, Albion perfide s'il en fut, les a votées depuis

1908 !... Que la France des Droits de l'Homme tergiverse ainsi, messieurs, la déshonore...

> En écoutant la Dame, j'eus soudain le sentiment qu'il n'y avait dans cet enchevêtrement, cette poétique de cases vouée au désir de vivre, aucun contresens majeur qui ferait de ce lieu, *Texaco*, une aberration. Au-delà des bouleversements insolites des cloisons, du béton, du fibrociment et des tôles, au-delà des coulées d'eaux qui dévalaient les pentes, des flaques stagnantes, des écarts aux règles de salubrité urbaine, il existait une cohérence à décoder, qui permettait à ces gens-là de vivre aussi parfaitement, et aussi harmonieusement qu'il était possible d'y vivre, à ce niveau de conditions.
>
> Note de l'urbaniste au Marqueur de paroles.
> Chemise n° 12. Feuillet XXI.
> 1987. Bibliothèque Schœlcher.

C'est par lui que j'entendis reparler de *l'assimilation*, lors d'une conférence prononcée sous les auspices de la société mutualiste « L'Avenir de la Redoute ». Depuis longtemps, les gros-chefs de France avaient consulté les autorités locales pour savoir si la Martinique désirait être intégrée dans un Gouvernement général comprenant les Antilles et la Guyane, ou si elle optait plutôt pour une assimilation à la Métropole. Tout le monde s'était déclaré pour l'assimilation à la Mère-Patrie, mais depuis, et ça faisait longtemps, depuis l'époque de mon Esternome et de mon Idoménée, l'on discutait dans les salons de l'En-ville sur les modalités de cette assimilation que certains mulâtres voulaient voir mitigée d'un zeste d'autonomie, notamment financière. Dans les quartiers populaires la discussion battait son plein (assimilé par ci, assimilé par là) mais d'une autre manière, car les nègres, toujours à l'appel pour dire une couillonnade, se déclaraient volontiers « assis-sur-un-mulet » pour se distinguer de ceux qui restaient obscurément « assis-sur-un-cabri ». Monsieur Alcibiade, lui, traita vraiment de la question dans un sacré envol de beau français. Je l'avais vu préparer cette conférence durant un mois, cloué dans son bureau, avec deux-trois ouvrages de la bibliothèque et quelques gazettes coloniales que la Fédération mutualiste recevait par bateau. Je l'entendais déclamer tellement de belles phrases en lui portant sa tisane de soirée (un mélange citronnelle-camomille), que j'osai lui demander de pouvoir y assister. A ma grande surprise, il répondit un *Oui* tout plein d'entrain. Je passais le reste de la semaine à préparer une de mes robes de France du temps des Gros-Joseph, et, comme dans un rêve, je pus assister à cette fabuleuse conférence.

Il faut dire que je n'y compris pas grand-chose. Raide comme une statue-jésus-christ, monsieur Alicibiade démontra, « *en liminaire inévitable* » dit-il, comment une affaire que l'on nommait « *Colonialisme* » *suscita de par le monde plus d'avantages que de réels inconvénients.* Que cette affaire avait charrié partout « *la Civilisation. Ô Civilisation!... aveuglante lumière! inconnue des peuplades étouffées sous leurs propres ombres...* » *Il est stupide,* s'exclama le sieur Alcibiade, *de s'arrêter aux émois d'un Jean-Jacques Rousseau dont la conception du Bon sauvage opposée au « Civilisé corrompu » est en fait lamentable. « Que les forts dominent les faibles est une loi naturelle »*, cria sieur Alcibiade en me faisant sursauter, « *cruelle certes, mais naturelle* ». *Cette sélection naturelle, sans âme en apparence, n'est souvent selon Herbert Spencer, pour qui sait considérer la globale perspective de l'avenir humain, que « le décret d'une bienveillante et immense prévoyance ». Aux souffrances coloniales passagères succède un progrès définitif. Les indigènes perçoivent désormais un salaire régulier, des soins éclairés apportés aux malades. Leur humanité s'élève car obligée de vivre en paix, dans la fraternité, dans la concorde universelle...* La salle (et moi-même la première, transportée par ces mots incompréhensibles qui se gravaient en moi) soupira de plaisir...

Quand monsieur Alcibiade examina le problème qu'il disait fondamental des « *rapports entre les sociétés nouvelles fondées aux colonies et la Mère-Patrie lointaine* », je me mis à flotter dans un doux vertige. Son français, son accent pointu, ses phrases fleuries, fonctionnaient comme une petite musique à laquelle je me livrais sans même tenter de comprendre ou bien de réfléchir. *Il dit*, je crois, *qu'on ne saurait appliquer les mêmes lois à toutes les colonies, car leur stade de développement, leurs races différentes, leur situation géographique, leur degré de civilisation ne sont pas uniformes. Si la Réunion, les Antilles et la Guyane sont désormais des sociétés mûries, l'Œuvre de la colonisation y étant presque achevée, la Nouvelle-Calédonie, le Sénégal, le Tonkin n'émergent qu'à grand-peine de la gangue barbare. Que d'autres comme le Soudan, Madagascar ou le Congo disposent juste d'un soupçon de lumière dans leur nuit profonde. Il faut donc tenir compte de l'évolution de chacune, et légiférer en conséquence. Ce progrès des colonies vers l'organisation sociale des pays européens demande beaucoup de temps, messieurs, de la mesure, de la prudence, en un mot une politique coloniale... !* Tout le monde approuva et, soucieuse de ne pas révéler mon inaptitude à comprendre ces belles paroles, j'approuvai encore plus.

Puis, monsieur Alcibiade me fit peur car il fronça les sourcil, gonfla la voix, en jetant un regard circulaire pour rejeter une espèce de saleté appelée « *l'assujettissement* », et qui avait pour but *d'exploiter la colonie dans l'intérêt exclusif de la Métropole.* Il agita son poing pour mieux démontrer « *comment la Métropole était alors forcée de gouverner avec une main de fer et de tuer la poule aux œufs d'or...* Il fit trois grimaces pour mieux illustrer *comment elle se retrouvait forcée de cautionner des gouverneurs qui se comportaient comme des vice-rois et qui traitaient alors les colonies en terres conquises. Les populations se révoltaient alors, d'autant plus haineuses qu'elles étaient généralement mal civilisées ; et leurs révoltes légitimes entraînaient des répressions aveugles, comme on en a connu ici, au François, juste devant l'usine, il n'y a pas si longtemps... ! Assujettir,* hurla-t-il, *c'est sacrifier les libertés locales et le droit des habitants, c'est creuser le fossé naturel qui sépare le colon de l'indigène obscur...* Les applaudissements furent un peu plus mols si bien que je ne sus pas trop quoi faire, alors je fis semblant de souffrir de la chaleur et utilisai mes deux mains pour m'éventer le visage. Mais quelques instituteurs communistes approuvèrent bruyamment, alors je cessai de m'éventer pour secouer le menton de manière pas très claire. Restaient, annonça le sieur Alcibiade en tournant la tête sur la gauche et sur la droite, *l'autonomie* et *l'assimilation.*

Là, il prit un ton plus doux qui me permit de me détendre un peu sur ma chaise et d'essayer de comprendre ce qu'il disait. Dans sa bouche, la langue française semblait infinie et chaque mot entraînait des dizaines et des dizaines de mots avec un allant de rivière dévalante. Perdue dans tout ce flot, j'essayais de repérer les noms, les pronoms, les verbes et les adverbes, mais j'abandonnais bien vite pour reprendre un peu plus tard sans trop savoir pourquoi. L'affaire de « *l'autonomie* » expliqua-t-il, *a pour but de fonder des sociétés capables de se gouverner elles-mêmes. La Mère-Patrie s'érige alors en tuteur romain qui doit travailler à se rendre inutile. Mais, mais, mais* (il lâcha tellement de « *Mais* » que je le crus tombé bègue, mais je compris bien vite que c'était une vicerie de sa parole pour introduire la suite) *quand la colonie devient un Etat autonome sous le contrôle de la Mère-Patrie, cette dernière voit s'éloigner son enfant, de plus en plus ingrat, qui ne lui coûte rien mais qui de plus en plus ne lui rapporte rien... !* (il dit cela avec une telle mine de dégoût qu'il me sembla être à deux doigts de vomir). *L'assimilation, par contre, est le contraire ! La Mère-Patrie et ses enfants se fondent ensemble, s'élèvent ensemble... « Là où est le drapeau, là est la France », disait Napoléon !...* Je me mis à être contente car lui semblait content, épanoui, satisfait, il coulait ses phrases comme des bénédictions et je me redressai sur ma chaise pour me faire voir de lui et lui montrer que j'écoutais. *Du fait de l'assimilation,* s'extasiait-il, *toutes les lois de la Métropole, toutes les avancées de la civilisation et de l'esprit, seront applicables en colonie, mettant au pas les féodalités locales. Pensez-y, messieurs, car les békés nous guettent !... La Mère et ses enfants marcheront désormais d'un même pas, en pleine égalité. Mais,* expliqua-t-il, *il y a un Mais. L'assimilation qui est la meilleure formule n'est pas concevable de manière absolue.* Il évoqua (avec un ton de maître d'école et en jetant des petits coups d'yeux sur ses petits papiers) *les zones franches du pays de Gex et de la Haute-Savoie menant une vie économique distincte des autres départements français,* il rappela que *les préfets y disposaient de prérogatives en matière d'expulsion qui relèvent normalement du ministre de l'Intérieur.* Il évoqua *le régime fiscal singulier de la Corse.* Il souligna *les avantages spécifiques, décentralisés, de l'Alsace-Lorraine revenue dans le giron national...* Puis, il se remit à hurler, mais cette fois je ne fus pas surprise et je pus continuer à écouter du mieux que je pouvais. Il dit que *les particularités de notre chère Martinique devaient augmenter celles de la Mère-Patrie, sans y disparaître, et sans s'y fondre, que l'assimilation sera d'autant plus riche qu'elle sera modérée, sans égalisation aveugle, forte de l'autorité centrale mais riche de liberté et de décentralisation éclairées... !* Il y eut un ouélélé comme si le feu avait pris quelque part. Je me levai comme tout le monde, prête à prendre-courir, mais je compris assez vite que l'on s'était levé pour mieux applaudir et signaler au sieur Alcibiade que l'on approuvait son ardente conclusion. Chacun augmentait le brouhaha pour prendre position et argumenter dans un débat que j'entendis tout au long de ma vie, sans arrêt et sans cesse, comme un leitmotiv infernal que nous ne savions plus arrêter, et qui aujourd'hui même je crois, hein petit Cham, agite encore nos hommes.

C'est du sieur Alcibiade que j'appris l'idée de l'assimilation mais c'est Aimé Césaire, notre papa Césaire, qui en porta le projet jusqu'au Parlement de France et nous obtint, à la barbe des békés, d'être des départements français. J'avais entendu Basile, madame Thelle, monsieur Alcibiade parler de lui comme d'un nègre noir, plus noir que mon cher Esternome, que l'on aurait pu confondre avec ces kongos à moitié imbéciles débarqués récemment, et qui se terraient dans les mornes sans même avoir touché aux lumières d'un En-ville. Eh bien, ce nègre noir connaissait la langue française mieux qu'un gros dictionnaire où il était capable d'un coup d'œil de repérer les fautes. On disait qu'il pouvait te parler en français sans même que tu comprennes la moitié d'une parole, qu'il savait tout de la poésie, de l'histoire, de la Grèce, de Rome, des humanités latines, des philosophes, bref qu'il était plus savant, plus lettré, plus extraordinaire que le plus mapipi des blancs-france. Il pratiquait, disait-on, une étrange poésie, sans rime ni mesure ; il se déclarait nègre et semblait fier de l'être. Le pire, c'est qu'il se montrait ingrat en dénonçant le colonialisme. Lui, à qui la France avait appris à lire, enseigné l'écriture, se disait africain et le revendiquait. Cela précipitait le sieur Alcibiade dans une horreur sans nom, *Palsambleu, l'Afrique !...*, ce lieu de sauvagerie qu'aucune carte civilisée ne détaille complètement !... Mais le sieur demeurait impressionné par le personnage car on murmurait qu'André Breton l'avait rencontré et que, devant lui, ce Pape du surréel s'était senti petit. Que Césaire soit *communiste* épouvantait aussi le sieur Alcibiade. Ce mot ne me disait rien. Je ne devais en prendre la mesure qu'une fois en lutte à Texaco, mais pour le sieur Alcibiade, c'était un fond d'horreur.

Mais Césaire, pour nous, caresseurs d'un vieux rêve sous les murs de l'En-ville, modifia tout. Depuis longtemps la politique nous était apparue comme affaire de békés et mulâtres. Mon Esternome depuis sa montée dans les mornes s'en était désintéressé. Quand il en était descendu pour retrouver l'En-ville de Fort-de-France, avec ce maire mulâtre, Victor Sévère, pourtant très proche des misérables, il ne s'en était pas plus intéressé. Seule la France, Mère-Patrie lointaine, qu'il honorait aveuglément, occupait sa pensée. Il disait à mon Idoménée qui s'extasiait sur l'humanité de ce Sévère, *Tention ma fi, c'est un mulâtre et les mulâtres sont comme les Bêtes à feu*... Lui qui avait vu leur naissance à Saint-Pierre avait été surpris de les retrouver régnant à Fort-de-France. Il avait aussi été surpris de voir comment les nègres, abandonnant la conquête de la terre, s'étaient lancés comme eux à l'assaut de l'école, du Savoir, de la langue française et du pouvoir politicien. Il disait à mon Idoménée *Les mulâtres ont gagné, nous les suivons à présent comme une bande-moutons et nous leur remplissons les urnes*... Il ne mit jamais les pieds à un meeting de Sévère ou à une quelconque assemblée politique alors que les gens des vieux-quartiers, bien que se sentant exclus, y descendaient en masse.

Mais Césaire, noir comme nous-mêmes, nous ramena dans la politique. Il vint vers nous, comme Sévère, au Quartier des Misérables, à Trénelle, à Rive-Droite, au Morne Abélard, à Sainte-Thérèse. Il n'avait pas peur d'avancer dans la boue, et de le voir venir nous exaltait. Nous nous précipitions afin de le porter au-dessus des eaux sales, lui éviter qu'il ne tache ses chaussures. Il nous porta l'espoir d'être autre chose. De voir ce petit-nègre, si haut, si puissant, avec tant de savoirs, tant de paroles, nous renvoyait une image enthousiasmante de nous-mêmes. Nous avions désormais le sentiment que nous pouvions nous en sortir et conquérir l'En-ville. Quand il nous demanda de voter pour lui, nous votâmes comme un seul homme et nous le mîmes à la mairie, d'où jamais, et jusqu'à ce que que je sois morte, et mes os en trompette, nul ne pourra jamais jamais le décrocher.

Pourtant, après la mort de mon Idoménée, alors que la rumeur signalait l'existence du petit nègre magique, mon Esternome, s'appuyant sur mon épaule était parti pour écouter Césaire. Je me souviens que nous avancions à petit pas car il n'avait ni les yeux ni la force, ni même l'envie de vivre. Il avançait en murmurant *Ça doit être un Mentô, ça doit être un Mentô,* et ces mots lui baillaient un allant qui neutralisait la raideur de ses genoux. Ce n'est que maintenant que tout cela se met en place dans ma tête. Il avait toujours voulu retrouver un Mentô afin de savoir comment aborder cette conquête de l'En-ville à laquelle sans grand succès, il avait voué sa vie. Il voulait entendre là-dessus une parole, dire au Mentô quelques mots. D'entendre un nègre provoquer un tel engouement à la manière des mulâtres politiciens, avait sans doute amené mon Esternome à le prendre pour un Mentô. Et là, ce jour-là, il allait pour le voir, pour l'entendre, lui parler, l'écouter, savoir les nouveaux ordres et sans doute me les transmettre. Mais nous étions en retard. Le meeting avait commencé. Les haut-parleurs nous transmettaient de loin le discours de Césaire, son français, ses mots, sa voix, sa ferveur. Mon Esternome s'était arrêté, avait écouté, puis ses griffes s'étaient enfoncées dans mon épaule : *Annou Sofi ma fi, an nou viré bo kay,* Sophie ma fille retournons à la maison... Je ne lui demandai pas pourquoi. Au bout de quelques pas, il me dit dans un souffle comme à sa douce Ninon il y a tant d'années et sans que je comprenne :

— C'est un mulâtre...

TEMPS DE FIBROCIMENT

1946-1960

Quand Césaire fut élu à la mairie de Fort-de-France, le sieur Alcibiade tomba malade vraiment. *Un nègre se disant de l'Afrique, allait administrer la Ville... et communiste en plus !...* Il s'épuisa en de longues causeries pour dévoiler comment ces Quartiers ténébreux alentour de l'En-ville, étaient des plots de barbarie aux mains d'ignobles politiciens ; comment une politique éclairée devrait viser à réouvrir les champs dans le but de renvoyer ces gens à la campagne... ! La plupart de ses amis pensaient comme cela (c'est-à-dire qu'ils rejetaient l'Afrique, les quartiers populeux, la poésie-voyante, les prises de position contre le colonialisme, ou autres tares de Césaire...), mais tous (mulâtres ou pas mulâtres), se retrouvaient dans le nouveau maire. Ils goûtaient sa maîtrise de la langue, son savoir, son exercice constant d'élévation au-dessus de l'humaine condition. Quand Césaire rompit avec le Parti communiste et créa son propre Parti sur l'idée du progrès, beaucoup des amis du sieur Alcibiade s'y rallièrent. Ils se rapprochèrent alors des quartiers populaires qui leur fournirent le gros des militants, des colleurs d'affiches, des dogues capable de garantir la tenue d'un meeting. A chaque élection (et même en 46, à l'annonce que nous étions enfin des espèces de Français), une lavalasse hurlante jaillissait des Quartiers, dans un vrac de flambeaux, pour fêter le petit nègre devenu un mâle-homme, notre maire, notre député, notre méchant poète, tout du long réélu.

A partir du premier vidé aux flambeaux, tout dégénéra pour moi, me conduisant ainsi vers la fondation de Texaco. Les descendus-des-mornes, comme moi-même[1], avaient voté pour Césaire. A l'annonce de son élection, il y eut une belle bordelle dans l'En-ville. Sans rien mander à personne, je quittai la maison du sieur Alcibiade et m'en allai rejoindre les gens des Quartiers Trénelle, Terres-Sainville, Rive-Droite, Sainte-Thérèse, et même des Quartiers éloignés comme Coridon, et-caetera. *Mi sik, mi...!* C'était un peu notre revanche sur l'En-ville, l'avancée véritable de notre conquête obscure. Je déposai pleurers, envoyai des chanters et tout mon corps monter. J'étais consternée que mon Esternome se soit trompé si tant à propos de Césaire, et qu'il n'ait pu vivre cette marée flambante. Des et-caetera de flambeaux tournoyaient autour de la mairie, descendaient la Levée, sillonnaient la Savane, zébraient le centre de l'En-ville. Perchés sur leur balcon, les mulâtres-milâte ou nègres-milâtes, nous lorgnaient sans y croire. Nous longeâmes le balcon où monsieur Alcibiade, débraillé, pas rasé, le cheveux transperçant la vaseline, hurlait une méchanceté que nos chanters couvraient. Sa femme tentait de le ramener, mais lui, soudé à la rambarde, hélait comme bœuf saigné. Tout à coup, je parvins à sa hauteur, son regard (malgré la foule) saisit le mien le temps d'une mi-seconde durant laquelle je n'eus même pas l'idée d'arrêter de chanter. Je n'ai jamais par la suite surpris dans un coup-d'œil un tel charroi de désespoirs, de haines et d'atteintes à la vie. Cela me chiffonna les os, mais je poursuivis mon vidé, emportée par un mécanisme sans-manman-ni-papa, qui d'ailleurs me jeta dans les bras de Nelta Félicité, un nègre docker versé en

1. Une ordonnance de De Gaulle avait enfin accordé le droit de vote aux femmes, et madame Eléonore Alcibiade avait mobilisé les Dames prévoyantes de Fort-de-France, pour amener leurs servantes aux urnes en se souciant pièce-pas de ce que nous allions y mettre.

politique, qui ne me lâcha plus, et dans les bras duquel je me vautrai, après vidé, dans une ombre, contre un tamarinier, secouée de folie polissonne, de plaisirs et de cœur agoulou.

SAISON TÊTE-FOLLE. Quand la chaleur retomba et que je regagnai avec Nelta la maison du sieur Alcibiade, mon angoisse prit saison. Je me souvins de ses yeux, de mon départ-sans-demander, et j'eus de vieux pressentiments. La porte était ouverte, donc Nelta me laissa. J'entrai dans le couloir silencieux. Dans le noir, je traversai la salle et montai l'escalier, passai l'étage de la chambre des personnes Alcibiade, et atteignis le galetas où s'entassaient mes affaires, ma paillasse, mes quatre livres. Je me couchai flap, soucieuse de n'éveiller personne, et m'enfonçai dans cette sorte de sommeil qui supprime les nuits. C'est le sieur Alcibiade qui soudain m'éveilla pour m'amener la misère.

Le sieur était assis à côté de mon lit. Une bougie éclairait les bosses de sa figure et laissait tout le reste dans le noir. Une venue de folie lui égarait les yeux. Le sieur me zieutait en silence, pas seulement sans rien dire, mais en silence. Je coulai en moi-même comme un bois courbaril dans un marigot mort. Je m'ouvris tout bonnement sur un vent de terreur, puis chaque brin de ma chair devint raide comme une roche. Ce n'était plus le sieur Alcibiade exposé devant moi, mais une personne que je ne connaissais pas, tigée en lui avec une force mortelle — fascinante. Même à présent, quand j'y repense, je ne comprends pas ce phénomène qui fit que je ne réagis pas quand il me recouvrit, me déshabilla, et me creva d'un rein sauvage. Son corps invincible me fracassait à grands ahan, m'écartelait, me désossait, me transperçait. Il grognait d'une joie revancharde. Moi qui revenais de l'étreinte de Nelta, je basculai dans une ravine où s'embrouillaient le plaisir, la honte, la douleur, l'envie de mourir, l'envie de tuer et d'être tuée, le sentiment de l'injustice, de ne pas exister, d'être une chienne méprisée, la haine de cet En-ville où je me tournaillais seule, livrée aux sept malheurs sans choisir le chemin. D'avoir été comme ça durant presque deux heures, le jouet flaccide de ce sieur Alcibiade, dut être ce qui m'amena à ne plus jamais me laisser commander par personne, à décider à tout moment, en toute autorité, toute seule, de ce qui était bon pour moi et de ce qu'il fallait faire.

Le lendemain-bon-matin, je butai dans la cuisine sur la madame Eléonore. Elle ne me posa aucune question sur cette eau qui coulait de mes yeux, qui arrosait la cafetière, la table, le plancher, la cour, le bassin, le linge à laver, le canal à récurer, le trottoir à brosser. Elle n'ignorait pas ce qui s'était passé. Je le voyais le désarroi dans sa manière de heurter les chaises et de se reprendre droite comme une piquette. Moi, défolmantée, j'étais seulement capable de ces gestes mécaniques qui nettoient les maisons. Nous passâmes les mois qui suivirent à nous occuper des délires du sieur Alcibiade. Il avait plusieurs fois tenté d'empoigner son fusil pour s'en aller vers la mairie en tirant sur tout le monde. Madame Eléonore avait *(heureux-bonheur...!)* serré les balles, et, même quand il parvint à vaincre nos vigilances (que nous le retrouvions sur le balcon à bornoyer la nuit, ou cassé dans le bassin le canon dans sa bouche, ou suspendu à la gouttière le fusil sous le bras, faisant mine de grimper vers l'aile blanche d'une tourterelle), nous ne poussions même plus les cris du cœur qui saute. Il fallait simplement le ramener dans son lit. Le jour, il se levait tout seul, refusait le bain, le rasage, et s'asseyait sur la table de la salle à manger. Avec sa plume d'oie, il calligraphiait des lettres d'injures aux communistes, aux sportifs qui laissaient faire, aux mutualistes qui contemplaient béats ce recul de la civilisation, au premier préfet (débarqué en grande pompe) dont l'acceptation de cette tragédie déshonorait la France. Il cachetait le tout et madame Eléonore faisait mine d'aller les expédier. Elle les cachait dans son sac en revenant à la maison, après un détour au marché pour ramener le manger.

Mais le sieur Alcibiade n'était pas si fol que cela. Dès que madame Eléonore avait le dos tourné, il tentait d'agripper le bol de mes tétés. Ah, je peux dire que ce pauvre isalope paya cher ce qu'il m'avait fait, en coups sur la tête, en volées de casseroles, de bassines, de pots d'aubagne... Une fois, je lui tins les graines à deux mains et les purgeai à blanc. Madame Eléonore prétendument revenue de la poste, le retrouva plié en six. Elle diagnostiqua un préjudice de la folie et sortit son chapelet pour sanctifier ses miaulements. Quand mes coups avaient été trop forts, qu'ils provoquaient une marque, je mettais cela sur le compte d'une glissade dans le bassin ou de quelque escalade vers un nid de tourterelles. Une fois même, je le poussai dans l'escalier, mais il put s'agripper à la rampe. Une autre fois, en crise moi-même, je faillis l'envoyer valser par la fenêtre.

Quand je me sus enceinte pour lui (lui qui ne m'avait touché qu'une fois), et qu'il me fallait une fois encore affronter l'herbe grasse et les quatre jours d'un sang qui coule avec ma vie, je fis chauffer de l'eau avant de la lui balancer en pleine tête. L'eau (merci bondieu) n'avait pas bien chauffé. Sa peau n'en garda pièce dégât ni tracée d'aucune sorte. Mais sur le coup, il cria comme crier doit s'écrire. Je crus que son corps échaudé voltigerait par sa gorge. Le sieur galopait à travers la maison, moi le poursuivant de ma casserole brûlante, et l'injuriant à mort.

... ce sang vivant qui coule...

Ses amis venaient le voir. Madame Eléonore prétextait de je ne sais quelle suette et ne les laissait pas entrer. Ils n'insistèrent pas longtemps. Bientôt, tous disparurent, et nul des groupements mutualistes, des chasseurs en banquet, des grandes âmes sportives, ne se souvint du sémillant causeur. Nous nous retrouvâmes isolés. Madame Eléonore ne m'autorisait plus à sortir. Je ne pouvais voir Nelta Félicité que depuis les persiennes. Il me questionnait avec de petits signes et s'en allait découragé. Le comportement de madame Eléonore était semblable à ceux que j'avais pu côtoyer dans l'En-ville. La maladie était pour elle une honte. Elle cachait son mari comme elle aurait serré un quelconque déshonneur, un monstre à deux têtes ou je ne sais quel revenu d'enfer. Elle ne lui appela jamais un médecin, même durant ses accès d'épouvante au cours desquels, accrochées à son aile, nous nous voyions drivées de la cour au grenier. Les voisins entendaient ce cirque, mais à part quelques branles de rideau, ils attribuèrent ces émois à la fièvre typhoïde qui minait les Quartiers, et ils nous oublièrent mieux. Sans le savoir, j'apprenais sur l'En-ville : cette solitude émiettée, ce repliement sur sa maison, ces chapes de silence sur les douleurs voisines, cette indifférence policée. Tout ce qui faisait les mornes (le cœur, les chairs, les touchers, la solidarité, les cancans, le mélange jaloux dans les affaires des autres), s'estompait en froidures au centre de l'En-ville. Madame Eléonore pratiquait encore l'office du balcon, à l'heure du serein. Elle prenait soin d'enfermer le sieur Alcibiade dans une armoire, et apparaissait parmi ses tubéreuses, faisait mine de bonheur dans le vent frais avec les autres madames. Son parfum. Telle ou telle robe. Un bijou. La beauté de ses fleurs. Chacun rivalisait... D'un balcon à l'autre, les sentiments s'appauvrissaient, et de jour en jour, j'avais l'impression de voir l'En-ville creuser d'imperceptibles abîmes.

> La Dame m'a enseigné à percevoir la ville comme un éco-système, tout en équilibres et en interactions. Avec des cimetières et des berceaux, des langues et des langages, des momifications et des battements de chairs. Et rien qui progresse, ou qui recule, aucune avancée linéaire ou quelque évolution darwi-

nienne. Rien que le tournoiement hasardeux du vivant. Au-delà des mélancolies, des nostalgies inquiètes ou des avant-gardes volontaires, il faut nommer ces lois informulables. Alors comment ?

Note de l'urbaniste au Marqueur de paroles.
Chemise n° 17. Feuillet XXV.
1987. Bibliothèque Schœlcher.

Je tenais la maison du mieux que je pouvais, ruminant en moi-même sur d'innombrables résolutions. Je me noyais avec les Alcibiade sans pouvoir réagir. J'étais comme engourdie entre deux parenthèses, me laissant déterminer par quelques habitudes. Rester (plutôt que de partir comme je l'avais décidé en moi-même) me rassurait. Ruminer mes amertumes secrètes, toiser dans leur dos le sieur et la madame, les injurier au fond de mon cœur, les jalouser aussi, vouloir être comme eux et les refuser avec de sourds élans, étaient des attitudes qui me réconfortaient. J'avais fait cela toute ma vie ; c'était un peu ma manière de survivre dans ce désastre qui me laissait sans horizon. Je comprenais mieux mon Esternome à propos de ses postures dans la Grand-case, sa manière d'être face aux békés, aux grands milâtes, cette vie d'en-bas-feuille menée avec ses frères de boue en cultivant l'espoir farouche d'échapper à cette boue. J'étais ainsi salopement liée au sieur Alcibiade. Un lien de malheur. La corde mauvaise. J'ai longtemps cru demeurer auprès de lui pour parachever ma vengeance, mais je compris bien vite que c'était autre chose. Je le haïssais encore plus que ce Lonyon que j'avais abhorré, mais cette haine elle-même me chevillait à lui avec une force de corde-mahaut. *Quelle qualité de vieux poison, la haine !...* Ça n'a pas de bordage, ça se mélange à tout... en certaines heures on sent son cœur se tordre sans savoir si c'est d'amour, de haïssance, d'attirance, de rejet. J'étais engluée dans un migan sordide avec ce pauvre sieur Alcibiade sur lequel je n'eus jamais pourtant (sauf peut-être à présent, en mon vieil âge où j'ai pris la mesure de mon peu d'importance) une graine de pitié.

Je me souviens de mes silences dans la maison frappée. Le sieur Alcibiade enfermé quelque part. Madame Eléonore en sieste dans sa chambre après avoir condamné les portes et les fenêtres. La chaleur qui appuie. Le soleil qui défonce la cour et rebondit en rayures immobiles qui désenchantent les murs. L'En-ville lointain autour, comme gommé, juste quelques hoquets de vie, une voix de nègre, une roule de cabrouet, une odeur de gas-oil, un soupir de poussières. Et moi, assise dans une berceuse au milieu de la salle, une aiguille à la main, un linge à repriser posé sur les genoux, ou alors debout devant la table, serrant un de ces fers-kongo qui dans le temps servaient à repasser. Et puis rien. Pièce parole dans ma tête. Rien qu'une sorte d'éther qui emplissait mes os. Comme si, incapable de m'extraire, je voulais me dissoudre. Je me souviens...

Les choses s'aggravèrent. Madame Eléonore se négligeait. Elle jargonnait toute seule, écrivait elle aussi de longues lettres à d'insolites cousins ancrés à Panama (aux abords du canal) dans une brutale richesse. Je m'aperçus bientôt qu'elle les emportait à la poste sans y mettre une adresse, en notant seulement *Canal de Panama*. Elle ramenait de moins en moins de choses bonnes à manger. Je me mis à manquer de savon, d'huile, d'épices, de tout. Je devais me débrouiller pour remplir les casseroles sans quitter la maison car la porte était close : elle en serrait la clé comme son dernier trésor. Bientôt, elle cloua les fenêtres et m'interdis de les ouvrir. Quand elle sortait poster ses lettres et celles de son mari, je me retrouvais dans une sorte de tombeau et mettais pleurer par terre sur cette mort dans ma vie. Parfois, madame Eléonore, après une crise du sieur, se prenait de spasmes religieux. Elle chantait en tournoyant autour de lui le Veni Creator, l'Ave Maria Stella et le Benedictur. Elle ânonnait des oraisons, grinçait des vêpres et des complies.

Toute la nuit, réveillée en sursaut, j'entendais ruisseler de sa chambre les litanies de la Vierge, le Magnificat. A l'aube, elle ronchonnait les psaumes pour le roi...

Je me souviens de mes silences quand je me réveillais dans la maison obscure, en pleine nuit, à moitié endormie, cherchant dans cette demi-lucidité un moyen de partir, et butant sur chaque persienne, chaque fenêtre, chaque porte. Alors je demeurais assise au bas de l'escalier à observer les formes anglées de la salle que la lune animait. Des éclairées de bois vernis logeaient d'anciennes présences. Tout semblait vivifié. J'identifiais chaque meuble, chaque tapis, chaque pot, chaque lampe, le piano dont personne ne jouait, la collection d'ivoires d'Indochine qu'un colonial à bacchantes rousses avait prêtée au sieur avant de perdre l'esprit sous une malaria. La nuit fondait le tout dans une vie différente, faite de lumière nacreuse, d'ombres plus ou moins opaques articulant des formes, de murmures profonds, de chants de menuisiers, des effluves d'anciennes sèves sous l'élan du rabot, de sentiments passés qui avaient noué le bois, qui l'avaient engorgé. Je restais là jusqu'au devant du jour, défaite comme fruit-à-pain tombé, et inapte aux promesses de la châtaigne échouée.

Je finis par ne plus sortir de mon galetas. J'écoutais madame Eléonore vivre avec son monstre en restant immobile dans l'échauffure du grenier. Tout était sombre. La journée signalait son passage par des rais de lumières, des coulées de soleil, des mollesses de clarté, les rumeurs de l'En-ville ; puis soudain le noir couvrait tout. Je n'osais emprunter l'escalier par crainte de rencontrer madame Eléonore muée en bête-cimetière. Je n'écoutais plus ses adresses à son sieur, ni ses chants de messe, ni ses discours étranges : tout cela m'épouvantait. Les mots y perdaient de leur sens, les phrases s'agençaient comme des cris d'animaux ou de je ne sais pas quoi. J'entendais des bruitages sans nom. Des désordres. Parfois, le sieur Alcibiade poussait de longs braiments tandis que la madame riait sans que ça soit un rire. J'entendais des pépiements d'oiseaux, des bouts d'allocutions qui ouvrent des banquets, des pets sonores, ou des mots qui semblaient flotter seuls dans un écho zombi. Il y avait des sentis d'encens, de bougies brûlées, de poissons. Des relents de bois-mapou, des miasmes de mangrove, des vapeurs d'herbes coupées, des parfums de whisky et de chaux vive. Du camphre...

... je devenais folle...

... une nuit, je perçus une haleine de vinaigre. Durant une autre, j'eus l'impression que les cloisons avaient été frottées à l'ail et l'orange sure. Il y eut une bouffée d'héliotrope blanc, puis de fiel, puis de corne-cerf. Les odeurs devinrent des goûts. Puis des images à reflets de miroir. J'étais parfois immensément troublée, et frissonnais pour à-rien comme si mes draps de toile étaient en satin rouge. Je sentais que les personnes Alcibiade avaient été transformées en je ne sais qui-ça, car j'entendais des marchers différents, des voix différentes, des présences différentes. Je n'osai même plus bouger de crainte qu'ils songent à moi et qu'ils montent dans ma chambre...

... folle même...

... alors, je me réfugiais dans les bruits de l'En-ville. Bruits des balais-koulis qui astiquent les rues. Bruits de marchandes d'avant-jour vendeuses de corrossols, de crème-coco à la cuillère, de zakari tout chauds. Bruits des marchandes-mabi qui escortent le soleil de six heures-bon-matin. Bruits des marchandes d'accras et de morue frits qui envahissent les rues où les travailleurs passent. Bruits des lavandières qui balancent vers l'eau claire de Grosse-Roche. Bruits des chiens à gueule-forte la nuit, en désarroi le jour, pris de chigner entre les deux. Bruits des voitures toujours grandissant, dominant les autres bruits chaque jour un tacplus. Bruits nouveaux de l'asphalte que Césaire fait répandre sur les boues. J'imaginais les lambeaux de sommeil dans les bars à rhum, le choc du décollage, l'élan au pétépied, l'amorce à l'alolo où les rêves se décrochent...

... folle pour tout de bon...

... puis les bruits s'estompaient alors je pataugeais dans des fluences d'images dont je ne savais plus si elles provenaient de ma vie ou de mon Esternome, ou bien de celle de mon Idoménée, ô mes chers venez je pleure sur cette feuille grasse appliquée dans un livre et qui pousse ses racines-cheveux-blancs, sur ce dimanche après-midi en promenade dans l'Allée des Soupirs sous l'œil pas content des békés dérangés,

sur les touloulous de la cathédrale personnes à fla-fla et à robes attachées, sur la dame Edamise qui délaisse ses anneaux pour une chaîne forçat sa paillasse pour un matelas son madras pour un foulard de soie son banc pour une berceuse sur la dame Edamise avec son officier qui l'installe dans l'En-ville, sur le quatorze juillet et sur le onze novembre où les canons musiquent et les fusils font clarinettes,

sur les trois fleurs du cimetière dont la plus fanée est un cœur délaissé, sur le bal ti-tane au Sélect Tango sous le trombone de Saint-Hilaire, je vois Régina Coco cette crème à la vanille qui remplace son papa en déveine dans les jeux Baccara Bonneteau Passe-passe Rouge et noir ou Serbi et qui lève majorine, sur docteur Pierre qui meurt et qui guide dans la tombe sa tralée de malades, oh ô c'est Eulalie gueule-coffre, c'est Larouelle Sidonie à tétés-kilomètres, qui sur l'habitation ne buvaient que vesou dans une baille à cochon et qui une fois En-ville veulent faire l'intéressante,

c'est Labadie qui tombait papillon, quand le papillon échoua sur une lampe on la vit gueule brûlée un samedi gloria, mi Aristide déguisé en bossu pour aller pichonner sa doudou sans que madame le sache jusqu'à ce que l'En-ville chante Bossu-bossu, donne-la-bosse-à-ton-corps sur les côtés devant-derrière,

alors il lui offre un petit brillant, un petit éclairant un petit enveloppant pour la rendre jolie et elle lui offre son cœur et bien sûr autre chose, sur l'araignée-matin aux mauvaises promesses, sur la bête-cimetière à queue blanche qui récite au-dessus de ta table, et je baille en marrotte avec trois cerfs-volants...

LE RÊVE DU PARTIR. Félicité Nelta me sortit du tombeau. Il avait rôdé durant des mois autour du foyer Alcibiade ; il m'avait devinée à l'arrière des persiennes, ou dans un rien d'éclair, pour juste un geste de main comme font les vieilles personnes ; puis il avait vu la porte se raidir, les fenêtres se coincer dans les murs ; puis le soir ou la nuit il n'avait plus distingué de lumière. Ce que nous avions fait debout le soir du vidé était bon et il s'en souvenait dans chaque graine de sa chair, *heureusement !...* car il n'aurait sans doute pas insisté autant, pas surveillé comme ça, ni frappé à la porte, ni crié *Owala... !*, questionné les voisins sur la fille Marie-Sophie qui travaille chez les gens d'à-côté. Heureusement... car il n'aurait (comme les voisins) rien perçu de cette senteur de mort qui suintait la porte, un remugle de zinc froid et de poissons d'argent.

Alors un soir, il défonça la porte en criant *Marie-Sophie Marie-Sophie... !* Il traversa la salle qui semblait rassembler les débris de Saint-Pierre, puis croisa dans l'escalier le sieur Alcibiade vêtu en rouge et noir, avançant raide et chantant une mazouk dans un vase de malpropre ; puis il vit madame Eléonore, ou plutôt une espèce de personne à cheveux gris dressés, irréelle de maigreur, sans couleurs et sans vie ; puis il me dénicha coincée dans ma paillasse, la peau sèche, lèvres gercées, le corps meurtri comme une flanelle mouillée, les yeux plus grands que la lune pleine, en train de décompter des bagages invisibles et de chanter comme cette chère Léona Gabriel un nommé Alexandre parti parti parti...

Il m'emporta avec mes pauvres affaires à travers l'En-ville endormi. A chaque pas, il craignait de voir surgir les personnes Alcibiade, allant comme mabouyas à la tête d'un troupeau de berceuses, de chaises, de tables, d'images, et de lettres cachetées en voltige autour d'elles comme une nuée d'éfrits.

> Je compris soudain que Texaco n'était pas ce que les Occidentaux appellent un bidonville, mais une mangrove, *une mangrove urbaine.* La mangrove semble de prime abord hostile aux existences. Il est difficile d'admettre que, dans ses angoisses de racines, d'ombres moussues, d'eaux voilées, la mangrove puisse être un tel berceau de vie pour les crabes, les poissons, les langoustes, l'écosystème marin. Elle ne semble appartenir ni à la terre, ni à la mer un peu comme Texaco n'est ni de la ville ni de la campagne. Pourtant, la ville se renforce en puisant dans la mangrove urbaine de Texaco, comme dans celle des autres quartiers, exactement comme la mer se repeuple par cette langue vitale qui la relie aux chimies des mangroves. Les mangroves ont besoin de la caresse régulière des vagues ; Texaco a besoin pour son plein essor et sa fonction de renaissance, que la ville le caresse, c'est dire : le considère.
>
> Note de l'urbaniste au Marqueur de paroles.
> Chemise n° 19. Feuillet XXVIII.
> 1987. Bibliothèque Schœlcher.

Félicité Nelta cassait des pierres dans une carrière municipale. Il habitait sur le Morne Abélard dans un carré en tôle qui serrait juste un lit, ses outils, deux trois linges de dimanche et une bidime valise. C'est dans cette case qu'il me logea. Je fus environnée de la sollicitude que les Quartiers développent. On me fit des du-thés de vaillance, des soupes de forces, des frictions de bay-rhum. On me porta des nasses de tendresse, des coups-de-senne de rêves où des mains se tenaient. En l'absence de Nelta, une Man d'à-côté-là enveloppait mon chevet de paroles inutiles, de ses injures contre les hommes, de ses luttes dans l'En-ville, m'essuyait une sueur, me donnait ma médecine avec les gestes de mon Idoménée. Chacune tentait d'animer mes yeux vides. Le soir, Nelta s'asseyait près de moi. Il restait une bonne partie de la nuit à me donner milans : la police avait emprisonné les personnes Alcibiade ; un l'abbé était venu s'agenouiller dans leur maison et lâcher l'eau bénite sur la crainte des voisins... Puis, il m'accompagnait dans les misères de mon sommeil, en dormant à mes pieds. Il travaillait toute la journée et réapparaissait en bout d'après-midi sur le Morne Abélard où il avait toujours un coup-de-main à donner, une tôle à ajuster, une plaque-fibrociment à clouer pour un tel. Mais, durant mon temps cagou, il réduisit cette activité (au grand désespoir de ses gens) et demeurait inquiet à me regarder battre dans un sommeil sans rêves auquel succédaient de vieux songes éveillés. Alors, se produisit quelque chose que mon vieil Esternome aurait bien aimé voir.

Comme je ne revenais pas habiter dans mes yeux, Nelta sollicita une personne guérisseuse. Cette personne se trouvait de l'autre côté du lycée Schœlcher, dans une Doum magique que produisait le Marigot-Bellevue, à coté des réservoirs de gazoline que les békés avaient soudés tout au long de la mer. Le béké de la gazoline Esso avait deux cuves, plus haut vers Pointe la Vierge. Le béké de la Shell en avait deux aussi, et s'était implanté plus du côté du phare. Quant au béké de Texaco, il en avait plusieurs au bas de la corniche, le long de la rivière. Il avait construit une sorte de quai. Un petit bateau-tonneau prenait du carburant dans les pétroliers et venait se le faire aspirer par une pompe sur ce quai. Des tuyaux emmenaient le tout aux réservoirs. D'année en année, les automobiles s'étaient multipliées. Elles avaient eu besoin d'un lot de gazoline. Les békés, rapides à la détente, s'étaient lancés dans la représentation des sociétés américaines. Et il se faisaient une concurrence sans papa ni manman.

Ce lieu était un démêlé de boue, de sable, de tonneaux, de bouteilles de gaz. Des canalisations sillonnaient la mangrove du Marigot-Bellevue à moitié asséchée. Des négrillons venaient jouer-zouelle sur les tuyaux, plonger au bout des quais ou tracer droit vers le lycée technique. Ils venaient aussi regarder les bateaux. Le béké de Texaco avait flanqué ses réservoirs d'un nèg-gardien très consciencieux. Ce dernier régulait à travers un portail des allées-virées de camions-bombes qui diffusaient la gazoline à travers le pays. Au fond, en longeant la rivière jusqu'à la Doum, on découvrait une touffe d'arbres magiques que le béké de Texaco avait laissée intacte, sans doute à cause des histoires de diablesses qui circulaient par là, ou peut-être tout bonnement du fait d'un simple oubli. Eh bien là, vivait Papa Totone le guérisseur. Nelta s'en fut le solliciter après avoir supplié le nèg-gardien de lui bailler passage.

D'après Nelta, Papa Totone l'accueillit comme s'il l'attendait depuis une charge de temps. Il lui dit *Ki nov Nelta ?...* alors qu'il ne l'avait jamais vu et que le seul titre connu de Nelta était en fait « Tatalité » (un chiffonnage de son nom comme les nègres aiment en faire). Mais Papa Totone, surgissant entre les arbres de la Doum, lui dit pourtant *Ki nov Nelta ?...* Et puis, il lui dit (alors que Nelta n'avait même pas encore demandé hak) : *Je viens là-même...* Devant Papa Totone, Nelta s'était senti tout-petit-tout-petit,... il avait senti... il avait senti... Je savais ce qu'il avait ressenti ; ses mots hésitaient comme ceux de mon vieil Esternome en pareille occasion : face a Papa Totone, Nelta avait perçu *une force* — un peu comme celle que l'on perçoit quand les grands conteurs parlent, ou quand les hommes de force apparaissent dans votre vie au moment sans église d'une déveine collante.

Papa Totone vint à mon chevet après avoir traversé le Quartier Abélard. Tout le monde fut saisi de le voir si loin de sa cascade. Comme il allait le faire au Christ bien des années après, il passa une main négligente sur mon front, en disant (lui qui ne me connaissait pas) *Héé-o, Marie-Sophie, amarre-toi bien les reins...* Puis il disparut comme une odeur d'éther. Mes yeux retrouvèrent leurs sens. Je me mis à regarder, à sentir, à vouloir me lever, à revivre... Les gens du Morne Abélard dansaient autour de moi, et Nelta (fou comme zizitata) sortit une dame-jeanne-rhum pour offrir à la Terre l'unique fraternité à soixante-cinq degrés.

Je songe à cette période au Morne Abélard. Tant de femmes-bougres-marmailles sédimentés aux portes de l'En-ville qui s'ouvrait en l'autre bord du canal. Pour y aller, il fallut pendant tiek-temps utiliser un bac qu'un nègre costaud actionnait d'une corde. De ce côté de la rive droite, une communauté de descendus-des-mornes s'était créée dans l'isolement, face à l'aisance d'En-ville. Les grandes-gens n'osaient s'aventurer par là : la vie s'y trouvait plus à vif, chaque douleur plus rapace; cette communauté solidaire-solitaire déployait contre elle-même (au cœur même de l'entraide), la violence que suscite *l'impossibilité* quand on aborde l'En-ville. Chaque homme était armé de sa jambette, de son rasoir, de son bec-mer. Le coutelas des mornes avait laissé la place à ces petits couteaux qui servaient à survivre, et n'émergeait des cases qu'au moment des dangers ou des travaux visant à s'affermir sur terre. Les femmes menaient leur guerre avec des ciseaux, des bols d'acide mais surtout leur résonance de voix, laquelle pouvait briser n'importe qui-vakabon. De proche en proche, jusqu'au Pont-de-Chaînes, les cases s'entassaient dans un désordre pas catholique mais qui bientôt m'apparut comme une subtile touffaille d'équilibres entre les gens, entre leurs parcs-cochons, leurs caloges-poules, leur boîtes-lapins, leurs arbres privés auxquels chacun avait accès, leur cour, leurs passages, leurs endroits de rencontre autour du robinet offert par la mairie, ces dalots qui convoyaient l'eau sale au gouffre de la rivière, cette bousculade d'époques où vibrait la tracée de mon vieil Esternome, la paille, le bois-de-caisse, les feuilles-tôle en toiture, et ces plaques nouvelles ramenées par les békés, qui donnaient l'illusion d'une maison en ciment. *Hmm bondieu seigneur... ! le fibrociment...* quitter la paille et le bois-caisse et l'à-plat de fer-blanc, pour une caye en ciment ! *C'était l'hymne de chacun !* Tu ne peux pas comprendre, Oiseau de Cham, c'était *un contentement*. Les sous du djob disparaissaient dans ces plaques fragiles. On les ajustait sur la cloison de bois pourri, sur la misère rouillée d'une bombe aplatie. Nelta savait clouer le fibrociment sans jamais le briser. A force de fendre des pierres à coups de massue, il s'était développé une finesse d'aiguille à chaque bout de ses doigts. Il était rare qu'il abimât une plaque de fibro, et, en cas de malheur, il savait emboîter les débris en sorte de décorer la case, à dire qu'on l'eût rêvée comme ça.

Avec lui, j'appris à clouer le fibrociment. Quand il revenait de son travail à la carrière, l'après-midi n'avait plus d'ombres très nettes, mais la petite case-tôles demeurait un four que je fuyais en installant un banc aux fraîcheurs du dalot. Comme Nelta ne pouvait y demeurer non plus, il repartait à travers le Morne Abélard, clouer les plaques, les tôles ou les planches demeurées en souffrance. Moi, l'accompagnant, j'en profitais pour l'interroger sur ce Papa Totone qui m'avait réveillée. Cette présence très rapide auprès de moi avait laissé une question dans ma tête. Sa disparition flip-flap, la manière dont Nelta me le décrivait, me renvoyait à ce que mon Esternome me disait des Mentô. J'étais curieuse de savoir si, folle au dernier bout, je n'étais pas en train de revivre les idioties de mon Esternome confronté aux ordres d'une prétendue *Force*. L'heure de s'amarrer les reins ? Mais pour quoi et qui-ça ? Je questionnais Nelta. Il me répétait le peu qu'il soupçonnait. Malgré mon insistance, il n'avait pas envie de regagner la Doum derrière les fûts de gazoline. Papa Totone ne laisse pas les gens le voir comme ça, disait-il, tu le vois quand il veut, et personne n'avance très au fond de la Doum car c'est plein de diablesses. Alors, ruminant l'impatience, je l'aidais à placer les plaques de fibrociment, m'émerveillant comme lui des avancées de ce progrès.

La case de Nelta était trop petite pour nous. Quand il s'en allait, que le Quartier s'écoulait vers l'En-ville, n'abandonnant aux cases que des femmes à marmailles tétantes, des vieux-corps ababa, des Majors immobiles, je ne savais pas quoi faire et je me sentais mal. Nettoyer quoi dans toute cette boue ? Arranger ce pauvre carré de tôles ? Moi qui avais connu ces belles maisons d'En-ville, ces sofas, ces berceuses, ces lits moelleux livrés à mes vautrages sitôt que la madame avait tourné le dos, je me retrouvais dans une caloge brûlante comme un du-feu d'enfer. La nuit, elle était fraîche, les vents la traversaient malgré les colmatages. Sous la pluie, elle devenait le ventre d'un gros poisson dans une mer enragée, nous précipitant encore plus-fond l'un contre l'autre, l'un dans l'autre, vivant nos corps sans pièce honte. Nelta avait besoin de moi, et je n'imaginais plus la vie sans lui. Il venait d'une usine du Robert qui avait disparu. Il avait échoué dans l'En-ville depuis déjà siècle-temps, pour y crocher une chance. Il était tombé en politique car à cette époque on embauchait facile ce genre de nègres costauds pour effrayer les adversaires, battre ti-bois et tonneaux, et escorter le politicien dans ses chants de bonheur au fond des vieux-quartiers. Nelta avait travaillé avec les communistes et convoyé la percée fulgurante de Césaire. Il l'avait protégé, pris quelques coups pour lui, menacé pour lui. En récompense, une fois mairie conquise, on lui avait donné son poste à la carrière. Il demeurait mobilisable à tout moment, surtout en période d'élection ou la guerre contre les békés, les gros-milâtes et le restant, retrouvait la violence des vieux-temps bitations.

Mais le rêve de Nelta c'était de baille-partir. *Partir*, c'était son mot français. Il l'avait vérifié dans un dictionnaire. Pour s'en aller, Nelta avait tout essayé mais rien n'avait pu aboutir. Il conservait son rêve intact dans sa grosse valise, pleine d'images ramassées tout-partout. Il fallut quelques mois (que nous ayons atteint le cœur même du coco) pour qu'il daigne m'ouvrir cette gigantesque valise. Et là, de ses gros doigts soigneux, il me montra (durant de chauds dimanches, après que nous ayons écrasé la cabane) ses images de forêts, de déserts, de cascades, de villes, de peuples... Son salaire devait financer son envol vers la totalité du monde. D'abord, vers la France qui (comme pour nous tous) lui habitait la tête. Il rêvait du paquebot *Colombie*, s'imaginait maintes fois débarquant à Marseille. Souvent, samedi après-midi, plutôt d'aller vibrer au match comme les nègres d'ici-là, il traînait ses grandes ailes enchaînées sur le port. Avec la connivence du gardien, il défilait mille songes sur la rouille des bananiers, la rutilance des paquebots immobiles. Quand un pétrolier surgissait dans la rade, charriant la gazoline aux békés des pétroles, Nelta m'emmenait dans les hauteurs pour contempler cette porte ouverte sur toutes les rives du monde. Je ne sais pas d'où provenait son goût pour le partir, mais ce ne fut pas le seul bougre de Quartier que je rencontrai élu par cette envie — cette envie de tout voir, d'éprouver l'impossible, de se sentir disséminé dans l'infini du monde, dans plusieurs langues, dans plusieurs peaux, dans plusieurs yeux, dans la Terre reliée.

Quand je me plaignis de la case, il m'expliqua sèchement que son argent n'était pas pour ça, et que si je savais tenir la position, il m'emmènerait en France. Il serrait ses billets dans une boîte de biscuits enterrée dans la case, sous une roche où vacillait une flammèche d'huile bonifiée de trois-gouttes-l'alcali et d'une zoye de précipité blanc. Il ne craignait pas les voleurs mais les esprits qui font disparaître la monnaie de ta sueur sans te laisser l'espoir d'un jour en regagner. Je m'amarrai d'autant plus à Nelta que je le sentais loin. Son esprit versait sur des horizons charroyés en lui-même, au-delà des images, et sans qu'il n'en tombe chimérique. Il se comportait comme les autres bougres du Quartier, en combat contre la vie, toujours suant, travaillant, toujours en disputes sur le football du Golden star ou du Club colonial, les criées politiques. Mais c'est au cœur seul du chien que pendent les rêves du chien : nul ne soupçonnait le chatoiement voilé que Nelta transportait. Quand je me penchais sur lui, quêtant le fond même de ses yeux pour deviner si j'avais (à force de douceur) bâti quelque chapelle où ma présence brillerait, je butais contre de grands souffles, je percevais saisie, des bosses de sables chaud, je croyais voir trembler des façades de ville, des chameaux assoiffés, des fastes de temples indiens, des ruines monumentales, des igloos, des lunes roussâtres sur des banquises vitrées.

L'urbaniste occidental voit dans Texaco une tumeur à l'ordre urbain. Incohérente. Insalubre. Une contestation active. Une menace. On lui dénie toute valeur architecturale ou sociale. Le discours politique est là-dessus négateur. En clair, c'est un *problème.* Mais raser, c'est renvoyer le problème ailleurs, ou pire : ne pas l'envisager. Non, il nous faut congédier l'Occident et réapprendre à lire : réapprendre à inventer la ville. L'urbaniste ici-là, doit se penser créole avant même de penser.

Note de l'urbaniste au Marqueur de paroles.
Chemise n° 36. Feuillet X.
1987. Bibliothèque Schœlcher.

J'aurais pu retenir Nelta avec un négrillon. Je le voyais s'émouvoir des enfants d'à-côté, leur ramener de l'En-ville une douce pâtisserie, un roulement à bille, un cerclage de barrique avec lesquels ils jouaient. Quand Nelta déchargeait en moi, je sentais bien que c'était comme on plante (ou qu'on arrose) avec l'idée du fruit. Il surveillait mon ventre qui ne s'éveillait pas, il touchait (en parlant d'autre chose) mes tétés qui jamais n'annonçaient de saison. Je connus cette misère de vouloir lui donner son négrillon, son ancrage, l'amener à nous construire une belle case-fibrociment avec les billets destinés à son rêve. Mais rien ne se fit jamais. J'avais tant saigné, je m'étais tant abîmée avec cette herbe grasse (ces fièvres, ces croûtes noirâtres qui avaient sué de moi comme autant de zombis qui m'auraient possédée) que mon ventre avait perdu l'accès au grand mystère. Je n'en savais pas encore l'irrémédiable. Je pensais que les graines de Nelta étaient sèches finalement, que mes périodes tombaient mal avec ses arrosages. Le temps passant, mon cœur se mit à battre sur cette horreur malement devinée, dont l'exacte étendue ne m'apparut que tard.

Je ne pouvais que regarder les billets s'accumuler dans la boîte de Nelta, que suivre en-mesure-en-mesure la montée de sa fièvre vers ce rêve dont je me savais exclue. J'eus sans doute une journée (ou deux) d'illusion, m'imaginant avec lui — lui dans son linge-syrien, moi dans ma robe de dentelle, empruntant la passerelle vers le pont d'un paquebot en départ pour le monde. Je me voyais dans la cabine brillante... la dérive des côtes... l'effacement des rivages... la naissance des villes hautes auréolées de brumes... Je me voyais dans ces restaurants qu'il m'avait décrits, avec danseuses, avec orchestres, avec des blancs qui te servent le manger dans des plats en argent. Ou alors, sur de grands cargos qui transportaient du sucre, menant la vie sans racines des marins, vivant les ports de Sainte-Lucie, de Dominique ou de Barbade, débarquant à New York, puis au Havre, puis enfin à Marseille, avec Nelta, avec Nelta... Mais (le temps qu'une chenille ne devienne papillon) cette espèce de vision s'envolait, pour renaître plus tard, et s'enfuir à nouveau. Alors, se constitua en moi, la Marie-Sophie Laborieux qui allait (derrière mes peurs, mes souvenirs d'enfant, mes tendresses muettes pour mon Esternome et mon Idoménée) se battre contre l'En-ville avec la rage d'une guerrière.

Mais, laisse-moi vivre mon Nelta avant d'entrer dans les combats de Texaco. *Roye Nelta...* je t'imagine vieillissant en Irlande, auprès d'une bière tiède, contant la Caraïbe à de gros-blancs rouquins. Je t'imagine ridé sous une tente de Masaï, buvant du sang brûlant, ou te couvrant de caca-bœuf pour contrer les moustiques, et déployant dans les conseils de ces bergers immenses tes souvenirs de nègre des Amériques. Ou alors, dans Harlem, victime du Ku Klux Klan sur une croitée de feu. Ou alors... oh mon Nelta, je vois ton âme flottant dans un cimetière marin où l'eau comble d'anneaux une racine échassière. Ou alors, vêtu d'une peau de buffle dans un trou de toundra. Même à présent, tu saisonnes dans mes mélancolies. C'est Nelta-la-tendresse qui me saisit les reins. C'est Nelta-le-sourire avec ses dents comme pelles. C'est Nelta-vingt-deux-rêves, assis dans sa valise, charrié dans sa valise vers des mosquées de pierre. C'est Nelta-la-sueur qui m'emportait le ventre en m'écrasant sous lui. C'est Nelta-des-jours-fleurs, c'est Nelta-de-la-fête-des-innocents admirant les enfants, c'est Nelta-carnaval complice d'un vidé sale dans les rues de l'En-ville. C'est Nelta-des-cyclones qui soulevait les cases pour sauver la marmaille. C'est Nelta-semaine-sainte qui tournait le rara dans les passes du Quartier jusqu'à troubler les sourds. C'est Nelta qui mangeait au Quartier le Béro rien que pour voyager dans les épices koulies. C'est Nelta qui mendiait aux syriens de lui parler leur langue. C'est Nelta-mangeur-de-marinades et buveur de saké. C'est Nelta-la-Toussaint qui blanchissait les tombes pour se remplir sa caisse. C'est Nelta qui lavait les voitures après messe-du-dimanche pour nourrir son trésor. C'est Nelta qui filait au Robert à la fête nautique. C'est

Nelta-chantant-noël et mangeant bon-boudin, et buvant un bon chraube avant de m'embrasser... *Oo Nelta... au jour dernier de l'an, tu guettas un blanc d'œuf dans l'écrin d'un verre d'eau, et tu vis apparaître le bateau des voyages...* c'est Nelta qui un jour disparut de la case, envolé avec sa grande valise sans même un mot d'adieu, qui partit à son rêve comme s'en vont les voleurs. C'est Nelta qui de moi, toute sa vie sur les fleuves, dut garder un mal-cœur emmêlé à cette soif qu'il éprouvait du monde — soif qui, de terre en terre, de peuple en peuple, de langue en langue, ne dut jamais s'éteindre : éternelle par essence autant qu'un mauvais sort.

Je m'étais préparée à sa disparition. Les horizons ouverts dans ses yeux m'avaient incitée à mettre mon corps en axe. Gendarmes en case ne faisant aucune prise, je me remis à descendre dans l'En-ville pour gagner mon argent. Je nettoyais le linge des syriens, leurs ballots de toiles sales. Je lessivais aussi pour un lot de milâtes. Avec des fers-kongo, je passais des journées à repasser, et des soirs à livrer des robes plissées. Je vendis des sandwichs aux nègres de la Jetée, chaque matin-grand-bonne-heure, mon panier sur la tête. Je vendis des sieaux de titiris, des feuilles mal-têtes et des herbes de santé, du mabi glacé et des têtes d'oursins. Je vendis du boudin jusqu'en haut de Didier. Je vendis les cocos du pied-cocos de Pè-Soltène, un vieux nègre-distillerie qui fumait sa vieillesse sous ce seul arbre planté. Je vendis des crabes que j'allais déterrer sur les terres de Dillon. Je vendis des bouteilles et des casseroles anglaises. Je vendis des fiasques à parfum qu'une pacotilleuse ramenait d'Italie. Ces djobs me procuraient des sous que je serrais comme ceux de Nelta (après avoir payé notre huile, notre sel, notre pétrole, un bout de toile, et cotisé, comme toutes bonnes gens d'En-ville à la société mutualiste « L'humanité solidaire »). Le reste nous provenait du troc : poissons donnés par nos compères pêcheurs, légumes de jardin qu'un tel nous échangeait contre tel fibrociment à clouer sur tel trou.

La vie de Nelta et la mienne avancèrent l'une à côté de l'autre. Nos rêves ne se mélangèrent plus. Lui, approchait de son envol et s'acharnait aux djobs même la nuit de samedi. Moi, j'avais le souci d'avoir ma propre case afin de ne pas me retrouver ababa sous la pluie. J'étais devenue une négresse de Quartier, partant tôt dans l'En-ville, réapparaissant pour serrer une aubaine, et repartant aux djobs. On me voyait soucieuse, irritable, les sourcils amarrés, la mine féroce pour dompter les déveines ; j'allais comme traçant dans un razié épais. Mes vêtements s'étaient modifiés : tête attachée sur des papillotes, robe-madras, pieds nus, un mouchoir sur les reins pour soutenir mon ventre. Mon allant était décidé, car il fallait être *décidée*, marcher décidée, avancer décidée, en sorte de congédier la moindre hésitation. Et puis mon caractère avait changé. Nelta parfois me regardait yeux ronds. J'avais tendance à m'occuper des gens, non pas dans la pitié, mais pour leur dire comment voltiger leur détresse. A toute farine sèche, j'offrais une cuillère d'huile. A tout boiteur j'offrais l'épaule. Qui pleurait venait me consulter. Qui avait un enfant malade s'arrêtait à ma case et c'est moi qui menais la descente vers l'hospice ou vers quelque vieux docteur amateur de poisson. J'organisais les sou-sou, les veillées, effectuais les démarches pour chacune des misères. Ma voix pouvait trancher comme un coup de coutelas. Il était difficile à quiconque de me regarder au mitan même des yeux, car c'était voir la guerre, — et les paupières tombaient.

Je n'étais pas méchante, non, mais j'étais raide, bandée. Les hommes ne regardaient plus l'offrande de mes pommes-fesses. Les femmes, rassurées de me voir, se rangeaient derrière moi. Les Majors me saluaient sans parole, en soulevant leur chapeau. Je ne m'aperçus pas tout de suite de ce phénomène. En fait, j'étais en lutte contre moi-même, contre mes peurs, contre cet abandon par Nelta que je voyais venir. Lutter contre moi-même me renvoyait aux autres, car je sentais mon destin lié au leur. Je sentais aussi (comme mon Esternome me l'avait fait sentir) qu'il fallait face à l'En-ville organiser un vrai Quartier de mornes. Cette détermination m'entourait d'un cerclage de silence, de ceux qui naissent entre les gens normaux et les personnes qui pointent aux avants du destin.

> Il y a une joie à pouvoir se payer soi-même deux sous de beurre rouge sur une feuille de banane.
>
> Cahier n° 16 de Marie-Sophie Laborieux. 1965. Bibliothèque Schœlcher.

LOIS DU MORNE ABÉLARD. Quand Nelta disparut subito-presto avec sa valise, mon esprit s'habilla de volonté. Mes yeux devinrent des billes que seule la vieillesse adoucirait un peu. Je ne me précipitai pas sur le port comme mon cœur m'y poussait. Je posai simplement mes deux mains sur mes hanches, et (bien que déraillée en dedans, mon ange gardien brisé par la douleur) je me carrais devant la porte, le front haut, et, face à ceux qui guettaient ma déveine, je hurlai ma vaillance créole : *Nonm lan fouté li kan wi, i ké pran lan mê sèvi chimen, tyè'y an lan men dwet li, gren li an lan men gôch li, bon van mon fi bon van !...* L'homme s'en est allé, oui, la mer lui servira de grand chemin, son cœur à la main droite, ses graines dans la main gauche, bon vent mon ami !... Ce qui en fait ne signifiait rien — sinon à démontrer aux goûteuses de malheurs, maquerelles avides des larmes, que nul pleurer n'avait engoué ma gorge.

Pour leur montrer : je pris l'habitude de chanter chaque matin sous le premier soleil, en charroyant mon eau ou en ouvrant mon linge. Cela me resta. Jusqu'à présent, je chante mes tristesses les plus raides.

Je demeurai chagrine comme une conque de lambi au fond d'un cimetière. J'eus deux plis précoces alentour de la bouche et les yeux plissés des souffrants du soleil. La petite case en tôle me fut insupportable. Je me mis à regarder autour de moi : je disposais d'un assez de monnaie pour m'acheter une charpente et du fibrociment. Mais plus une fente n'était libre sur le Morne Abélard. Les cases se liaient entre elles ; les interstices qui subsistaient, provenaient de la descente des eaux, des trous-cacas, des potagers toujours sous braise, du passage des gens, du repoussoir d'un parc-cochon, d'une touffe de poules, d'une cage-lapins... Je cherchai un chicot de terre au long de Rive Droite, puis dessous la falaise en face du lycée... en vain. Je revins aux Terres-Sainville que Césaire restaurait en asphaltant partout. Mais là aussi, pas une miche à barrer, tout était fait, tout était pris. Pour la première fois l'En-ville m'apparaissait comme un bloc hermétique. Alors je regagnais la case de Nelta, tête droite, mais avec en-dedans rien de solide qui puisse me redresser le dos.

Pour leur montrer : Je pris l'habitude de parler haut et fort, avec la voix rythmée au rire, un appétit de vivre aiguisant chaque geste tandis que je descendais jeter mon cabinet dans l'eau vive du canal.

Pourquoi cette obsession de posséder ma case ? Etre dans l'En-ville, c'était d'abord y disposer d'un toit. Et moi, bien que d'y être née, je m'y sentais flotter comme une négresse-campagne. Et puis, c'était aussi pour contredire Nelta, m'accrocher au pays alors que lui voletait, m'ensoucher alors que lui jalousait les nuages, construire alors que lui rêvait. J'avais peur de me fondre dans l'ambiance vagabonde qu'il avait assignée aux cloisons, à travers une tapisserie d'images. Dès qu'il eut disparu, j'entrai dans sa case comme dans une caravelle. La nuit, ma paillasse s'animait d'un clapotis de vagues. J'entendais cogner des pluies pérégrines, je respirais des odeurs de jungles, des encens de pagodes. Le matin, je sortais quérir mes sieaux d'eau avec toujours la crainte de déboucher sur un champ de sel, une étendue de dunes, un paysage désert de sapins et de neiges avec des cris de loups, de renards et des traces de trappeurs.

Rechercher une case comblait aussi le trou de mes tristesses. Ce qui me liait à Nelta prit à son départ une étrange force en moi. J'avais toujours eu le sentiment de pouvoir vivre sans lui ; je m'y étais d'ailleurs préparée avec la fronde d'une femme créole. Mais là... sans lui... comment dire ?... Je pouvais décompter chaque brin de chair qu'il emplissait en moi, et qui là pendait en calebasse résonnante de douleurs. Je voyais à quel point mon allant du matin venait de lui, une lumière de mes yeux aussi, les fraîcheurs de ma tête aussi. Je ne savais pas comment me coiffer. Je ne savais pas comment m'habiller. Quand le sang de mon ventre s'annonçait, ma peau se muait en arantèle, j'avais envie de crier, de casser, d'injurier ; je me complaisais dans ce sang s'écoulant comme pour voir ma vie se purger, et concrétiser un lieu à ma douleur. J'entassais mes lanières sanglantes dans une grande bassine, j'y mettais un peu d'eau, avec de la javel, et, à mesure qu'elle s'emplissait, je devenais diaphane. Je ne savais pas comment me lever de ma paillasse. Sans Nelta, je n'étais qu'une chair lourde à traîner, un esprit chagrin qui ronchonnait le monde, qui comptait les misères, les mal-tête, les boutons, les yeux bouffis avec lesquels je m'éveillais matin, surprise d'avoir pleuré comme personne ne pleure plus.

Un jour le facteur me porta une carte de Nelta. Elle avait été postée de France, d'une province inconnue. Cela représentait un moulin au-dessus d'un champ de blé, parsemé de silhouettes paysannes. Une charrette s'en allait du moulin avec d'énormes sacs. Le tout suggérait un poème ; j'eus le cœur-tombé d'imaginer Nelta mêlé sans moi à cette poésie. Il avait griffonné derrière, de sa grosse écriture, une demande de pardon. Moi, en silence, dans mon cœur, avec un brin de méchanceté, quelque naïveté mais quand même du bon sens, je lui répondis que nul pardon ne guérissait les bosses. La carte est encore dans un coin de mes affaires. C'était rien, une carte convenue, mais c'était Nelta. Aujourd'hui, quand je revois cette carte, je respire l'odeur de blé que j'ignore pourtant, je peux voir l'intérieur du moulin et percevoir ce qu'évoquait le vieil Alphonse Daudet dans ses lettres bucoliques. Je peux voir le meunier mordant un bout de fromage avec Nelta qui lui verse son gros rouge, et, c'est drôle, plutôt que de sentir mon cœur se contracter (comme je le sentis ma vie durant devant cette carte) je ressens *un contentement* : mes rides s'animent sur mes gencives, et mon ventre tressaute sous une joie de vieille femme, vaste comme un univers.

Les gens du Morne Abélard connaissaient mon désir d'une case. Moi, centre de leur misère, je vivais dans un trou. Plus d'un était venu me l'arranger. Carlo (un Barbadien inquiet, vivant à petites suées depuis qu'il avait fui d'un navire au radoub) m'avait porté une série de planches-caisses que j'avais refusée. J'étais située entre un dalot qui drainait les eaux sales des cases posées plus haut, et une caloge de poules que nourrissait Carlo. La case de Carlo (il vivait avec Adélise Canille, une fausse milâtresse réfugiée sous son aile depuis que ses tétés s'étaient mis à tomber ; elle avait neuf enfants de couleurs différentes, exceptés bleu et vert) s'appuyait sur la mienne, et elle se raccrochait à celle de Paulina Masaille, laquelle bordait celle de Pè-Soltène planteur du cocotier, et de Natelle Lagrosille (une koulie chassée du Quartier le Béro à la suite d'une offrande qui avait mal tourné, j'aurais pu conter ça). Il faudrait citer aussi les cases de Grodi, Gueule-bec, Philène Cador, de Jupiter-Gros-Graine, de Péloponèse, de Sertius Laidival (ancien combattant de la guerre 14, secrétaire des anciens combattants que tout ministre de France embrassait en passant). Toutes ces cases formaient une toile de matoutou-falaise dans laquelle nous vivions comme des grappes. Avant même la communauté des gens, il y avait celle des cases portées l'une par l'autre, nouées l'une par l'autre à la terre descendante, chacune tirant son équilibre de l'autre selon des lois montées du Noutéka de mon pauvre Esternome. Les rêves se touchaient. Les soupirs s'emmêlaient. Les misères s'épaulaient. Les énergies s'entrechoquaient jusqu'au sang. C'était une sorte de brouillon de l'En-ville, mais plus chaud que l'En-ville. Les rues étaient encore des passes, mais chaque passe était plus vivante qu'une rue. Pour emprunter une passe (elles traversaient les vies, les intimités, les rêves et les destins) il fallait crier son *Bonjour-compagnie,* son *Bonsoir-messieurs-dames,* et demander passage, *j'ai demandé passage,* et parfois s'arrêter pour prendre nouvelles du monde. Si on était fâché avec une telle, il fallait user d'une passe éloignée. Les Majors même se pliaient à ces règles.

LOI 35.

Tu approches de la passe, cognant ton pied contre la terre en sorte que l'on t'entende venir, et que nul ne s'émeuve de te voir déboucher. Et tu cries *La compagnie bonjour,* en imprégnant ta voix de l'entrain, du respect, de la gentillesse, de la serviabilité, de la compassion et surtout de l'octave particulière que les personnes discrètes gardent au fond de la gorge. On ne te répondra rien. On attendra de te voir. Et toi, ceux que tu vois doivent te toucher au cœur, *Eh bien une telle je suis contente de te voir... Eh bien un tel je te vois en fraîcheur...* Offrir à tous plus de santé qu'il n'en ont, plus de vaillance aussi, leur donner du courage, leur faire sentir qu'ils peuvent compter sur toi en solidarité non en compétition, car qui se réjouit de la santé n'est pas un malveillant. Et quand tu te trouves au centre de la cour, environné par la nuée implacable des cases, les dizaines d'yeux qui te regardent qui te jugent, quand tu sens sur ta peau la déveine du moment, une crispée de silence, un arrière-goût de larme, ou un reste de joie triste, de bonheur illusoire, sans jamais appuyer ton regard, tu crieras *J'ai demandé passage! J'ai demandé passage...* Et dans ta voix, il y aura le suspens léger qui attend la réponse, comme l'autorisation, mais en même temps tu allongeras le pas en sorte que si passage ne t'est pas donné tu sois déjà loin. Mais en général passage te sera donné, et tu entendras dans ton dos, mais surtout ne te retourne jamais sauf si on t'appelle, *Fais tes affaires monsieur un tel...* Certains jours t'avançant, tu buteras (en criant *La compagnie bonjour...)* sur un nœud que tu vas sentir te toucher l'estomac, une sorte de raideur, une portée de malheur aérien comme un pressentiment que tu sentiras ruisseler du bois-caisse ou des plaques de fibro. Là, dans un même mouvement, si tu ne sens pas d'appels de détresse, mais juste un bloc hostile, crie encore *La compagnie bonjour...!* et dans le naturel de tes reins vire bord sur bord, et casse le rond par une autre passe en donnant le sentiment que tu t'étais juste un peu avancé pour offrir ton bonjour...

Lettres du Morne Abélard.
Songers d'une négresse de quartier.

Cahier hors série de Marie-Sophie Laborieux.
1965 — Bibliothèque Schœlcher.

J'ai toujours affectionné les passes du Morne Abélard qu'il me fallait emprunter lors des appels de détresse [1]. Il ne m'en

1. Pour un accouchement difficile, une maladie, une mort subite, un combat trop sanglant...

reste rien sinon des sensations. Il y avait la passe des boues noires où des canards posaient leurs peines. La passe des misères où les casseroles étincelaient. La passe de la soupe de pieds-bœufs sur des cendres cuisantes. La passe du cœur qui tombe dans un roussi de souvenirs. La passe du 60, 55, 50 où les degrés du rhum s'exaltent sur des gueules roses. La passe des persiennes défoncées par des regards fiévreux. La passe du fibro abondant où des destins municipaux échappaient aux déveines. La passe où il est plus facile de voir une bourrique travaillant à onze heures qu'un nègre sans un verre à midi. La passe où des faims effilaient toutes les dents. La passe du calenda où l'on pique la cosaque le guiomba et le bombé serré. La passe pieuse où des blancs de baleine étincellent la nuit. La passe où les merles d'avant-jour apprennent beaucoup de choses. La passe des mystères oubliés où de vieux-nègres ressemblent aux guerriers caraïbes. La passe des nègres-marrons qui sculptaient la fougère en parlant d'autres langues. La passe froide des silences. Les passes des négrillons jouant dans une eau de pluie. La passe des syriens qui passaient le samedi avec leurs gros ballots. La passe de l'eau bénite sur les vendredis treize. La passe du linge qui sèche en habillant le vent. La passe des cabinets qui sentent l'amère vieillesse. La passe du chinois égaré attendant quel bateau ? au milieu d'un grand short. La passe d'Amélie-fil-couture dont la machine cousait la frange de ses sommeils. La passe d'ombre où le pied soubresaute et d'un coup s'en retourne. La passe des injures où quinze négresses assaisonnaient Jésus. La passe des adventistes assemblés le samedi sur des chaises de cantine numérotées en rouge pour lire d'une autre manière les chants de la Bible. La passe où le conseiller général tenait ses réunions sur l'idée du bonheur... Tout cela s'emmêlait, changeait au gré des morts, des heurs, des réussites et nous reliait comme de vraies cordes à bœufs. C'est pourquoi le malheur de Péloponèse, à l'autre bout de ma passe, entraîna douze malheurs tout au long du dalot. Une très soigneuse distribution de flammes qui, passant, m'emporta d'une happée.

La mariée douloureuse. Quand les flammes surgirent et qu'il fallut les affronter avec l'eau des dalots, la parole remit en place les morceaux de l'histoire. Péloponèse Marcelle, tombée du Morne Rouge un samedi Gloria, aimait une sorte de nègre à chapeau qui restait du côté du Pont-de-Chaînes. Un nommé Dartagnan Qualidor, gardien à la décharge publique de la Pointe Simon. Dartagnan Qualidor avait rencontré Péloponèse un jour que celle-ci (comme nous tous) s'en était allée quêter l'aubaine dans la décharge. On y trouvait les merveilles que les milâtes, les békés, ou les nègres-à-français de Petit-Paradis, jetaient à tour de bras pour suivre le vent des modes [1]. Nous y allions régulièrement, et connaissions tous Dartagnan Qualidor qui malgré son chapeau (seule fierté de sa vie) n'avait pas de manière pour nous laisser entrer. Donc, Péloponèse y va (avant même que je ne sois dans la case de Nelta) et son arrivée éclaircit les yeux de Qualidor qui se prend à la suivre. Chose rare, il se met à la guider à travers les ordures, les vieux chiens, les rates et les chattes, afin de lui montrer les merveilles du jour, ses repérages privés qu'il devait vendre bien cher aux descendus des mornes du samedi-bon-matin. Le bougre était à l'aise dans ses immondices — un amas invraisemblable que l'on brûlait de temps en temps, que des nègres en sueur pelletaient sous de la chaux ou recouvraient de terre. Cela composait un paysage lunaire dans lequel Qualidor avec son grand chapeau allait comme un béké. Il parla des ordures à notre Péloponèse, lui communiquant presque le mystère des lieux.

On dit l'En-ville, l'En-ville, disait-il, mais l'En-ville c'est d'abord ça, c'est comme songeries qui coulent, des malheurs

1. J'y avais trouvé moi-même, du bon temps de Nelta, un grand fauteuil à velours rouge, avec des pattes de lion et des sculptures de temples. J'y avais trouvé aussi un coffret noir luisant décoré d'un dragon, qui devait être une de ces curiosités qu'un ancien d'Indochine avait ramené ici...

dégrappés, des amours fanées avec de vieux bouquets, là regarde des culottes de vieilles femmes qui n'ont jamais bien su à quoi servent les chairs, là regarde cinquante mille envies de vieux-nèg dont les os ressemblent à des outils, et là des papillons roussis par les ampoules de l'électricité, et là douze cauchemars-syrien où pètent encore des balles, et là un cœur-crevé de petite syrienne que l'on a voulu marier à un syrien loin, et là des lambis de Caraïbes qui remontent de la mer sans dire pourquoi et qui poussent de vieux-cris dans le fond rose des conques, et là du sang caillé des bœufs de portorique échappés que personne n'a pu transformer en boudin, et là des gommiers de pêcheurs qui pourrissent depuis que l'En-ville appelle les paquebots, et là... misère je te dis des âmes de koulis qui n'ont pas trouvé de bateau, et là... sueur des chinois repartis en vitesse en nous laissant leur peur, on dit l'En-ville, tout le monde veut l'En-ville et prend-courir-venir comme mouches sur un sirop, mais moi, posté ici, je vois le dos de la lumière, je sens la vagabonnagerie qui pèle les souvenirs, je vois les écailles de la *Bête-à-sept-têtes*, je sens son sang, ses chiques, ses crasses, ses cabinets, on dit l'En-ville, on veut l'En-ville mais que faire de tout ça, où balancer tout ça, l'En-ville mêle ses pieds dans l'En-ville et ne sait même plus quoi faire de son corps même, on dit l'En-ville je dis la *bêkèlette*...

> Texaco était ce que la ville conservait de l'humanité de la campagne. Et l'humanité est ce qu'il y a de plus précieux pour une ville. Et de plus fragile.
>
> Note de l'urbaniste au Marqueur de paroles.
> Chemise n° 76. Feuillet XXIII.
> 1987. Bibliothèque Schœlcher.

Il parlait comme ça, et d'autres manières encore. Sous les yeux éblouis de Péloponèse, l'endroit se transforma en un capharnaüm de syriens fringants, des commodes, des vitres, des miroirs, des chaises royales, des cuillers d'argent lourd, de vieux livres épais, des cordes, des ficelles, des bouts de plastique dur, des tapis décoiffés touffus de confessions, des nappes soucieuses, des dentelles âcres, des bouts de marbre froid impossibles à soulever... Et durant son discours, il dut remarquer les impossibles yeux noirs de Péloponèse, sa figure de beauté échappée du kouli, la fraîcheur perpétuelle rayonnant de son corps, une offrande de pulpes rondes, de fesses, de tétés, d'odeurs brusquantes qui exaltaient Dartagnan Qualidor et le rendaient extraordinaire. Si bien qu'ils rejoignirent la guérite qui servait de bureau, et qu'ils s'aimèrent dans la pose du chien-qui-pisse puis du gibier-rôti — elle, soûlée par l'alcool sué des fermentations, et lui le chapeau de travers, nu comme cochon gratté, gigotant sous son ventre, pleurant, vibrant, hélant pour mieux se perdre en elle Tu veux l'En-ville ? ! Tiens ! tiens ! tiens !....

Péloponèse regagna le Quartier avec les trésors de la décharge. De jour en jour, elle encombra sa case de choses extraordinaires. Qualidor, assidu, la comblait d'autres merveilles. Leur premier enfant les rapprocha encore, et (chose pas croyable) Qualidor le fit inscrire sur les registres de la mairie. Il effectua la même démarche pour le deuxième, oublia le troisième... A partir du sixième, on ne le vit qu'à la pleine lune montante, toujours pressé. Je le croisais grimpant lorsque j'allais vider mon cabinet à la faveur des ombres, et remontais à peine qu'il dévalait déjà. Il me semblait entendre les soupirs de Péloponèse. Ses enfants l'avaient vieillie du corps, mais son visage avait gardé l'enchantement de son hybride beauté. Quand ses cheveux blanchirent, elle rayonna d'une lumière par laquelle les Majors les plus raides se voyaient attendris. Alors, il y eut des éclats de voix entre eux. On entendit Qualidor s'enfuir et Péloponèse le poursuivre à coups de sieaux. On n'entendit jamais d'injures (Péloponèse n'injuriait pas) mais l'on sentit la passe s'abîmer de vents froids, de souffles acides, de larmes coulées qui échaudaient la boue. Une fois, lors d'une visite à la décharge, je les vis sur une montagne d'ordures, avec des oiseaux blancs effrayés autour d'eux, les nègres à pelle immobiles au bas des immondices, les regardant très graves, et Qualidor reculant tel Ulysse devant la femme-chimère, tandis que Péloponèse, un enfant à chaque bras, trois autres suspendus à sa robe, penchait vers lui comme une statue qui tombe. En tout cas, il ne vint jamais habiter avec elle. Quand elle allait s'installer chez lui, Qualidor disparaissait ; Péloponèse découragée revenait à sa case féerique du Morne Abélard où nous l'accueillions d'une tendresse insoucieuse des questions. Mais nous finîmes par négliger cette misère quotidienne posée si près de nous. Qui vit s'agrandir les pupilles de Péloponèse ? Qui perçut la fixité de ses paupières ? Qui s'inquiéta du silence interdit de ses enfants ? Qui vit venir les flammes ?

Tout commença par l'annonce du mariage de Dartagnan Qualidor. Un ban posé à la mairie souleva les maquerellages car il épousait une veuve Delontagne, personne bizarre dont il me faut parler même en disant tant pis. Elle ne portait aucun bijou, excepté une bague sertie d'un diamant noir qui brillait comme l'enfer. Elle était veuve d'un franc-maçon dont le corps avait rejoint ses frères à la rue Lamartine et qui n'eut dans sa tombe qu'un tronc de bananier. La chose se révéla quand le bananier, nourri par on ne sait quoi, défonça le cercueil et poussa une tige au mitan du caveau, brisant les carreaux blancs, et la stèle de marbre, et pointant trois grandes feuilles sans jamais annoncer un régime de bananes (tant mieux, car chacun prenait peur de ce qu'auraient pu être ces fruits inconcevables). La veuve, déroutée, ne vint pas voir le phénomène. Les francs-maçons, quittant de nuit leur Loge appelée *La Ruche,* coupaient le bananier chaque mois, mais il repoussait au moment des pleines lunes. Ce mystère fit couler une diarrhée de ragots. La veuve se retrouva dans une solitude que nul bougre n'osa rompre, sauf ce chien-fer de Qualidor. Habitué aux ordures de l'En-ville, il put (d'après les milans, c'est pas moi qui dis ça) approcher la personne, butiner au pollen soufré de ses aisselles, défaire ses dentelles grises, rouler sa culotte verte, épousseter ses poils et vivre avec elle à la lueur des bougies, dans un brouillard d'encens, des kokés sans grande gloire... oh, les gens aiment médire...

Mais la veuve avait de l'argent, chose qui invite les nègres comme Qualidor aux joies du mariage. Les bans publiés précipitèrent Péloponèse dans les algèbres du désespoir. Une mathématique silencieuse que nul ne calcula, même pas moi. Quand elle vint me demander quoi faire, je lui dis (trop facile) que, les hommes ne valant rien, le seul bâton des femmes pour tenir dans la vie était bâton-courage. Elle repartit (trop silencieuse), enferma les enfants dans la case et descendit (nous le sûmes trop tard) chez la veuve où l'on avait livré une robe de mariage. *Oh, cette robe, mi...* Un bagage étonnant, une splendeur de dentelles, de boutonnière d'argent, de voilures, de traîne, de broderies moirées, de velours virginal, une gloire d'étoiles essaimées aux pliures, et suscitant aux franges d'intermittents mystères. Cette féerie nous fut plus facile à imaginer quand nous la découvrîmes sur notre Péloponèse. Elle était entrée carrément chez la veuve. Son corps charriait tant de tristesses, que la veuve crut y voir un reste de cauchemar glissé de son sommeil. Si bien qu'elle ferma les yeux pour le laisser s'user comme font les illusions. Mais l'illusion lui donna une calotte, puis une autre, puis un shoot, et s'empara de la robe de mariée.

Nous la vîmes errer comme ça dans les passes du Morne, fantastique dans cette robe trop longue qu'elle avait revêtue, et qui traînait dans les dalots, s'accrochait aux pointes acérées du fibro. Je pus la ramener chez elle, mais nul ne parvint à lui ôter la robe. On la vit désormais en robe de mariée allant chercher son eau, jeter son cabinet, nettoyer sa case, allumer son charbon. La robe devint jaune-sur, puis grise-vomi, puis violette-soupiré. Bientôt, elle sembla une toile d'araignée effilée par le vent. Les gendarmes la lui arrachèrent après l'avoir ferrée au poste durant deux jours. Péloponèse revint à moitié folle mais toujours sans paroles, et s'enferma pour ne sortir qu'avec la nuit et une lampe à pétrole. Elle balança cette lampe par la fenêtre de la veuve, laquelle (endormie dans les bras de Qualidor) se réveilla dans une sucée de flammes. Elle ne dut la vie sauve qu'au cuir de sa peau raide un peu incombustible. Péloponèse revint s'enfermer dans la case. Dartagan Qualidor (signe d'un trouble profond) surgit dans nos sommeils sans porter son chapeau. Il enflamma (qui, si ce n'est pas lui ?) la case de Péloponèse et disparut avec la veuve du côté des Guyanes. A cette heure, ils doivent y être enterrés, ou croupir dans une des bâtisses de Cayenne, écoutant grincer leurs os et se promenant de nuit sur la place des Palmistes, puis s'en allant dîner dans la graisse voletante d'un restaurant chinois où d'obscurs Brésiliens renient Jorge Amado. On dit que la veuve s'y transforma en comtesse portugaise, qu'elle se prit un accent, un voile et des lunettes, et qu'elle vendit des figurines aztèques que Dartagnan ramenait d'une contrebande sur les bords du grand fleuve. Mais on dit trop de choses...

Enflammer une case revenait à enflammer la passe. La case de Péloponèse brûla avec une fumée noire, celle de Pè-Soltène avec une fumée grise, celle de Carlo avec une fumée blanche éperdue d'étincelles. Je ne pus que regarder les tôles de Nelta se racornir sous la chaleur malgré tous mes sieaux d'eau. J'avais juste pu sauver une image de Nelta, sa chère carte postale et mes quatre pauvres livres. J'avais affronté les flammes pour sauver mon argent, et j'y avais perdu une part de mes cheveux. Au fond des flammes, j'avais cru voir mon Esternome tendre les bras et mon Idoménée arroser la fournaise d'une pluie de lumière qui tombait de ses yeux. Lorsque les pompiers parvinrent à longer un tuyau dans le dédale des passes (ils s'y étaient perdus la nuit durant) ils nous découvrirent dans un charivari de fumées et de larmes, déplantés, déraillés, fessés par le malheur. Je ne retrouvai de mes affaires qu'une cendre vagabonde dissipant les tracées de mon axe.

Trente-deux cases furent détruites. Elle furent remontées en quatre nuits de coups de mains. Qui n'avait plus de caisses utilisa des toiles. On mobilisa des feuilles de cocotiers, des tresses de ti-baume vert, des bombes aplaties et des tonneaux ouverts. Un vieux-nègre kongo retrouva même l'ancien savoir des pailles et se leva une case semblable à une grosse herbe. Péloponèse, Carlo, Pè-Soltène, Grodi, Gueule-bec, Philène Cador, Jupiter-Gros-Graine, Sertius Laidival, Paulina Masaille et Natelle Lagrosille se retrouvèrent à l'abri assez vite. Moi, je refusai que l'on reconstruise la case de Nelta. J'en offris l'espace à Carlo qui put ouvrir la sienne. Je restai allongée chez Natelle Lagrosille, dans un coin à côté des enfants, où elle soigna mes cloques avec une huile magique aux effets inutiles. Je restais sans parler, raide comme filet chargé, le regard évidé comme à mes premiers jours. Au moment d'une grosse fièvre, Carlo et Pè-Soltène virent ma mort s'engager dans la passe. Elle hésitait encore mais demandait passage afin de s'avancer vers moi. Elle s'était maquillée pour être méconnaissable, mais Carlo et Pè-Soltène virent une boue glisser de ses chevilles, le soleil refuser l'ombre à sa longue solitude, ils virent que son sourire n'avait pas d'âge, que son regard était fané, que ses bijoux n'étaient que des destins brisés. Ils virent aussi son coutelas notifier une menace de cyclone, et le sac de guano qu'elle portait à l'épaule d'où suintaient des cris désamorcés. Alors, ils prirent peur et me transportèrent vers la Doum de Texaco, passèrent le grillage où le nèg-gardien (un nommé Mano Castrador, pas méchant dans le fond) ne leur posa même pas une question. Ils s'avancèrent en direction de la cascade sous le couvert des arbres anciens qui semblaient murmurer des comptines. Ils appelèrent *Papa Totone, Papa Totone holà ?!...* et, sans attendre de réponse, prirent-courir, — effrayés me dirent-ils siècle-temps-longtemps après, par des fouées de diablesses.

LE DERNIER MENTÔ. L'odeur de la gazoline me fit ouvrir les yeux. Une odeur insistante qui pénétrait les os. Cette odeur ne devait jamais plus disparaître de ma vie. Le vent la mêlait aux parfums de la mer, aux effluves des grands arbres, de l'eau, des ombres, de la poussière d'En-ville, du gaz des camions. Parfois, aujourd'hui encore, il m'arrive de fermer les yeux afin de retrouver cette odeur composite qui pour moi nomme l'En-ville : la gazoline, le ciment chaud, l'écorce vieille d'un arbre à moitié asphyxié, le caoutchouc chauffé, le fer gris, la peinture des façades qui s'écaille dans le vent, une pluie légère fusée en vapeur chaude sur l'asphalte de midi, et d'autres choses encore, fugaces à la narine, pérennes en la mémoire. L'En-ville a des odeurs de graisses que l'on met aux fenêtres, des odeurs de serrures et de clés, des odeurs d'encre vieillie dans du papier et des odeurs de chaises. Elle sent la boue, elle sent la tôle, la maçonnerie qui sèche, elle sent la toile et le carton et l'odeur des monnaies qui s'élèvent des tiroirs, elle sent les solitudes et les marchandises folles qui amènent avec elles des fragrances de mondes loin. Elle sent l'eau de café et la farine dorée, le Cinzano des fêtes et l'absinthe matinale, elle sent la vie qui s'exhale des marchés du samedi et la mort des écailles sur les rives du canal, elle aspire l'odeur des dalots immobiles où de gros crabes mâchent des œufs de moustiques, elle diffuse la peur des bœufs de Portorique qui dévalent du port, elle conserve le ferment des peaux tannées dont la science s'oublie, elle renifle les vieux chiens, les rates qui peuplent son ombre, les tuiles songeuses sous le caca-pigeons, les fleurs des balconnets où les papillons dorment et les creux de gouttières où les dames-libellules saucent leurs longues soifs. Elle sent le linge-cabane glissé sous les matelas, le fléau des punaises, le DDT et le fly-tox que les ravets dégustent. Elle sent la toile-madras et vandapolam que les Anglais nous vendent, la margarine et le saindoux, la tôle galvanisée et les liqueurs secrètes qui viennent de

Ténériffe, elle sent le bois de Guyane et le tabac de Vénézuelle, et toute la pacotille qui tombe des îles où les nègres parlent d'autres langues... Je me mis à sentir d'autant mieux, que la voix de Papa Totone me parvint à l'oreille, lointaine comme un souvenir. Sens ça, Marie-Sophie, sens ça, l'En-Ville sent comme une bête, ferme les yeux pour comprendre que tu approches d'une cage, sens pour mieux comprendre, pour mieux la prendre, elle te déroute en te montrant ses rues alors qu'elle se trouve bien au-delà des rues, au-delà des maisons, au-delà des personnes, elle est tout cela et ne prend sens qu'au-delà de tout cela... Je sais, lui murmurai-je, mon Esternome me l'avait déjà dit.

Papa Totone vivait dans une case en bois-caisse. Elle semblait d'un autre âge. Je ne voyais sur les cloisons aucune vieille inscription. C'était un bois noirâtre, lustré par un temps immobile. Il m'avait allongée sur sa paillasse dans un environnement de poteries étranges. Une grosse laine couvrait une cloison. Chaque coin de la case, portait une bobèche d'huile. Lui, semblait vivre au-dehors, sous le dôme des grands arbres, au pied de la cascade. Il y cueillait des z'habitants et des poissons-lapias qu'il faisait cuire sur quatre roches d'un feu sans fin. L'endroit semblait un œuf de verdure zébré de cordes luminescentes. On y distinguait l'agonie d'un millier de gouttelettes. La fougère faisait arbre. L'herbe grasse renforçait les ombres. Une mousse lustrait les rives de la rivière qui s'écoulait plus claire qu'une vitre de magasin. Seule l'odeur folle de l'En-ville venait offusquer l'ensemble, le bruit aussi des camions très proches qui longeaient la corniche afin de s'en venir aux réservoirs de Texaco.

Papa Totone semblait avoir admis cette étrangeté. L'En-ville bruissait autour mais lui ne semblait pas l'entendre. Il répétait juste *Sens-le Marie-Sophie, sens-le pour voir qu'il vit vraiment...* Pour le reste, il ne disait à-rien, pêchait, soignait ses poules, s'inquiétait des cochons, roulait une macouba séchée qu'il fumait dans une pipe, veillait son canari, m'appliquait une médecine, et demeurait le reste du temps, les yeux perdus dans un miquelon. J'avais une charge de questions à lui poser mais je n'osais pas trop, non qu'il fût impressionnant (un petit nègre rond, plein comme un concombre dessous ses petites rides, en rien extraordinaire)... Ce qui me fascinait, c'était *sa certitude*. On eût dit qu'il savait quelque chose. Les nègres de cet âge avait toujours on ne sait quoi d'incertain crocheté à leurs paupières. Chez Papa Totone, ce tremblement n'avait pas cours. Son regard était tranquille. Ses rides allaient tranquilles. Sa bouche ne s'ouvrait sur aucune envie d'une parole impossible ou d'une langue rêvée. Ses doigts ne s'agitaient pas sur des espérances vaines. Ma présence même ne le gênait pas. Elle semblait aussi naturelle que celle des arbres anciens. Alors, je restai près de lui, comme lui, muette à son image, légère à sa manière sur la surface du monde. Nous vivions comme deux herbes dans cette demi-pénombre si lumineuse pourtant. Un bruissement de feuillages habillait les rumeurs de l'En-ville. La cascade gloussait avant de s'épuiser en une plainte très longue apaisée par les roches.

Le soir, il allumait une lampe à pétrole accrochée à l'entrée de la case, et passait la soirée à réparer ses nasses, à grager son manioc traité d'étrange manière, à griller du café qu'il écrasait dans un moulin d'antan. Assise à côté de lui, j'eus bientôt mes tâches, mes actes, mes lieux. Quand j'allais m'endormir dans la case, lui disparaissait dans une touffe d'herbes hautes, jamais la même, jamais du même côté. Il ne semblait jamais dormir, ni souffrir d'insomnie. Il n'attendait rien. Il n'avait rien laissé quelque part. Dans cet abandon, loin de tout, en compagnie de ce vieux-corps, je n'eus jamais le sentiment d'être seule, c'est-à-dire que rien jamais ne me manqua. Il n'y avait pas de solitude : nous avions pris le rythme de l'eau, la texture des écorces, le mouvement des oiseaux qui se posaient par terre. Les grognement des quatre cochons, le battement d'ailes des poules semblaient lever de nous. Nul besoin de détourner la tête sur ce mangot en dégringole car nous étions en lui ; ni sur ce craquement de bois sec : nous étions secs autant. J'entendis souvent des voix héler de loin *Marie-Sophie Ola ou yé, Marisofi où es-tu... ?* Elles semblaient filtrer d'un autre monde sans besoin d'une réponse. C'était Carlo, c'était Péloponèse, c'était Pè-Soltène ou d'autres gens encore de ce Morne Abélard, quitté à tout jamais

Jamais je ne sentis pouvoir m'installer aux cotés de Papa Totone. Il y avait dans son maintien le décret permanent d'un provisoire. Il m'hébergeait, c'était clair, et c'était clair aussi que je devrais partir. Je ne sais plus comment j'abordai avec lui la question des questions. Sans doute lui parlais-je des hommes de force comme mon Esternome me les avait contés. Peut-être même évoquai-je l'homme du cachot en lui expliquant que c'était un Mentô, juste pour tester sa réaction. Mais lui riait de tout cela comme une marmaille d'école, rondissait les sourcils, semblait effrayé des méchancetés békées. Il eut un gros mal-cœur à l'idée du cachot, fut très curieux de cette science des poisons que possédaient les hommes de force. Et quand je prononçais le mot « Mentô », il y avait dans ses yeux l'éclat des innocences qu'ont les Alices au pays des merveilles. Bientôt, il sembla rechercher ces moments durant lesquels je lui contais la vie de mon Esternome. Il semblait y prendre un plaisir fol, fait d'exaltation, d'effroi, d'impatience, de contentement. Mais jamais cette attitude ne m'égara, jamais je n'oubliai la délicate aura qui émanait de lui, cette espèce d'assurance érigée dans le monde que seule pouvait détenir un Mentô, ainsi que mon Esternome me l'avait expliqué.

Un soir, dessous la lampe, nous fûmes envahis par des fourmis-volantes. Elles sentaient très mauvais. Je sentis chez lui un léger agacement. Les fourmis attirées par la lampe la recouvraient par vagues, puis tombaient en grappes pour errer folles à travers la Doum. Nous ne savions plus en quel bord nous cacher ni quoi faire jusqu'à ce que Papa Totone d'un geste rapide (que je pus surprendre) saisît une poignée d'air et l'envoyât par-dessus son épaule. Il fit cela une fois, deux fois, trois fois, avec un geste d'autorité. Il avait semblé arracher quelque chose du monde et le jeter derrière lui. Deux jours plus tard, j'eus conscience que, là-même après ses gestes, les fourmis avaient pris disparaître.

Comprenant cela au réveil d'un jour, je sortis en courant à travers les vieux arbres pour lui crier comme ça, (il était dans la rivière, affairé sur un crabe), *Ou sé an Mantô,* Tu es un Mentô !... Lui me regarda comme une montagne qui gronde, puis il gesticula en hurlant : le crabe profitant de mon irruption l'avait pincé. Il dut avoir mal, c'est sûr, mais il me sembla clair que c'était sa manière d'anesthésier ma découverte.

Je le poursuivis chaque jour de ma question. Je brisais ces silences qui l'isolaient de moi : *Est-ce que tu es un Mentô Papa ? Est-ce que tu es un Mentô ?...* Lui, me regardait d'une si étrange manière que j'avais le sentiment de tomber folle. Il ne répondait jamais. Son regard paisible anéantissait mes certitudes et ne m'offrait aucune chance de réponse. Alors, j'eus soudain l'idée de le prendre autrement (grâce à cela, j'entendis ses confidences à mots couverts ; mais à présent, quand j'essaye d'y penser, j'éprouve le sentiment qu'il n'a jamais parlé). Un jour donc, je lui dis : *Ho, c'est quoi l'En-ville, papa ?...* Il me lorgna bizarre. Je le sentis forcé de répondre... aucun silence n'offrait là de sortie... ou alors, son habituel silence prit une grâce singulière. De lui à moi, il y eut *un envoi* de choses dites. Mais « dites » comment, je ne sais pas.

J'ai écrit ses paroles sur de vieux cahiers ; enfin, ce qui m'en est resté. Sans doute les ai-je articulées aux lois de cette histoire d'En-ville que mon Esternome m'a mise dans la tête. Ces paroles-là m'habitèrent sans même que je le sache, et sans même que je les comprenne. Une sorte de référence vers laquelle je versais comme on tombe en prières. Certaines me revenaient soudain, au détour d'un effort. D'autres fondaient un oxygène sous de lourdes asphyxies quand ma vie allait mal. Quelques-unes se dérobaient à ma mémoire, et à mes mots, je ne ramenais qu'à peine l'idée de leur présence. J'ai écrit ce que j'ai pu trouver, comme j'ai pu l'écrire. Ça ne vaut pas grand-chose, mais il te faudrait lire ça un jour, Oiseau de Cham, juste pour toucher l'esquisse de ce que « j'entendis » durant mon temps de vie au cœur même de la Doum, dans l'âme végétale de notre Texaco...

PAROLES DU VIEUX-NÈGRE
DE LA DOUM

Tu cherches Mentô. Pas de Mentô.
La Parole !
Une parole est tombée dans l'oreille de ton Esternome. Une parole l'a porté. C'est venu *La Parole.*

L'En-Ville ? Ça raccourcit le temps. Ça raccourcit ton temps. Ça accélère ta vie.

Temps Bitations, c'est Temps brisé.
Temps des Mornes est ralenti.
Mais Temps d'En-ville baille la vitesse.
Mais c'est le monde qui prend vitesse. Temps-mornes, Temps-ville, pense aux Temps.

Mentô, c'est quoi ? C'est rien.

Force ? Quelle force ? Tuer un bœuf n'est pas force.
Moi je sais tuer un bœuf mais je n'ai pas de force.
Non, *La Parole.*

L'En-ville lie et relie, chaque bout est lié à l'autre, pas de ravines, pas de falaises, pas de rivière qui coupe, tout est lié et relié. Ça décolore ta vie. Ça fait même crabes en sac.

Tu dis : le nègre marron.
Tu dis : le morne c'était sillon marrons. Mais faut pas croire l'En-ville comme sillon des milâtes. Qui marronne en mornes, marronne dans l'En-ville. Qui marronne dans l'En-ville marronne dans la Drive.
C'est les Driveurs qui marchent, qui marchent, qui marchent....
Pense aux Driveurs qui eux descendent dans l'En-ville sans perdre *La Parole :* elle habite leur gueule folle comme un vent permanent.
Le nègre marron, lui, ne descend pas sans Drive.
Jamais pièce pas.

C'est quoi *La Parole ?* Si elle te porte, c'est *La Parole.* Si elle te porte seulement et sans une illusion. Qui tient parole-qui-porte tient *La Parole.* Il peut tout faire. C'est plus que Force.

Nous là, en bordage de l'En-ville, comme en bordage des bitations d'antan. Mais là, rien à prendre, il faut traverser, non pas pour ressortir de l'autre côté mais pour t'élancer à travers, et bien garder le cap.

Quel cap ? Quitter la boue, toucher l'Homme, vivre la Terre entière. Tu as toutes les souches au cœur.

Mais *La Parole* n'est pas une parole. *La Parole* est plus un silence qu'un bruit de gueule, et plus un vide qu'un silence seul.

C'est quoi l'En-ville ? tu dis.
C'est les postures qu'il te donne.

C'est quoi l'En-ville ? tu dis.
C'est le goulot où nos histoires se joignent. Les Temps aussi. La bitation nous dissociait. Les mornes nous plantaient en dérive immobile. L'En-ville met en marche noue amarre malaxe et remalaxe à toute vitesse.
Mais : A la sortie du goulot tu ne tombes pas dans une bouteille. Ça repart.
Comment ?
D'une autre manière.

C'est quoi l'En-ville ? tu dis. C'est pas lieu de bonheur. C'est pas lieu de malheur. C'est calebasse du destin.

L'En-ville n'est pas à prendre. C'est à savoir. C'est un côté que le monde te donne comme il donne l'air.
Le chemin de ce Temps c'est par là.
Et c'est un autre fer.

Il n'y a pas d'Histoire de l'En-ville. Bêtises. Parle de Temps. Ça n'avance pas comme un fil mais comme un chien ferré, qui va devant, qui boule en arrière, qui frissonne, qui dérape et qui vire droit-cassé.

Toutes les histoires sont là, mais il n'y a pas d'Histoire. Juste un Temps grandiose sans amorce ni finale, sans avant ni après. Monumental.

Réchauffe ta parole avant de la dire. Parle dans ton cœur. Savoir parler c'est savoir retenir la parole. Parler vraiment c'est d'abord astiquer du silence. Le vrai silence est un endroit de *La Parole.* Ecoute les vrais Conteurs.

Il faudra lâcher l'En-ville. Il faudra se méfier de l'En-ville. La gazoline t'offre son berceau jusqu'à prendre l'En-ville et puis lâcher l'En-ville. Mais c'est encore bien loin. Et c'est l'En-ville qui va changer. Mais l'En-ville ne sait pas encore comment il va changer. C'est question des destins qu'il entraîne. C'est un goulot mais c'est ouvert. C'est ouvert, c'est ouvert...

Trouve-toi un nom secret et bats-toi avec lui. Un nom que personne ne connaît et que dans le silence de ton cœur tu peux crier pour te mettre en vaillance. C'est *La Parole* un peu.

Dans l'En-ville, on ne voit plus les békés. Alors comment les frapper ? Il n'y a plus de Grand-case, alors d'où marronner ? Il n'y a plus d'Usine, alors dans quel aveuglage donner ? Ce que tu cries la Force tourne en couillonnade : Y'a plus de bœufs à tuer, ni même soins contre serpents. Alors tu deviens magicien en bêtises et donneur de rasoir sur les nègres comme toi-même, ou nègre-marron-vakabon que la police fusille, ou alors tu fermes ta tête sur la France pour l'adorer ou la maudire. Par-ici ou par-là, c'est mourir de toute manière. *Cherche La Parole, ma fi, cherche La Parole !...*

Dans l'En-Ville on ne parle plus. Conteurs morts ou tombés babilleurs. Mais *La Parole* n'est pas parler. Tu as à battre ici. A marronner quand même. La gazoline t'offre son berceau...

Ecrire *La Parole* ? Non. Mais renouer le fil de vie, oui.

Cahier n° 27 de Marie-Sophie Laborieux.
1965. Bibliothèque Schœlcher.

LE NOM SECRET. Après, Papa Totone devint un horizon lointain. Je sentais sa présence dans l'arrière-fond d'une ombre, mais de le voir fut toujours très fugace. Les soirs, dessous la lampe, j'effectuais seule les gestes du manioc, du café, du canari à cuire. Lui n'apparaissait pas pour manger (si on pouvait appeler manger ces deux miettes de légumes qu'il mâchait sans finale). Aucune hostilité n'émanait de son ombre, mais je me sentis projetée de cette clairière. La parole de Papa Totone m'avait comme écartée. Je retrouvai mon esprit. Je perçus d'un coup sa trop grande solitude. Je me mis à écouter l'En-ville, à mieux vivre l'odeur de gazoline. J'eus envie de parler à des gens. Je m'avançais au rebord de la Doum et observais à travers les raziés. Je vis les réservoirs semblables à des glandes rouges dans une main métallique. Je vis les tuyaux s'élancer vers la mer, l'aller-venir des camions entre les piles de fûts. Je vis le bateau-tonneau qui remplissait les cuves. J'entendis des émois d'ouvriers à cause de fuites de gaz ou des jets de gazoline qui bleuissaient la terre. Je voyais l'endroit s'endormir sous la haute falaise dans son berceau d'odeurs. Les samedi et dimanche, les négrillons de Fonds populaire envahissaient l'endroit pour s'en aller plonger au bout du quai dans l'eau profonde. Je voyais le gardien les poursuivre en bordure des vagues. Des pêcheurs de Rive-Droite traversaient là pour mieux rejoindre le phare, ramener des casiers, chatouiller le chatrou. D'autres personnes venaient rôder afin de s'obtenir un djob ou hériter des tonneaux vides dont les utilités n'avaient pas de limites. De bonne heure le matin, les gros-nègres à marteaux demandaient passage vers la carrière de Pointe-la-Vierge. Le béké venait souvent au cours de la semaine avec de gros cahiers, rouge de soucis, énervé de méfiance envers ses ouvriers. Il louchait sur les réservoirs comme s'ils allaient s'ouvrir, arpentait les tuyaux en regardant partout avec l'œil du maître dont parle La Fontaine. Sa présence provoquait l'émoi parmi ses nègres : ils abaissaient le front. Puis, le béké des pétroles s'engouffrait dans sa maisonnette pleine de clés insensées, de livres de comptes, de chabins à plume d'oie et même d'un téléphone.

Une nuit, allant je ne sais où, je sortis du cocon de la Doum. Je m'avançai à travers les tonneaux. Suivant les longs tuyaux, je parvins sur le quai. De là, je vis l'En-ville poinçonné de loupiotes, accroupi sous ses Mornes au pied du Fort Saint-Louis. Tournant la tête, je vis la mer, vaste, étalée sous le ciel en étoiles. Je vis les éclats blancs du phare de Pointe-des-Nègres répondre aux pulsations rouges des feux du Fort Saint-Louis. Je sentis les meilleurs vents venir de loin, charrier des rumeurs d'îles au bord de notre silence. Elles ourlaient l'effluve de gazoline et se nouaient à ces souffles qui balayaient le Marigot-Bellevue en soulevant les senteurs de la terre. L'endroit était magique.

Je restai là jusqu'à l'ouverture du soleil. Le jour neuf était dimanche. Mano Castrador, le gardien, avait juste vérifié les réservoirs de ses cauchemars et s'en était retourné à sa case de fonction. Il ne m'avait pas vue[1]. Alors je poursuivis de

1. Faut dire que du moment que ses petits yeux ne signalaient pièce nègre crevant les réservoirs, notre Mano ne distinguait plus rien ; de plus, il ne comprit jamais de toute sa vie pourquoi un nègre se serait fatigué à transpercer une baille de gazoline — mais il ne s'en ouvrit jamais à son béké.

l'autre côté de Texaco en direction de Pointe-la-Vierge et la carrière Blanchard. Je découvris une pente douce. Un chute de ti-baume et de bois-campêches venait lécher la mer. Sur la pente, je perçus le même vent doux, chargé du monde et de la Caraïbe, et je vis de haut l'éveil de l'En-ville : les volets qui battent, les persiennes qui clignotent, les oiseaux du matin qui affolent le ciel, des silhouettes de servantes affairées, des fonctionnaires en descente vers la messe, les premières poussières couvrant les maisons basses. Les mâts dénudés au bassin de radoub laissaient croire à des bateaux envasés dans l'En-ville. Je vis s'éclairer les arbres de la Savane où mon Esternome avait pris pied il y a tant d'années. Je vis le soleil frapper les murs de la société sportive « La Française » où Basile devait se muscler à une barre. Les mornes arrondis offraient la gueule des Forts pleine de bombardes rouillées. Le ciel. La mer. La terre. Les mornes. Les vents. L'endroit était magique.

Alors, j'inspirai à fond, gardai mon souffle coincé entre mes côtes, et, ramenant une des exigences de Papa Totone, *je me nommai d'un nom secret.* Il vint à mon esprit dans un naturel simple. Quand il résonna dans ma tête, je sentis que des langueurs se dissipaient, que mes cheveux se dressaient sur mon crâne, et que je redevenais un coq de combat. Au centre du flot de paroles qui bousculaient ma tête, mon nom secret se mit à battre sur un rythme de léwoz qui me vibrait les os.

Le répétant sans discontinuer, je regagnai la Doum. Bien entendu, Papa Totone ne semblait pas y être. Je partis avec son vieux coutelas en dérade sous un arbre, j'empruntai sa vieille laine, quelques-unes de ses toiles. Je taillai plusieurs bambous très droit et je les traînai à travers le domaine de la compagnie pétrolière dans le dos de Mano Castrador (il lançait des roches aux chiens nichés dans la mangrove en sorte qu'ils ne s'avisent pas de confondre les réservoirs avec des boules de viande). Sur la pente, comme mon Esternome me l'avait enseigné, je plantai mes quatre bambous que j'entourai de toiles. Puis, je pris soin de sarcler mon espace, de damer ma terre à l'intérieur de mon carré, de faire reculer la campêche d'alentour dans un rayon de quatre mètres. Je me trouvais environnée d'un petit mur de tibaume et piquants. Les toiles étaient fixées aux poteaux sur les faces latérales et arrière. Devant, restées mobiles, elles me servaient de porte. Je retraversai Texaco sous les yeux soupçonneux de Mano Castrador (il crut me reconnaître à cause du sourire-crabe que j'eus en le voyant) et je me rendis au Morne Abélard d'où je revins avec Carlo, Pè-Soltène et quelques autres. Ils me transportèrent trois feuilles de tôle rouillée. Nous les posâmes au-dessus de mon carré de toiles afin de parer le soleil. Nous accorâmes les tôles avec des pierres et deux clous que Pè-Soltène serrait sous sa paillasse pour ces espèces d'urgences. Et c'est ainsi que j'eus ma case. C'était rien, juste un paré-soleil, mais c'était mon ancrage dans l'En-ville. J'entrais moi-même direct dans ce très vieux combat.

Mes compères repartis (ils ne comprenaient pas que je puisse m'installer seule dans ce trou-campêches, et si près de la mer comme les pires malheureux), je demeurai assise, bienheureuse au centre de mon carré, à contempler l'En-ville sur l'autre bord de la rade. Mano Castrador avait repéré nos mouvements. Il surgit devant moi avec ses grosses chaussures et ses grosses moustaches, et les gros-yeux qui prouvaient aux marmailles qu'il était un méchant. Il me dit (je m'en souviens très bien) il me dit *Faut pas que tu restes là, non, il y a du danger dans ça, la gazoline va exploser sur toi, un feu de dragon peut prendre à n'importe quel moment et griller la falaise, griller les roches, griller la mer qu'on sera obligé d'aller racheter en Espagne, tu ne peux pas faire de case là...* Je le regardai rayonnante — et troublée. C'était donc lui mon premier adversaire ; c'était par sa voix que l'En-ville pour la première fois m'adressait directement le refus millénaire. Cette scène aurait dû être extraordinaire, cette voix aurait du s'amplifier des échos d'une falaise, d'un grondement de siècles. Et là, ce n'était que Mano Castrador, bougre brave tenu en laisse par un béké sans terres.

Lui (imaginant que le parc était bas et qu'il pouvait passer, c'est-à-dire m'effrayer) amplifiait son discours : *Vous les nègres vous n'êtes vraiment pas bons, le béké met ses affaires là tranquillement, il ne demande rien à personne, et voilà que tu viens mettre une case à côté de ses affaires! comme s'il n'y avait pas d'autres coins dans le monde! tu aurais pu aller dans les bois de Balata, plus haut sur le bord de la rivière Madame, ou bien même plus bas vers le Phare, non c'est ici dans la gueule du béké que tu viens chercher un vieux-désagrément! et après tu vas aller dire à l'hospice que la vie est bien drôle, enlève ça, enlève ça je t'ai dit!...* Il commençait déjà à décrocher mes toiles. Je me levai — ... je dis « Je », mais en fait la personne qui se leva n'était plus moi, non. C'était une autre personne forte de son nom secret, qui pouvait esquinter Castrador à coups de paroles mais à coups de roches aussi, et le chiffonner dans le même blo comme un herbage de calalou. Ramenant dans ma gorge la souffrance de mon Esternome, celle de mon Idoménée, les rages, les espoirs, les longues périodes de marche, les rancunes ravalées dans le désir d'En-ville, je déposai mes yeux dans ses yeux. Déjà, il eut un premier frisson. Je m'avançai sur lui et je lui dis comme ça, sans desserrer les dents, en sifflant presque comme une bête-longue, et dans un français de belle catégorie pour mieux piquer son cœur *Mais dites-moi, mon monsieur Castrador, où est-ce que tu veux que j'aille ? Quand le béké est venu s'installer là, est-ce que tu a été te caler devant lui pour lui dire ce que tu me dis là ? Ce qui n'est pas bon pour les oies sur la terre du bon Dieu, n'est pas bon pour les canards, fout'...* Et-puis j'écarquillai les yeux, rejetée en arrière, une jambe longée sur lui, mes poings puisant une force à mes hanches accentuées, dans la pure pose de guerre des femmes créoles. Mano du coup n'était plus très à l'aise. Son frisson s'était mué en sueur de confession. J'avais envie (il le sentait) qu'il se rebiffe afin de me pendre à son gilet comme misère sans roulettes, et grager ses bobos. J'aurais (il le sentait aussi) dégrappé ses graines et mangé sa fressure, défoncé son lomba. Il calcula un peu[1], ne trouva rien à dire et regagna en silence sa case du portail. Quand, plus tard, il me vit traîner dessous les réservoirs à la recherche de bombes vides utiles aux réserves de l'eau, il vint m'offrir lui-même des bombes déjà propres, avec même une timbale en fer, deux dames-jeannes, et une casserole. Il me supplia de ne pas me laisser voir et me rappela que de toute façon quand le béké m'aura découverte, il fera tout écraser *Mets ton corps comme tu veux...*

FONDATION FOUDROYÉE[2]. Durant les premiers temps, le béké ne vit rien. Il était pris par ses soucis. Des semaines s'écoulèrent sans que nul ne décèle ma prise dans les tibaume. De là où je me trouvais, je surplombais les réservoirs. Mais mon regard n'atteignait pas la Doum. J'étais contente. Une vaillance m'emportait vers l'En-ville. Je m'y trouvais un djob de syriens, un nettoyage à faire, un couloir à brosser. Je marchais dans les rues en regardant par terre. Désormais tout pouvait me servir, un bout de ficelle, la grâce d'un clou, une caisse abandonnée... toute qualité était bonne qualité. Mes débrouillardises me permirent au fil des semaines, de ramener trois caisses, deux tôles neuves, cinq plaques de fibro fêlé qu'un milâte du bord-de-mer m'avait faites à crédit. Un djobeur du marché[3] charriait mes récoltes après la fermeture de la compagnie. Mano Castrador nous ouvrait le portail ; il écumait dans sa gorge toute la boue du Gros-Morne, mais il ouvrait quand même. J'entas-

1. En fait, il battit l'œil comme un cici dessous la pluie, mais je préfère crier ça « calculer »...
2. Que ce cher Asimov me pardonne...
3. Un dénommé Sirop, une puissance d'homme, qui, avec ses compères, me semblait immortel. Ils ont dû partir en France car je ne les vois plus. Mais où sont-ils au fait ?...

sais le tout à côté de ma case dans l'attente d'un coup-de-main.

Pour bénéficier d'un coup-de-main, il fallait disposer d'au moins un canari de légumes avec un bout de morue, d'un galoon de rhum, des verres et du madou. Quand je fus prête à cela, je sonnai l'appel au Morne Abélard. Cinq ou six nègres vaillants rappliquèrent autour de Carlo et de Pè-Soltène. En un flip-flap de temps, sous les protestations désespérées de Mano Castrador, mon carré devint presque une case. Toit de tôles (dont seulement deux de rouillées, les autres brillantes galvanisées), cloisons de bois-caisse sur les côtés, et, devant, l'extraordinaire fibrociment que je clouai moi-même sans ouvrir les fêlures sous l'œil émerveillé des nègres à grosses mains. Mano Castrador allait-venait, nerveux et transpirant. Face à la case qui prenait forme, il balbutiait tout le temps *Mais non enfin, qu'est-ce que vous faites là, dites donc, on ne peut pas habiter là eh bien bondieu...*

Ensuite, les choses allèrent très vite. Ma case attira d'autres cases. La parole sur l'endroit circula comme un vent. Comme chaque jour ramenait des Mornes son flot d'aspirants à l'En-ville, on sut bientôt qu'au bord de Texaco il y avait de la place. En plus, je le disais partout, le long des entrepôts où j'effectuais mes djobs, avec l'idée d'attirer du monde autour de moi, et d'ainsi mieux tenir. Quand le béké s'aperçut de l'affaire, qu'il bondit sur lui-même pour voir si c'était bien ce qu'il voyait, il y avait déjà, accrochées à la mienne, une vingtaine de cases de tout grade d'avancement. Elles se construisaient le dimanche ou de nuit. Le nouveau surgissait, barrait un coin, et revenait avec la lune pour s'incruster en terre. Bientôt, il ne fut plus nécessaire d'aller chercher de l'aide. Les gens même de la pente apportaient le coup-de-main, conseillaient, aidaient, s'épaulaient. Seuls des spécialistes de la tôle, de la charnière ou autre, rappliquaient de l'ailleurs pour porter une manœuvre. En quelques mois nous étions devenus autonomes.

Je me souviens... La première à débarquer fut Eugénie Labourace, une chabine du macouba. Elle traînait sept enfants dont seulement deux pouvaient l'aider. Elle fuyait un kouli du Nord assoiffé de rhum seul, bien que le rhum ne lui aille pas, et qui alors se mettait à ramper vers ses propres filles afin de les toucher. Les malheureuses devaient donc se battre avec lui chaque jour, et chaque nuit, jusqu'à ce qu'Eugénie Labourace ramassât son corps sur les conseils d'un chauffeur de Taxi-pays (un nommé Sillon-d'Argent, à cause de sa manière de conduire). A peine apparue au marché, on lui parla de Texaco. Je la vis arriver un samedi vers midi, elle avait traversé Fonds-Populaire et suivi la falaise, en marchant dans les vagues, jusqu'à la mangrove devant les réservoirs. De là, elle avait vu ma case et s'était approchée. Elle était rouge, le visage balafré par la jambette de son kouli, mais je la sus vaillante, et l'accueillis en joie. Nous allâmes chercher ses enfants ; ils dormaient dans le couloir de madame Périne Mirza, une milâtressse d'ancienne manière, secrétaire au bureau de bienfaisance de la mairie. Eugénie Labourace logea chez moi, deux ou trois jours, avant de faire lever sa case grâce à ses sous de lessiveuse au Séminaire-collège. Le kouli vint la rejoindre avec de bonnes dispositions, un air doux, le drapeau tête en bas. Mais bien vite, après un semblant de travail au service des voiries, il se remit à boire et à sauter sur ses enfants, un scandale quotidien qu'Eugénie Labourace supporta vaille que vaille.

La seconde fut Sérénus Léoza, une bonne personne, grosse comme une bombe, porteuse de cinq enfants et d'une viande à moitié inutile qui lui figurait l'homme. Elle travaillait comme servante chez un nommé Tarquin, commis de deuxième classe aux contributions directes. Elle avait jusqu'alors loué trop cher un bout de case aux Terres-Sainville des mains d'un chien de même espèce que mon Lonyon, mais qui lui travaillait de concert avec un rat d'huissier rapide dans les saisies et dans les expulsions. Quand elle avait entendu parler de Texaco, elle avait rappliqué. La troisième fut Rosa Labautière (criée Désolée), une espèce de câpresse assez longue, pourvue d'une voix d'homme et de grosses mains de lavandière. Elle portait neuf enfants de papas différents mais tous de peau claire, qui fait que sa traînée était chabine-milâte, jaune-banane, jaune-citron et jaune-maracudja. Le premier homme à surgir fut Milord Abdond, une sorte de nègre des champs enlisé dans l'En-ville depuis l'époque de l'Amiral. Il vivait de coqs-combat élevés dans un trou de Pont-de-Chaînes. Le reste du temps, il traînaillait aux pitts et dans l'ombrage de concubines paternes qu'il comblait coup sur coup d'un colis de neuf mois. Il s'installa à Texaco, avec d'emblée du fibrociment. Une de ses concubines, Yotte Cléostrate (criée Sirodelle), lui déboucha dessus avec ses neuf enfants. Milord fut forcé d'agrandir en sacrifiant six caloges de coqs-djèmes. Puis cela ne s'arrêta plus...

Il y eut Victor Détournel qui travaillait à la voirie, Marcel Apô aide-boucher, un dénommé Saint-Cyr qui charriait ce nom de milâte sur une peau noir-c'est-noir sans même savoir filtrer un bon français. Je songe à Rosanne Honorat, à Poupinet Calotte, à Gros-Graines porteur d'une hydrocèle de deux cent dix kilos dans une brouette spéciale maintenue devant lui, à Sécédias Ramnadine, à Marie-Julie Capoul toujours enceinte et en sourires, à Martial Pignier et à sa concubine Diobine Angélique. Je songe à Blanchetière Carola dompteuse de Bib Espitalier (gratteur de rouille au bassin de radoub) qu'elle finit un jour par échauder à mort. Je songe à Pierre Philomène Soleil (crié Pipi) qui maniait à merveille une brouette de marché. Je songe à Rossignol, à Cicéron, à Marlène-bel-dos-bol, et à bien d'autres encore dont ma mémoire n'a plus les titres mais qui sont dans mon cœur chaque jour et chaque nuit, mes compagnons de lutte, mes premiers frères de Texaco.

Donc, un jour le béké nous vit. Il escalada la pente, bava un gros créole. Il n'en croyait pas ses yeux. Il fit appeler ses ouvriers afin qu'ils nous débusquent là-même. Les nègres rappliquèrent en masse avec divers outils, bien décidés à obéir. Tout le monde n'était pas là, mais les enfants étaient tous là, plus ou moins dans les cases, avec leurs grands yeux, leur ventre à gros nombril, leur tête roussie par le soleil, un haillon sur la fesse. En les découvrant, les nègres furent pris de compassion. Le béké eut beau se fesser par terre, devenir rouge-caco, dire que nous serons un jour ou l'autre grillés par l'explosion d'un réservoir, les nègres ne bougèrent pas. De toute manière, s'ils avaient bronché il y aurait eu du cirque dans cette affaire-là : je m'étais déjà avancée, flanquée de Yotte Cléostrate, d'Eugénie Labourace et de l'etcaetera, prêtes à leur manger les graines sans même une goutte de sauce.

Ils repartirent. Le reste de la journée, on vit le béké lorgner dans notre direction, aller puis revenir, partir puis rentrer. On le vit sauter à deux-pieds sur Mano Castrador. Ce dernier jurait dieu n'avoir rien vu et regardait du côté de nos cases avec l'étonnement d'un qui verrait la mer Rouge s'ouvrir devant les juifs. Du coup, nous entrâmes en alerte. Nous comprîmes qu'il ne fallait pas que tout le monde s'en aille en même temps dans l'En-ville. Que les enfants ne devaient jamais rester seuls, et que surtout chaque case devait abriter un lot de négrilles à grands yeux en sorte de bloquer la rage de n'importe quel bourreau. Nous étions prêts, mais ce fut inutile.

Le béké avait mobilisé un commissaire de police de troisième classe, un nommé Adalgis Odéïde, seul fils d'une malheureuse de Saint-Joseph qui s'était saignée pour offrir l'instruction à une telle cochonnerie. Le comystère (comme l'appela de suite Bib Espitalier dont l'esprit était vif sur l'affaire des ti-noms) avait déplacé son corps parmi nos cases. Il avait distillé du français, cité des chiffres de loi, relevé nos identités puis nous avait signifié deux jours pour disparaître avant qu'il ne s'érige en Attila fléau de Dieu. Il était reparti aux côtés du béké, lequel lui astiquait le dos. Mais ce cinéma n'avait pas eu d'effet. Nous restâmes encore des mois, sans rien voir d'autre que la rage du béké des pétroles, enflée au rythme du temps passant sur nos cloisons consolidées. On aurait pu se croire oubliés quand survint une bordelle. Eugénie Labourace surprit son kouli chevauchant sa fillette et s'efforçant de la toucher avec ses gros doigts sales. Il devait avoir bu tout un dalot de rhum et mangé sans savoir une tralée de guêpes rouges, car le bonhomme surpris dans ses manœuvres se mit à vouloir étrangler Eugénie. Il la saisit au col et dévala notre pente. La malheureuse criait *A moué à moué à moué...!* comme une chatte échaudée. Par bonheur, j'étais là. J'avais déjà soif de ce kouli, du fait de ses manières qui n'étaient pas en axe. Il passait devant ma case sans un bonjour ni un bonsoir tout en me regardant au mitan blanc des yeux. Me croisant dans une passe, c'est à peine s'il ramenait son corps pour me laisser descendre. Je fis une crise sur lui. Je le saisis par la natte bleue qu'il nouait derrière sa tête, et je l'expédiai tout entier dans la mer. Tandis qu'il glougloutait les vagues, je lui criais un chargement de cochonneries que ton stylo ne saurait supposer. Eugénie Labourace le crocheta entre les roches où son vomi de rhum foudroyait les chatrous. Elle le lapida proprement. Il rebondit partout, traversa le grillage, roula sur deux tuyaux jusqu'à ce réservoir qu'il dut escalader. Le béké, mains au ciel, crut voir la fin du monde. J'ignore ce qui survint dans la tête d'Eugénie, piècement pas une bonne chose. Elle revint dans sa case chercher des allumettes avec l'idée d'enflammer le réservoir au-dessous du kouli qui priait Mariémen pour rejoindre sans escale son Macouba natal (sur une vitesse de libellule).

Quand le béké vit Eugénie Labourace avec ses allumettes, il faillit mourir-froid. Ses nègres prirent-courir aux quatre points cardinaux, surtout vers le portail que Mano Castrador ouvrait déjà en grand. Les chauffeurs abandonnaient les camions en injuriant leurs jambes qu'ils voulaient plus nombreuses. Les camions mal freinés erraient dans l'enceinte comme des somnambules, se cognaient repartaient calaient, fumaient toussaient. Les chabins à plumes d'oie des services comptables s'enfuyaient au hasard sous leurs registres ouverts. Tonneaux dégringolèrent. Vannes abandonnées pulsèrent des gaz et de la gazoline. Finale, une apocalypse nous menaçait. Je me suspendais à Eugénie Labourace afin de lui saisir les allumettes. Mais sa démence me traînait derrière elle comme une touffe d'herbe à bœufs.

Le béké parvint à lui prendre les allumettes. Avec une rapidité de mangouste, il lui saisit la boîte et s'enfuit ventre à terre en direction du centre-ville. Il eut, paraît-il, quelque mal à freiner et défonça un poteau électrique. Les pompiers vinrent le ramasser à grands coups de sirène. Ils stoppèrent net en découvrant que c'était un béké : nulle ligne du règlement n'offrait la procédure pour soulever une victime quand elle est békée. Alors il restèrent à méditer au-dessus de ses bobos, jusqu'à ce que sa famille surgisse et le ramasse elle-même pour l'emporter direct vers un docteur-béké : il l'avait échappé belle.

A Texaco, tout rentra vite dans l'ordre. Le comystère de troisième classe apparut à la tête de deux polices. Ils déférèrent le kouli et Eugénie Labourace à leur poste où ils consignèrent des choses à la machine. Eugénie Labourace revint parmi nous. Le kouli qui avait vu la mort de trop près gagna le Macouba. On le dit devenu bonne personne (plus continent qu'un prêtre hindou avant un sacrifice), qu'il a trouvé une autre chabine et qu'il vit des œufs d'oursins quand la période est bonne. Erigé sur sa yole, il se tient paraît-il la tête à deux mains, et récite un mystère en Tamoul. Les oursins, par grappes, se décrochent du fond de mer et viennent vaguer autour de lui qui les récolte comme mandarines tombées. Tant mieux pour lui si c'est vrai, tant pis pour nous que cette histoire avait fait repérer. Mais chaque jour, je remercie bondieu que le nom de ce kouli me soit sorti de la tête : ça ne m'aurait fait nul bien.

L'incident donna force au béké pour faire entendre ses histoires d'explosions et de sécurité. Les céhêresses eux-mêmes débarquèrent dans notre Texaco vers quatre heures du matin. Tu peux lire ça dans le journal *Justice*, celui des communistes, à une date de novembre 1950. Cherche ça et lis, tu vas voir... Ils nous tombèrent dessus à quatre heures du matin, dépêchés par un nommé Furret, deuxième préfet de Martinique (j'aurais des choses à raconter sur ce zouave-là, mais il faudra revenir me voir). Ils entourèrent la pente comme si nous étions des fellaghas d'Alger ou des chinois méchants des forêts du Vietnam. Ils avaient des fusils et des mitraillettes, des boucliers, des casques. Ils serraient leur figure derrière de longues visières et semblaient des machines à deux pattes. Je crus devenir folle en sortant de ma case, réveillée par le porte-voix du comystère de troisième classe qui nous intimait de sortir nos affaires et de les éloigner car tout serait réduit en miettes. Ils étaient en effet flanqués de nègres en sueur, porteurs de barres à mine, de massues, de pieds-de-biche. Je ne sais pas d'où sortaient ces chiens-là, sans doute d'un fond de geôle où ils avaient laissé l'ultime crasse de leur âme. En tout cas, ils ne s'émouvaient pas des enfants effrayés, ils se foutaient de nos bans de détresse, de nos crises larmoyantes à terre dans la poussière. Les céhêresses (d'anciens séides d'Hitler que les békés avaient mandés pour nous aux colonies, affirmait une parole) pénétraient dans les cases en décalant les portes, et envoyaient-monter table, draps, hardes-cabanes, marmailles, et toutes qualités. Sitôt la case vidée, les nègres-sans-âme poursuivaient la besogne à coups de barre à mine, brisant bois-caisse, pétant fibrociment. Il déclouaient les tôles en riant comme bêtes et les balançaient par-dessus la descente. L'un d'eux pris d'une envie soudaine, exhiba son coco et se mit à pisser sur ce qu'il avait brisé en grognant sacrilège. Le pire c'est que tout le monde riait, le comystère, mais aussi le capitaine des céhêresses, et une autre cochonnerie rose, déléguée du préfet.

Il est difficile, malgré le nom secret qui t'envaillance le cœur, d'arracher les graines d'un céhêresse. Ils doivent se les serrer dans une poche spéciale. De plus, avec leurs grosses toiles, leurs gros souliers, leurs casques, leurs boutous, la crosse de leur fusil, on avait beau leur voler dessus comme des misères à griffes, on se retrouvait dans les campêches, à dévaler la pente, avec des bosses et des bobos. Des bottes m'écrasèrent les tétés. Un boutou me fit sonner l'oreille (et jusqu'à maintenant ça siffle toujours comme un diable-ziguidi dans une boîte de fer-blanc). Mes ongles se décollèrent sur la boucle d'un ceinturon. Nous les injuriâmes, tu m'entends, sans aucune cesse. Quand nous leur lançâmes des roches à deux mains, ils nous pourchassèrent jusque dans l'océan, d'où nous partîmes là-même pour un nouvel assaut.

Au début, les hommes se tenaient à part, nous seules les madames affrontions les polices. Quand ils virent nos misères, ils s'élancèrent aussi, mais bien vite on les retrouva face en bas dans la boue : avec eux les céhêresses frappaient comme des canons. Une telle se roula dans les débris de sa case. Une autre se glissait a chaque fois sous les massues levées, jusqu'à ce que deux-trois céhêresses la traînent au bas de la pente. Ce cirque sans nom dura jusqu'au soleil levé. Et sans cesse nous redonnions l'assaut, les épuisant au maximum, criant plus fort que les marchandes-poissons. Nous nous sentions seuls au monde, abandonnés, broyés. Nous ne pouvions que remonter, nous suspendre à nos tôles si précieuses, à nos plaques de fibro dont chaque brisure nous décrochait le cœur. Pas d'autre à faire que tenir raide à mort.

En ce temps-là, je te le dis en vérité, les communistes étaient les seuls êtres humains. Ils furent les premiers à nos côtés, et jamais plus ne s'en allèrent. Vers sept heures du matin (les violons du malheur étaient déjà en sac, l'on nous avait parqués comme du bétail au bas de la pente, et les nègres-sans-âme achevaient d'anéantir nos cases), nous vîmes arriver le maire faisant fonction en l'absence de Césaire (lequel se trouvait on ne sait où). C'était un milâte communiste, premier adjoint, avocat de métier. Un homme de décision. Il ordonna au comystère et au capitaine des céhêresses d'arrêter les violences. Je crus voir le Pory-Papy que mon Esternome m'avait décrit dans les rages de Saint-Pierre, mais celui-là portait le nom Gratiant, un monsieur Georges Gratiant, bel bougre, à belle voix, qui parla comme il faut, vitrifiant les fureurs.

Entouré de conseillers municipaux, il circula dans le désastre. Le comystère lui déclarait ne prendre ses ordres que du préfet lui-même et que l'expulsion se poursuivrait. Déjà, des camions militaires arrivaient pour emporter nos matériaux. Le milâte communiste gronda que tant qu'il serait là personne ne toucherait aux affaires de ces malheureux, et que leur sort était désormais l'affaire de la mairie. Puis, il se lança dans une diatribe sur la classe ouvrière exploitée, sur l'avènement prochain d'une société nouvelle, il dénonça le colonialisme et bouleversa tout le monde en rappelant l'horreur de l'esclavage que l'on maintenait sous d'autres formes, et qu'il fallait bien que tout cela s'arrête... Les CRS et le représentant du préfet sentirent leur peau blanche se charger des fardeaux de la terre. Ils pâlirent. Le milâte communiste s'engouffra dans la faille et donna des ordres à l'un des conseillers. Ce dernier courut chercher d'autres camarades qui embarquèrent les matériaux dans des voitures de la mairie. Chacun se précipita pour rassembler les siens. Le milâte communiste nous réconforta un à un, embrassa les enfants, nous expliqua que la mairie nous logerait à Trénelle, où les services techniques déboiseraient quelque peu et nous aideraient à reconstruire nos cases.

TEMPS FAISANT TEMPS. Moi, je refusai de m'embarquer dans le camion militaire. Je récoltai mes linges, mes casseroles, mes quatre livres (il avait piétiné mon Rabelais), et je m'en fus en direction de la Doum où Papa Totone m'accueillit en riant. Je lui racontai ce qui s'était passé... Il me rappela que l'En-ville ne s'offrait pas facile comme bol de toloman, que c'était une gourmade, que je n'avais qu'à descendre à Trénelle sous l'aile de la mairie. Mais partir... non, j'avais choisi Texaco. Je vais rester ici, lui dis-je, tout en m'apercevant qu'il le savait déjà, comme s'il entendait le nom secret qui résonnait en moi.

Mes compères et commères furent logés à Trénelle comme annoncé. En un là-même de temps, les services de la mairie déboisèrent une descente, un peu sous le Fort-Tartenson, à côté des cases qui déjà germaient là. Sous la direction de militants communistes comme Nelzy et Sainte-Rose, ils reconstruisirent des cases avec de belles planches, et de belles tôles. En quelques jours, chacun se trouva un logement. Ils y sont encore, je crois... je songe à eux souvent... en tendresse grande saison... eux, devenus frères de sang sous la rage des premiers céhêresses.

Mano Castrador n'en crut pas ses cocoz'yeux quand il me vit repasser avec mes quatre bambous et mes nouvelles toiles. Je les plantai six fois, et six fois, des nègres du béké venus d'on ne sait où (ses ouvriers refusaient de le faire) les incendièrent en mon absence. Je recommençai avec une constance folle, mais jamais le béké ne céda. Je le rencontrai une ou deux fois. Il était à peine haut comme ça, à moitié chauve, la peau tiquetée par une ancienne vérole, avec la voix sonore du plus vieux des vieux-nègres. Nous échangeâmes durant un temps sans temps, des millions d'injuriades. Il me criait Bôbô, Kan-naille, La-peau-sale, Chienne-dalot, Vagabonne, Coucoune-santi-fré, Fourmis-cimetière, Bourrique, Femme-folle, Prêl-zombi, Solsouris, Calamité publique, Manawa, Capital-cochonnerie, Biberon de chaude-pisse, Crasse-dalot-sans-balai (il ignorait l'inaltérable barrière qu'instituait mon nom secret)... Moi, je le criais Mabouya-sans-soleil, Chemise-de-nuit mouillée, Isalope-sans-église, Coco-sale, Patate-blême-six-semaines, La-peau-manioc-gragé, Ababa, Sauce-mapian, Ti-bouton-agaçant, Agoulou-grand-fale, Alabébétoum, Enfant-de-la-patrie, La-crasse-farine... J'en avais autant sur sa manman, avec des dos-bol, des languettes, des patates, des siguines-siguines, des fils téléphone, des kounia, sur son espèce, sur son engeance et sur sa qualité. Je prenais un tel plaisir à injurier que des fois il n'en croyait pas ses oreilles. Il était souvent déjà loin que j'injuriais encore sans même respirer, au point que Mano Castrador, à bout de nerfs, devait s'enfermer dans sa case et conjurer sous l'oreiller. Et je pouvais rester des heures comme ça, face au soleil couchant, dressée comme une Madone sur les cendres de ma case, et hurlant mon malheur en mobilisant le fond agressif de notre langue créole, seul fond encore utile si loin des bitations. Quand ma gorge s'épuisait, je tombais comme un sac, et, dans ma tête et dans mon cœur, je m'injuriais moi-même.

Parfois, je parvenais à ériger ma case jusqu'au fibrociment, mais, mon dos à peine tourné, elle était démolie. Seule, je ne pouvais organiser aucune défense, ni éviter que les sicaires n'utilisent mes absences. Donc, je balançai entre la Doum et la pente durant une charge d'années, de quoi bâtir un roman sale si j'avais force de raconter. Mais quelle importance? Les vies n'ont pas de sens en fait, elles vont et viennent souvent comme des tsunamis, avec le même fracas, et elles drainent des débris qui croupissent dans ta tête comme autant de reliques, qui te semblent des trésors et ne tiennent pas la position. Quelle nécropole de sensations!... ces battements de cœur dont il ne reste rien... ces sourires attestés par une simple ride... à quoi servent ces gens que l'on rencontre, et qui passent, et qui passent, et s'effacent ?... et pourquoi oublier ceux qu'il serait agréable de ne pas oublier, ces êtres de cœur à votre image, et qui s'éloignent de vous... zombis fugaces, comment vous accorer ?

Faut-il compter les jours, les décrire, conserver ce qu'ils apportent d'espoir... ces nuits sans lune où l'on givre dans l'angoisse de sa chair ?... et ces joies qui jaillissent d'on ne sait, vous renversent au-dessus du bonheur durant une zaille de temps ?... et puis, il faut mettre la musique, les chansons, ces mélodies, ces baumes de joie qui aident à vivre... Un compte des larmes ? au souvenir, elles étincellent, ramènent des touches sensibles, anesthésiées de toutes douleurs mais *sensibles*, et que l'on peut examiner de loin comme autant de tracées de notre chair dans le monde, autant de richesses dévalées d'une torture...

Peux-tu écrire, Oiseau de Cham, ces riens futiles qui forment le sol de notre esprit en vie... un senti de bois brûlé dans l'alizé... c'est contentement... ou alors une frôlée de soleil sur une peau qui frissonne... de la soif qui s'étire vers l'eau d'un Didier frais... l'ombre d'après-midi où l'on ne pense à rien... cueillir une fleur que l'on ne sent pas, que l'on ne regarde pas, que l'on pose dans la case sur la table dans un pot sans prendre sa hauteur, mais qui t'habille le sentiment durant toute la semaine... hum ?

... compter les jours de maladie, les sueurs, les fièvres, les maux de ventre, les jambes lourdes que l'on masse inquiète, et les thés d'herbes couresse, ce sang du ventre qui rythme les mois de sa brisure... compter les illusions qui offrent l'impression qu'on avance, et le constat cruel de ce qui s'est amassé tenant dans un seul drap... un seul drap pour ma vie... hum ?

... et la carte de Nelta que tu regardes comme ça, avec des jours de larmes, des jours de joie, et des jours vides ? Et ton Esternome qui vient te voir et qui t'émeut parce que tu ne l'as pas suffisamment embrassé... et ton Idoménée que tu voudrais recueillir dans tes bras comme ta petite fille et la faire s'endormir sur ton cœur comme tu eusses pu le faire et ne l'as jamais fait ?...

Faut-il dire le temps que l'on ne voit pas passer, et que l'on découvre épuisé sur Noël à l'heure du boudin et des pâtés-cochons, et que l'on fête sur le Morne Abélard en exprimant sa joie d'avoir su résister à l'année qui s'en va... écouter la radio, cuire un riz de crabe, parler avec Papa Totone qui répète son délire mais qui m'enivre encore, chanter, pleurer, rire gras, hurler mon nom secret avec des jours de force et des jours mols, s'oublier, nettoyer un poisson, trouver une perle de lambi, toucher aux belles toiles des syriens, se faire une gaule chez Caroline la couturière pas féroce au crédit, parler de la vie avec quelqu'un qui n'écoute pas, prendre des nouvelles pour vivre d'autres vies et partager la sienne, vouloir être autre chose, se haïr, puis s'aimer, apprendre à se mettre debout-droit dans ses chairs... quel travail que de vivre... et que de petits riens que ma parole ne peut vraiment saisir... hum ?

Je connus des amours semblables avec des hommes différents. Toujours avec le même compte de plaisirs et de larmes, de brûlures et de mystères... illusion toujours neuve... L'amour habille la vie, colore la survie, dissipe les crasses accumulées. L'amour c'est cœur accéléré, coups de boutou à l'âme. Avec lui je roulai dans des dalots profonds disposés en moi-même, sirotai du vinaigre bien amer, suçai de long piment. Avec lui, je connus la souffrance du ventre mort, ce désir de négrille qui fait comme champignon sur un débris d'ovaires. Je sus les abandons, je fis souffrir des gens, on me fit souffrir tout, je me trompai souvent et pris un saut de chair pour du sentiment. J'appris à écrire des lettres, à me faire douce pour un nègre qui n'en valait pas la peine, à me faire douce quand même sans trop savoir pourquoi... Oh, Gostor qui faisait toujours ça à la gibier-rôti... Oh, Nulitre, qui s'accrochait à mon dos et me basculait en avant... Oh, Alexo qui m'appelait manman... hum... Aucun d'eux ne parvint à m'extraire de la Doum et des abords de Texaco. Chacun pensait que Papa Totone était mon papa et je le laissai croire, amassant mes sous dans la Doum, dormant en semaine chez mes patronnes d'En-ville, et revenant toujours, toujours, plus souvent que possible vers mon point d'ancrage désormais, mon Texaco à moi (au-dessus duquel l'on commençait à construire le lycée de jeune filles) — ma gazoline de vie.

LE NOËL DE L'EN-BAS. La chance me fut donnée durant un mois de décembre où l'En-ville s'enflamma. Un désagrément entre nègres et blancs-france à la suite d'une histoire de moto mal garée. Des coups partirent. Le blanc frappa. D'autres Martiniquais qui buvaient près du kiosque lapidèrent à moitié le blanc frappeur, et sans doute d'autres blancs à côté. Les céhêresses d'Hitler rappliquèrent à la six-quatre-deux, et cognèrent sur tout le monde comme de bien entendu. Le destin voulut qu'ils cognèrent sur des nègres militaires de Guadeloupe en permission sur la Savane. Les militaires ripostèrent à coups de roches. Il y eut encore plus de céhêresses, des gaz lacrymogènes, des du-feu. Les céhêresses furent mis en déroute par des foules négresses jaillies de Sainte-Thérèse, du Morne Pichevin, de Trénelle, des Terres-Sainville, du Morne Abélard, de Rive-Droite, de là où l'on mâchait de petites roches sans pain. Ces Quartiers bridés en dehors de l'En-ville enfourchèrent cette tremblade pour clamer leur douleur et abattre les ferrements que l'En-ville leur posait.

On dévasta l'hôtel de l'Europe où le patron avait appelé les policiers, on incendia des voitures et des commissariats. On éleva des barrages nocturnes. Des bandes hurlantes défolmantaient le monde, les céhêresses les poursuivaient en vain. Un jeune bougre reçut une grenade et son cœur finit de battre. Alors l'En-ville se prit de feu durant deux ou trois nuits. Le préfet se crut face à une révolution. Il fit donner les gendarmes des communes, fit rappliquer des céhêresses de Guadeloupe et d'En-France. Cette armada fut stoppée au Pont-Démosthène par des barrages de nègres en guerre. Mais les céhêresses les contournèrent par Ravine-Vilaine et entrèrent dans l'En-ville. Ils libérèrent les postes de police, abattirent les barrages, emprisonnèrent des gens, et déposèrent un couvre-feu sur toutes les existences, allant même jusqu'à proscrire la messe de minuit durant la nuit de Noël.

> Texaco se souvient du jeu de forces entre la case et la Grand-case, entre l'habitation et le bourg, entre le bourg rural et la ville. Fort-de-France, emportée par l'idéal pavillonnaire et le blockhaus infernal, avait un peu oublié les équilibres originels. Texaco, comme les autres quartiers lui ramenèrent le tout en bouillon et brouillon. C'est richesse que doit vivre l'urbaniste.
>
> Note de l'urbaniste au Marqueur de paroles.
> Chemise n° 17. Feuillet XXXIII.
> 1987. Bibliothèque Schœlcher.

Tout rentra dans l'ordre, mais il s'était produit comme une bascule du monde. L'En-ville était défait, ses défenses contre les Quartiers étaient brisées. Les communistes avec Césaire en tête avaient parlé haut, menacé, dénoncé, fait un cirque terrible. Ils avaient transformé les gens des vieux-quartiers en armée populaire. Ils avaient compris que cette misère de bois-caisse et de fibrociment était prête aux appels, sensible au moindre sang, avide du drapeau de n'importe quel rêve, pourvu qu'il autorise une entrée dans l'En-ville. Les communistes avaient compris que leurs anciennes troupes des champs et des usines centrales avaient pris les routes coloniales, oubliant les Tracées, pour sédimenter là, en pleine gueule de l'En-ville. Un prolétariat sans usines, sans ateliers, et sans travail, et sans patrons, éperdu dans les djobs, noyé dans la survie, et menant son existence comme un sillon entre des braises. Alors, ils regardèrent les vieux-quartiers en se disant *C'est quoi ces personnes-là ?* et ce fut bon pour moi — et « moi » c'est comme dire « nous ».

La parole et l'intérêt incrédule des communistes avaient sillonné dans les quartiers naissants. Les gens tombaient encore par grappes de la campagne. Ils s'étaient agglutinés dans les mangroves de Volga-Plage malgré les surveillances du service des domaines, ils avaient achevé de conquérir les pentes de Trénelle, ils avaient pris Pont-de-Chaînes, le Pavé, Grosse-Roche, Renéville, L'Ermitage, Le Béro, tout-partout, dans chaque fente de l'En-ville, chaque trouée, chaque désert d'ordures, d'eau sombre ou de piquants. Partout les communistes et notre Césaire les avaient aidés à s'installer, avaient créé des voies, cimenté des passages, amené de l'eau, les avaient soutenus. C'étaient autant de voix de gagnées pour contrebalancer celle de ces milâtes du Centre-ville ou de Clairière, des nègres petits-bourgeois de la Pointe-des-Nègres ou Petit-Paradis et des clans de békés sur les hauteurs glaciales de Didier. Eh bien ceux-là, augmentés sans arrêt, se sentirent une force. La mairie était à leurs côtés, l'En-ville avait été secoué, le monde avait tremblé, ils avaient menacé l'ordre des blancs que les communistes appelaient patronat, exploiteurs, colonialistes et autres mots insensés. Pour nous, c'étaient des blancs-france ou des blancs-békés, ce n'était pas notre chère France bien-aimée, c'étaient des blancs, foutre !... fascinants et détestables dans le pur aveuglage dont parlait mon Esternome depuis l'antan Saint-Pierre où l'envers et l'endroit se mêlaient tout bonnement.

Les vieux-quartiers se sentirent forts. Les nègres des campagnes portés par leurs histoires débarquaient avec l'autorité de la désespérance. Je vis des cases fleurir partout. Moimême, portée par cet élan, je repartis à l'assaut de Texaco. Je me retrouvai en train de monter mon carré en compagnie d'une dizaine de personnes qui débarquaient tout juste ou provenaient d'autres coins plus hostiles. Ils avaient le plus souvent participé aux incendies de ce Noël de force. En un là-même de temps, la pente fut couverte. Certaines cases apparurent même au-dessus des réservoirs. Elles s'accrochaient à la falaise, au bord du vide, à quelques pas du lycée de jeunes filles. D'autres surgirent en moins d'une nuit au long de la rivière du Marigot-Bellevue, dans la mangrove sous les yeux mêmes du béké des pétroles. Ces cases-là se dressaient dans la boue, sur de longs pilotis plantés on ne sait comment. Les gens amenaient leur terre, leurs roches, leurs débris pour affermir le sol et avancer dessus. Quand la mer étaient grosse, certaines vagues venaient lécher leurs pattes, et les cases maintenaient un équilibre tremblant. Le béké devenait fou, il circulait dans les postes de police, prenait audience auprès de la mairie, la préfecture, le conseil général. Mais ces chers communistes nous appuyaient à mort.

Alors, autour de moi ils furent tous là, baignés par les irradiations de mon nom secret : Marie-Clémence et sa légende d'ange tombé, Annette Bonamitan née Sonore, Néolise Daidaine, Carolina Danta, Iphigénie-la-Folle, le citoyen Julot-la-Gale, Major de son état, et tous les autres, et tous les autres, notre bande marronne encore désorganisée au centre de la bataille...

TEMPS BÉTON

1961-1980

Loin de l'En-ville, le temps ne passait pas.

L'En-ville tout près, c'était comme l'arbre-à-pain aux côtés de la case. Avoir Sécurité sociale, quêter les chances d'être fonctionnaire, les affaires d'école pour sauver la marmaille, circuler dans les lots de guichets où s'initier aux clés d'une vie qui se complique — était là plus facile.

L'En-ville (comme certains fonds riches de l'auguste igname-poule) était le socle des raretés qui bonifiaient la vie, car, à beau dire, beau faire, la vie est faite pour être vécue, et donc : les magasins-syriens, les toiles-tergal, les coiffeurs, les lumières, les sociétés, les marchandises d'En-France qu'aucune pacotilleuse ne ramenait des îles, nous attiraient mieux que des bancs de mulets par le foie écrasé du requin.

Nous poussions à côté de l'En-ville, raccroché à lui par mille fêles de survie. Mais l'En-ville nous ignorait. Son activité, ses regards, les facettes de sa vie (du matin de chaque jour aux beaux néons du soir) nous ignoraient. Nous étions venus pour ses promesses, son destin, nous étions exclus de ses promesses, de son destin. Rien n'était donné, il fallait tout essoucher. Nous parlâmes à ceux qui nous ressemblaient. Nous descendîmes à leurs coups-de-main et ils vinrent aux nôtres. Les vieux-quartiers se rejoignirent en contournant l'En-ville, des familles les lièrent, des échanges les nouèrent. Nous circulions autour, y entrant pour puiser, le contournant pour vivre. Nous voyions l'En-ville d'en haut, mais en fait nous ne le vivions qu'au bas de son indifférence bien souvent agressive.

SOL LIBRE. A Texaco, derniers venus dans la couronne des vieux-quartiers, nous réinventâmes tout : les lois, les codes de l'urbain, les rapports de voisinage, les règles d'implantation et de construction. Au commencement, autour des réservoirs, ce n'étaient que campêches et ti-baume, avec (derrière les campêches et ti-baume) d'autres campêches et d'autres ti-baume. Ces plantes y avaient proliféré à la suite d'une rupture des équilibres qui fondent la diversité des raziés. Quand nous vînmes, nous amenâmes la campagne : charge de citronniers, balan de cocotiers, bouquets de papayers, touffes de cannes à sucre, haillons des bananiers, pieds-goyaves, piments, letchis, fruits-à-pain tant bénis, pieds-d'avocats, et un charroi d'herbes-ci et d'herbe-ça, aptes à soigner les maux, les douleurs de cœur, les blesses à l'âme, les floraisons songeuses de la mélancolie.

Nous nous comportions comme dans cette vie du Noutéka des mornes que mon Esternome m'avait longuement décrite, avec un entretien sans faiblesse des espaces libres à l'abord de la case, un rythme soumis aux saisons de la lune, de la pluie et des vents. Et nous voulûmes, face à l'En-ville, vivre dans l'esprit des Mornes, c'est dire : avec notre seule ressource, et mieux : notre seul savoir.

Sur la pente, de mon côté, dans Texaco-du-haut, la roche affleurait en gueules grises sur lesquelles nous construisions nos cases. De-ci, de-là, subsistaient des couches de terre ; elles n'avaient connu que les frugalités des ti-baume et campêches, elles étaient donc généreuses pour la sève des arbres fruitiers. Il ne fut pas nécessaire, comme dans

Texaco-du-bas, de charrier une terre bonne sur l'eau de la mangrove.

Nos cases se posaient en épousant la terre, pas de raclage du sol, pas de modifications du profil des talus. Nous faisions partie de la falaise dans Texaco-du-haut ; de la mangrove dans Texaco-du-bas. Parfois, de mon côté, presque en rêve, j'entendais l'eau infiltrer la falaise, l'amener à s'effriter sous l'effet du soleil et menacer la case posée dessus la roche. Ceux de la mangrove percevaient dans leurs os des rumeurs marines toutes susurrantes d'écumes.

Même durant l'acmé du mois de juin, le soleil n'étouffait pas Texaco-du-haut. Vers quatres heures, l'après-midi, ses rayons biaisaient contre la falaise et nous laissaient une douceur d'alizé à saveur d'algues et d'hibiscus. Dans le plein du soleil, les ombres de nos cases se chevauchaient, s'épaississaient l'une l'autre, nous préservant ainsi des frappes caniculaires. De plus, les chambres, tournées vers la falaise ombrée, gardaient une bienheureuse atmosphère de source tiède. Ceux qui avaient construit sur les pentes, face à la mer, recevaient le soleil de face derrière les toiles-fenêtres. Cette frappe solaire aurait pu les griller, mais la coulée constante des alizés venait les rafraîchir. Et nous avions appris, depuis nanni-nannan, à être soucieux du vent à la manière des Caraïbes. A ceux qui se présentaient à moi avant de s'implanter, je rappelais (mais était-ce bien utile ?) de prévoir des trous, des lucarnes, des placettes qui aspiraient les souffles. Mais, à mesure de l'entassement des cases, le vent frais nous manqua, un peu moins en hauteur, mais trop dans la mangrove.

Nos charpentes légères (expérimentées au Noutéka des mornes) nous permirent d'accrocher les pointes extrêmes de la falaise. Cette manière, nous le savions, promettait à chaque case l'accès quasi frontal au vent, une ouverture panoramique sur ciel et mer. Cela venait à bout des claustrophobies que généraient parfois les entassantes proximités. Nous savions faire cela depuis une charge de temps.

Pas de gaspillage d'espace à Texaco. Le moindre centimètre était bon à quelque chose. Et là, point de terre privée, ou de terre collective, nous n'étions pas propriétaires du sol et nul ne pouvait se prévaloir de quoi que ce soit si ce n'est du décompte des heures, minutes, secondes de son arrivée L'instant de l'arrivée créait en tel endroit une intangible prééminence : *J'étais là en premier. Bœuf devant boit l'eau claire*. Mais si le premier disposait d'une bonne place, il ne pouvait, sur cette terre du Bondieu, que contempler l'installation de l'autre ; il devait même l'aider, car (qui sème bien, récolte bien) nous étions, dans ce combat pour vivre, soucieux de nos récoltes. Chaque case, au fil des jours, servait d'appui à l'autre et ainsi de suite. Pareil pour les existences qui se nouaient par-dessus les fantômes de clôtures ondulant sur le sol.

Le sol, par-dessous les maisons demeurait dans notre esprit étrangement libre, *définitivement libre.*

Quand une fente de terre demeurait exempte de quoi que ce soit, c'était en fait la coulée d'un chemin, un dégagement creusé du talon dans la pierre, une zone mystérieuse qui avait su déjouer à jamais les emprises, et qui, ouverte au soleil, fonctionnait dans nos entassements comme un poumon vivant au vent, oxygénant les cœurs.

Texaco-du-haut semblait sculpté dans la falaise. Le bois de caisse et le fibrociment frappé de pluies et vents, avaient pris la teinte des roches et l'immobilité opaque de certaines ombres. Vue de la mer, la falaise semblait se pousser des cases minérales, des sculptures du vent, à peine mieux soulignées que les bosses du dacite. Quand vinrent la brique et le béton, cela courait du gris-parpaing au gris-rougeâtre de l'argile vieille. Plus tard, il y eut le rose, le blanc ou le vert-pâle d'une peinture (soldée au bord de mer) entamée mais jamais achevée. Le peintre s'apercevait très vite que dans notre chaos pyramidal, peindre était inutile — et dangereux de réverbération, donc d'envoi de chaleurs. La couleur nue de la pierre, de la brique, du ciment, puis plus tard du béton, éteignaient les rayons du soleil l'un après l'autre comme autant de chandelles.

Mais qui aurait pu comprendre cela à part mon Esternome ou bien Papa Totone ? Ces équilibres demeurent indéchiffrables pour les gens de l'En-ville et même de Texaco. Qui nous voyait, ne voyait que misères enchevêtrées. Et ceux qui y restaient, n'attendaient qu'une faveur pour s'en aller mourir en casiers d'achèlèmes.

ÉCRIRE-MOURIR. Oh, il y avait des misères : nos eaux et celles des pluies minaient d'humidités les fondations des cases. Sur les sentes, nous voyions dévaler de petits ruisseaux. Dans Texaco-du-bas, au bord de la mangrove, nous voyions la rivière s'étendre en marigot jusqu'à rejoindre la mer. Les pilotis, souvent malades, pourrissaient jusqu'à s'agenouiller en une subite prière qui nous précipitait, jambes à la volée, dans l'eau, dans la boue, dans la mer, dans la mort.

Chacun nettoyait sa case et la proximité de sa case, abandonnant le reste au lessivage du temps. Tous pensaient, ainsi qu'à la campagne, que la nature avalerait les déchets. Je dus leur répéter qu'aux abords de l'En-ville la nature perdait de sa force et contemplait comme nous l'amassée des ordures. Or, nous avions bien d'autres soucis que cette question d'ordures (les vagues les ballottaient, la mangrove les figeait comme de sinistres épouvantails). J'aurais bien voulu organiser le coup-de-main pour régler tout cela, mais il y avait mille guerres à mener pour seulement exister. Alors, nous apprîmes, entre les mouches et les moustiques, les odeurs et les miasmes, à vivre aussi droit que possible.

Trénelle, Volga-Plage, Morne Morissot, Terrain Marie-Agnès, Terrain Populo, Coco l'Echelle, Canal Alaric, Morne Pichevin, Renéville, Pavé, Pont-de-Chaînes, Le Béro, L'Ermitage, Cour-Campêche, Bon-Air, Texaco... maçonneries de survie, espace créole de solidarités neuves. Mais qui pouvait comprendre cela ? C'était de plus en plus clair dans mon esprit, une lucidité solitaire, et de voir grandir Texaco éclairait dans ma tête chaque mot de mon Esternome, ramenait le mystère des paroles du vieux-nègre de la Doum. Je ne pouvais que répéter tout cela dans mon cœur avec mon nom secret, le hurler dans ma tête avec mon nom secret, et invoquer la force de vaincre les contraires.

L'idée me vint d'écrire l'ossature de cette solitude. Ecrire c'était retrouver mon Esternome, réécouter les échos de sa voix égarés en moi-même, me reconstruire lentement autour d'une mémoire, d'un désordre de paroles à la fois obscures et fortes. J'écrivis d'abord le nom secret que je m'étais choisi sur des boîtes de chemises reçues des syriens ; de belles boîtes au carton blanc, que j'entassais comme des tables de lois, et que de temps en temps je couvrais d'une écriture très grosse, pas très droite, ondulante. J'appris à tracer des lignes en sorte de me guider la main. J'appris à définir des marges et à les suivre. A la moindre tache de ma plume d'écolier, je chiffonnais le tout pour tout recommencer. Je voulais que chaque carton soit impeccable. Puis un jour, je récupérai un carnet de comptes dans lequel subsistaient des pages blanches quadrillées. Je pris alors goût aux cahiers : on pouvait en arracher les pages tachées, le quadrillage organisait la main ; de plus, cela semblait un livre ; on pouvait le relire, le feuilleter, le sentir. *Un cahier neuf ho!* me transporte, la beauté des pages, la promesse du blanc, sa menace aussi, cette crainte lorsque le premier mot s'inscrit et qu'il appelle la ruée d'un monde que l'on n'est jamais sûr de dompter.

Vers cette époque oui, je commençai à écrire, c'est dire : un peu mourir. Dès que mon Esternome se mit à me fournir les mots, j'eus le sentiment de la mort. Chacune de ses phrases (récupérée dans ma mémoire, inscrite dans un cahier) l'éloignait de moi. Les cahiers s'accumulant, j'eus l'impression qu'ils l'enterraient à nouveau. Chaque phrase écrite formolait un peu de lui, de sa langue créole, de ses mots, de son intonation, de ses rires, de ses yeux, de ses airs. D'autre part, j'étais forcée de m'accommoder de mon peu de maîtrise de la langue de France : mes phrases appliquées semblaient des épitaphes. Autre chose : écrire pour moi c'était en langue française, pas en créole. *Comment y ramener mon Esternome tellement créole ?* Oh, de me savoir l'écrire en français l'aurait honoré, oui... mais moi, tenant la plume, je mesurais ce gouffre. Parfois, je me surprenais à pleurer de voir comment (le retrouvant pour le garder) je le perdais, et l'immolais en moi : les mots écrits, mes pauvres mots français, dissipaient pour toujours l'écho de sa parole et imposaient leur trahison à ma mémoire. C'est pourquoi l'on me vit souvent parler toute seule, à mon corps même, me répétant sans respirer des choses inaudibles. J'étais raccrochée à cette cathédrale que je sauvais en moi et perdais du même coup — et par le même endroit. Je voulais en éprouver l'ultime saveur en me la répétant selon les libertés de mon créole et les joies bondissantes de la parole.

Le sentiment de la mort fut encore plus présent quand je me mis à écrire sur moi-même, et sur Texaco. C'était comme pétrifier des lambeaux de ma chair. Je vidais ma mémoire dans d'immobiles cahiers sans en avoir ramené le frémissement de la vie qui se vit, et qui, à chaque instant, modifie ce qui s'était produit. Texaco mourait dans mes cahiers alors que Texaco n'était pas achevé. Et j'y mourais moi-même alors que je sentais mon être de l'instant (promis à ce que j'allais être) s'élaborer encore. Oiseau Cham, existe-t-il une écriture informée de la parole, et des silences, et qui reste vivante, qui bouge en cercle et circule tout le temps, irriguant sans cesse de vie ce qui a été écrit avant, et qui réinvente le cercle à chaque fois comme le font les spirales qui sont à tout moment dans le futur et dans l'avant, l'une modifiant l'autre, sans cesse, sans perdre une unité difficile à nommer ?

LE MARQUEUR DE PAROLES
A L'INFORMATRICE

(...) Je connais cette épouvante. Edouard Glissant l'affronte : son œuvre fonctionne comme ça, avec un grand bonheur.

708e lettre du Marqueur de paroles
à l'Informatrice.
Chemise XXXI
1988. Bibliothèque Schœlcher.

J'avais toutes les raisons d'abandonner l'écrire. Mais si je l'avais fait, je n'aurais su résister aux enfers de Texaco. L'arrivée parmi nous de Ti-Cirique l'Haïtien me confirma cette voie. Il se présenta chez moi, accompagné de Marie-Clémence. Elle l'avait récupéré assis devant la mer avec sa grosse valise et son complet de déplacement. Il avait une tête d'instituteur hagard, sans doute à cause des lunettes de myope grossissant ses pupilles. Il parlait un français impeccable, sourcilleux, bourré de mots qui collaient bien à sa pensée mais qui nous le rendaient obscur d'autant. Je lui indiquai une place au bas de la pente. Il y bricola un ajoupa de campêches pour le moins consternant. Ti-Cirique[1] n'était pas très habile de ses mains. Nous lui bâtîmes une case avec un reste de planches et deux-trois compléments qu'il put

1 En fait, il disait s'appeler Donnadieu Moléon, mais nous l'appelâmes « Ti-Cirique » au bout de quelque temps à cause de sa fuite de côté sous les boutous des céhêresses.

payer lui-même. Dès qu'il fut installé (la main nouée sur un dictionnaire, un gros stylo à plume dorloté comme un coq de combat) nous dérivâmes vers lui quand il fallut décoder une lettre, rédiger une supplique. Pour cela, il ne demandait rien, juste du beau papier dont il était friand, et, surtout, des livres ramassés au gré de nos errances à la décharge publique et lors des destructions de vieilles demeures d'En-ville où avaient vécu des mulâtres-à-science.

Il était là depuis quelques semaines quand il me vit écrire sur mes cahiers. Curieux en la matière, il voulut regarder. Je lui en donnai un qu'il lut sourcils froncés, sursautant du fait de l'orthographe et des phrases emmêlées où je m'emprisonnais. *Il faut faire simple, madame Marie-Sophie,* me dit-il, *simple, la plus grande écriture est l'écriture très simple.* Face aux tournures créoles, un hoquet de dégoût lui bouleversait le corps : *Mon dieu, madame Marie-Sophie, cette langue est sale, elle détruit Haïti et conforte son analphabétisme, et c'est là-dessus que Duvalier et les tontons macoutes bâtissent leur dictature... l'universel, pensez à l'universel...* Puis, il me confia son propre dictionnaire dont il savait les pages une par une — (quand on lui demandait le sens d'un mot, il en récitait l'étymologie, les divers sens possibles, fournissait deux-trois citations littéraires, et précisait la page de son dictionnaire où le mot en question se trouvait indiqué. Cela suffit à lui fonder une réputation jusqu'au fond de Pont-de-Chaînes. Chacun, au long de ses promenades, avait souci de vérifier le phénomène :
— Ti-Cirique, bonjour, et si je te dis : Caco ?
— Elément, du grec *Kakos,* signifiant quelque chose de mauvais. Il entre dans la composition de quelques mots, notamment Cacochyme, Cacodyle, Cacographie, Cacologie, Cacophage, Cacophonie, Cacosmie, Cacostomie. *Cacochyme* provient du grec *kakokhumos,* qui signifie mauvaise humeur (1503, environ). Mais quand Montherlant, ce fin maître, écrit : *Il avait dormi dans un fauteuil, à quatre heures de l'après-midi, comme un vieillard cacochyme,* il veut signaler

un état de langueur, de faiblesse... Mise en perspective du terme, donc. Page 236 de l'Edition de 1955. Si on prend *Cacodyle*...
— Mais ho, Ti-Cirique, je te parlais du *Gros-caco* avec lequel on fait le chocolat-première-communion...
Et là encore, notre homme se lançait dans les labyrinthes du mot *Chocolat* depuis ses origines aztèques jusqu'à l'usage subtil qu'en fit Maupassant, tandis que du marché-légumes à Rive-Droite, du Morne Abélard à Texaco, pour un oui ou pour un non, et jusqu'au prochain mot, tout un chacun se sentait cacochyme).

Un autre jour, Ti-Cirique fut surpris de trouver mes quatre livres. Il me félicita pour Montaigne, l'homme qui sut voir au-delà de sa seule culture et relativiser sa pensée. Il s'extasia sur Lewis Carroll qui nous enseigna à tous (autant que Don Quichotte et ce cher Kafka dont il faudrait parler, madame), à quel point l'étirement du réel portait la connaissance (en l'occurrence celle de l'enfant), et comment le frottement du merveilleux et du réel (comme pratiqué en Haïti depuis nanni-nannan) ajoutait aux approches des vérités humaines. Il s'émut sur mon La Fontaine, un sympathique qui savait écrire et que les Français ont tort de ne plus lire, puis il demeura silencieux sur Rabelais dont (je le sus par la suite) il se méfiait des folies de la langue et de la démesure. *C'est sans doute le plus grand, madame Marie-Sophie, mais c'est aussi le pire car la langue se respecte, madame, elle se respecte... La langue n'est plus ouverte comme en ces temps magmatiques de patois et dialectes du bon abbé, maintenant elle est adulte, refroidie, raisonnable, pensée, centrée, axée, et se respecte. Alors la question contemporaine : peut-on être à la fois le pire et le plus grand ?... je vous en laisse la conclusion...*

Il prit l'habitude quand les moments nous le permettaient, de s'asseoir avec moi, lire mes cahiers, corriger mes horreurs, donner sens à mes phrases. Il m'apporta de son vocabulaire, excitant en moi ce goût des mots précis dont la maîtrise m'échappa à jamais. Puis, il me parla du vaste tissu qu'est la Littérature, une clameur multiple et une, qui rassemblait les langues du monde, les peuples, les vies. Il m'expliqua comment certains livres rayonnaient à travers les époques, en suscitant des élans de l'esprit. Dans la culture des peuples, il y a l'ombre et il y a la lumière, m'expliqua-t-il en réponse à mon envie de connaître la France. Littérature (les arts en général) trouve son achèvement dans la face de lumière, c'est pourquoi elle vibre toujours au-delà de la réalité même du peuple dont elle émane. Comment chercher Michel Eyquem seigneur de Montaigne dans les halliers du Périgord ? Où rencontrer William Faulkner dans les plantées du Sud, madame Marie-Sophie ? Hélas, la France réelle n'est ni Marcel Proust ni Paul Claudel, c'en est la gangue obscure. Et, excusez-moi : Aimé Césaire n'est pas la Martinique... Et pire : lumière et ombre s'entremêlent dans les corps, ainsi Louis-Ferdinand Céline une crapule lumineuse, Hemingway une furie alcoolique, Miller une névrose sexuelle, Pessoa une diffraction psychotique, Rimbaud nègre mais colonialiste dans ses lettres africaines, et... Certains jours, il me parlait des poètes dont la puissance pouvait briser la pierre. Parfois, il tombait dans les romans pour finir en douleur sur Jacques Stephen Alexis, l'écrivain son ami, son frère, sa douleur, mort récemment sous la griffe des chiens tontons-macoutes.

> (...) douleur, c'était un *Gouverneur de la rosée*, madame, comme notre compatriote Jacques Roumain utilisa ce terme dans un très beau roman, nous voulûmes déchouker Duvalier, et nous débarquâmes armés, lui moi, les autres avec, sur une plage d'Haïti, avec l'idée de porter la Révolution, la grande, l'unique, celle de la sur-France, liberté !, mais les macoutes madame, qui surgissent, la folie meurtrière, *désastre désastre parlez-m'en... !*, Damas, le

Fort-Dimanche, moi qui parvins à m'enfuir, mais lui, le lumineux dont le destin n'est pas de fuir, saisi, frappé, emporté par la bête furieuse, *Regarde basilic, le briseur de regard aujourd'hui te regarde,* Césaire, Alexis, ô mon frère que j'entends crier, tortures, c'était un gouverneur, madame, de la rosée, une eau portée aux soifs de nos renoncements, lui qui meurt, moi qui reste et qui erre dans la Caraïbe, déréliction, boat-people, pirates, chiens d'Américains qui nous refoulent, chiens de Dominique qui nous exploitent, la plus terrible errance, et qui échoue ici en Martinique, ô Césaire Césaire, mais mon pays dans le cœur, ce souvenir de toi, Alexis, cette ignominie de ne pas être mort, le courage, madame, le courage, *Mon royaume pour du courage,* Shakespeare un peu, la littérature aujourd'hui ne traite plus du courage, où sont les grandes gestes ?, Proust a tout atomisé, madeleinisé si j'ose, alors qu'ici, face aux macoutes, aux chiens, au sang, aux rages, et au fureurs, il faut des fracas de verbe, de grands mouvements de monde, du souffle, Cervantès, Cervantès !... la Caraïbe appelle un Cervantès qui aurait lu Joyce, madame, et du courage, ô je pleure Alexis (...).

CHANTS DE TI-CIRIQUE
SUR MONSIEUR JACQUES STEPHEN ALEXIS.
13 Cahiers hors série de Marie-Sophie Laborieux,
1209 pages.
1966. Bibliothèque Schœlcher.

Et Ti-Cirique pleurait, puis récitait des poèmes de partout, qui l'emportaient loin de nos souffrances obscures dans le combat de Texaco.

LE DRIVEUR. L'époque de l'arrivée de Ti-Cirique fut un temps de désespoir pour tous. Je ne savais plus comment m'opposer au refus de l'En-ville. La mairie s'occupait des quartiers plus anciens, mais nous oubliait. Texaco n'était même pas un Quartier, nous n'apparaissions sur aucune carte, aucun panneau. Quand, délaissant les djobs, la plupart d'entre nous prirent d'assaut la Sécurité sociale en vue de cumuler le maximum d'allocations, les facteurs qui nous portaient des formulaires adressés par la DDASS, se cognaient contre le grillage de Texaco, ou butaient sur le lycée de jeunes filles, ou alors nous cherchaient en vain au bas du phare. En désespoir de cause, ils finirent par déposer le tout dans la boîte aux lettres du béké. Ce dernier frisait la congestion devant l'amas de notre courrier social. Il rassemblait le tout dans un coin du grillage et l'enflammait lui-même en dansant alentour.

J'avais voulu, ô désarroi, dire cela à de Gaulle quand il vint au pays. De Gaulle lui-même, qui dans notre tête s'était taillé une place de nègre marron. Quand je sus qu'il viendrait (Césaire avait prolongé la Levée jusqu'au Pont-Démosthène et envisageait de donner son nom à ce boulevard), je mis ma plus belle robe, et mes deux-trois bijoux, et je gagnai l'En-ville pour l'attendre, pour le voir, lui dire nos misères d'huissiers et de polices qui détruisaient chaque jour nos constructions nocturnes. Lui, de Gaulle, je le sentais, avait le pouvoir de régler ce problème comme la France de mon Esternome l'avait toujours fait de nos calamités.

Les nègres étaient descendus par grappes de tout-partout. Ils comblaient Sainte-Thérèse où de Gaulle allait passer. Ils couvraient place Stalingrad de drapeaux bleu-blanc-rouge et de banderoles nommant leur commune d'origine. Ils bloquaient la rue de la Liberté autour de la préfecture, étouffaient l'hôtel de ville, et peuplaient en fourmis l'espace de la Savane sous les tamariniers. Je ne pouvais même pas avancer. Il me fallut une rage de coudes pour me retrouver à hauteur de l'estrade du monument aux morts où de Gaulle devait parler. Je lui avais écrit une longue lettre sur un papier spécial, dans laquelle je lui parlais de nous, damnés de Texaco. Je répétais dans ma tête ce que j'allais lui dire, une fois vrillée à son épaule. Je savais qu'il viendrait avec moi dans la case en haut de la falaise, constater notre bataille pour si peu d'existence.

Je lui avais préparé un blaff-poissons-rouges sans y mettre trop de piments car les blancs n'ont pas de bouche. J'avais pris à crédit dans les mains d'Hermancia [1] un coq vraiment sacré, digne d'un beau jour de l'an, nourri à la banane, maïs, corossol, à l'herbage parfumé et bien sûr à l'hostie. Je l'avais mis à tremper dans un vin gorgé d'un tralala d'épices, et j'avais fait sauter le tout juste avant de descendre, soulevant un fumet qui ameuta les gueules-douces et inspira deux poèmes à Ti-Cirique [2]. J'avais prévu pour de Gaulle une bombe de petits pois, un canari de bananes jaunes, et une salade de christophines à l'eau, parsemée d'un persil levé à Texaco. Le dessert était une confiture de prunes-cythère que Thémancia de la rue Victor-Hugo faisait passé-personne (selon Ti-Cirique, il semble préférable de dire *mieux que quiconque*). Un syrien m'avait offert un infini crédit sur une nappe brodée, et j'avais installé sur la table deux belles assiettes. J'avais mis des hibiscus, des verres-cristal, un beau tapis-prêté, et j'étais partie, laissant la case ouverte, balayée de lumières et de vents, pour qu'elle soit accueillante quand je reviendrai avec Papa-De-Gaulle.

1. Une marchande de Basse-Pointe qui tenait poulailler et levait des volailles dans un choix de prières et d'hosties déformées, qu'elle soustrayait aux poubelles de l'église.

2. Il les expédia derechef à *la Nouvelle Revue Française*, accompagnés d'une théorie très savante sur les potentialités littéraires de l'épicerie créole, mais ces gens-là, qui ne répondent jamais à personne, ne lui répondirent pas...

J'aurais mangé avec beaucoup de style. Je lui aurais sorti du beau français avec des mots de Ti-Cirique. Je lui aurais parlé de mon Esternome qui aimait tant la France. Je lui aurais dit combien de nègres avaient caracolé en yoles pour aller le sauver, et comment, au pire de nos angoisses, la foi en notre Mère-Patrie, livrée aux mains des boches, n'avait jamais faibli. Je lui aurais dit aussi, de se méfier des békés qui n'étaient de nulle part, et de me jurer avant de partir qu'il ne nous vendrait jamais au gens de l'Amérique où on lynchait les nègres. J'imaginais déjà la tête de Mano Castrador, du béké des pétroles, des polices, de Marie-Clémence, de Sonore, de Carolina Danta, de Néolise Daidaine, de Ti-Cirique (il était dans le secret et avait concocté une ode de bienvenue)... quand ils verraient avancer dans notre Texaco ce grand monsieur sur ses grandes jambes, guignant le monde de haut comme un manguier fleuri.

J'espérai durant près de quatre heures sous le chaud du soleil avec des milliers de personnes. La plupart disposaient d'un plan afin de lui soumettre une déveine. Certains lui avaient porté la plus rare des ignames bocodji, une merveille qui embellit les rêves. D'autres ramenaient des sous-bois des orchidées rares. D'autres charriaient des mandarines sucrées comme des péchés mortels, et de gros citrons doux. Un vieux-nègre charroyait ses chaussures de 14 comme preuve de son amour (il y avait perdu quatre de ses orteils). Un autre, poussé dans une brouette, venait rappeler ses jambes offertes à la Patrie et redire à de Gaulle qu'il restait disponible pour son prochain appel. Les pêcheurs, en costumes du dimanche, lui avaient préparé des perles de lambis, des coquillages iridescents, des écailles de Manman Dlo, des carapaces de tortues satinées comme du bois précieux, des hippocampes saisis dans du rhum formolé, de grandes branches d'un corail transparent brasillant au soleil. Des menuisiers trimbalaient des coffrets d'un acajou ancien qui vivait comme du nacre. Trois couturières lui avaient préparé des nappes filetées d'argent afin qu'il puisse recevoir les autres rois du monde. Des guérisseuses lui portaient l'huile noire des précieuses chenilles-trèfle, contre-poison total. Ceux qui avaient perdu une famille à la guerre sous la patte d'Hitler, lui portaient de rares lettres encore indéchiffrées, juste pour qu'il les touche, reconnaisse et apaise leur douleur. Une négresse du Morne des Esses lui charriait un panier caraïbe tressé en rouge et noir selon un geste immémorial, et hurlait ses trente ans de patience sur le travail des fibres. D'autres ne lui exposaient que de grands yeux brillants d'un éclat de fierté. De Gaulle venait pour moi, de Gaulle venait pour eux, chacun louait ce moment de le voir comme l'honneur d'une vie.

Tout cela n'était rien à côté de ma belle lettre (revue par Ti-Cirique) et de mon bon-manger. J'étais confiante, prête à m'envoler pour lui saisir les bras. Mais le monde soudain se renversa. Une tremblade monta de l'En-ville. La foule balança d'avant-arrière comme un cœur de jeune fille, puis elle tourbillonna, puis elle se chiffonna. Je dérapai dans l'herbe de la Savane et un et-caetera de pieds me pilonnèrent chaque os. Quand je compris que de Gaulle approchait, que j'étais boueuse, et ma robe déchirée, j'hurlai de désespoir avec des sauts de cabri, injurier, cogner, battre, sauter, retomber sur des têtes. Il m'était impossible de passer par-dessus, alors je me mis à courir à quatre pattes par en-dessous, comme une chienne qui zinzole entre une touffaille de jambes. Je courais tout-partout, vers les cris les plus hauts, l'émoi le plus sonore. Je débouchai à chaque fois sur d'autres jambes, d'autres chiques, d'autres bobos, d'autres rages. Une fois, croyant déboucher, je tombai dans la mer. Je reculai à toute vitesse pour reprendre dans l'autre sens avec autant d'allant.

Les haut-parleurs suspendus aux tamariniers se mirent à siffler. La voix de De Gaulle s'écria « *Mon Dieu, Mon Dieu...* ». Je crus qu'un vieux-nègre assassin lui avait allongé un coup de sa jambette. Je bondis une fois encore sur les têtes vaselinées. Je fis voltiger des chapeaux. J'écrasai des drapeaux. J'enfonçai des coiffures défrisées. On me repoussa. L'on s'écarta soudain. Je me retrouvai tête en bas dans l'herbe poussiéreuse, et c'est Arcadius qui me donna la main. Arcadius, le nouvel homme de mon nouveau malheur.

Il me releva d'un geste qui me livra tout entière à lui. Me prenant dans ses bras, il me posa sur son épaule. Lui, englouti, ne voyait pas plus loin que les nuques transpirantes. Moi, courbée comme filao au-dessus de l'émoi, je pouvais apercevoir de Gaulle. On dit qu'il hurla que nous étions foncés, mais je n'ai pas entendu cela. Je n'ai d'ailleurs rien entendu, je le voyais dans son linge militaire, ses bras levés, sa pâleur étonnante, sa casquette fabuleuse, je le voyais plus haut qu'un fromager, plus admirable aussi... sa voix brisait les haut-parleurs... cette voix entendue en radio dans les plus graves instants... pour nous depuis si longtemps voix unique de la France... Je le regardai tant que je pus, jusqu'à ce qu'Arcadius s'écroulât de fatigue. Couchés dans la poussière, Arcadius et moi chantâmes *La Marseillaise* rejoignant l'immense voix qui tombait des enceintes.

Nous passâmes la journée à poursuivre de Gaulle à travers l'En-ville. Nous opérions de grands détours pour croiser son passage. Une fois, nous crûmes apercevoir sa DS noire tourner au coin d'une rue. Arcadius me fit emprunter à toutes jambes un étrange raccourci pour soi-disant le joindre au point géométrique. Mais à chaque fois, il était ailleurs... à l'hôtel de ville... à la préfecture... chez les békés à Didier... à la cathédrale... par ici ou par là... Nous courûmes tout-partout, Arcadius ignorait la fatigue, il marchait vite comme dans une course-courue, joyeux de cet élan sans fin sur les traces du Général devenu invisible.

Nous retraversâmes la Savane qui petit à petit s'était vidée. Et-puis, nous remontâmes la Corniche jusqu'au lycée Schœlcher, pour redescendre vers le centre de l'En-ville en traversant Morne Abélard, Rive-Droite et le boulevard Allègre. Nous tournâmes à la Croix-Mission, au bord du cimetière des riches, où une Marianne-lapo-figue dansait pour une monnaie. Et-puis nous sautâmes le mur du cimetière pour circuler entre les tombes réveillées par de Gaulle ; les anciens combattants exhalaient des caveaux de vaporeuses croix de Lorraine ; de vieux békés gémissaient à l'en-bas de leur dalle oubliée des familles ; et partout, à la suite d'une bougie qu'Arcadius avait touchée, mille crasses de bougies se rallumèrent, offrant au cimetière un entrain lumineux. Et-puis nous dévalâmes les rues des Terres-Sainville maintenant asphaltées, mais dont les canaux demeuraient ouverts sur l'ancien monde de boue ; nous y rencontrâmes l'ancien maire fusillé, le bel Antoine Siger, qui n'avait pas changé, sauf peut-être en pâleur à cause du sang perdu, espérant lui aussi voir débouler de Gaulle ; nous vîmes les ouvriers de la grève de 34 avec leur linge d'En-ville et menaçant encore le béké Aubéry ; nous vîmes l'église Saint-Antoine aspirer les lumières de Trénelle et les répandre en miettes d'espoir sur ceux qui s'inquiétaient de savoir si de Gaulle avait dit *Mon Dieu, mon Dieu comme vous êtes français*, ou crié *Mon Dieu mon Dieu comme vous êtes foncés.* Et-puis nous longeâmes l'avenue Jean-Jaurès jusqu'au nouveau boulevard du Général-de-Gaulle, nouvelle allée d'une fête ; les nègres-campagnes n'avaient pu regagner les communes et demeuraient vautrés au bas des réverbères à lancer les graines-dés. Et-puis nous galopâmes dans chaque rue du centre dont les vieilles façades sombraient sous le béton. Et-puis nous vîmes sous les balcons fleuris l'ombre raide du général Mangin venu saluer notre patriotisme après la guerre 14, et celle de Victor-Hugues, et celle de Béhanzin, et d'autres grands visiteurs dont je ne savais hak...

J'étais perdue dans l'ivresse d'Arcadius. Il allait comme une turbine d'usine et puisait dans la marche l'énergie de marcher. Il parlait sans jamais respirer. Son avalasse de paroles capturait le monde sans points et sans virgules. Alors, je fis comme lui, ramenant du fond de moi l'arrière de la parole et le soufflant en bouche comme cerfs-volants marottes. La parole venait du plus lointain, passait mon Esternome, rejoignait les noirceurs de l'homme du cachot, courait sur des rivages marins, et basculait dans un ventre de bateau où mourir était naître. Je ramenai ce vertige le long de la rue Ernest-Renan, de la rue Perrinon ou de la rue Schœlcher, sous la statue hiératique de Desnambuc et sous celle de notre Impératrice. Et-puis la parole tourbillonna jusqu'au secret de nous-mêmes... ô inconnue... vertige de mondes... une clameur de langues, de peuples, de manières qui se touchaient en elles, se mêlaient, posaient intacte chaque brillance singulière au scintillement des autres. Ma voix doublait celle d'Arcadius, qui hurlait-à-moué, pleurait, crachait des jours anciens, des questions opaques, des regards de femmes seules et le chaos des îles dans la mer offusquée... Arcadius qui saignait par les yeux et qui marchait, marchait, marchait voué à la vibration qu'il ne comprenait pas et qui l'assassinait lentement.

Nous sillonnâmes Sainte-Thérèse ou des nègres jouaient Bel-air sur l'ombre de De Gaulle collée au macadam ; et-puis nous fîmes les quartiers de l'Entraide, de Coridon, de Lunette-Bouillé, de Citron. Nous redescendîmes vers Trénelle, L'Ermitage. Nous traversâmes Didier vers le profond tunnel où nous entendîmes des galops de chevaux, et-puis nous prîmes les vents de Balata parfumés de bambous, et nous redescendîmes vers Cluny, Petit-Paradis, Plateau-Fofo, la Bâtelière, Bellevue, Clairière. Et-puis nous tournâmes autour du Séminaire-Collège où deux Caraïbes guettaient le père Pinchon, avant de tomber sous la fontaine Gueydon que mon Esternome criait Fontaine-la-Liberté. Je tombai en état, vidée comme une calebasse, muscles raides, le cœur battant gros-ka, un grand noir dans la tête, une froidure dans le ventre. Arcadius ne s'arrêta même pas, il continua à paroler jusqu'à disparaître au bout de la rue Antoine-Siger, emporté depuis des temps-sans-temps par tout ce qu'il éprouvait et ne savait pas dire. J'avais rencontré un fantastique driveur.

Je partis avec le sentiment de ne jamais le revoir. J'étais surtout accablée par l'échec de mon plan. Je déchirai la lettre destinée à de Gaulle et la jetai dans le canal[1]. Je remontai Rive-Droite (somnambule à jambe de bois comptant les graines d'un bol de sel) à travers l'ambiance de fête provoquée par de Gaulle. Il était là, parmi nous, sentait le même vent que moi, les mêmes odeurs que nous, il entendait peut-être en ce moment les bruits de notre joie et cela me donnait du cœur et me précipitait dans le noir en même temps.

Z'OIE-CAPITOLE. Je trouvai la grille de Texaco entrebâillée comme à l'accoutumée. Mano Castrador avait depuis longtemps pris notre parti. Le béké lui avait fait signer une sorte d'engagement disant qu'il serait mis à la porte si la grille était trouvée ouverte ou si des gens la traversaient avec des matériaux. Cela n'avait pas effrayé Mano Castrador. Dès le départ du béké, des garçons, des chauffeurs, il fermait la grille avec grand cinéma, secouait la chaîne avec cérémonie et claquait le cadenas comme un colt 45. Seulement, il laissait à la chaîne une longueur invisible qui permettait d'écarter les battants et de nous faufiler avec le matériel serré durant le jour dans les racines de ces acacias qu'adorent les diablesses.

Avec Mano Castrador de notre côté, les cases proliférèrent. Les carrés de toile s'étaient couverts de planches. Les planches s'étaient prolongées de tôles diverses plus ou

1. *Supplique infâme du Marqueur de paroles :* J'aurais aimé lire un jour cette lettre, si l'envie vous prenait de la recomposer. Je n'ose vous demander de le faire...

moins rouillées, puis de tôles aveuglantes qui habillaient le toit. Des plaques de fibrociment étaient vite apparues sur des façades entières. Ma pente avait été couverte en quelques semaines tandis que le béké entamait des démarches. Mais les polices bleutées étaient venues tellement souvent, nous avaient tant menacé, qu'elles ne venaient même plus. La mangrove s'était peuplée, mais aussi et surtout les hauts de la falaise qui surplombaient les réservoirs. Et c'est à cause de cela que le béké se fit entendre.

Ces cases, expliqua-t-il au préfet en personne (qui l'expliqua aux céhêresses), utilisaient des lampes à pétrole, des cocomacaques de charbon et un tas d'autres saletés accoucheuses d'incendies. Cela risquait à tout moment de dévaler la pente et de provoquer une catastrophe du style d'Hiroshima. L'argument eut tant de poids que, durant des mois et des mois, nous vîmes débarquer les céhêresses, les polices à deux-bleus, les manœuvres-bagnards et les démolisseurs.

Sur ma pente, autour de ma case, se tenaient Carolina Danta, Marie-Clémence la porteuse de milans, Néolise Daidaine et quelques autres, soudées par le malheur. Nos cases furent détruites bien souvent ensemble. Ensemble bien souvent, nous nous retrouvâmes sous la bourrade des céhêresses. Nous avions tenu conseil pour instituer des gardes, mais ils nous surprenaient vers six heures du matin, puis à n'importe quel moment du jour et de la nuit, fracassant tout — canons sans cœur. Ils n'emportaient pas nos matériaux. Le tout restait par terre, brisé. Dès la nuit suivante, nous rebâtissions avec les débris, riches (disait Ti-Cirique) des constances de Sisyphe et de l'invincibilité du Phœnix luimême. Nos cases (reconstruites trente-douze fois) semblaient de délirantes mosaïques : des bouts de toutes qualités s'ajoutaient à des éclats de toutes espèces. Nous avions fait resurgir la tôle d'anciens tonneaux qui résistaient indéfiniment aux dégâts des massues. Parfois, les polices disparaissaient des jours entiers. Cela suffisait pour que nos cases se remettent d'aplomb, provoquant alors un émoi du béké qui partait rallumer la flamme policière

Chaque destruction nous effondrait l'âme nonobstant les références mythologiques de Ti-Cirique. Je me sentais m'effriter en dedans. De mois en mois, je perdis la chair qui habillait mes os. Et moi ce n'était rien, mais celles qui traînaient des tralées de marmailles (qui se retrouvaient bousculées vers la mer, et devaient espérer le départ des gendarmes pour couvrir leurs négrilles sous quelques débris, et reconstruire, reconstruire), perdaient plus que leur chair. Marie-Clémence prit une couleur de bouton-varicelle. Sonore, paupières fixes, disait entendre des sirènes de pompiers. Ti-Cirique récitait tête baissée les épouvantes mentales d'Isidore Ducasse comte de Lautréamont. Je voyais dans leurs yeux des folies sans remèdes. Nous résistions au prix d'effondrements intimes traduits en rides, en taches sur les pupilles. La fatigue nous mollissait les os. Nos fronts connurent les plis de l'amertume. Les gens de notre Texaco se raccrochaient à moi, m'attribuant une vision de tout cela sur laquelle nul ne posa de questions, mais qui semblait les conforter — (sans faire autant pour moi).

Les hommes semblaient légers sur terre. Quand ils n'étaient pas de passage, ils vivaient légèrement dans la case, se dérobaient aux chocs de la police, et regardaient briser les cloisons sans même un saut du cœur. Certains disparurent lorsque les vagues policières furent si constantes qu'un rouge-sang nous abîmait les yeux. Ceux qui restaient semblaient soumis à la fatalité. Ils ne se sentaient aucune légitimité qui puisse justifier leur présence, et pratiquaient une souplesse d'écart inaccessible aux malheurs quotidiens.

C'est ce que je révélai un jour à Marie-Clémence, à Sonore, à Néolise Daidaine et à toutes les autres ; avec leurs queues de marmailles, elles n'étaient pas aussi mobiles sur la terre du

Bondieu. La bataille, nous devions la mener seules, car les hommes, oublieux du Noutéka des mornes, n'organiseraient rien, ne planteraient rien ; avec cette terre, ils conservaient de toute éternité un contact provisoire. Alors nous commençâmes à nous organiser.

> Rayer Texaco comme on me le demandait, reviendrait à amputer la ville d'une part de son futur et, surtout, de cette richesse irremplaçable que demeure la mémoire. La ville créole qui possède si peu de monuments, devient monument par le soin porté à ses lieux de mémoire. Le monument, là comme dans toute l'Amérique, ne s'érige pas monumental : il irradie.
>
> Note de l'urbaniste au Marqueur de paroles.
> Chemise n° 30. Feuillet XXXIII.
> 1987. Bibliothèque Schœlcher.

Nous instituâmes des tours de garde. Chaque nuit, nous accrochions des boîtes de beurre salé au portail. Lorsque les polices débarquaient, Mano Castrador prenait le temps de recouvrir ses rêves d'une écaille de sommeil, puis descendait malement, à cause des rhumatismes qui lui mordaient la jambe à ce moment précis. Et-puis il ouvrait les battants sous les saccades d'une épilepsie familière vainement traitée depuis la guerre 14. Cela produisait un carillon spécial qui, sans être puissant, alertait notre garde. De plus, Ti-Cirique, se référant à celles du Capitole, nous avait conseillé l'achat d'une z'oie. Nous l'attachions chaque soir sous le pied d'acacias qui ombrageait l'entrée. Notre z'oie-capitole cacardait comme un démon au moindre souffle des diablesses ou au soupir vicieux des voitures de police.

N'ayant pas de marmailles, j'étais souvent de garde. Même si je ne l'étais pas, je gardais l'œil ouvert quand la nuit s'annonçait sous un pressentiment. L'alerte nous permettait d'envelopper flap-flap nos affaires fragiles, de rouler nos vêtements de dimanche, de fourrer dans la sûreté de nos culottes les papiers de la DDASS. Parfois (si Mano Castrador avait coincé la charge en égarant sa clé dans le sac de ses rêves), nous décrochions les plus belles plaques de fibrociment pour les serrer dans un coin de falaise. L'alerte nous donnait le temps aussi de mieux répartir la marmaille dans les cases. Ma case sans enfants était toujours pulvérisée; celles qui en abritaient, émouvaient les manœuvres, et les céhêresses devaient les menacer pour qu'ils lèvent leur massue. Après ça, les malades, les vieux-corps s'éloignaient, et nous fermions les portes avec des clous de cercueil rien que pour retarder leur visite obligée avant la destruction — gagner du temps, leur prendre du temps.

Nous avions essayé de disposer des barrages sur la pente : bouteilles cassées, bambous en pointes, touffe de piquants. Ti-Cirique nous détaillait la guérilla du Che dans les pampas de l'Amérique ou l'ingéniosité des petits chinois qui creusaient des galeries (difficiles à envisager, concédait-il, dans la roche de notre falaise ou la boue de notre mangrove). Il nous proposa les serpents-trigonos qui boutèrent du pays les premiers colonialistes (mais nul n'eut le cœur d'aller en capturer dans les bois de la Doum). Il nous parla des pièges à tigre de l'Inde, de canaux inflammables, des miroirs aveuglants, des pétards de Marco Polo, de l'huile de poix balancée du haut des châteaux forts... Mais ces histoires ne faisaient qu'exciter nos esprits et nous n'en faisions rien. Les céhêresses passaient nos peu historiques obstacles sans même les remarquer.

Nous nous retrouvions, soleil ouvert, laminés sur la pente, avachis dans l'eau de la mangrove, écroulés dans les cayes où la mer venait battre. Les hommes qui avaient résisté étaient traînés au poste, les autres lavaient leur sang dans l'écume des vagues. Les enfants pleuraient, les vieux-corps maudissaient, les femmes injuriaient la terre entière. Néolise Daidaine invoquait un retour précipité de Jésus-Christ et menaçait le monde d'une vieille apocalypse. Elle était d'ailleurs la seule à inquiéter un peu les céhêresses en agitant au-dessus de leur tête sa bible ouverte et son chapelet. Elle était née à Trinité au temps où les bateaux y accostaient en masse. Elle avait passé sa jeunesse sous la férule des cannes, perdu le bon usage de ses mains dans les pesticides qui lui flétrirent les doigts. Malgré son départ des champs, elle tomba victime de deux gros-pieds qu'un isalope non identifié, lui avait envoyés. C'était un temps où les gros-pieds se donnaient pour un rien et ne pouvaient se renvoyer. Donc, elle vécut comme ça, moitié impiok, vivant des charités de la mairie, jusqu'au jour où elle eut l'idée de s'asseoir à l'église et de prier. C'est là que tout changea.

Ses mains chiffonnées et ses gros-pieds enrobés de prières devinrent autant de bénédictions. Ses douleurs furent des grâces. Ses solitudes, des portes ouvertes sur des vertus célestes. Sa misère sans fin devint le plan comptable de ses mérites pour le royaume des cieux. Cela se confirma quand la Madone vint nous voir au pays. Sa statue, apprêtée par les békés, débarqua du ciel en latécoère et se déplaça de commune en commune sur une yole que nègres, mulâtres, békés, koulis, syriens remplissaient de monnaies, de bijoux, de petits papiers, de ferveur et d'amour. On se grageait les genoux sur la route devant elle. On chantait à-moué en secouant des rameaux. On lui livrait son âme en pleurant de l'eau de mer. Après son passage, on cueillait dans de petites bouteilles le vent qu'elle avait déplacé, et on embrassait la poussière soulevée avant d'en prendre chaque grain en guise de protègement. Tout au long de sa route, la statue céleste répandait ses bienfaits. Des gens aveugles aperçurent une comète. Des mapians suintant jaune coulèrent d'une autre couleur. Des personnes à mal-tête virent leur cheveux pousser. Des lépreux purent rentrer chez eux sans que nul ne s'en mêle. Des boutons séchèrent, des grattelles s'éteignirent, des chiques tombèrent par grappes de tous les pieds malpropres. On vit des nègres à cheveux raides parvenir à se coiffer au peigne, et des peaux damnées quitter le bleu-canal et s'éclaircir enfin. On vit des mulâtres sortir leur mère négresse du fin fond des greniers pour que la Madone les emporte avec elle. On vit d'antiques koulis et des chinois hagards, rendus fous par l'exil, se coller à la yole avec leurs valises en s'apprêtant à disparaître vers leur pays natal, et disparaître vraiment dans l'arroi de la foule. On vit des békés recevoir la décharge d'un sang d'une pureté absolue et s'en aller heureux malgré leurs lèvres écroulées sous une bave d'ababa. On vit des chabins muets se mettre à déparler. On vit des personnes à milans écouter le silence. On vit des musiciens déçus par sainte Cécile lui offrir leurs violons. On vit, on vit, on vit, on vit toutes qualités, et qui ne voyait pas en entendait parler.

Néolise Daidaine, une bougie à la main, attendit son miracle. Elle suivit la Madone tout au long des communes, allait sans boire et sans manger, dormait sur les marches de l'église où la divine statue s'arrêtait pour la nuit, l'accueillait au réveil avec un long chapelet. Elle ne permettait à l'envoyée du ciel ni un pas par-devant, ni un pas par-derrière. Les békés qui pilotaient la yole de la Madone devenue un trésor, commencèrent à se demander si Néolise n'était pas une vicieuse soupçonnant leur combine. Dans le doute, espérant l'écœurer, ils amplifièrent le rythme de la yole sur les descentes à pic et les mornes les plus raides. Mais Néolise Daidaine tint bon jusqu'à traîner comme un ver écorché. Saigner, pisser, baver, cacareller la terre entière mais avancer encore. De la voir passer dans un état comme ça, faisait pleurer les gens et aboyer les chiens.

La Madone eut pitié d'elle, car elle disparut soudain afin d'éviter à la malheureuse de mourir sur la route. Néolise se retrouva abandonnée au bord de Fort-de-France, au plein d'un quatre-chemins. Elle abandonna malement l'éventualité que ce fût là son lieu d'ascension divine, et se résigna au choix d'un des quatre chemins. Elle échoua parmi nous, à Texaco, menant encore l'enquête sur la Madone évaporée à l'aide de quimboiseurs, de femme-dormeuses et de négrillons moins hauts que leur science des mystères. Ils finirent par la retrouver, après moult aventure au pays des merveilles, dans une chapelle du Quartier La Jossaud, derrière Rivière-Pilote, poussiéreuse, éteinte dans son plâtre dénué de toute magie depuis que les békés-piloteurs avaient vidé la yole avant de s'envoler. Mais cela n'altéra pièce la ferveur de Néolise Daidaine. Elle se retrouva femme de ménage à la cathédrale où, proche des cieux, elle capitalisait les horreurs de ses mains, de ses gros-pieds et sa misère à Texaco. Sans ses bénédictions, je crois que nous aurions été bien plus déchirés que nous ne le fûmes pendant longtemps.

Moi, malgré les prières qu'il m'arrivait de chapeleter avec elle, je me sentais une envie de pleurer, et je la combattais de plus en plus malement. Je voulais me montrer forte, et, toujours, dès le départ des céhêresses, que notre z'oie-capitole retrouvait un silence, je ne demeurais jamais en pitié sur mon sort comme l'envie m'en prenait. Me méfiant de mes yeux, je remontais sans attendre vers les débris de ma case, récupérais mes biens où je les avais cachés. Sous le regard éteint des autres, je relevais mes poteaux, redressais des cloisons, étendais mes cirés, plus zombitique encore que mon cher Esternome dans les ruines de Saint-Pierre. Et mes larmes se noyaient dans ma sueur. Les autres me regardaient longtemps, puis, une à une, les femmes rejoignaient leurs débris. Nous travaillions ensemble, dans Texaco-du-haut, dans Texaco-du-bas, jusqu'au jour grand ouvert. Et quand le béké des pétroles arrivait, il perdait son bon ange. Nos cases avaient refleuri des décombres avec plus d'obstinée que la rêche herbe folle.

J'étais un peu devenue le centre de cette résistance au béké qui ne désarmait pas. Lui-même m'avait repérée. Il venait chaque jour me porter ses commissions de haine. Les femmes me soumettaient leurs bouquets de malheurs que j'étais incapable de défaire, et qui me terrifiaient. Il me suffisait d'avoir l'air de savoir, de ne pas écarquiller les yeux devant les macaqueries de leur destin. Et le peu que je leur disais suffisait à les porter (pour un moment encore) dans le courage de vivre. Cette attitude me donna un visage grave et des yeux immobiles que les hommes fuyaient.

De l'urbaniste, la Dame fit un poète. Ou plutôt : dans l'urbaniste, elle *nomma* le poète. A jamais.

Note de l'urbaniste au Marqueur de paroles.
Chemise n° 19. Feuillet X.
1988. Bibliothèque Schœlcher.

LE MULÂTRE-AVOCATISTE. Les nouveaux arrivés venaient me voir. C'est moi qui leur indiquais leur emplacement. Je fis réduire les implantations au-dessus des réservoirs afin que le béké n'ait plus d'argument-choc. Je développai l'occupation de la pente en direction de la carrière Blanchard (cette orientation se poursuivit jusqu'à la Bâtelière). Et-puis, je fis occuper la mangrove jusqu'au bord de la Doum de laquelle personne ne voulait approcher : les diablesses en émergeaient la nuit pour laver des châles de dentelles froides à la rivière et chanter des chansons tristes que Ti-Cirique identifia comme étant des ballades hollandaises.

C'est moi qui contactai les pêcheurs de Rive-Droite (Casimir Coulirou, Cal-sûr, Yeux-éclairés), afin qu'ils nous charrient en yoles les plus lourds matériaux et nous les posent sur la grève en face de la mangrove. Quand il y eut suffisamment de pêcheurs installés à Texaco-du-bas, ce furent eux qui transportèrent nos matériaux par mer. C'est moi qui établis les caches au bas de la Corniche où l'on pouvait toute la journée déposer le petit matériel et les instiller le soir à travers le portail.

C'est moi qui convainquis Mano Castrador (mais ce fut tâche aisée) de nous donner l'accès au robinet-béké. Une des canalisations amenait de l'eau aux pétroliers afin de rétablir l'équilibre de leurs cuves vides. Mano nous laissait prendre de cette l'eau entre cinq heures et six heures du matin. Le soleil surgissait sur des files de négresses, de marmailles mobilisées, de jeunes filles ennuyées, de vieux-corps assoiffés, portant des récipients. Toutes convergeaient en direction du robinet sous les exhortations anxieuses de Mano Castrador *car le béké va arriver.* L'heure de l'eau nous rassemblait aussi : nous dûmes apprendre à ne pas se gourmer, à limiter nos prises, à respecter celui qui remplissait ses bombes. Nous récupérions de l'eau de pluie dans des bassines et des tonneaux posés dessous nos tôles ; elle nous servait à la vaisselle. L'eau bonne à boire se répartissait en carafes, jarres, bouteilles, dames-jeannes qu'il fallait chaque jour nettoyer et remplir sitôt béké parti. C'étaient de purs trésors que nous dissimulions avant tout autre quand résonnait l'alerte — (c'est un bonheur qu'une carafe ramenée fraîche dans le jour qui se lève).

Mon adversaire changea bientôt de tactique. Il fit sonner la Loi. Je vis débarquer des huissiers avec des papiers timbrés. Des sortes de nègres défrisés comme pour des enterrements, plus royalistes que le roi, et qui nous appuyaient de juridiques menaces et des convocations devant le tribunal. J'invitai tout le monde à déchirer tout ça devant les huissiers mêmes. Nous accompagnions leurs fuites des papillons volants que devenaient leurs actes. Ils revinrent pourtant quelques époques après, avec deux-trois papiers intitulés « jugements ». Le béké des pétroles ne m'avait pas ratée. J'avais été condamnée à une amende d'un montant même pas imaginable, plus à une astreinte de mille francs par jour tant que je n'aurais pas déguerpi de la pente. Le temps, mon vieil ami, passa et je le laissai passer. Les huissiers revinrent, entre deux descentes de céhêresses. Cette fois, je me retrouvai condamnée à la prison... ô mon cœur... Moi, Marie-Sophie Laborieux, qui n'avais tué personne, ni volé les affaires de personne, ni fait couler le sang de personne sur cette terre du Bondieu, on m'envoyait en geôle comme une cochonnerie.

Je saisis l'huissier au collet afin de lui offrir une raison bonne de m'envoyer en geôle. La manière dont je purgeai son cou lui balaya la tête d'une froidure-cimetière ; alors, il me tremblota que ce n'était qu'une prison avec sursis, donc qu'un fantôme de prison. Mais je n'entrai pas dans ses viceries. Je lui fis dégringoler la pente à quatre pattes et entrai m'enfermer dans ma case pour pleurer-gras (sans que le monde n'en sache rien) sur mon honneur perdu. J'ai pris ce fer, oui...

Une autre fois, le comystère apparut avec ses hommes en bleu. Ils entrèrent dans ma case, et fourrèrent dans des sacs en plastique ma petite radio, deux-trois babioles, quelques draps, et s'en allèrent en m'expliquant que c'était une saisie mandée par le Trésor. J'avoue que je commençai à perdre pied. Chacun me regardait pour savoir quoi faire : les huissiers signifiaient des condamnations, des saisies s'opéraient et Ti-Cirique nous expliquait (dix-sept codes à l'appui) ce que le droit français entendait par *contrainte par corps, perte des droits civiques, les-dommages-intérêts...* Nous savions ressusciter nos cases, nous accrocher aux céhêresses, filtrer nos matériaux à la barbe du béké, mais que faire contre le tribunal et contre la robe des juges, et contre la justice ? Là encore, ce furent les communistes qui nous sauvèrent du désespoir.

Le conseiller communiste du Quartier Rive-Droite suivait de près les massacres de nos cases. Il était à chaque fois sur place, plus ou moins tôt, plus ou moins tard, mais ne pouvait rien faire. Il dénonçait dans *Justice* ces actes de violences coloniales qui ne se seraient jamais produits en France. Ti-Cirique nous lisait les articles et je rangeais les *Justice* qui parlaient de nous dans une boîte-pommes-de-terre, pour en garder mémoire (il ne s'est pas passé une semaine sans que je n'achète et ne lise ce journal, et jusqu'à ma mort je le lirai toujours). Mais quand notre conseiller-journaliste sut qu'il y avait le tribunal là-dedans, et que nous risquions de nous retrouver un jour les quatre fers en geôle, il nous envoya-venir un autre mulâtre communiste (ou Progressiste), en tout cas avocat vénérateur d'un *iste*. Un dénommé Darsières.

Le bougre surgit un jour dans Texaco-du-bas, accompagné d'une femme blanche. Il regarda par-en-haut, regarda par-en-bas, me fit appeler, et me conseilla de lui envoyer à son cabinet ceux qui avaient reçu des papiers-tribunal. Marie-Clémence, Sonore, Néolise Daidaine et moi-même, nous dûmes passer dans chaque case pour expliquer, rassurer, rassembler les papiers, décider les hommes seuls à se réveiller *Sinon c'est un gardien la-geôle qui va te réveiller chaque matin*. Avec l'aide de Ti-Cirique, nous constituâmes pour chacun un petit dossier de papiers-tribunal en entier ou en miettes, et nous descendîmes chez le mulâtre-avocatiste. Il prit tous les dossiers en mains sans jamais nous demander cinq-sous et se mit au travail. Le nom de Texaco se mit à résonner dans le palais de justice comme les canons de l'Emile Bertin. Le bougre (comme un diable ziguidi dans les claquements de sa robe noire) sortait des rages numérotées par des articles de codes, des tremblements légaux qu'il extrayait d'anciens jugements. Il frappait les juges avec des lois, des décrets et des dispositions et des jurisprudences maniés comme du bois-vert. Je n'aurais pas imaginé qu'une telle violence fût possible dans un endroit pareil. Quand nous descendions à telle ou telle audience, tremblants dans les échos de temple du tribunal, nous le sentions prêt à s'envoler sur les juges blancs et à les étriper comme nous l'aurions fait. C'est lui qui promena le béké des pétroles, les huissiers, le préfet dans un aveuglage de procédures, de renvois, de suspensions, de vérifications de point de droit, de délibérations, d'appels, de compléments d'enquête, de pourvois qui renvoyaient toutes les affaires aux calendes grecques, puis au temps Marquis d'Antin, puis à la case départ où il recommençait avec rage le même cirque légal. Les juges le voyaient arriver avec inquiétude et disparaissaient dans leur fauteuil quand (ayant épuisé les arcanes juridiques) notre avocatiste invoquait le code suprême des Droits de l'Homme, et les accablait de ses fureurs contre le colonialisme, l'esclavage, l'exploitation de l'homme par l'homme, dénonçait les génocides amérindiens, les complicités bienveillantes dont bénéficiait le Ku Klux Klan, la tuerie de Madagascar, les milliers de morts du chemin de fer du Congo-Océan, les saloperies indochinoises, les tortures algériennes, les tirs de leurs gendarmes dans les grèves agricoles, les frappant à coups de Marx, les effrayant avec Freud, citant Césaire, Damas, Rimbaud, Baudelaire et d'autres poètes que seuls Ti-Cirique pouvait identifier. Il prit notre combat pied à pied sur ce terrain que nous ne connaissions pas. C'était comme s'il couvrait notre flanc découvert. Mais la bataille pour nous continuait car, sans débander d'une fibre, les céhêresses démolissaient encore nos tentatives d'exister à l'ombre des réservoirs.

LES MARINS VISIONNAIRES. Les choses allaient changer avec l'arrivée de Julot-la-Gale. A cette époque, nul ne savait que c'était un Major. Il ne l'était pas officiellement. Il venait d'on ne sait où, avec comme unique crainte le retour de sa mère piégée dans un cercueil. Il débarqua parmi nous un dimanche de bonne heure. Chose insolite, il ne vint pas me voir comme c'en était l'usage. Il choisit de s'implanter dans Texaco-du-bas, en plein dans la mangrove, dans un carré de tôles à peine surélevé. Et il vécut là-comme-ça, immuable, descendant dans l'En-ville au rythme d'une poésie intime, traînant à gauche, louchant à droite, sans vraiment avoir l'air de transpirer pour un béké. Quand je le croisai la première fois, je trouvai dans ses yeux cette lueur aux abois, surprise tant d'années auparavant dans le regard de Bec-d'argent. Je compris sans comprendre que ce Julot n'était pas un nègre insignifiant. La suite devait me confirmer l'affaire.

Les pétroliers disposaient d'un équipage de marins plus ou moins turbulents. Ces bandits profitaient de l'immobilisation du bateau pour baille-descendre dans l'En-ville, voir les femmes-manawa au bord Bois-de-Boulogne. Ils dépensaient des lots d'argent, parlaient sept langues, transportaient neuf misères, buvaient en mexicains dans des film-cinéma, et rentraient à Texaco réduits en cendres par une braise d'alcools. A ce moment-là, ils se confiaient au monde, décrivaient les choses rencontrées de par la Caraïbe. Ils parlaient de ces galions chargés d'or jusqu'à la gueule, vitreux comme des méduses, qui traversaient leur pétrolier en soulevant des effluves d'algues amères, des chants de soudards, des rires de dames entraperçues aux hublots du beaupré d'où s'échappaient des musiques dont la gaieté faisait pleurer. Ils parlaient de ces requins surgis dans leur sillage, à la fois blancs et roses comme du corail brisé ; ils claquaient de la gueule comme durant des siècles autour des bateaux négriers qui leur avaient lâché des cargaisons entières, à tel point qu'envenimés d'une rumeur d'âmes, ces squales épelaient l'angoisse dans treize langues africaines. Des cauchemars (disaient les marins soûls) hantaient cette mer caraïbe songeuse comme cimetière ; les abysses se branchaient aux cuves de pétroles pour habiter l'acier d'un hosanna de millions de personnes coulées dans les nuits sous-marines en un horrible tapis se souvenant de l'Afrique, hérissé de boulets et de chaînes, et qui reliait les îles d'une alliance de cadavres. Ils parlaient de Christophe Colomb à la proue de sa *Santa Maria* devenue opaline, avec des reflets d'âges comme un très vieil ivoire ; elle avait cristallisé la poussière des peuples Aztèques, des peuples Incas, des

Arawaks, des Caraïbes, la cendre des langues, des peaux, des sangs, des cultures effondrées, une poussière de ce vaste attentat parmi les plantations du monde crié Nouveau ; depuis l'éternité, bien avant qu'il n'arrive, des fantômes jugeaient le Découvreur pétrifié à sa proue en face d'une Inde opaque, ils le jugeaient en vain car le Funeste leur échappait toujours, comme amnistié par l'irrémédiable histoire qu'il était forcé de balbutier sans fin... Et tout cela rendait les marins des pétroliers encore plus écœurés, plus mabouls, plus convulsifs encore, et contaminait nos petits cauchemars à Texaco ces horreurs qu'ils évoquaient en traversant nos cases, nous sentions bien, hélas mon cher, qu'elles nous peuplaient aussi.

> Mais la ville est un danger, *notre* danger. L'automobile conquiert l'espace, le centre se dépeuple et les échoués y sédimentent ; elle amplifie la dépendance alimentaire, la fascination pour l'extérieur et l'énergie non productive ; ouverte sur le monde elle ignore le pays, et dans le pays, l'homme ; elle saisonne en solitudes et pauvretés nouvelles inconnues des médecins ; elle saccade des pollutions et l'insécurité ; elle se répand partout, menace les cultures et les différences comme un virus mondial. La ville est un danger.
>
> Note de l'urbaniste au Marqueur de paroles.
> Chemise n° 14. Feuillet XIV.
> 1988. Bibliothèque Schœlcher.

Pour regagner leur bateau, ils escaladaient le grillage du béké et traversaient Texaco-du-bas en débitant dans toutes les langues leurs impossibles visions. De mois en mois, il prirent l'habitude de s'y arrêter, de frapper aux portes, d'ennuyer les madames-sans-hommes et les jeunes filles curieuses sur le pas de leur case. Je dis « ennuyer », mais pas toujours car il y eut de belles affaires-cœur-blessé-par-toncœur dont attestèrent les angelots jaune-banane surgis parmi les négrillons de Texaco (tout comme au Morne Pichevin, Volga-Plage ou Sainte-Thérèse). Des femmes amourachées s'envolèrent sur les pétroliers, un peu comme l'Osélia de mon cher Esternome. Il y eut aussi des comptes de fiançailles échoués au bord d'un simple anneau (le fiancé pris par l'appel du large sitôt coucoune pillée), mais qui furent des heures attendrissantes, dignes d'un bon Cinzano. Mais le plus souvent c'étaient des cris, des coups, des désagréments qui emplissaient nos nuits de stupeurs glaciales. Chaque pétrolier du mois complétait de ses affres la charge des céhêresses. Les hommes de Texaco protégeaient leur propre case, mais les cases sans hommes étaient livrées aux frénésies de marins soûls. Ils voulaient à toutes forces caresser l'habitante, lui faire chanter *Adieu foulards Adios madras*, voir ses yeux s'allumer sur leurs liasses de dollars, et attoucher ses petites chairs prises dans l'huile d'une envie. Qui était seule en case avec sa marmaille devait les échauder, exhiber ses ciseaux, sa bouteille d'acide, faire des crises de chabine. Moi-même (située en hauteur, j'échappais aux assauts, l'alcool ne leur permettant pas d'équilibre au-dessus du niveau de la mer) je dus descendre avec de gros boutous-campêches, briser l'écale d'un dos. Une fois même, un marin m'expédia dans la mer. Je me grégis les jambes et revins sur la rive, pleine de piquants d'oursins qu'aucune chandelle ne sut extraire. Néolise Daidaine faillit, une nuit, subir l'ultime outrage. Elle ne dut son salut qu'à ses gros-pieds épouvantables : les soûlards lui soulevant les quartiers pour forcer son ombrage, s'enfuirent en découvrant ses fûts de chairs congestionnées. Nous traînions cet ennui-là depuis une charge de mois quand le citoyen Julot révéla aux marins visionnaires qu'il était une gale.

Les marins, une nuit, s'attaquèrent à Marie-Clémence. Elle se trouvait tout au bas de la pente. Ils défoncèrent sa porte en chantant et commencèrent à la poursuivre. Ses cheveux de paille sèche, sa peau de mulâtresse, l'aura de son ancienne beauté firent que les marins dépassèrent la vagabonnagerie. Certains enlevèrent leur pantalon, et la talonnaient d'une égoïne dressée. Moi, saisissant mon boutou de campêche, je leur tombai dessus. J'eus le temps d'écrabouiller un nez, de gréser quelques graines et disloquer un coco de mulet pointé dans son sillage. Elle en avait déjà estropié deux ou trois elle aussi. Mais, trop nombreux, ils finirent par nous vaincre : nous ne pouvions plus que crier-à-moué comme des chèvres d'abattoir que l'on va défoncer.

Quelques lampes s'allumèrent dans les cases, des négresses en rage jaillirent, deux-trois bougres allongèrent un coutelas et se mirent à descendre. Mano Castrador, son vieux colt à la main, se mit à tirer en l'air en avançant comme Pat Garrett devant Billy the Kid. Mais les marins étaient méchants. Certains maniaient leurs bras comme des armes de fer. Ils mirent en déroute notre Texaco-du-bas et décimèrent régulièrement les vagues de secours de Texaco-du-haut. Avec Marie-Clémence, je me voyais déjà livrée à leur vicerie quand Julot débarqua dans l'affaire.

Le Major n'a pas peur de mourir. De le voir avancer sur soi est terrifiant. On a le sentiment qu'il vient chercher sa mort, et même (si c'est un grand Major) qu'il revient du tombeau. On a même le sentiment que le frapper ne sert à rien. Voir une vie qui accepte de mourir pétrifie toute vie. Julot avança donc sur les marins avec une main dans la poche arrière, à la manière rituelle des Majors. De plus, il avait rabattu sa chemise sur ce que nous savions être son coutelas mais qu'aucun des marins ne voyait. Il fendit la foule de Texaco et avança tranquille sur le champ de bataille, le regard ennuyé, le sourcil à peine noué. Les marins qui, magnétisés par son aura de mort, le laissèrent passer, furent ignorés ; mais il y en eut un, pas très informé de la vie, qui le retint par le bras, avec l'idée de le renvoyer en charpie dans sa case. Ce fut pour ainsi dire *dommage*. Qui n'a pas vu un Major frapper ne doit jamais demander ça. Moi, sachant ce qui allait se produire, je fermai les yeux.

Un silence coinça la nuit. Un silence très ancien. Malgré moi, j'ouvris les yeux pour voir ce que j'avais déjà vu aux Terres-Sainville et que je n'aurais pièce-pas aimé revoir. Le bras du marin fut voltigé par la main devenue blanche de Julot. On vit monter au ciel une sorte de jet d'encre. Le temps de voir ça, Julot avait déjà frappé le pauvre bougre quatorze fois en montant, autant en descendant. Mais quand je dis frapper, c'est plus salope que ça. C'est *défolmanter*. Dé-fol-man-ter. Quand le Major frappe, il y a dans ses gestes tant de fatalités, tant de décision, tant d'irrémédiables, qu'on a le sentiment d'une injustice quel que soit le motif de son intervention. Les autres marins perçurent la chose et se trouvèrent d'un seul coup dessoûlés. Ils s'enfuirent à quatre pattes en direction de leur chaloupe, puis de leur pétrolier. Place nette en un moment.

Julot, tout en guettant leur fuite, continuait à frapper l'imprudent qui n'était plus qu'un chiffonnage. Nous étions pétrifiés. Julot s'arrêta, essuya son couteau sur le marin brisé, et alla tranquillement s'asseoir sur une pierre proche, le regardant se débattre comme un canard décapité. Tout Texaco avait reculé vers les ombres, de crainte que le regard de Julot n'accroche l'œil de quiconque. Tout semblait fini, mais je savais Bondieu qu'il n'en était rien.

Le Major ne s'arrête jamais. Si le pauvre marin bougeait encore, tentait de se relever pour s'en aller, Julot lui sécherait dessus avec autant de hargne. Comme il ne bougeait pas, le pire se produisit. Julot se mit à parler d'une voix de fillette. Il dit (et c'était comme un arrêt de mort) : Tu ne demandes à-rien à personne mais les gens viennent te chercher, tu emmènes ton corps à l'écart comme un vieux-nègre de mornes, et tu gardes ta parole dans ton cœur car tu es dans cette vie-là, mais tu aurais aimé être en l'autre bord de cette vie-là, mais où aller, mais où courir, mais où monter sans que cette vie-là ne prenne-main avec toi, et que tu la regardes ? Y'a pas de mornes pour ça, alors tu cours au cerclage de toi-même, et ça te rend accoré-immobile, et ça vaut mieux d'être accoré-immobile car la mer est devant, la mer est derrière, la mer est à côté, et toi tu ne sais pas côté tourner-virer, en quel bord battre, ou te débattre, alors tu cours dans ton cœur même et ça te rend accoré-immobile, en dehors des gens, sans rien mander personne, accoré-immobile comme dans un cercueil dont tu comptes les clous yeux pile-calés-ouverts sur le malheur, et tu regardes celui-là, il est couché mais il ne meurt pas, ces gens-là ne meurent pas non, ils ont des manières pour couillonner les gens, ils font rôle de mourir mais c'est un rôle qu'ils font, et si tu ne sais pas que c'est un rôle, ils te couillonnent comme ça et c'est toi qui es en la-fête, toi qui comptes déjà les clous dans un cercueil... Et tandis qu'il parlait, son coutelas (jusqu'alors caché sous sa chemise) apparut dans sa main comme une apocalypse. Il l'élevait déjà au-dessus du marin comme s'il allait fendre-net un gros billot de bois quand je pris mon cœur à deux mains pour lui dire *Non Julot !...* tout en sachant que c'était une sacrée couillonnade et que j'allais mourir.

Je dus lui rappeler sa mère qu'il craignait tant. Cela me sauva sans doute la vie. Car le Major brise ce qui veut le stopper. On ne peut que zieuter l'achèvement de sa rage, sauf à risquer sa vie. Je ne voulais pas risquer la mienne, mais je criai *Non Julot !...*, par peur d'un tas de choses que j'ignore encore (peut-être, pour Texaco : un meurtre aurait décuplé la hargne de l'En-ville). Il me regarda d'un coup avec des yeux qui n'étaient pas des yeux. Je vis ma mort venir me rencontrer. Je sentis mon sang se répandre sur ma tête. Je me vis en train de m'oublier moi-même dans ma mémoire dévidée en vitesse. Je sentis mes jambes en tremblade-cacarelle. J'étais déjà morte en moi-même, mon âme transie dans mes os les plus raides et mes chairs coulant sauces. Je dus prendre en ce dixième d'instant, sept siècles, cinquante rides et un arroi de cheveux blancs. Mais Julot qui s'avançait vers moi s'arrêta — comme ça sans rien dire. Il tourna tout bonnement le dos et rentra dans sa case qui résonna comme une tombe. Et là, je crus l'entendre parler à lui-même, sans attendre plus de réponse que s'il pleurait grosse eau.

Les marins revinrent (doux comme des chiens ferrés) chercher leur camarade. Ils disparurent avec ; on ne les revit jamais. Ils durent changer de compagnie, ou ne plus descendre à Fort-de-France, ou alors, ils furent happés une nuit par ces flottilles de Caraïbes oubliés depuis longtemps, qui surgissaient au monde pour venger leurs massacres. Je remontai vers ma case lentement ; tout Texaco me regardait boitiller comme si j'étais devenue une cousine de diablesse. Branche neuve à ma légende : j'avais stoppé un Major au combat.

La présence d'un Major parmi nous était une bonne et mauvaise chose. Il n'existait pas de Quartier sans Major, et Texaco prenait là un acte de naissance en devenant le territoire de Julot. L'ennui, c'est que les Majors attirent les Majors et les apprentis-Majors. Si bien que les Majors de Rive-Droite et de Morne Abélard (des nommés Danger-Chodé et Bêc-mêr) rappliquèrent sans délai quand ils surent l'avènement. Un samedi soir, bien entendu. Ils arrivèrent ensemble, se firent ouvrir le portail par Mano Castrador (très déférent) et avancèrent dans Texaco-du-bas, en parlant pour eux-mêmes à haute voix sépulcrale :

— Il y a dites-que-de-donc, un méchant par ici ?

— On dit ça, dites-que-donc...

— Moi, trepeleur j'ai très peur des méchants et quand méchant descend je veux voir le méchant...

— Moi aussi, trepeleur c'est pareil à la peur...

— Je lui demande, voyez-vous-sirop-doux, de m'expliquer pourquoi il est méchant...

— Moi aussi, moi aussi, il faut ça au méchant...

— Mais les gens se disent méchants sans être vraiment méchants...
— Oh ça, c'est embêtant, dites-que-donc...
— Plutôt laides que féroces...
— C'est gênant cependant...
— Plus léchants que méchants..
— Ennuyant à tout moment...
— Plus épluchants que très méchants..
— Consternant décidément...
— Plus séchants que méchants...
Ils avançaient ainsi à travers Texaco-du-bas en répandant l'effroi. Ils avaient l'air de parler pour eux-mêmes mais leurs regards mauvais scrutaient toutes les figures, cherchaient la personne qu'ils cherchaient. On vint m'avertir. Je descendis là-même. Les conflits de Majors sont des calamités qui ne servent à personne. C'est en tremblant que je vins m'interposer, mais à mon arrivée ils étaient déjà devant la case de Julot. La conversation, presque rituelle, s'engagea dans un silence-la-messe impossible à briser. Derrière, le soleil couchant aggravait le climat :
— Dites-que-donc, on dirait que la personne que je vois là, c'est la personne que nous voyons...
— Si c'est la personne, qu'elle se présente...
Julot sortit, main dans sa poche arrière, très tranquille, avec l'air ennuyé désormais redoutable. Il s'arrêta devant les deux Majors et resta silencieux, mais sans les regarder.
— La personne se présente dites-que-donc ?
— C'est une personne de quel côté ?
— C'est Julot. Anse d'Arlets. Balata. Fort-de-France. Texaco.
— Et ta manman ?
— Man Victorine, criée Marie-Tété-bonda-piment.
— Et ton papa ?...
— Pilote Victor, fils renié de Gustave et de Corélia.
— Pilote ? Tu as du sang caraïbe, alors ?...
— Hum...
— C'est bon sang.

— Corélia ? Tu as dit Corélia comme grand-manman ? Corélia Salssifoire dont la manman travaillait à l'usine et qui avait craché trois fois sur une békée à la messe de minuit ? C'est elle que tu as dit ?...
— Corélia Salssifoire... Elle-même.
— On connaît cette personne-là...
— C'était une bonne personne...
Là, je sus que le pire pouvait être évité. L'annonce de la famille nouait par-delà les Mornes des liens que nul n'osait trancher. Mais il fallait conclure. Et c'est là que Julot se montra vrai Major, car les Majors respectent avant tout les Majors. Il exprima soigneusement son respect de sa petite voix de jeune fille sans tétés :
— Je sais, dit-il, qui est-ce que vous êtes. Tu es Danger-Chodé. Et toi, tu es Bêc-mêr. J'ai entendu parler de vous aux Anses d'Arlets, et plus loin même que Petite-Anse.
— Tu as entendu parler ?
— J'ai entendu parler...
— Et tu sais vraiment quelle qualité on est ?
— Danger-Chodé et Bêc-mêr. Je sais ça sans l'oublier pièce-pas.
« Connaître » un major, en « entendre parler », c'est reconnaître son territoire, sa force, sa légitimité. Mais la parole se poursuivit et Julot fut malin.
— On dit-que-donc tu es méchant, et pas léchant ni épluchant ni même séchant, lui dirent-ils...
— Les gens qui disent, mais les gens disent.
— A ton avis et owala, quelle méchanceté est plus méchante au monde ?...
— La gale de sept ans [1] n est pas une bonne espèce, mais y'a plus salope que ça, que je ne connais pas et qui me dépasse net...
C'était bon. Un rien d'humilité. Danger-Chodé et Bêc-mêr rassurés s'en allèrent en silence, saluant à peine Mano

1. L'exemple lui fit un reste de nom.

Castrador qui ouvrit le portail comme s'ils étaient des békés en visite.

L'EFFET-CÉSAIRE. Nous en étions là de notre malheur quand de Gaulle surgit au pays et que je ne pus le voir. Je me sentais anéantie et, ce jour-là, je regagnai ma case dans un accablement, sans même pouvoir toucher au coq et aux douceurs que j'avais préparés. Marie-Clémence, Sonore, Néolise Daidaine, Carolina Danta, Ti-Cirique et les autres, chantaient leur joie d'avoir vu de Gaulle, et les autres revenaient de l'En-ville après s'être enflammés dans une file de bistrots. Chacun passait me raconter ce qu'il avait vu de De Gaulle, et ce n'était jamais la même chose, à tel point qu'on finit par conclure qu'il changeait de visage comme nos improbables Mentô...

La présence de Julot fit connaître Texaco dans les Mornes d'alentour. Cela nous ramena encore de nombreuses cases qui cette fois s'accrochèrent au-dessus des réservoirs sans que je puisse rien. Le béké se retrouva une rage et fit sonner les céhêresses. Quand ils surgirent, ils tombèrent d'abord sur Julot-la-Gale. Il ne sortit pas ses armes contre leurs fusils, mais il en abattit une file sur les décombres de sa maison. On l'emporta en sang vers une fourgonnette grillagée et on le jeta direct dans un fond de la geôle. Il en sortit six mois plus tard, après intervention de notre mulâtre-avocatiste, et reconstruisit sa case comme si de rien n'était.

Cette nuit de retour des céhêresses fut terrible. Enragés par la résistance de Julot, ils poursuivirent leur tâche avec une rage inhabituelle. Ils brisèrent avec plus de foi les cloisons, frappèrent les femmes autant-pire que les hommes et voltigèrent les marmailles protégeant diverses cases. Le conseiller-communiste du Quartier Morne Abélard (dans notre plan de garde, Ti-Cirique glissait de côté pour aller l'avertir) rapporta les faits auprès de Césaire lui-même. Alors, vers midi, en plein désastre de fibro, de tôles, de caisses, de boues, de larmes, de sangs, de procès-verbaux, dans un océan de polices diverses, nous vîmes arriver le député-maire en personne. Sa voiture noire était entrée en silence à l'intérieur de Texaco. Il en était sorti, entouré de ses mulâtres et d'un communiste-docteur qui s'habillait de blanc. Le député-maire avança, regardant autour de lui, se faisant expliquer on ne sait quoi, marquant son indignation devant l'anéantissement des cases. Il se promena effaré sur la pente jonchée de nos trésors intimes. Les polices, ne sachant trop quoi faire, le zieutaient en silence. Et-puis, le député-maire s'adressa au comystère, au capitaine des céhêresses et au bougre de la préfecture qui suivait l'opération. Sa présence était impressionnante, non pas sa voix qu'il n'élevait pas, ni ses gestes très calmes, mais sa présence : elle comblait les esprits des légendes qui se couraient sur lui. C'était papa-Césaire, notre revanche vivante sur les békés et gros-mulâtres. Lui, que je n'avais même pas osé solliciter dans mes pires désespoirs... Et-puis, il repartit, après avoir serré quelques mains, dont celle de Marie-Clémence. Je ne sais pas pourquoi, mais quand son image me revient dans la tête, j'ai toujours le sentiment d'une solitude sans fin. D'après Ti-Cirique, c'est le tribut que doivent payer au monde les poètes dont les peuples restent à naître.

De le voir parmi nous fit courir le bruit que Césaire lui-même autorisait notre installation. Par la suite, nous sûmes qu'il avait vu le préfet, qu'il avait demandé à racheter ce terrain des domaines, ou encore exhorté le béké de patienter sans bousculer les gens, le temps qu'il trouve une autre solution. Il en trouva une petite, et, bientôt, la mairie proposa de nous loger à Morne Calebasse. Quelques dizaines d'entre nous s'y rendirent, mais tous les autres (déjà presque un peuple de Quartier) restèrent groupés autour de moi, attachés à ce lieu comme des brigos sur caye en mer. L'échec de la solution Morne Calebasse irrita les gens de la mairie ;

nous fûmes un peu abandonnés à notre sort, face aux békés des pétroles. Lorsque nous reconstruisîmes, que les partants furent remplacés par de nouvelles personnes, et que les policiers durent à nouveau intervenir, *l'effet-Césaire* se produisit dans un émerveillement. Ils firent attention, respectèrent les cases abritant les enfants, n'écrasant vraiment que les cases vides, en cours de construction, ou celles qui induisaient une menace d'incendie de par leur position au-dessus des réservoirs. Et ils prirent à chaque fois soin de nous expliquer le bien-fondé de telle ou telle démolition. Quand il repartirent, je ne sentis monter de moi aucune larme, notre Texaco n'avait presque pas bougé, la plupart de nos cases demeuraient là, bien debout, s'imposant désormais.

> Mais la ville est un danger ; elle devient mégapole et ne s'arrête jamais ; elle pétrifie de silences les campagnes comme autrefois les Empires étouffaient l'alentour ; sur la ruine de l'Etat-nation, elle s'érige monstrueusement plurinationale, transnationale, supranationale, cosmopolite — créole démente en quelque sorte, et devient l'unique structure déshumanisée de l'espèce humaine.
>
> Note de l'urbaniste au Marqueur de paroles
> Chemise n° 20. Feuillet XVI.
> 1988. Bibliothèque Schœlcher.

Alors commença le phénomène-béton. Il n'y a pas de date précise. Le fibrociment progressait à grands pas, mais le ciment-vrai devenait accessible. L'on vit assez tôt quelques bas de muraille se cimenter, quelque briques s'empiler. Les policiers, obnubilés par le bois-caisse et le fibro s'y acharnaient à peine. Mais les cyclones comme Edith, Dorothy, ou le sinistre Beulah, qui dévastèrent nos cases mieux que toutes les polices, amplifièrent le désir de béton. Les vents emportaient les tôles à Miquelon, déclouaient les boiscaisses, dissipaient le fibro dans les cheveux des anges. Au cœur de ce désastre, les murs bétonnés subsistaient comme des phares qui nous frappèrent l'esprit. Et puis, le béton c'était l'En-ville par excellence, le signe définitif d'une progression dans l'existence. Nous nous mîmes, au gré des djobs et des monnaies, à nous acheter des briques, des sacs de ciment, de la rocaille. Les maçons devinrent des princes au cœur de nos coups-de-main. On ajoutait d'abord le ciment-brique-béton par-derrière la case pour ne pas alerter le béké des pétroles, puis on glissait pour en couvrir les flancs. On élevait des murs à l'intérieur des cloisons de bois ou de fibro, et un jour, tout à coup, comme un serpent qui mue, telle case secouait sa pelure de misère et se retrouvait en béton triomphant. Ces éclatantes réussites nous pétrissaient de fierté ; chacun voulait en faire autant.

La mort du driveur. Moi, je vivais un autre malheur : Arcadius avait resurgi dans ma vie comme une comète sifflante. Nous avions marché des nuits entières. Nous nous étions mille fois retrouvés dans ma case, dans le lit, pour marcher autrement. Je sentis pour lui un voumvap dans mon cœur. Quand il apparaissait, un plain-chant m'emportait. Quand il disparaissait charroyé par ses drives, un engourdi me dévidait les os et me laissait très molle parmi nos coups-de-main autour du dieu-béton. Les drives l'emportaient loin et l'emportaient longtemps. Pour le faire revenir, j'entrai dans sa folie. Néolise Daidaine et Carolina Danta, me croyant devenue pour de bon une driveuse, durent m'allumer des cierges. J'allais avec Arcadius, mais le ramenais doucement à ma case ; et là, je lui offrais les contentements du monde, livrée sans mesurage, faisant ce qu'il aimait et que je découvrais en explorant son corps. Afin de lui ôter les charmes de la drive, je lui ouvris des cantiques dans les graines, je semai des douceurs dans chacun de ses pores, je suçai son âme, je léchai sa vie. Je m'efforçais de nous fondre l'un à l'autre, et lui offrir une ancre. Ma coucoune se fit chatrou pour l'aspirer et le tenir. Elle se fit pomme et poire et petite cage dorée, elle se fit poule-et-riz, elle se fit liqueur-sucre à laquelle suçoter, elle se fit tafia à 65 degrés temple des ivresses fixes, elle se fit madou-blanc à cueillir goutte par goutte d'une langue arrêtée, elle se fit dangereuse comme la fleur-datura qui pétrifie les jambes, elle se fit grande blessure impossible à soigner sans s'y greffer à vie, elle se fit pince-coupante le serrant juste assez pour napper le plaisir, elle se fit chouval-bois qu'il pouvait chevaucher autour d'un point central, elle se fit petit-gibier-tombé à lover dans sa main pour s'endormir cent ans, et elle s'écartela pour devenir béante, chemin-grand-vent sans murs ni horizon où il pouvait *aller* tout en restant en moi. Mais à chaque fois, il me quittait. Je demeurais anéantie, à moitié vieille, cherchant s'il avait miraculé mon ventre dont le sang de vie commençait à tarir. Je me sentais des bouffées de chaleur, des vertiges, des braises qui modifiaient mon caractère. L'inassouvi désir d'enfant (secrète petite cloche, filtreuse d'un son d'église au fond d'une campagne) se mit à carillonner les grandes cloches d'un tocsin qui me rendit hagarde en s'associant à la douleur de ne pouvoir brider Arcadius.

Contre sa drive, je consultai Papa Totone. Le vieux-nègre me dit qu'on ne stoppe pas un driveur, le stopper c'est le tuer. Il devait aller jusqu'au bout de lui-même, mais ce bout était loin. Si certains l'atteignaient, d'autres ne l'atteignaient pas. Ils finissaient pour la plupart à l'hôpital Colson, et, souvent, on trouvait leur cadavre au centre d'un quatre-chemins : ils avaient refusé d'y choisir, voulant marcher sur les quatre en même temps, à tout moment et à jamais. Cela disloquait leur bon ange qui prenait son envol, laissant le corps du driveur au milieu des carrefours, vibrant de la longue extinction du charme qui l'habitait. J'avais peur qu'Arcadius ne meure comme ça. Je vis de petits quimboiseurs qui me donnèrent des bêtises à faire et que j'exécutai avec soin. Je vis des dormeuses dont les rêves recelaient les clefs de l'univers. Je vis des Écriveuses dont la main sur une plume était voix de quinze morts. Je consultai un sorcier africain qui s'était installé avec un tas de titres. Je vis une Brésilienne qui nouait des grand-messes collectives pour une Da Erzilie. Mais rien n'y fit. Arcadius venait, Arcadius partait. Le ramener devint complètement difficile et il disparaissait de plus en plus vite. Et je n'y pouvais rien. Ce temps-béton fut un temps d'asphyxie. Le ciment de Texaco se figeait dans mon corps...

Je sus qu'Arcadius était mort bien longtemps après sa mort. On l'avait retrouvé noyé au bas de la lézarde. Sur ses derniers temps, il s'était mis à suivre le circuit des rivières. Il marchait jusqu'à leur source et redescendait avec elles au rythme de leur écume. Son but était de se fondre à leur secret pour atteindre la mer et trouver l'échappée. Mon pauvre doudou, chaque fois, atteignait l'embouchure, fermait les yeux et s'élançait. A chaque fois, il se réveillait dans une prison de vagues. Alors, il remontait et tout recommençait. Combien de fois chercha-t-il ce chemin dans la mer qui n'a pas de chemin ? Il aurait dû, me confia Ti-Cirique (qui m'apprit la nouvelle), connaître la poésie — elle ouvre les chemins de l'esprit — ou s'élancer dans la musique, regarder des peintures et des formes sculptées. Il aurait dû, me dit Carolina Danta (qui passa dix mois de prières au bord de ma détresse), vivre l'inouï en Dieu qui peuplait de lumières le seul chemin qui vaille. Il aurait dû, me dit Marie-Clémence (qui fut auprès de moi quand je me mis à flâner comme une folle), parler aux autres, parler, parler aux autres, et non pas s'adresser à son corps comme s'il y creusait une trouée de déveine. Il aurait dû, me dit Iphigénie la folle (qui vint me voir avec plaisir à l'hôpital Colson), aller voir les psychiatres, pas ceux du pays mais ceux qui viennent de France, qui sans même une piqûre t'indiquent le bon chemin. Il aurait dû, me dit Julot-la-Gale (après Colson, je courus en pleurant alentour de sa case, attendant réconfort), courir vite en lui-même mais stopper en dehors... Mais tout en les approuvant, je savais qu'Arcadius ne pouvait rien contre sa drive. Le destin du driveur c'était de nous porter, tous ensemble, vers les mondes égarés dans nos obscurités. Il assumait ce que nous cherchions et nous permettait de le chercher sans que nous en ayons à souffrir. Le driveur, c'était notre désir de liberté dans l'être, notre manière de vivre les mondes en nous, notre nègre marron d'En-ville.

ÉCRIRE-DÉCHIRÉE. La mort d'Arcadius me précipita dans mes cahiers. J'écrivis. J'écrivis-désespoir. Écrire se porte bien au dernier bout d'un bord quelconque de soi. Ti-Cirique n'avait plus le temps de me lire. Il était dépassé par ce balan de vocables dénoués dans l'alphabet, cette tristesse découpée en virgules pour instruire des silences ; cette langueur qui m'inspirait des mots balafrés par des traits, ou ces mots laissés inachevés pour ouvrir chaque page à mon Arcadius. Je laissai sécher mes larmes pour déposer d'accablants petits points sur les *i*. J'enfilai des frissons sur des fils d'encre et je les écrasai pour attendre qu'ils fleurissent dans les cahiers fermés. Je nouais ensemble les souvenirs de mon Esternome et de mon Idoménée, deux songeries sur Basile, trois songers sur Nelta, sept pensées sur mon Arcadius, et je les grageais comme du manioc nocturne qui me faisait de l'encre avec l'eau de mes yeux. J'écrivis des haïkaïs plus froids que dix-sept clous de cercueil, et des silles que je voulais amers comme du fiel de crapaud. J'écrivis des mots-dictionnaires, qui s'extirpèrent de moi comme des caillots de mort — moi plus exsangue que vache au crochet d'abattoir. J'écrivis-sentiments qui associaient les verbes comme le font les dormeuses. J'écrivis-couleurs comme Rimbaud en visions. J'écrivis-mélancolies qui renforçaient la mienne. J'écrivis-hurlements qui pour liquéfier l'encre battaient comme des paupières. J'écrivais-choses involontaires, sorties d'on ne sait où comme des chiennes apeurées... J'en parlai à Ti-Cirique pour lui dire que les écrivains sont fous de vivre au cœur de pareilles choses ; lui me dit que les écrivains d'aujourd'hui ne connaissent plus cela : ils ont perdu l'élan primal de l'écriture qui sort de toi comme une nécessité, avec laquelle tu te gourmes (solitaire à jamais) comme contre ta vie emmêlée à la mort dans l'indicible sacré. Et, de ce drame-là, on ne fait pas métier. Oiseau de Cham, es-tu un écrivain ?

Autre misère : je me mis à boire seule. Mon âme coulait au fondoc des bouteilles de Neisson. Je les cachais dans les trous de la case, et les buvais la nuit, au goulot, jusqu'à rouler dessous mon lit ou me mettre à relire mes cahiers d'une voix haute et sinistre qui troublait Texaco. Au fond de mes ivresses, je trouvai *la Parole du rhum* que connaissent les rhumiers [1]. Je me mis comme eux à parler de la bouteille comme d'une amie dont l'arrivée illumine l'existence, je lui donnai trente-deux petits noms (doudou, bien sûr, ma commère-sans-sonner, mon hostie-à-soixante, ma descente-de-trésor, ma source-doucinée, ma tétée-de-plaisir, Dolosiropsoucé...), je lui écrivis d'informulables chansons et des poèmes-voix-bœufs. Quant au rhum lui-même, il devint mon compagnon-ennemi, mon homme-porte-malheur, le destructeur que l'on affronte gaiement, *il a tué ma manman, il a tué mon papa, il me tuera aussi mais la mort est pour tous...* Que de mots créoles me revenaient ainsi... ! que de phrases, que de bêtises, que de désespérances en bousculade ouverte... ! La philosophie du rhum éclaire le matin, décolle la journée, te permet d'injurier Dieu le Diable les békés la

1. Le rhum avait arrosé nos histoires ; autour du tafia, du cocomerlo, de la guildive (mon Esternome me l'avait dit) nous avions développé un discours de malice ; sur l'habitation, les békés nous abreuvaient de rhum afin de noyer nos mélancolies ; après l'abolition, ils avaient fait de même en sorte de compenser l'absence de salaire ; dans les bourgs et l'En-ville, les mulâtres menèrent politique avec des bailles de rhum ouvertes au partisans ; l'adhésion à un tel se confortait au rhum, et nous chantions pour lui, nous nous battions pour lui, dans les flots de son rhum ; et dans les bars à midi, à l'heure sacrée du punch, le cercle autour du rhum alimentait le verbe ; la langue créole conserva une part de cet esprit que je trouvai en moi — intacte.

déveine. C'est elle qui te transforme en boule (t'enlevant l'équilibre vertical) pour qu'on te dise *Boulé*. Elle t'aidait à partir, servait de troisième pied, exaltait ta vie en y mêlant la mort, et t'accompagnait même au-delà de la mort : pas un nègre qui n'ait prescrit que son caveau soit un tonneau de rhum, et que les chants, les prières et les larmes soient du même acabit. Dans cette fièvre alcoolique, naufragée au fond de moi-même, je fus créole — et écœurée de cela car c'était esprit d'homme...

Négresse qui boit est une grande honte : plus que l'homme, elle démissionne devant la vie, baisse les bras, se détache les reins, se vautre dans la boue. Négresse qui boit est cochonnerie qui joue son âme en cerf-volant... Elle lâche ça...

> Mais la ville est une menace. Quand elle n'est pas pétrie d'une vieille mémoire, soigneusement amplifiée, sa logique est inhumaine. Le désert y naît sous la joie mécanique des néons et les dictatures automobiles. Texaco absorbé sera régi par l'ordre. L'île Martinique sera vite avalée. Il faut désormais, à l'urbaniste créole, réamorcer d'autres tracées, en sorte de susciter en ville *une contre-ville*. Et autour de la ville, *réinventer la campagne*. L'architecte, c'est pourquoi, doit se faire musicien, sculpteur, peintre... — et l'urbaniste, poète.
>
> Note de l'urbaniste au Marqueur de paroles.
> Chemise n° 14. Feuillet XVIII.
> 1988. Bibliothèque Schœlcher.

DERNIER CHANT DU BÉKÉ. Vers cette époque, le béké déménagea. Le bétonnage de Texaco, le récent cyclone qui avait maltraité ses affaires, l'épuisement de la police, et sans doute d'autres exigences firent que les pétroliers vinrent de moins en moins au quai, puis qu'ils ne vinrent plus, que les réservoirs de Texaco se remplirent rarement, que les camions n'apparurent que le soir pour s'y garer. De jour en jour, du matériel était charrié en d'autres lieux derrière Cité Dillon. Oh, le béké protégeait son espace avec la même férocité, mais on sentait bien qu'il n'y était plus. A force de nous injurier, il était devenu une sorte de vieil-ennemi. Lui-même s'était fait vieux. Il avait perdu de sa chevelure, sa peau s'était piquetée de taches et ses mains rouge-brique tremblotaient une maille. Je fus à peine surprise de le voir débarquer un beau jour chez moi, de refuser d'entrer comme le font les békés obligés d'aborder une case de nègre ; il accepta tout de même une chaise et s'installa avec moi sur le pas de la porte. Nous restâmes silencieux. Dans ma tête, défilaient les injuriées que je lui réservais ; lui aussi, je le suppose, faisait autant de son côté. Il lorgnait autour de lui. Les regards éberlués venus des cases environnantes nous pesaient aux épaules. Il semblait époustouflé de voir autour de ma case l'incroyable densité des constructions. De toute évidence, l'on s'était installé *autour de moi* : un espace vital plus large qu'ailleurs instituait mon foyer en centre rayonnant de Texaco-du-haut. Voir un béké d'aussi près était pour moi une nouveauté. Ce que m'en avait dit mon Esternome défilait dans ma tête avec de sourdes plaintes qui élèveront toujours entre un béké et moi, la maçonne des froidures.

Soudain, il se mit à déparler tout seul comme un nègre de marché. Ses paroles m'environnaient comme de petits lassos. Lui, ne me regardait pas. Il me parla de la hiérarchie békée selon l'argent, le nom, la date d'arrivée de la famille. Il me parla des vieux Papas-békés qui menaient le destin des tribus sans même quitter leurs terres. Il me parla des grandes usines centrales qui brisèrent les bitations et de la catastrophe de Saint-Pierre qui avait tout rasé. Il me dit comment ces phénomènes avaient grossi des békés-goyave, dégonflé de plus gros, suscité des héritages bizarres et de brutales noblesses ; comment les guerres avaient enrichi des békés d'en-bas-feuilles en absorbant leurs productions de rhum ; comment la roue des richesses avait tourné jusqu'à ne laisser aux grandes familles que leur discutable ancienneté ; désormais, une généalogie bien claire, sans aucun trou douteux, imposait à tous le plus haut des respects, mieux que bruissement d'argent dans des tiroirs-caisse, *le respect* madame. Il m'expliqua comment la montée des mulâtres avait soudé leur caste en l'obligeant à lutter sur la scène politique (mais ils eurent beau distribuer rhum, terres et la-monnaie, les mulâtres furent plus vicieux) ; puis comment ils se retirèrent dans l'import-export, les subventions obliques et l'aubaine commerciale de notre vie assistée. Leur caste était liée aujourd'hui par un tissu d'entreprises où les jeunes békés occupaient de bons postes sans même savoir l'ABCD ; elle était aussi liée par la culture méticuleuse de l'idée de survivre dans l'océan nègre menaçant de toutes parts. Ils conservaient leur pureté raciale et leur existence même, en vivant sur les rives inaccessibles de la baie du François, ils ne quittaient leurs yachts que pour des bancs de sable au milieu de la mer où ils dégustaient des champagnes angoissés sur des plateaux flottants. Les nègres étaient leurs frères mais jamais leurs beaux-frères, et malheur à celui d'entre-eux qui enfreignait la règle. Celui-là se retrouvait rejeté de partout (comme autrefois les négriers jetaient un nègre en mer), et n'avait que l'exil pour sauvegarder l'honneur. Il me confia qu'aujourd'hui, il fallait savoir se marier, et marier ses enfants, seul moyen d'évoluer dans les strates de la caste, quitter l'en-bas pour l'en-haut, quitter les poches crevées pour les poches gonflées, quitter l'absence de nom pour un nom très ancien, et quitter la jeunesse pour la poussière magique des familles séculaires. Il me fit un chant de la femme békée qui tenait l'édifice sous une haute surveillance : il était pensable qu'un béké eût négrillons dehors, mais crime impossible qu'une békée livrât son ventre à autre chose que la construction blanche de leur fragile esquif dans notre océan sombre. C'est la femme qui tenait le tout, assurait les passages d'une rive à l'autre ; elle était plus ou moins difficile à obtenir en mariage selon que sa chevelure fût blonde, sa peau translucide, et que ses yeux ramenassent de loin des azurs de noblesse. Sa famille à lui jonglait avec la banane, les fleurs, le rhum, un peu de maraîchage. Lui, avait choisi le pétrole sous la désapprobation, mais il en percevait l'avenir sans limites ; sa réussite éclaterait bientôt car il avait su se marier-bien et savait comment marier-bien ses enfants. Il me dit qu'ils étaient désormais aussi puissants que du temps des bitations tant dans le domaine agricole que dans celui des entreprises, de l'hôtellerie, des services ; que leurs enfants avaient enfin compris qu'ils devaient étudier autant que les mulâtres et bien mieux que les nègres, qu'ils apprenaient l'économie, la gestion, le marketing et nous abandonnaient la foutaise des belles-lettres, qu'ils nous laissaient aussi, puisque vous y tenez, cette saloperie d'En-ville afin de se blottir sur les rives hors d'atteinte où le gazon s'allonge jusqu'à toucher les vagues... Et-puis il se leva. Je n'avais pu articuler un mot durant son soliloque. Tandis qu'il s'en allait le dos rond, la tête basse, je compris qu'il était venu voir de près celle qui l'avait vaincu et lui rappeler que la guerre était plus vaste et qu'à ce niveau-là lui ne perdait pas et n'allait jamais perdre. Alors qu'il atteignait sa jeep au bas de la pente, je lui hurlai en riant : *Sacré Vié-isalope, man ké senyen'w yon sé jou-a* (hé vieil isalope, je te tuerai un de ces jours)... Lui m'appela *Balai-senti, sé mwen ki ké pityé'w...* (Balai-qui-sent, c'est moi qui te piquerai...) et démarra avec l'air de partir pour de bon...

MÉDICAMENT-POÈME. Les cases de Texaco fleurirent alors d'un béton franc. Cela entraîna des ravissements mais aussi la peur diffuse de la prochaine descente policière. Car le béton était plus cher, plus lourd, plus encombrant. Détruit c'était une catastrophe dont on ne pouvait se relever à l'aise. Chacun, à mesure que sa case se solidifiait, commençait, mélancolique, à conjurer les assauts policiers avec des doigts croisés face au soleil levant, des gouttes d'une eau de force fracassée sur les murs trois fois à droite, sept fois à gauche, trente-trois devant. Au vu d'un tel émoi, je fis creuser dans la falaise une petite chapelle et j'organisai un sou-sou afin de nous acheter une statuette Vierge-Marie que nous installâmes en grand cérémonial et qu'au fond de moi-même j'offris à mon Arcadius.

Ma case, elle, demeura fixe, avec son compte de fibro, et de tôles, sa lèpre de bois-caisse, comme si mon temps s'était arrêté. Adieu, je me disais, adieu, je pars, je pars, comme pour éteindre en moi la levée de la vie. En s'y opposant, l'on s'aperçoit que la vie est en nous, mais bien à part de nous. Comme une lumière inaccessible, diffusée dans nos chairs, tout-partout et nulle part, et qui mène sa propre loi en dehors de l'esprit. Je lui disais Adieu, adieu, je pars, mais elle ne bougeait pas, fixe comme une vieille chatte qu'un balai n'effraie plus. Je me réfugiai alors plus que jamais dans mes cahiers et dans mon rhum nocturne. Je ne participais plus à l'avancée de notre Texaco, n'intervenant que pour régler des cancans, distribuer des conseils, compléter tel dossier traînant au tribunal.

Vers cette époque, les lamentations surgirent. Nous n'existions toujours pas. Nous n'avions pas d'électricité, pas d'eau, pas d'adresse, nous ne pouvions avoir ni télévision, ni téléphone comme cela fleurissait dans l'En-ville. Les plus chancés se payaient un groupe électrogène, et, de-ci de-là, une loupiote scintillait. Un attroupement nocturne se créait autour de qui avait pu se gagner une télévision. Il y eut un sentiment de vraie douleur pour les femmes qui sentaient passer les années, et ne pas avancer. L'investissement dans le béton demandait des certitudes et exigeait d'autres conforts dont l'absence se faisait bizarrement insoutenable. J'organisai de nombreuses réunions d'un comité de défense auxquelles les hommes vinrent en traînant un ennui. Nous discutions en vain pour décider quoi faire. Les hommes ne parlaient pas, bougonnaient tout au plus que la vie n'était pas aussi facile à boire qu'un bol de toloman. Les femmes injuriaient l'univers, réclamait tout de tous, invoquaient De Gaulle, Bissol, Césaire et remontaient parfois jusqu'à Lagrosillière. Moi, la tête emportée dans mes songers d'Arcadius, je les écoutais comme une somnambule et ne proposais rien. Ti-Cirique, secrétaire du comité de défense, me demandait en vain, Qu'est-ce que j'écris, Présidente ?... Et je lui disais : Ecris ce que tu veux, écris ce que tu veux, je suis trop fatiguée...

Cette attitude le décida sans doute à me lire des poèmes. Il vint régulièrement à ma case opérer sa thérapie littéraire. Il me lut cinquante-douze fois *Le bateau ivre* d'Arthur Rimbaud pour m'éveiller la liberté, me lut Baudelaire pour cerner ma souffrance, me lut Apollinaire pour diluer ma détresse, me lut Leconte de Lisle afin de soulever en moi des exaltations qu'il disait mécaniques, il me lut Saint-John Perse pour prendre hauteur du monde dans l'embrun vagabond, il me lut Faulkner pour le fonds-de-tête des hommes en ténébreux désordres, il me fit accompagner James Joyce dans l'En-ville de Dublin où l'infini s'envisageait, il me lut Kafka pour dérouter les fixités du monde, puis il me lut Césaire, le *Cahier d'un retour au pays natal* afin de prendre courage dans les sidérations de la Bête, les prophéties, le verbe haut de Major général et la magie des mots qui fusaient d'un tam-tam. Une phrase soudain m'habita. Je lui demandai de me la répéter. Puis, je lui pris le livre que je lus seule, sans y comprendre hak, me laissant juste porter par l'énergie invocatoire qui me négrait le sang.

Lors de la réunion suivante, je retrouvai mon air de matador, dos droit, regard ferme, voix claire, geste tranchant. Je proposai un plan que tout le monde adopta. Il nous fallait rendre visite à Césaire, non pas à la mairie où veillaient ses cerbères, mais chez lui, sur la route de Redoute. Là, je lui parlerais afin d'avoir de l'eau, de l'électricité, un chemin sur la boue, des escaliers solides, des dalots cimentés. La chose fut votée par les femmes (les hommes nous trouvant folles d'une manière générale mais évitant de s'opposer à moi). Le lendemain, sitôt le jour ouvert, nous nous trouvâmes une douzaine — quatre femmes, neuf hommes dont Ti-Cirique qui transportait tremblant ses livres de négritude pour se les faire signer. Nous arrivâmes à cinq-heures-bon-matin devant la grille de sa maison de bois, une sorte de Grand-case, entourée d'un jardin, un peu éteinte, broussailleuse, pleine d'ombres silencieuses et de tranquillité. Je poussai la grille, elle était ouverte. Une lumière jaunissait l'intérieur. Comme il n'y avait pas de sonnette, je m'avancai d'abord, suivie des femmes. Les hommes restèrent à la grille nous traitant de « pas-bonnes d'entrer comme ça chez les gens ». Ti-Cirique refusa d'avancer et perdit l'occasion de sa vie de se faire signer ses livres de négritude. Nous avançâmes vers la maison silencieuse, le cœur battant. Je me sentais les jambes molles. Je ne savais plus quoi dire, ni ce que j'avais prévu de demander, mais Marie-Clémence, Sonore, Néolise Daidaine avaient confiance en moi, persuadées qu'en toutes manières, devant papa-Césaire, je resterais vaillante.

Je criai To to to, personne ne répondit. Nous attendîmes puis nous reprîmes notre progression vers la véranda. Et soudain, bondieu seigneur, nous vîmes Césaire, assis là, seul, au bout du petit matin, regardant un bananier (vieil hougan pathétique) lustrer un sexe violet tout au fond du jardin. Il nous découvrit en sursaut. Je crus voir dans ses yeux une lueur d'inquiétude. Nous restâmes saisis, lui aussi, puis je vis l'irritation agiter ses paupières :
— Que faites-vous ici ... !?
Je sentis qu'il allait nous chasser. On le disait capable d'ébranler les assises du monde d'une sainte colère. Je ne savais plus quoi faire, ni quoi dire. Je ne pouvais plus que rester là, bras ballants, gueule ouverte, le regardant en ababa dans une chambre à l'hospice. J'invoquai mon Ester-

nome, Papa Totone, les Mentô. Puis je me souvins de la phrase du *Cahier* que Ti-Cirique m'avait lue plusieurs fois auparavant et que j'avais relue seule ; alors je la lui récitai à haute voix, avec toute l'énergie du monde :
— ... et il est place pour tous au rendez-vous de la conquête et nous savons maintenant que le soleil tourne autour de notre terre, éclairant la parcelle qu'a fixée notre volonté seule et que toute étoile chute de ciel en terre à notre commandement sans limites...
Je le vis se radoucir. Il s'approcha, nous serra la main, nous fit entrer sur la véranda et s'assit avec nous : Que voulez-vous me demander ? Alors, devant les autres pétrifiées, je lui demandai de l'eau courante pour nos enfants scolarisés qui doivent chaque matin charrier des charges de seaux, je lui demandai de l'électricité pour nos enfants qui perdaient leurs yeux sur des livres jaunis par des lampes à pétrole, je lui demandai un passage pour sortir de Texaco sans devoir implorer une chance au béké... je lui demandai une école... je mendiai un peu de vie dans l'En-ville... Au bout du décompte de nos misères (il devait entendre les mêmes chaque jour à la mairie), il leva les mains pour signifier ne pas pouvoir grand-chose, que Texaco n'était pas du domaine municipal, que tout était compliqué mais qu'il verrait et ferait son possible. A l'instant du départ, il me retint en hésitant :
— Dites-moi, madame Laborieux, vous avez lu le *Cahier* ou c'est juste une citation que...
— Je l'ai lu, monsieur Césaire...
Il ne dut pas me croire.

En écoutant les derniers mots de la grande dame, j'eus soudain un frisson : dans quelques années, *plus de la moitié de l'humanité affrontera, dans des conditions similaires, ce qu'elle appelle l'En-ville.*

Note de l'urbaniste au Marqueur de paroles.
Chemise n° 12. Feuillet XXIII.
1988. Bibliothèque Schœlcher.

DANS L'ESPÈRE DU MESSIE. Nous partîmes de chez lui vers six heures et demie : nous l'avions vu dix bonnes minutes. Ti-Cirique se lamenta durant vingt-six semaines d'être resté à la grille. Grâce à cette démarche, nous obtînmes de l'eau courante à Texaco. Les services de la mairie vinrent, en plus, nous déverser des caillasses sur la boue, nous cimenter des routes, dresser des escaliers qui sillonnaient les pentes en épousant nos traces. Douce époque... Il nous suffisait d'un saut à la mairie pour obtenir un bon de sable, de graviers, de ferrailles, de tôles, de tout-venant, quelques sacs de ciment. La municipalité nous donna beaucoup et nous le lui rendîmes à chaque élection. Texaco, face à l'En-ville, érigea son visage de béton ; ses pilotis ferraillés ne s'agenouillaient plus parmi la portée juvénile de nos arbres fruitiers.

Mais, à mesure qu'il s'élève dans l'arbre, macaque n'est jamais très content de son sort : on me réclama des réunions du comité de défense pour étudier la question de l'électricité. Ti-Cirique, le secrétaire, avait expédié trente-trois missives au directeur de la SPEDEM, mais ce dernier n'avait même pas daigné répondre : Texaco n'existait pas pour lui. Je descendis une fois le voir et tentai de forcer son bureau. Une autre fois, nous y allâmes de nuit et nous badigeonnâmes ses murs avec nos exigences. Mais ce fut comme pisser en violon pour faire jouer l'Espagnol Nous en étions là quand se produisit l'attaque au bulldozer aveugle que la mairie lança contre un quartier du Morne Pichevin, semblable à Texaco. Ce dernier fut rayé du monde en quelques mois. Avec grande inquiétude, je demandai à Ti-Cirique et à Marie-Clémence d'y passer après djobs prendre un compte de nouvelles afin que nous puissions en tirer des leçons. Mais l'attaque fut tellement impitoyable que je compris (sans le leur dire, à eux qui cherchaient dans mes yeux la mesure des dangers) qu'au prochain assaut de l'En-ville nous n'aurions aucune chance. Cela dut se sentir dans mes gestes pris de nerfs, dans mon souci de réactiver les anciennes surveillances. Ils se mirent à trembler comme moi je tremblais au mitan-fond de moi. Et nous nous mîmes, dans une mortelle angoisse, à attendre notre tour — ayant soudain compris que malgré le béton notre Texaco restait un embryon fragile.

Chacune de nos apparitions à un guichet quelconque soulignait notre inexistence. Les assistantes sociales nous poussaient à partir en casiers d'achèlème (comment y faire une poule et lever un cochon ?), mais rares étaient ceux qui en souffraient l'idée. Je ressentais plus que toute autre cette menace d'écrasement malgré notre béton. Et, sans y prendre garde, je me mis à attendre, attendre quoi ? je ne sais pas... une sorte de signe du monde... un déblocage du nœud dans lequel nous nous débattions... un Mentô tout-puissant ... Mais j'abandonnai bien vite ce dernier espoir : Papa Totone, auprès duquel j'allais rôder dans le but d'obtenir je ne sais quelle parole, me regardait en souriant comme un bon ababa. Il avait vieilli comme pas possible et ressemblait plus que jamais à un concombre fripé. Son regard seul restait intact mais il ne disait rien. Néolise Daidaine et Carolina Danta nous mirent alors en tête un christ providentiel qui surgirait devant les bulldozers et stopperait leur rage. Leur foi ardente pénétra dans notre désarroi comme dans une louche de margarine. Tout un chacun, sans se l'avouer, escomptait un envol de colombe, une nimbée de lumière, quelque libration céleste qui emporterait Texaco dans un roulis des anges... Je leur fus reconnaissante de nous porter ce rêve. La foi est merveilleuse dans ce qu'elle porte comme élan intérieur quand tout est pétrifié. Seul Ti-Cirique jetait un froid dans cette foi : au bout des liturgies de Néolise Daidaine (elle circulait entre les cases en priant à haute voix, en sorte d'accélérer l'heure messianique, et purifiait notre amertume d'encens), il s'avançait pour demander : Mais ôtez-moi d'un doute, il sera de quelle couleur cette fois, châtain-blond à yeux bleus malgré le soleil de Judée, ou blanc-rose-pâle-charter comme le sont les touristes qui débarquent ?

USURES. Mais le temps laissait passer le temps, et rien ne venait, rien ne s'annonçait sinon la menace policière. De plus, les fatalités de la vie se précisaient en moi : mes chairs commençaient à s'effondrer, mes mains se fripaient comme un vieux parchemin sur les nids de mes veines, mes yeux se vitraient tout-doucement et me montraient le monde d'une distance qui chaque jour augmentait. Je découvrais des choses inconnues : des raideurs, des algies, des chaleurs. Mon sang de vie (cause de tant d'amertume, et dont j'avais rêvé de me débarrasser) disparaissait durant plusieurs mois, resurgissait à flots pour disparaître encore, et réapparaître en gouttelettes consternantes, comme affrontant un ennemi entêté. Ma mémoire ne fut plus tellement bonne pour se rappeler hier. Par contre, elle passait son temps à fouailler les arrières de ma vie, à soulever des graillons de souvenirs perdus, dont l'inopiné passage m'infligeait l'œil mobile des rats pris dans une nasse. Je me mis à *me rappeler*, à vivre dans des songées d'odeurs... moments fugaces en compagnie de mon Idoménée... atmosphères des rues d'En-ville... sons du Quartier des Misérables... l'odeur des pommes-cannelle... un collier-chou... café chaud... bois-brûlé... un soulier neuf... visages... personnes... gestes... gouttes d'une eau des yeux.... ma vie n'était plus qu'un sac de syrien secoué sur un trottoir. J'errais parmi son contenu, asphyxiée par la poussière des ans. J'en extrayais (lors de faibles accalmies) tel ou tel objet mort, éteint, moisi, qui ne m'apportait rien sinon l'indicible de la mélancolie — et cette légèreté qui s'imprègne à tes os pour t'habituer à quitter ce monde-là. Je caressais des souvenirs que je soupçonnais avoir été douloureux ; je les touchais avec l'incrédulité que l'on aurait à caresser un manicou sauvage devenu domestique. Mes ongles s'allongèrent jaunes (sans transparence) et je n'eus aucune envie de les couper. Ils me servaient juste à griffer les livres que je ne pouvais plus lire (mais je les avais tellement lus, que le simple fait d'apposer mes ongles à leurs déchirures précipitait en moi des foules de sensations qui m'ouvraient derrière les yeux un soleil de plaisir dans ce pauvre crépuscule).

Sursauts de nuit : je sentais mon ventre pris des douleurs d'accouchement, inconnues mais familières. Après des heures de contractures violentes dessous mes oreillers, j'accouchais de grands vides qui me laissaient anéantie. Je vis mon ventre grossir de choses sans nom, et m'attendris sur lui jusqu'à ce qu'il se creuse comme un trou de crabe mort, et me laisse pantelante d'amertume. Je transpirais pour rien à grosse eau. Je tremblais sous des léchées de froid qui sortaient d'on ne sait où. Parfois, il faisait si chaud que je devais ouvrir ma case et respirer le monde. Ma peau se mit à rétrécir autour de moi. Mes rondeurs s'affalèrent. Je vis rôder la forme de mes os. D'autres fois, durant des mois entiers, je devenais ronde, gonflée de tout-partout comme si l'eau rare que je buvais se cachait sous ma peau. Puis, je me dégonflais pour habiter mes os. Je sentais ma coucoune se ramasser sur elle-même, se faire un peu plus raide, moins vibrante et j'allais faire pipi toutes les cinq minutes. J'avais des douleurs au dos, des douleurs aux hanches, des douleurs à la main. Il me fut de plus en plus difficile d'assumer mes djobs de nettoyages. L'assistante sociale me fit des papiers pour l'allocation-de-ne-je-sais-qui-ça, et je perçus une lamonnaie qui me compensait mon épuisement aux djobs. J'avais derrière ma case mon ti-jardin créole, ma caloge de poules et mes deux lapins ; cela m'autorisait de temps en temps la douceur d'une viande — mais il m'arrivait le plus souvent de les oublier net, alors ils criaillaient-à-moué jusqu'à ce que Ti-Cirique leur charrie ses rognures. Les pêcheurs de Texaco me portaient chaque jour un coui de poissons rouges ou une chair de lambi que j'assaisonnais avec des gestes automatiques, ou que j'oubliais dans le coui sur la table, où les mouches averties venaient mener leur bal. Mes nuits parfois devenaient statiques ; je les regardais sans trouver le sommeil. Ma tête devint un côté de désordre Je devais la contenir à deux mains jusqu'à ce que cela s'en aille comme un frisson-la-fièvre. Mon cœur bondissait sans raison. Je devais rester en quelque part pour l'entendre se débattre et chercher un remède. J'eus le sentiment de rapetisser, d'être moins haute, moins droite, moins élancée. La fatigue m'accompagnait dans mes visites à Texaco ou à travers l'En-ville. Je ne mangeais à-rien (ne trouvant plus d'appétit dans mon sang immobile), et buvais par habitude ou par automatisme. J'étais en train de devenir vieille.

Mon Esternome avait parlé de lente surprise. C'était pire : une surprise *fixe* qui t'irradiait de jour en jour. Je voyais bien autour de moi le temps passer de mille manières : les rides de Ti-Cirique, sa manière de rapprocher les ouvrages de ses yeux, sa manie de parler tout seul et de se répéter, de ne plus écouter, son dégoût pour les livres nouveaux et son échouage dans deux-trois livres relus sans cesse. Sa silhouette se courbait, et sa voix s'éraillait soudain, avec tant de force, qu'il cessait de parler pour écouter (plus surpris que nous-mêmes) l'extinction de ce bruit étranger au fondoc de sa gorge. Il lui était de plus en plus difficile d'honorer les réunions de ses frères haïtiens dans le local de Sainte-Thérèse ; il demeurait à Texaco, taraudé par l'exil, l'oreille tendue au bord de mer dans l'espoir de capter un soupir d'Haïti. Marie-Clémence, elle, perdait de l'innocence, ses milans tombaient aigres et transportaient parfois quelques doses de cancans : vieillir la transformait en diablesse-Texaco et plus d'un s'attendait à la voir s'envoler vers la Doum. De temps en temps, elle réapparaissait telle quelle, oh ma chère, puis disparaissait à nouveau dessous le fiel d'un âge montant... oh ma chère... Sonore, la plus jeune, se voyait submergée par sa propre marmaille et blanchissait sans même attendre son heure. Néolise Daidaine se mit à grossir jusqu'à ne plus pouvoir marcher sans une canne gémissante. Iphigénie la folle abandonna son dispensaire et soigna sa folie en mangeant une terre grasse. Les hommes (concubins fuyants, fiancés instables), si fugaces auparavant, s'enchâssaient dans les cases pour se faire mignonner. Julot-la-Gale, lui, échappait au temps, je veux dire que sa férocité demeurait intacte, son corps se desséchait juste comme celui d'une momie à l'entour du feu sombre de ses yeux. Des jeunes filles et bougres vaillants assuraient la relève, peuplaient nos réunions et commençaient à prendre le Quartier. Mais, je me sentais en dehors de tout cela, jusqu'à découvrir moi-même au détour d'un mouvement, à quel point mon corps s'était usé petit-petit, et ne pouvait plus suivre le désordre de ma tête. J'oubliais ce que j'avais à faire, je ne tenais plus mes promesses, j'avais tendance à demeurer assise au-devant la case, mes vingt-six cahiers sur les genoux comme un trésor, sans même les relire comme si souvent auparavant, juste les garder sur mes genoux, sentir leur présence, leur compte d'amour, de souffrances, de bonheur et de vie. Texaco s'était coincé dans son élan et moi je vieillissais malgré le nom secret hurlé à grands silences.

LE DERNIER PÊCHEUR DE REQUIN. C'est vers cette époque qu'Iréné le pêcheur de requin — mon homme — apparut parmi nous. Une grosse baleine s'était échouée juste devant Texaco. Elle semblait avoir perdu le nord, et avait suivi la yole d'un de nos pêcheurs qui rentrait à sa case. De se voir poursuivi par une baleine brisa le bon ange de notre brave pêcheur. Il accosta malement et, sans rien dire à personne, rejoignit la cathédrale en vue d'une confession d'on ne sait pas trop quoi. Ensuite, il changea de métier, se fit bedeau en quelque part. Il abandonna aussi Texaco pour l'arrière-fond de Balata, derrière le dos de Dieu, loin de toutes eaux, pièce la mer, pièce rivière ; il y vécut longtemps avec sa femme malheureuse et ses enfants obligés de lui lire des livres sur les baleines. Longtemps après que sa femme fut morte et que ses enfants furent devenus des gens, on le retrouva noyé dans la sueur d'un cauchemar ; la photo du commandant Cousteau au bord de celle du Christ ; les livres sur les baleines en cendres autour de lui.

La baleine s'était échouée dans l'eau boueuse de la mangrove, entre yoles et pilotis. Elle restait là, souffler, frémir, tressaillir, jusqu'à s'immobiliser quand les coquillages accrochés à sa peau s'en allèrent brusquement. On était venu me chercher, car deux-trois bougres-fous voulaient la découper pour s'en aller la vendre aux bourgeois de Petit-Paradis. D'autres ambitionnaient d'en faire un vaste blaff dans une cuve à manioc qu'ils trimbalaient déjà. Seule mon arrivée à petits pas (ils me voyaient de moins en moins, sauf en cas de danger, et, souvent, dans leurs yeux respectueux, je touchais aux distances de mon âge) parvint à les stopper. Je leur interdis de toucher à l'animal qui était sans doute malade d'on ne sait quelle misère, et je fis (à contrecœur) alerter la police. Un inspecteur traîna alentour de la bête sans trop savoir quoi faire, à part la mesurer et prendre des photos. Le soleil la frappa. Son odeur de corail se mua en remugle de lune morte, puis en senti de méduses et d'oursins gangrenés, puis en gaz de caca vilain et de foie de morue, puis en pourriture inconnue des chrétiens. Face à cette infection, le préfet dut mobiliser les services de l'armée. Elle vint avec des tronçonneuses qui se perdirent dans la carne du monstre (Ti-Cirique l'avait nomme Globicéphale, cela devint là-même son petit nom) et soulevèrent pour rien des pissas de pourri. Donc, les soldats restèrent en notre compagnie, regarder Globi infecter l'univers, quand soudain l'officier supérieur-adjoint, touché d'une quelconque grâce, fit venir les unités de commandos qui surveillaient Cuba. Les commandos surgirent comme dans un film de guerre. Ils nouèrent des explosifs un peu partout autour de l'épouvantable matière. Ils dégagèrent Globi des boues de la mangrove, l'enchaînèrent, et l'emmenèrent au milieu de la rade où sans plus attendre ils le firent exploser.

La charogne se dispersa en un bouquet multicolore qui attira là-même deux cent cinquante requins de toutes qualités, dont une espèce haïssable de requin noir à yeux d'enfer qui nous donna l'idée d'être maudits à jamais.

Les requins se mirent à hanter la rade. Ils sortaient la gueule pour nous regarder depuis les rives de Texaco. Personne n'osait plus approcher du rivage. Ti-Cirique et Marie-Clémence me réveillèrent en pleine nuit : ils avaient rencontré aux abords de leur case un requin en promenade qui demandait du feu. Julot-la-Gale vint me parler d'un cauchemar à seize rangées de dents. Les pêcheurs de Texaco et de Rive-Droite n'osèrent plus mener leur yole à l'eau : ils avaient vu des gueules engloutir leurs nasses, déchiqueter leurs filets, tordre l'hélice des moteurs qui restaient à fumer. Les gendarmes étaient venus les tuer avec des mitraillettes, mais *tudieu bong sang de bonsoir,* chaque corps de requin déchiqueté en attirait dix autres, *putaing !...,* si bien qu'ils abandonnèrent ce souci et nous laissèrent avec cette nuée de sélaciens qui traquaient nos ordures, nos rêves et la chair de notre âme. C'est alors que Julot-la-Gale (il avait essayé d'effrayer ces furies en nommant tous ses titres en bordure de la mer) fit crier Iréné.

Il alla le chercher lui-même aux Anses d'Arlets, lui expliqua l'état dans lequel nous étions. Nous vîmes la yole d'Iréné dériver jusque devant Texaco. A mesure de cette dérade, il ramenait des requins hameçonnés, les assommait à coups de boutou et les jetait au fond de sa yole. Il réamorçait ses zins, ramait sur vingt-deux mètres, et laissait dériver sa yole pour ramener ses lignes chargées comme des pieds-prunes. Quand il débarqua dans un woulo général, il avait à son bord trente requins-toutes-espèces. Il s'en alla les vendre au marché — sauf les requins noirs invendables à quiconque (même au pire des athées), qu'il fut seul à manger en compagnie de Julot, lequel maniait un signe de croix à chacune des bouchées et crachait la treizième.

Iréné demeura chez Julot. Chaque jour, il partit dans la rade, ramenant des dizaines de requins, et accumulant une petite fortune. Bientôt, les requins diminuèrent. Il dut aller les chercher de plus en plus loin. Mais il avait pris goût à Texaco, à la proximité de l'En-ville, à cette célébrité qui drainait la foule sur les rives du canal quand sa yole remontait vers les marches du marché aux poissons. Alors, il s'installa parmi nous, dans la case abandonnée du pêcheur que Globycéphale avait rendu dek-dek. Il y resta huit mois jusqu'au jour où il vint habiter dans la mienne — habiter dans mon cœur.

Il me portait chaque jour des tranches de requin blanc, qu'il prit parfois la peine de me faire cuire en daube selon la gnose secrète des grands pêcheurs. Nous restions parfois à déjeuner ensemble, lui, racontant ses souvenirs de pêcheur des Anses d'Arlets. Il me fascinait en me rappelant mon Esternome. Le voir me permettait d'imaginer mon cher papa dans la rade de Saint-Pierre durant la période du zombi de Ninon. Lui, percevait sans doute cette fascination, mais semblait subjugué par mon âge, mon autorité, mon rayonnement, et ma légende de femme-à-graines. Il s'étonnait un peu que je ne le craigne pas, car, sitôt sa pêche finie, il se retrouvait seul Les gens (à part Julot-la-Gale, mais celui-là était opaque comme une huile d'usine) ne s'accordaient pas très bien avec un bougre bizarre que les requins craignaient. Auprès de Ti-Cirique et moi, il trouvait compagnie. A partir de ses histoires, Ti-Cirique poétisait sur l'engeance des requins et nous lisait ses vers au fil de leur venue. Mais Iréné et moi restions souvent seuls le soir, à parler, à parler, à parler... — jusqu'à ce qu'une nuit de pleine lune il éveille en moi des sensations anciennes, et que je l'entraîne d'une main ferme dans mon lit, alors qu'il soupirait déjà *A demain Marie-So...*

Avant d'être pêcheur de requin, Iréné était pêcheur tout court, mais il s'ennuyait ferme entre ses hameçons qu'il traînait dans Miquelon sans une prise glorieuse. Il était pêcheur comme son père l'avait été, mais lui abordait la mer avec l'esprit qui cherche un au-delà de ce monde où il n'était pas à l'aise. Il fut le seul à entendre (en certaines heures du jour, quand le soleil écrase les vagues d'un scintillement de sel) le chant trouble des lambis, le hoquet des coraux qui affleurent, le bourdonnement des algues, une sorte de chahut abandonné dans l'eau. Il entendait monter des fosses bleu-noir un battement qui terrifiait les cochons-de-mer. Il sentait sillonner les courants de grandes chevelures vertes et des yeux abîmés. Ce n'était pas un pêcheur ordinaire, car il ramena bientôt des poissons étranges (inconnus des mémoires), et que bien entendu il ne pouvait pas vendre, car comment faire une daube avec un poisson-poule dont les écailles font plumes ? Que faire en guise de friture quand la sardine est transparente et qu'on voit battre son cœur ? Qu'envisager en sorte de blaff quand la chair du poisson brille comme l'étoile du berger ? Iréné dut se résigner à ramener autre chose, et ne trouva rien d'autre qu'un mystère de requins que sa barque attirait. Ils se précipitaient contre sa yole, prolongeaient de leur gueule des échos séculaires, soulevaient des messes d'écumes, ou alors tournoyaient en émettant des évohés qu'il croyait être le seul à percevoir. Un vieux pêcheur caraïbe lui révéla que lui, Iréné, était une « *chair de mer* », que sa peau charriait une odeur de chatrou, que son sang peuplait ses pores d'un soupir de murènes ou de bancs-coulirous exaltés par la lune. Les requins aimaient ça, et ils venaient vers lui (ou vers ce que ses mains avaient touché) comme on vient au festin. Alors lui, tranquille, se mit à les pêcher. Il put vivre ainsi sans un trop de souci et rêver tranquillement sur l'infini des flots.

La présence d'Iréné me ramena en jeunesse. Je me mis à manger, à chanter gloria, à m'étirer au soleil. Je sentais ma chair retrouver une douceur, ma coucoune s'éveiller. Mon cœur répercutait des rythmes et mes yeux s'allumaient. Je perçus les couleurs de la vie, et des parfums me furent aimables. La vente de ses requins nous permettait d'acheter de temps en temps deux-trois briques, un sac de ciment, du sable et autres matériaux, et nous commencions à cimenter les arrières de la case. Ma légende s'augmenta : plus que jamais matador-Texaco, j'avais domestiqué le destructeur de monstres.

L'ARRIVÉE DU CHRIST. Le temps passait ainsi, dans l'angoisse profuse d'une descente policière qui se faisait de plus en plus attendre. Si elle tarde tant, me disait Ti-Cirique, en regardant à quel point notre Texaco dominait la mangrove et couvrait la falaise, c'est qu'ils rassemblent leurs forces. Ils surgiront comme des tontons macoutes, Et-caetera-milliers. Et nous aurons fini de battre.

C'est pourquoi nous vîmes avec horreur les bulldozers de la mairie entrer dans Fond Populaire, repousser la falaise, et combler la rive jusqu'à construire une route qui nous traversa en direction de Pointe-des-Nègres, nous exposant au regard de l'En-ville et des autos qui l'empruntèrent. Tous se précipitèrent autour de moi, voulant savoir pourquoi, obtenir des réponses que les ouvriers municipaux ne pouvaient leur donner (« *C'est marqué Pénétrante Ouest et ça va par là, c'est tout ce qu'on peut te dire* »...)... Je n'avais pas meilleure réponse, alors je convoquai de nouvelles réunions du comité de défense dans la fièvre desquelles s'anesthésiait l'angoisse.

Cette route, décréta Ti-Cirique lors de la deux cent vingtième assemblée, est la logistique avancée d'une attaque policière définitive. Ils viendront avec des bulldozers et ça sera fini pour nous. Ils vont écraser nos viscères dans le macadam. Faire bouillir notre foie avec de la peinture pour marquer les abords. Ils vont découper des rondelles de notre peau pour les mettre à sécher à l'instar des nazis et en faire des loupiotes pour régenter leurs voies. Ils vont planter nos dents sur leurs passages cloutés. Le bois de nos cases va coffrer des trottoirs et servir d'étagères aux postes de police. Nos paupières seront posées sur leurs feux rouges et elles y resteront calées à tout jamais. Il nous citait Dante dans ses enfers, le Livre des Morts des Egyptiens, l'épopée de Gilgamesh où Outa-Napistim décrit un cataclysme, les Véda d'une vieille Inde qu'il lisait du sanskrit, les Suppliantes d'Eschyle, l'héroïsme de Roland brisé dans Roncevaux, la complainte de Rutebeuf, Hugo dans ses cauchemars, Lautréamont dans son délire..., et tremblait en croyant voir venir à lui des zombis de tontons macoutes verts. Il y eut donc une sorte de nervosité atroce. Craignant de nous attirer un surplus d'attention, personne n'osa questionner la mairie. Nous nous préparions à subir ce que nous avions connu, et à renaître une fois encore des assauts. Nous étions prêts. De ma voix tremblotante d'âge, consolidée du mieux que je pus, je leur dis que la seule chose à faire, était d'attendre et de se battre. Qu'il nous fallait durer en attendant que quelque chose survienne. Mais quoi ? je l'ignorais : j'attendais l'événement sans même l'identifier.

Dans cette atmosphère, celui que nous allions appeler le Christ apparut. Il reçut le coup de pierre à l'origine duquel nous soupçonnons Julot. Quand on me l'emmena, je lui dis Texaco comme je viens de te le dire, depuis mon Esternome jusqu'à mon Iréné. Il était assis devant moi, achevant mon rhum vieux, fermant parfois les yeux sous un reste de douleur, les ouvrant pour me regarder avec grande acuité. Quand je me tus, ses yeux brillaient un rien. Maintenant qu'il en savait le faisceau des histoires, je lui dis qu'il pouvait lâcher ses bulldozers, et tout raser, et tout détruire, mais qu'il sache que nous serions debout, en face, moi la première, comme de toute éternité.

Il demeura silencieux, puis il sortit dans Texaco après m'avoir serré les mains. Il se promena dans Texaco-du-haut, dans Texaco-du-bas, examinant chaque case, touchant aux pilotis, évaluant nos espaces en cette bordure d'En-ville. Partant, revenant, demeurant des heures entières immobile comme tortue molocoye quand le soleil est chaud. Il alla souvent dans la Doum pour essayer de parler avec Papa Totone qui avait disparu, s'arrêtant devant chaque vestige d'une histoire (notre histoire) dont il semblait chercher l'inscription dans le monde. Parfois, je me mettais à ma fenêtre pour le surveiller à son insu, et, toujours, Ti-Cirique gardait un œil sur lui afin de m'établir un rapport détaillé. Puis, le Fléau disparut durant plusieurs mois nous laissant dans une angoisse intacte. Mais les témoignages de ce qui s'était produit durant son arrivée commencèrent à se nouer. Sonore avait enfin du travail. Iréné avait affronté dans la rade un monstrueux requin qu'il parvint le lendemain à ramener tout entier, et qu'il vendit en tranches de cinq kilos (cela nous ramena de quoi finir notre maison en béton). Julot-la-Gale fit un rêve dans lequel sa marâtre lui bailla une caresse (la seule de toute sa vie). Néolise Daidaine aperçut Vierge-Marie habillée en doudou sous son pied de citron. Marie-Clémence entendit des murmures célestes lui donner des milans de toute la Caraïbe, en créole, en anglais, en espagnol et en français, et elle se prit de jeunesse pour diffuser tout cela. Ti-Cirique vit venir Jacques Stephen Alexis, en plein midi, en plein soleil, lui demander du sel, et lui révéler qu'une avalasse dissiperait la crasse des Duvalier... Une concordance de petits faits étranges, de petites joies soudaines, de bonheurs minuscules, de dénouements divers qui faisaient de cette venue le point de départ d'un temps nouveau. C'est pourquoi le Fléau perdit de sa menace et que nous nous mîmes à l'appeler *Christ,* sans trop y réfléchir, et à espérer qu'il revienne nous porter *la Bonne Nouvelle* dont nous ne savions rien.

LE NOM SECRET. L'EDF apparut un jour le long de la Pénétrante Ouest, planta des poteaux, et nous brancha l'électricité. Ce fut une joie sans faille. Plus tard, nous vîmes passer des hommes qui regardaient, étudiaient et redisparaissaient, mais cette fois nous étions confiants : le Christ quelque part à la mairie travaillait pour nous. Quand il réapparut un jour, se dirigea chez moi, je sus qu'il m'amenait la nouvelle dernière : l'En-ville désormais nous prenait sous son aile et admettait notre existence. Il me dit, en effet, que l'En-ville intégrerait l'âme de Texaco, que tout serait amélioré mais conservé selon sa loi première, avec ses passes, avec ses lieux, avec sa mémoire tellement vieille dont le pays avait besoin. Il me dit qu'il aiderait chaque case à se rendre habitable, selon le vœu des habitants et à partir de sa pose initiale. Il me dit que Texaco sera réhabilité sur ses lieux et dans la tête des gens comme cela s'était passé pour les mangroves opaques. Je lui dis que cela ne serait pas facile, qu'il y aurait des grincements, des pleurs, des refus, que nous étions habitués à nous battre, à crier, et que nous allions nous battre avec lui pour avancer dans ce qu'il nous proposait, mais que l'essentiel était là, que nous entrerions dans l'En-ville à ses côtés, riches de ce que nous étions, et forts d'une légende qui nous était de plus en plus limpide.

Tandis qu'il parlait, mon secret secret résonnait en moi comme une trompette de latinos. Je sentais une fierté monter de loin. J'eus même le sentiment que quelque part mon Esternome se mettait à sourire, que mon Idoménée ouvrait de grands yeux de lumière, et que nos misères (fleuries au fil de temps avec tant de vaillance) se fanaient une à une comme des plantes sans eau. Je crus qu'il s'agissait là d'un émoi de vieille femme, mais le Christ (à qui je ne pus m'empêcher de le dire) me dit qu'il percevait cette allégresse dans chacun de ses os. Alors je fus contente.

Je lui dis pour finir que je me sentais vieille. Qu'un jour, quand il reviendrait, je ne serais plus là. Je lui demandai une faveur, Oiseau de Cham, faveur que j'aimerais que tu notes et que tu lui rappelles : que jamais en aucun temps, dans les siècles et les siècles, on n'enlève à ce lieu son nom de

TEXACO, au nom de mon Esternome, au nom de nos souffrances, au nom de nos combats, dans la loi intangible de nos plus hautes mémoires et celle bien plus intime de mon cher nom secret qui — je te l'avoue enfin — n'est autre que celui-là.

RÉSURRECTION

(pas en splendeur de Pâques,
mais dans l'angoisse honteuse
du Marqueur de paroles
qui tente d'écrire la vie)

Parce que le temps historique fut stabilisé dans le néant, l'écrivain doit contribuer à rétablir sa chronologie tourmentée, c'est-à-dire à dévoiler la vivacité féconde d'une dialectique réamorcée entre nature et culture antillaises.

Parce que la mémoire historique fut trop souvent raturée, l'écrivain antillais doit « fouiller » cette mémoire à partir des traces parfois latentes, qu'il a repérées dans le réel.

ÉDOUARD GLISSANT.

Je découvris Texaco en cherchant le vieux-nègre de la Doum On m'avait parlé de lui comme d'un ultime Mentô. Je voulais le rencontrer pour recueillir ses confidences (sans trop d'espoir : le Mentô ne parle pas, et, s'il parle, c'est dans trop de devenir pour être intelligible) mais surtout afin qu'il m'aide (même en silences) à me sortir d'un drame : la mort du conteur Solibo Magnifique[1] ; je tentais de reconstituer les paroles de la nuit de sa mort, et butais sur l'infranchissable barrière qui sépare la parole dite de l'écriture à faire, qui distingue l'écriture faite de la parole perdue. Mes pauvres brouillons ne donnaient rien qui vaille. Refusant cette

1. Solibo Magnifique — Editions Gallimard. 1988.

pauvreté, je me disais qu'un Mentô confronté à cette exigence aurait sans doute pu m'indiquer l'essentiel du travail que devait effectuer un Marqueur de paroles précipité dans une exigence telle.

Pénétrant dans la Doum, je sus le lieu désert. Abandonné. J'avais tant fréquenté ces endroits de Force, que j'en possédais l'intuition immédiate. Dans ma vie quotidienne, je décelais autour de moi tant de ruines culturelles dans nos paysages muets, tant de momifications lentes dans cette terre d'alentour, que je pouvais à tout moment, devant une case, un lieu, un paysage, l'embouchure d'une rivière, percevoir la présence historique frappée d'hallucinantes usures. La Doum était morte : il n'y avait rien à faire. Un Mentô de grande classe, sans doute un des derniers, avait résidé au bas de ces remparts qu'opposait l'En-ville[1] à sa nécessité.

Les Mentô avaient de tous temps mobilisé notre imaginaire mosaïque. Ils lui avaient imprimé une convergence — une cohérence. Dans l'éparpillée des croyances caraïbes, africaines, européennes, chinoises, indiennes, levantines..., ils avaient noué des fibres restituées en bonne corde. Face au rêve de l'En-ville, les nègres marrons s'étaient mués en driveurs, les conteurs s'étaient tus un à un ; eux, les Mentô, avaient su maintenir un reste de présence *(La Parole)* en espérant sans doute la déployer au cœur de ce nouvel enjeu qu'était l'espace urbain. Mais l'En-ville — par le déploiement sorcier d'un autre imaginaire, par l'irruption uniformisante du monde en d'invincibles images — les ballotta comme de vieux flots et les usa au dernier bout. La

1. La langue créole ne dit pas « la ville », elle dit « l'En-ville » : *Man ka désann an-vil, I ka rété an-vil, Misié sé jan an-vil, An-vil Fodfwans...* L'En-ville désigne ainsi non pas une géographie urbaine bien repérable, mais essentiellement un contenu, donc, une sorte de projet. Et ce projet, ici, était d'exister.

disparition de nos Mentô révélait (ô silencieuse douleur) la domination de notre esprit selon des formes nouvelles, méconnues des résistances traditionnelles. Les peuples n'étaient plus menacés par la botte, l'épée, le fusil ou les dominations bancaires de l'Etre occidental, mais par l'érosion des différences de leur génie, de leurs goûts, de leurs émois... — de leur imaginaire.

En sortant de la Doum, je *sentis* Texaco. Cet amas de fibrociment et de béton développait des vibrations bien nettes. Elles provenaient de loin, du concert de nos histoires. Ce lieu m'intrigua. Il devint fascinant quand on me présenta celle qui allait devenir mon Informatrice : une vieille femme câpresse, très grande, très maigre, avec un visage grave, solennel, et des yeux immobiles. Je n'avais jamais perçu autant d'autorité profonde irradier de quelqu'un.

Elle me raconta ses histoires de manière assez difficultueuse. Il lui arrivait, bien qu'elle me le cachât, d'avoir des trous de mémoire, et de se répéter, ou de se contredire. Au début, je notais ses paroles sur un de mes cahiers, puis j'obtins l'autorisation de brancher mon isaloperie de magnétophone. Je ne pouvais pas compter sur cet appareil mais (malgré les longueurs ajoutées aux silences et le trouble provoqué chez mon Informatrice) il compensait les trous de mon attention. A chacune de mes visites, je lui apportai des ouvrages sur l'histoire de la Caraïbe. Je lui apportai aussi mes livres qu'elle lut avec quelque intérêt malgré les avis négatifs de Ti-Cirique. J'obtins la totalité de sa confiance quand je lui racontai la mort de Solibo, et l'associai à mon travail de reconstitution de la parole du Maître. Cela me rapprocha d'elle qui, toute sa vie, avait poursuivi la parole de son père, et les mots rares de Papa Totone, et les bribes de nos histoires que le vent emportait comme ça, au fil des terres. C'est pourquoi elle me confia ses innombrables cahiers, couverts d'une écriture extraordinaire, fine, vivante de ses gestes, de ses rages, ses tremblades, ses taches, ses larmes, de toute une vie accorée en plein vol. Confondu d'avoir la charge de tels trésors, je les numérotai, cahier par cahier, page par page, je scotchai les déchirures, recousis les feuilles éparses, et couvris chaque exemplaire d'un plastique protecteur. Puis, je les déposai à la Bibliothèque Schœlcher. De temps à autre, je les consultais afin de rédiger ce qu'elle m'avait dit, comparer avec ce que j'avais cru entendre et rectifier au besoin un oubli volontaire, un mensonge-réflexe.

L'Informatrice parlait d'une voix lente, ou parfois très rapide. Elle mélangeait le créole et le français, le mot vulgaire, le mot précieux, le mot oublié, le mot nouveau..., comme si à tout moment elle mobilisait (ou récapitulait) ses langues. Elle avait des périodes de *voix-pas-claire* comme certains grands conteurs. Dans ces moments-là, ses phrases tourbillonnaient au rythme du délire, et je n'y comprenais hak : il ne me restait qu'à m'abandonner (débarrassé de ma raison) à cet enchantement hypnotique. Parfois, elle me demandait de rédiger telles quelles certaines de ses phrases, mais le plus souvent elle me priait « d'arranger » sa parole dans un français soutenu — sa passion fétichiste. Mon utilisation littéraire de ce qu'elle appelait « sa pauvre épopée » ne lui fut jamais évidente. Elle en avait une haute idée, mais elle n'en percevait nullement l'esthétique. Elle pensait (comme Ti-Cirique) qu'il fallait la conserver, mais que tenter l'écriture d'histoires tellement peu nobles était une perte de temps. Néanmoins, elle se prêta de bon gré aux exigences de mon travail et, même lorsque j'entrai en contact avec le Christ dont elle m'avait parlé (un urbaniste de la mairie de Fort-de-France, d'une grande civilité, appréhendant l'En-ville en créole visionnaire, qui m'expédia de précieuses notes), elle me parla toujours avec la même franchise, d'elle-même, de son intimité, de ses chairs, de son corps, de ses amours, de ses larmes, le tout mêlé à la vie de son Esternome, de son Idoménée, et balisant d'un cœur à vif l'histoire de Texaco.

Je notai la date de chaque déclaration. Je numérotai les lignes pour établir les recoupements utiles, car l'Informatrice ne racontait rien de manière linéaire. Elle mélangeait les temps, les hommes et les époques, elle passait des semaines à détailler un fait ou à me ressasser une misère dérisoire. Et moi, je me perdais là-dedans, charmé par sa parole et sa délicieuse personne que je passais des heures à contempler. Une câpresse de lutte haute, impériale, dont les rides rayonnaient de puissance. Je regardais ses yeux délavés par les larmes, où des lueurs se perdaient. Je regardais sa peau que la vieillesse séchait, et sa voix qui venait de si loin, et je me sentais faible, indigne de tout cela, inapte à transmettre un autant de richesses. Avec elle, sa mémoire s'en irait comme s'en était allé Solibo Magnifique, et je n'y pouvais rien, rien, rien, sinon la faire parler, ordonner ce qu'elle me débitait. J'eus un instant envie de la filmer car il m'était de plus en plus sensible que l'audiovisuel offrait de nouvelles chances à l'oraliture, et permettait d'envisager une civilisation articulée sur l'écriture et la parole. Mais cela demandait un matériel considérable ; je craignis de susciter des silences mortuaires, des figements du geste, des dénaturations de sa parole aimantée par l'œil d'une caméra. Alors, je ne pouvais que l'écouter, l'écouter, l'écouter, prenant une trouble ivresse à débrancher mon magnéto pour mieux me perdre en elle, et vivre au plus profond les chants de sa parole, jusqu'à ce jour de novembre où je la trouvai morte de vieillesse achevée — son pêcheur de requin pendu à ses côtés. Je me trouvai alors anéanti par le poids de l'exigence qui s'imposait à moi. Pauvre Marqueur de paroles... tu ne sais rien de ce qu'il faut savoir pour bâtir/conserver de cette cathédrale que la mort a brisée...

La veillée se fit de manière traditionnelle. Julot-la-Gale fit venir des Anses d'Arlets un conteur qui dissimula son nom ; deux autres vinrent d'eux-mêmes du Morne des Esses. Je pleurai de joie d'entendre durant une nuit, au cœur de Texaco, face à cette mort si vaste, ce flot de paroles élancées de si loin, exemptes du toucher de l'En-ville, pleines de l'esprit des Mornes. Je pleurai aussi de consternation en voyant à quel point les conteurs étaient vieux, et combien leur voix isolées du monde semblaient s'enfoncer dans la terre comme une pluie de carême derrière laquelle je galopais en vain.

A Texaco que l'on réhabilitait de jour en jour, un bureau d'écoute avait été ouvert. Chaque habitant exprimait auprès d'assistantes sociales, de sociologues, d'architectes, ses goûts, ses désirs, ses besoins. On intégrait tout cela à l'amélioration des cases dont on respectait l'âme. La mairie avait racheté l'espace de la compagnie pétrolière, et organisait les cases selon leur propre logique. Des juristes réinventaient le droit de propriété en vue de l'adapter à la mangrove urbaine : la terre n'y appartenait à personne et à beaucoup de monde en même temps ; cela créait un bankoulélé juridique qui, là aussi, demandait un voyant. Les peintures, les maisonnettes neuves, l'absorption progressive que faisait l'En-ville de ce lieu magique me renvoyaient à ma pauvre solitude. Plus que jamais, je me sentais inutile, comme je l'avais été derrière les cercueils de l'Informatrice et du pêcheur de requin, ou devant leur tombe décorée de lambis où je rencontre encore Julot-la-Gale et Ti-Cirique. Marie-Clémence, Iphigénie-la-Folle et Néolise Daidaine sont mortes elles aussi. Seule demeure de la garde fondatrice, Sonore qui travaille à la mairie et qui est désormais *l'Ancienne* de Texaco. Mais je la connais peu.

Je réorganisai la foisonnante parole de l'Informatrice, autour de l'idée messianique d'un Christ ; cette idée respectait bien la déréliction de cette communauté face à cet urbaniste qui sut la décoder. Puis, j'écrivis de mon mieux ce Texaco mythologique, m'apercevant à quel point mon écriture trahissait le réel. Elle ne transmettait rien du souffle de l'Informatrice, ni même n'évoquait sa densité de légende. Et j'abondais dans le jugement de Ti-Cirique, ce cher Maître, sur mon incapacité générale qu'il soulignait dans de longues épîtres. Pourtant, ses sentences m'encourageaient à poursuivre le marquage de cette chronique magicienne. Je voulais qu'il soit chanté quelque part, dans l'écoute des générations à venir, que nous nous étions battus avec l'En-ville, non pour le conquérir (lui qui en fait nous gobait), mais pour nous conquérir nous-mêmes dans l'inédit créole qu'il nous fallait nommer — en nous-mêmes pour nous-mêmes — jusqu'à notre pleine autorité.

Morne Rouge,
Fort-de-France,
La Favorite,
août 1987 / janvier 1992.

REMERCIEMENTS

à Monsieur Serge LETCHIMY, dont les travaux d'urbanisme et la pensée ont nourri ces histoires — avec toute mon estime et mon admiration ;

à l'écrivain Dominique AURÉLIA qui m'a permis de découvrir dans un de ses beaux textes la notion de « l'En-ville » ;

à Monsieur Stanley SANDFORD, ex-président de l'association sportive et socio-culturelle de Texaco, qui m'a décodé l'indicible de ces lieux — avec mon infinie reconnaissance et mon amitié ;

à tous les habitants du Quartier Texaco qui ont bien voulu satisfaire mes impossibles curiosités : Madame SICOT Mathilde Georges, Monsieur RENÉ Louison, crié Requin, Madame RENÉ Démar Germaine, Monsieur LAURENCE Emmanuel, crié Mano, Monsieur NARDY Georges, Monsieur NIRENOLD Robert, crié Mèt-Wobè, Monsieur ACCUS Guy, crié Moreau, et tous les autres...
— en les priant d'avance de bien vouloir me pardonner de n'avoir pas pu leur offrir mieux — en Honneur et respect.

P. C.

Composition Bussière
et impression B.C.A.
à Saint-Amand (Cher), le 18 décembre 1992.
Dépôt légal : décembre 1992.
1er dépôt légal : juillet 1992.
Numéro d'imprimeur : 92/684.
Numéro d'éditeur : 58150.
ISBN 2-07-072750-5./Imprimé en France.